Biblioteca mínima, 68

VUITANTA-SIS CONTES

QUIM MONZÓ

VUITANTA-SIS CONTES

BARCELONA 1999 QUADERNS CREMA

Publicat per:
Quaderns Crema, S. A., Societat Unipersonal
Muntaner, 462 - 08006 Barcelona
Tel.: 934 144 906 - Fax: 934 147 107
correu@quadernscrema.com
www.quadernscrema.com

ISBN: 84-7727-251-4
DIPÒSIT LEGAL: B. 51.686 - 2004

ANDREU ROSSINYOL *Correcció de primeres proves*
MARC RUBIÓ *Correcció de segones proves*
JOSEP MARIA CANOSA *Il·lustració de la coberta*
QUADERNS CREMA *Fotografia de l'autor*
VICTOR IGUAL, S.L. *Composició fotomecànica*
ROMANYÀ-VALLS *Impressió i relligat*

SETENA REIMPRESSIÓ *desembre de 2004*
PRIMERA EDICIÓ *febrer de 1999*

TAULA

UF, VA DIR ELL

OLIVETTI, MOULINEX, CHAFFOTEAUX ET MAURY

L'ILLA DE MAIANS

CARRER DELS DIES FEINERS

UF, VA DIR ELL

Un jour il y aura autre chose que le jour.

BORIS VIAN, *Je voudrais pas crever*

Et mirava de fit a fit. No has sabut mai
si t'havia besat o si només t'havia somrigut.

JORDI SARSANEDAS, *Mites*

HISTÒRIA D'UN AMOR

A Joan Brossa,
que me'n va donar la idea.

A aquestes altures donaria per bo tot el que ha passat fins ara a canvi de veure, un altre cop, el cel de color pipermint i els estels que espurnegen dins del cove dels seus ulls. Però aquest cop, si se'm permetés, voldria acabar d'una vegada. Començo a estarne tip, cosa sorprenent si es té en compte que sóc un home carregat de paciència. Però és que aquesta és una història immemorial que comença una albada, quan jo encara era jove i la besava amb tendresa, dins d'un landó llogat que el cotxer havia aturat a tocar d'una illa de llum encara encesa, davant de la mansió neoclàssica (d'un neoclàssic tardà) on ens havíem d'estimar tant i sense que ningú ens molestés. Ella era (ella és) una deessa nòrdica, tendra com el vol de la puput, fràgil, suau i entremaliada. Dic això a risc de semblar ridícul, però és que aquesta és la història apassionada d'un amor ardent que ens encenia cada cop més, mentre entràvem a la mansió, que era d'una tia meva, mig boja i miop, que es va haver d'exiliar per raons més fosques que no pas heroiques. Vam pujar les escales amb pressa, amb la celeritat que es pressuposa en aquells que, enamorats, han decidit alleugerir orgàsmicament l'adoració que es professen. Vam travessar passadissos i estances, i més passadissos i sales que donaven a nous passadissos. Obríem portes més enllà de les quals hi havia noves estances amb portes que amagaven sales amb altres portes (d'una que no s'obria en vam haver de fer saltar el pany rovellat) que donaven a estances amb noves portes. Seré breu: finalment vam arribar a la cambra més espaiosa, amb un llit ample amb dosser, i amb les parets cobertes per domassos d'estils forassenyats. Quan vam descórrer les cortines, delerosos de la claror de la lluna, ens va envoltar un núvol de pols. Vam obrir el balcó. Contra el cel es retallaven les muntanyes (de tonalitats cada cop més botticellianes com més es feia de dia) i dels prats arribava una fressa somorta i estival (entre altres coses perquè tot això passava a l'estiu). Vaig haver-la de despullar lentament (amb impediments i neguits deslliurar-la de les dues faldilles, els enagos, el mirinyac, la cotilla, les mitges, les sabates, totes les diademes que duia al cap) fins que vaig poder contemplar el seu cos lacti. Ella abaixava les pestanyes, negres i grosses com ventalls, i s'hauria enrojolat si no hagués estat que el maquillatge feia impossible que es notés i, doncs, era un esforç inútil. Els mugrons eren foscos i els pits adolescents, i es deixava fer amb una indolència del tot escaient en una dama de classe social tan elevada, que desviava l'esguard, púdicament, mentre jo m'afanyava a despullar-me. El que més em va costar de treure'm van ser les botes, sobretot perquè, amb les presses, tractant de desfer les bagues dels cordons, m'hi feia nusos. Aprofitant que jo trigava, em va preguntar on era la toilette. L'hi vaig indicar. Quan va tornar (coberta amb una camisa de dormir de color rosa, de seda xinesa, que havia estat d'una àvia meva, i que devia haver trobat a l'armari del bany) jo em desfeia finalment de l'última bota i la llançava contra la paret, que va deixar anar un nou núvol de pols i es va clivellar. Després, treure'm els calçotets i la samarreta va ser cosa de pocs minuts. Vaig apressar-me a recuperar el temps perdut: vaig acariciar-li les galtes, vaig fer-li petons a les orelles, vaig mussitar-li paraules mel·lífIues. Semblava perduda en un dubte profund, morint-se per cedir a les carícies i alhora volent-ne fugir. Finalment es va girar, em va mirar ben al fons dels ulls i em va besar als llavis, amb una tal inexperiència que no vaig poder evitar somriure. I, com que no volia que prengués el meu somriure per una burla, per amagar-lo li vaig mossegar l'orella, li vaig llepar el coll i, aprofitant la proximitat amb el conducte auditiu, vaig mormolar-li: Amor meu..., diverses vegades, cada cop una mica més fort i en un to una mica més salvatge. Va ser aleshores que van trucar a la porta: un cop de timbre llarg. Va mirar-me. La vaig mirar. Vaig fer un gest amb la mà, excusant-me mentre m'alçava. Torno de seguida, amor. Ella (discreta) va apartar la vista de l'erecció, que m'era impossible dissimular. Vestit amb un quimono vaig baixar a obrir: el cotxer em tornava el barret de la senyora, que (enduts per les emocions) havíem oblidat al seient. Com que no duia els pantalons posats, em vaig trobar sense cap moneda per regraciar aquell cotxer massa zelós. Vaig haver de pujar al despatx a buscar-ne, no en vaig trobar, vaig agafar un bitllet, vaig tornar a baixar i l'hi vaig entaforar a la butxaca. Em va donar les gràcies, li vaig dir que no es mereixien, vaig tancar la porta d'una revolada (es va formar un altre núvol de pols, va caure una frontissa) i vaig córrer escales amunt, cap al dormitori. Ella m'esperava, anhelant. Va mussitar el meu nom dues vegades i em va demanar que l'abracés, que li fes escalfor amb el cos. Púdica, duia encara unes calces blanques i primes, de blonda (que jo, abans, no m'havia atrevit a treure-li per no semblar massa impacient). Ara sí: em vaig agenollar davant d'ella i les hi vaig abaixar amb dits lentíssims. L'interior era humit, i l'aroma del fluix era tan intens que m'omplia la pituïtària. Amor, amor..., insistia mentre li resseguia el tors amb la llengua. Com que vaig veure que li continuava fent por pendre cap iniciativa i mostrar-se, així, massa agosarada, vaig agafar-li la mà i l'hi vaig posar damunt del meu membre, que va notar extremament calent. Va deixar escapar un oh que vaig ofegar besant-li el coll polzada a polzada. De manera tosca, enretirava el prepuci i, de cua d'ull, observava el polifem amenaçador. El fluix ja havia xopat els llençols i ara degotava a terra. Amb cura, vaig separar-li les cames. L'interior dels llavis era una deu enganxifosa que es contreia, incontrolable, a cada carícia. Colometa meva, vaig dir avançant la verga cap a l'obertura xucladora. Just en aquell moment, van tornar a trucar a la porta. Vaig renegar en veu alta, vaig decidir fer com si no ho sentís i vaig empènyer. Em va aturar. Vés a obrir, va dir, vés a saber qui pot ser, ara. Mig descordat, vaig baixar les escales: darrere de la porta, un tap de barral grassonet m'oferia la possibilitat d'una assegurança de vida a terminis, a pagar en tants mesos com em calguessin. Vaig tancar la porta sense contestar-li, vaig pujar novament les escales. A dalt, ella va enretirar la mà tan bon punt em va veure arribar. Vaig besar-li els dits, que li havien pres l'olor del sexe. Per no perdre més temps, sense més preàmbuls vaig forçar l'obertura i em va encerclar el paradís: el cel de pipermint, els estels dins del cove dels seus ulls, tot allò que deia abans. Amb els ulls tancats, es mossegava els llavis i repetia: oh. A les primeres sacsejades, el fluix va començar a rajar encara més, tant, que ens amarava les cuixes i feia que se'ns enganxessin als llençols. M'esgarrapava l'esquena i deia: Sí, sí, amb periodicitat de metrònom. Aleshores, sobre el seu gemec repetit, va començar a sonar el del telèfon de l'habitació del costat. Vaig maleir aquests invents moderns, fills del diable, i vaig decidir fer com si no el sentís, però ella va aturar el moviment i em va tenallar amb els músculs vaginals. Vaig veure que movia els llavis i vaig suposar que em volia dir alguna cosa, però amb veu tan feble que, amb el ring-ring del telèfon, no hi havia manera d'entendre-la. Vés-hi. Si sento aquest soroll no puc continuar: em bloquejo. No em va pas estranyar. Amb aquells crits metàl·lics a l'habitació del costat, fins i tot jo començava a bloquejar-me. Vaig sortir d'entre les seves cuixes (el cony es va tancar, va fer blup, va deixar anar una nova descàrrega de fluix) i vaig córrer cap al telèfon, que no parava de bramar. ¿Digui?, vaig dir a la trompeteta negra, i van demanar per un nom que no havia sentit en ma vida i que no tenia, ni havia tingut mai, res a veure amb mi ni amb la meva tia boja, miop i exiliada. S'equivoca, vaig dir, no sé si abans o després de penjar. Però per comptes de tornar a dalt de seguida vaig deixar-me caure a la cadira, i vaig encendre un cigarret. Serà millor que m'assereni. Estic tan nerviós! Però encara no n'havia fumat mig que vaig decidir que què feia allà baix, fumant, si ella era a dalt, esperant-me. Vaig llançar el cigarret a terra i vaig tornar al dormitori. Has fumat, em va dir. Vaig assentir, amb por que li desagradés l'alè nicotínic i allò compliqués també les coses. Però no. M'agrada el sabor del tabac als teus llavis, va somriure mossegant-me'ls. Vaig decidir afanyar-me, no fos cas que algú vingués, altre cop, a interrompre'ns. Els prats, enllà del balcó, es tenyien d'ocres i de vermells de migdia. Havien deixat de ser botticellians per fer-se, cada vegada més, vangoghians. De fet, la pau era tan absoluta que se sentien els corcs feinejant, dins de les bigues. Estimat, em va dir, vull que et quedis amb mi. Si tornen a molestar-nos farem com si no ho sentíssim, vaig proposar. No, això no, va dir la noia. I llavors em va explicar una història que trencava el cor: de petita, una nit era al llit i vaig sentir que trucaven a la porta. Trucaven i trucaven, cada cop més fort. No entenia com era que els meus pares no sortien a obrir. Amb por, vaig buscar-los per la casa, pensant que un llum de gas apagat a l'atzar, per exemple, no els hagués mort. Finalment me'ls vaig trobar al llit: lluitant, rient, tocant-se, esbufegant. No era que algú truqués, sinó que el capçal del llit copejava la paret, de tan fortes com eren les sacsejades, i tota la paret tremolava i feia que es bellugués la imatge del Sant Crist de Lepant que hi penjava. Des d'aleshores, sempre que sento que truquen he d'obrir la porta, contestar al telèfon o el que sigui, i no puc suportar cap ring-ring no atès. ¿Te'n fas càrrec? I tant, que me'n faig càrrec, vaig assegurar-li mentre començava a acariciar-li el pit dret. En qüestió de segons, va tornar a deixar anar fluix, que, afegit al que havia deixat anar fins aleshores, vessava de les nostres cames i del llit, i s'acumulava a terra, on formava una bassa poc fonda. Dels petons i les carícies vam tornar a l'acoblament. Tan bon punt el gland va desaparèixer dins de la vulva, ens va caure al damunt una pluja de maons, de bigues i de canyís: el sostre de l'habitació s'ensorrava.

Solucionat el problema (pagada i expulsada de casa la colla de paletes i altre cop feliços tots dos, l'un dins de l'altra), vaig haver d'atendre un parell de testimonis de Jehovà, entestats a llegir-me planes de la Bíblia que m'eren del tot indiferents. No havia acabat de pujar del tot les escales que va tornar a sonar el timbre. Era una noia que oferia una esplèndida gamma de productes Avon. Dos minuts després de fer-la fora sense contemplacions, just en el moment que començàvem a sentir les primeres vibracions preorgàsmiques, van trucar del camp d'aviació (perquè, a aquesta altura de la història, ja havien fins i tot inventat els aeroplans) i va resultar ser una cosina segona, filla de la tia boja, miop i exiliada, que es va autoconvidar a passar una quinzena a casa meva (és a dir: a casa de sa mare, la tia boja, miop i exiliada), i tot van ser neguits per evitar que entrés al dormitori. Però l'olor de fluix era tan intensa que s'escampava per tots els passadissos, sales i habitacions de la mansió i, segons com bufés el vent, per les viles i les valls de la comarca. De seguida que va compendre quina mena d'olor era aquella, la cosina segona se'n va anar, ferida i indignada per haver de comptar, entre la parentela, amb un cosí segon que titllava de calavera i perdut. Sense ni dir-li adéu, ja era una altra vegada al capdamunt de les escales, obrint novament la porta de l'habitació, i res més, perquè vaig haver de tornar a baixar tot d'una: una requisitòria militar (personificada en dos soldats i un caporal amb ordre d'arrest i partença immediata, sota acusació de deserció per no haver-me presentat a complir el servei militar dins del temps reglamentari, que havia expirat feia més de dos anys) em va fer anar a una caserna i, pocs mesos després, quan va esclatar, a la guerra del 36. A la tornada, vaig haver de pagar rebuts a una corrua de creditors llarga, barbada i famèlica, vaig contestar, a mitges i innecessàriament, una enquesta radiofònica, i vaig haver d'anar a la Bisbal a visitar un parent moribund (i vaig arribar-hi quan ja feia tres hores que l'havien enterrat). ¿Quines altres interrupcions m'esperen? Infatigablement, però, ara pujo altre cop les escales, impregnada tota la casa d'aquesta olor que ja trobo casolana, amb la intenció d'acabar d'una vegada, de vessar-m'hi i d'adormir-nos finalment, relaxats i satisfets. Sovint he tingut malsons en què, quan tornava a casa, ella ja no hi era! D'altra banda, que fàcil que hauria estat deixar-ho córrer, pensar que tot aquest seguit d'obstacles no és més que la mostra que no som fets l'un per l'altre, que tant de temps intentant-ho sense reeixir hauria de fe'nshi renunciar. Obro la porta, el pom em queda a la mà, el llenço a un costat, aparto amb el peu munts de corcs morts i piles de cartes sense obrir. Ella és entre els llençols, mirant a l'infinit per la finestra. Quan sent que la fusta del terra cruix gira els ulls, sobresaltada. Em reconeix, enretira la mà, somriu. M'obre els braços com tantes vegades al llarg d'aquests anys. Estimat, em diu, abraça'm ben fort, estimat! I jo l'abraço ben fort, mentre, sense deixar d'abraçar-la, m'afanyo a treure'm guerreres, armilles i corbates de dol. Ah, si poguéssim acabar aquest coit que vam començar ja fa tant de temps, quan encara érem joves i ens besàvem dins del landó i, erròniament, prevèiem que, tirant llarg, en una hora hauríem fet.

EN UN TEMPS LLUNYÀ

A la Roser

Vet aquí que una matinada blava, de neus blanques i sorres infinites i glaceres com llengües ploroses, l'homínid es va alçar sobre les dues potes del darrere i va abaixar els ulls cap a una terra que ara, de cop, li quedava lluny i bellugadissa, i va dilatar els narius i va ensumar la humitat del riu i *es va adonar* que ensumava la humitat del riu, i va grunyir de content, i va girar els ulls cap al sol vermell que naixia més enllà de prats i muntanyes i extensions de terra negra i horitzons d'herba i cavalcades d'animals eterns com el temps, i va abaixar la mirada i va fitar l'alzina i va aixecar el puny i va allargar el dit índex, assenyalant la massa vegetal que xiuxiuejava davant seu, i es va sentir cascades d'aigua a la gola, petits crits inconcrets, güells toscos: Agr gr gr ga arg; fins que el gruny va convertir-se en paraula i va vocalitzar: Ab a arb abr abr arbr re, i va repetir: Abbre, i l'índex encara assenyalava l'alzina, fins que el va dirigir a la immensitat blava que s'estenia de banda a banda del dia que naixia sobre el seu cap com un déu de dues dimensions infinites, i va dir: Cz z ce zce zcel, i ho va repetir, i va badar uns ulls com taronges, encara insegur, i va assenyalar el riu i va vocalitzar: A a ag aig gb a aig gua, i va somriure satisfet, amb els ulls plens d'una alegria lluent, i va trepitjar la terra amb força, toc-toc, i la va assenyalar amb l'índex i va vocalitzar dificultosament: Pa pso pacost païco pasio ta, i ja amb més calma: Paaï sos ca atlanns, somrient i xiroi, sense saber quina una n'acabava d'organitzar.

SOBRE LA NO COMPAREIXENÇA A LES CITES

Baixo a la ciutat molt de tant en tant: només quan he de comprar o parlar amb algú; perquè, entre una cosa i l'altra, són dues hores llargues de tren, per prats de menta i muntanyes de crocant, i, a més, viatjar em molesta, em cansa, m'esgota, em provoca ganes de vomitar i em fa tornar la cara de color de llet. És clar que de vegades no queda cap altre remei que agafar el tren, proveït de biodramines i aigua del Carme, com és el cas d'avui, perquè no pots estar dient sempre que no. A més, anem tan faltats de gratificacions, últimament, que sense que te n'adonis et trobes assegut al seient vermell, encetant una becaina, que així el temps vola més ràpidament i abans del que et penses ja hi has arribat, encara que aleshores remarquis que has arribat massa d'hora. Perquè fins que vaig baixar del tren (un peu a l'estrep, l'altre a terra) no em vaig fixar en el rellotge, però arribar amb temps de sobres m'és un vici tan arrelat que ja no m'esvera: eren quarts d'una i m'havien citat a les cinc, la qual cosa volia dir que em veuria obligat a avorrir-me una llarga estona, perspectiva que em va fer decidir a comprar diaris; prop de l'estació vaig trobar un quiosc i una plaça on petava un sol esfereïdor (vaig asseure'm sota uns oms de silenci metàl·lic, en un banc de plata). A l'altra banda de la plaça, uns vailets garrells jugaven a tocar i parar sota la mirada discreta de mares joves de carns rosades, amb olor de palla fresca, que em van fer pensar a comprar joguines i pastissos, raó per la qual vaig anar fins a uns magatzems gegantescos, d'enrenou de ciment, que em van xuclar les peles i em van escopir més tard, amb el cap com un timbal de musiquetes de tots colors. Flotant pel temps que em sobrava, xino-xano sobre els aparadors, els globus aerostàtics i les caderneres inflamables que m'oferien tramussos a meitat de preu, vaig afegirme a una rotllana de gent: al mig, un parell de meduses amfíbies lluitaven amb violència majestàtica, agitant braços, cames, ales i ventoses. Tot plegat era com les lluites de galls mexicans; pols a les goles dels espectadors suats i amb camises florides. Una de les dues meduses s'havia aferrat a l'altra i semblava xuclar-li la sang, una inexistent sang groga i pudent, en perpètua ebullició, fins que va caure a terra i no es va alçar més (l'amo de la guanyadora va recollir l'animal amb orgull: el va agafar amb la mà i el va mostrar al públic mentre somreia, triomfador i amb els bitllets a la butxaca; el perdedor plorava, abraçat a la medusa morta). La gent va començar a dispersar-se, i jo amb ells. Vaig sentir gana, vaig llençar la paperina de tramussos, intacta, vaig entrar en un restaurant i vaig demanar xucrut, aigua mineral i un cafè doble (que, finalment, es va convertir en un conyac amb gel que semblava benzina, de tan amarg i oliós que era). Vaig entrar a l'edifici quan només faltaven cinc minuts per les cinc (el rellotge, immens, a la façana) i tot semblava desert: el hall d'entrada, el llarg passadís amb vidres, abocat sobre un jardí fred, les sales laterals, plenes d'electricitat salada i buides de qualsevol mena d'activitat. Darrere d'un taulell vaig trobar la cara adormida d'un conserge. Quan li vaig preguntar pel senyor Oliver em va mirar ensopit; em va assegurar apàticament que no hi era, que no l'havia vist en tot el dia. Malgrat totes aquestes asseveracions, jo insistia i insistia, tant, que em va deixar passar. Comprovi-ho vostè mateix, va dir (un pèl sorneguer), a veure si el troba; jo no hi puc fer més. I va tornar a abaixar el cap fins al marbre del taulell. Va tancar els ulls una altra vegada mentre jo em decidia a vagarejar per les ombres mefistofèliques del conte de fades modern: tenebra i silenci de gilets, lleus petjades sobre el terra brillant, tot amanit amb una olor de magenta, de magranes podrides pintades de blau, un llarg tràveling no sé si lateral o frontal, per umbracles i estances fredes, per decorats polsosos: balcons amplis sobre Ganges de plàstic, dunes de cartró groc esquerdades, avingudes de paper a Nova Yorks de pela amb cinc, garjoles de cartolina amb finestres de filferro, neus de porexpan i gels de paper, i els sostres: una única xarxa de mecano negre sota un Sostre invisible. I la remor de rius inconfessables, vigilats per policies desenvolupadíssims (els estudis deserts: ni un control en tot l'edifici). Per passadissos de porcellana, la fam de les arnes recorda contes oblidats de Poe: aparells freds, càmeres i càmeres i girafes i micros rovellats, tot tan lúgubre i fosc (ni l'alè d'una ànima). De tant en tant, un televisor mut on dansen foscors amb cara d'home que mou els llavis i diu paraules inaudibles, on parelles felices ballen sense música, on cowboys de tergal disparen trets sords (silenci enmig d'un mar de gel dolç). Miro el rellotge: un quart de sis i encara no ha vingut ningú (s'han endarrerit, penso, potser arribaran més tard). Continuo caminant, aquest cop per un poblat indi. Hi ha una càmera dirigida cap a una cadira il·luminada per un focus blanc. M'hi assec. Miro. Davant meu, un petit televisor reprodueix la meva imatge: si em moc, la meva petita còpia dins del televisor es mou; si ballo, balla; si ric, riu; si estic en silenci, mirant fixament l'objectiu, es queda muda, mirant-me als ulls. Les sis. Me'n vaig. Tota paciència té un límit. Baixo les escales, arribo al hall: el bidell ja no hi és. Tot és buit. Obro la porta i, aleshores, veig l'home petit i pàl·lid, darrere de la porta, observant-me capcot. ¿I vostè?, li pregunto, ¿que potser també venia per la gravació? ¿Ha vist el senyor Oliver? Quina barra! I com que no contesta l'agafo per les solapes i l'aixeco de terra (els peus s'agiten, transparents). Jo venia a tancar la porta, em contesta mirant-me als ulls. El deixo a terra i afegeix: quan arriba aquesta hora, tots se'n van; s'atipen de tant esperar. Aleshores, vinc i tanco la porta. L'homenet no sembla tenir gaires coses més a dir, i s'agita amb neguit, com si fos massa tard i tingués pressa per anar-se'n, o dugués a les espatlles una càrrega feixuga i les meves preguntes li fossin una nosa més. Començo a caminar, buscant un taxi que em porti a l'estació.

UF, VA DIR ELL

Van pendre cafè i talls de sara. Uf, va dir ell finalment (perquè abans tenia la boca plena, no solament de pastís sinó també de mandra, i no l'hauria pogut badar). Ella ni se'l va mirar (feia taaanta calor, i la finestra, com sempre, tancada). La finestra, com sempre, tancada, va dir. Ell no va contestar (pensava que, en ple estiu, era lògic que en fes, de calor). Si vols, obre-la, va suggerir, perquè li va semblar que havia de dir alguna cosa. Ella, però, no es va aixecar de la cadira ni va fer cap comentari. Era com si el temps els aixafés en silenci. Va agafar la tetera i, a poc a poc, va abocar cafè dins de la tassa (feia ja un any que s'havia trencat la cafetera i havien decidit no comprar-ne cap altra: com que no els agradava el te, farien servir la tetera pel cafè). Una mosca volava pel damunt del pastís. Va alçar la mà per fer-la fora, però tot seguit va pensar que era un esforç massa gran per la poca nosa que la mosca li feia, així que la va deixar estar. Durant uns segons, la mà va quedar suspesa en l'aire. Després la va abaixar lentament i la va deixar sobre la taula. Crec, va dir ell ensumant l'aire, que aquesta calda atreu les mosques. Enllà de la finestra, el sol escanyava una heura sifilítica més morta que no pas viva, que s'arrapava a l'únic pam net de mur, blanc i brut. En un no res, la taca solar arribaria al vidre i entraria a l'habitació. Sí, va convenir ella mirant la tassa, i la va començar a copejar amb la cullera (el dring era constant i càlid, mínim). ¿Podries deixar de fer soroll?, va preguntar ell, tip. Ella va llançar la cullereta sobre la taula i el cop va ser suau, tou, de color taronja. Abans, era ell qui encara parlava, no feia tanta calor a l'estiu. Tot es capgira, va rematar ella. Hi estaven d'acord. Van quedar en silenci mentre el sol planava sobre tots els caps: els dels homes al carrer, caminant lents, els dels nens a la platja, cecs d'aspror. Van barrejar les cartes i van escapçar-ne la pila. Ella tenia doble parella.

Quan se'n van adonar el cel ja era fosc i el reflex negre. Van encendre el llum de taula i van recollir les cartes. Amb el comandament a distància van engegar el televisor. Sobre la taula quedaven encara embotits i torrades fredes, que es van anar menjant. Acabada la programació, els himnes i les banderes, la tele es va inundar de pluja i es van adormir a les butaques. Aleshores, pels volts de mitjanit van entrar per la finestra els coloms rosats, els galls negres de canyamel, els cérvols daurats, les gavines de lapislàtzuli, les heures multicolors i les girafes d'heliotropi, tan rialleres. S'hi van estar fins a la matinada i se'n van anar a poc a poc, a mesura que el sol despuntava, de tal manera que, quan ell i ella es van despertar (el sol feria ja el mur blanc i brut de davant de la finestra), els animals i les plantes ja no hi eren. Van pendre cafè i talls de sara. Uf, va dir ell, finalment (perquè abans tenia la boca plena i no l'hauria pogut badar).

SOBRE LA VOLUBILITAT DE L'ESPERIT HUMÀ

A l'omnívor VallcorbaPlana

És clar que de petit havia menjat lletres a la sopa, però menjar-se una A retallada en paper blanc li va produir una sensació desconcertant. Havia retallat la A amb cura, a poc a poc, amb unes tisores enormes, mentre observava, ensopit, la tarda que queia més enllà dels finestrals de la terrassa. Era una d'aquelles tardes tristes, que no sabeu què fer i us trobeu aferrant-vos a la petita rutina de regar les plantes, treure la pols dels llibres del prestatge de més amunt, tallar-vos les ungles, fins que a la mà no us queden més que les tisores, complagudes a retallar formes sense sentit, i una de les formes pren, perquè sí, la forma d'una A, i ara se la menjava cobejosament, com si tastés un plat sublim. Quan va haver acabat la A, va retallar una B; després una C, i una D, i les engolia cada cop amb més gust. Quan la nit va ser ja una llesca negra, va començar a formar paraules curtes—MÀ, PA, TE, XAI, CASA, JOAN—, que es menjava amb delit. Dos dies més tard va descobrir que ja no li calia menjar altres coses, que amb les lletres en tenia prou per nodrir-se. No li calia ni fruita ni llet ni carn ni llegums ni peix. Els aliments convencionals el deixaven cada cop més indiferent i, dues setmanes més tard, va començar a notar que més aviat li repugnaven. També va començar a saber distingir unes lletres de les altres, no tant les substàncies de què estaven fetes (això no tenia importància: ben aviat es va adonar que aquest detall no influïa gens en el grau de nutrició ni en el sabor) com els diferents tipus, cossos i variants. Així, va descobrir que les sans serif eren més digestives que les avec serif; que, d'aquestes, l'égyptienne era la més pesada, tant, que, menjada abans de dormir, produïa insomni o malsons esgarrifosos. L'experiència el va fer adonar-se que la lletra anglesa era bona per combatre el restrenyiment, l'helvètica demigras immillorable contra l'hepatitis i la futura medium contra la taquicàrdia. Per fer-la més digerible, si mai consumia futura bold (sempre amanida amb unes quantes american typewriting) era de cossos inferiors al 24. Òbviament, va començar a desenvolupar certes preferències: la baskerville, la gill, la stymie. En canvi, odiava la blippo i l'avantgarde. La times li era indiferent; com un lluç bullit, la va definir un dia, però tot seguit va pensar que (quan encara s'alimentava convencionalment) de vegades havia agraït un bon lluç bullit o fet, senzillament, al vapor. Així, doncs, es va fer imprimir textos en times, sobre papers diferents: martelés blaus i verds, couchés rosats, bíblies groguencs. Pel mateix sistema, la venus fina, que fins aleshores havia trobat ensopidíssima, va convertir-se (impresa en cos 38 i tinta verd fosc sobre un setinat turquesa) en un dels seus plats predilectes. Més tard va venir la qüestió dels vins: ¿quin calia beure amb cada tipus de lletra? Això el va dur a una llarga temporada de provatures: de vegades fallides, sovint reeixides. Va trobar que, amb les helvètiques, s'adeien perfectament els borgonyes, els barolos, els chiantis, els cabernets, els de la Rioja i els priorats. Amb les futures (tant les gruixudes com les primes) lligaven excel·lentment els alsacians o bé un bon moriles. I, en general, amb totes les sans serif, els ribeiros, els penedès, els valdepenyes, els sylvaners, els rieslings, els sancerres, els chablis. Amb les avec serif resultaven excel·lents els del Bages, els grans bordeus (com el Château-Latour, el Château-Margaux o el Saint-Émilion), alguns borgonyes o els de Tudela i Elciego. Al cap de dos mesos, devorava diaris, revistes, prospectes farmacèutics, llibres, capses lleugeres de cartró i petits rètols lluminosos que a poc a poc van anar augmentant de volum; i un sopar no era un sopar com cal si no incloïa algun volum de l'Enciclopèdia i alguna lletra de tub de neó. Va comprar grans quantitats de letraset. De nit, entrava a les impremtes i devorava tots els caràcters que podia. Suplantava els linotipistes i engolia les barres de plom tal com anaven rajant de la màquina. Va descobrir les excel·lències gastronòmiques de l'alfabet grec (que van anar compensant la primera impressió enfarfegosa que n'havia tret), el plaer del ciríl·lic, el gust exòtic dels signes xinesos, les diferències entre el tailandès i el cambotjà, el greixum de l'àrab. Devorava abecedaris com qui respira. L'únic que li faltava en aquest món era temps, perquè havia aconseguit la felicitat pel camí de la literofàgia; el dia, la nit, la vida sencera, tenien un objectiu únic: tastar nous caràcters. Si viatjava, ho feia per conèixer variants dels tipus usuals de lletres. Visitava foneries tipogràfiques com altres visiten caves de xampany o fàbriques de cervesa, i era la persona més feliç sobre la superfície del planeta si entre els dits (i les mandíbules) li queia alguna lletra nova, fresca, acabada de dissenyar. Visitava els grafistes, i els ajudava a introduir variants en els dissenys ja coneguts. N'hi havia que el prenien per boig, però a la llarga s'adonaven que els seus consells eren útils, encertats, que perfeccionaven aquella forma una mica desmanegada que ningú no havia sabut resoldre. En conseqüència el deixaven parlar, i fins i tot, quan no se'n sortien, el reclamaven abans d'introduir un nou tipus al mercat: perquè hi donés el beneplàcit. Era ell qui, amb un somriure als llavis, donava els últims consells que farien que aquell nou tipus fos desitjable, tant des del punt de vista tipogràfic com des del gastronòmic.

La volubilitat, però! Tres anys després, les lletres van començar a atipar-lo de manera irreversible. Uns mesos més tard ja el fastiguejaven. Afortunadament, per aquella mateixa època va començar a desenvolupar un progressiu interès pels vaixells en miniatura.

SPLASSSHF

SPLASSSHF: em submergeixo en l'aigua perquè fa calor i estic suant i la pell em put i estic esgotat i el líquid és fresc i transparent i les gotes de l'splash del meu més aviat tosc contacte budellenc amb la superfície sensualment oscil·lant i amoral del Mediterrani es perden entre l'escuma blanca, que craqueja i es desfà, disseminada per la sorra de la platja, i faig unes braçades, aixacumfa, aixacumfa, aixacumfa, i em meravello de la meva pell coppertonejada i surto de l'aigua, BLUP, apol·lo estiuenc, fardant més que Johnny Weissmuller, i faig un tomb amb intencionalitat contornejant i exhibicionista entre la xarxa que tricoten les mirades tedioses, odioses, famèliques i socarrimades de quatre ties nòrdiques que dissimulen darrere d'ulleres de sol horribles, fent veure que llegeixen el *Bunte* o l'*Stern*, com si els importés una puta merda quin vestit de plàstic metal·litzat ha dissenyat el xorra del Rabanne, o les bragues que porta la fulana de l'Schmidt, o el color de les mandarines que menja, amb aquests llavis de maduixa, Carolina de Mònaco, noieta que, entre altres coses, ha ereccionat en mi un sobtat i imprevisible interès per l'aristocràcia, especialment la d'ella, i per la sang blava que circula per aquestes venes que li corren, boges i disperses, pels pits, els albercocs, els préssecs, fruites fresques per rebolcar-s'hi i plorar la teva rialla els teus ulls les teves dents i demanar, EXIGIR, la socialització del món, no pas per res (el món se'ns en fot) sinó per tu, Carolina, i camino, doncs, cap al passeig marítim o com en diguin aquí, mentre el sol ens clivella de pur deshidratament (és migdia i les ombres no haurien de ser tan grosses, però ja se sap que sempre anem amb l'hora estranya), xino-xano fins al bar de la plaça, on demano un combinat de noranta-cinc peles i una cervesa fresca i me la prenc i veig els paises, EH, xavals, ¿què?, doncs mira, res, ah, bueno, ja ho veus, ens veiem més tard, sí, al Western Saloon, i pago i me'n vaig a la chambre de la pensió i dormo una estona perquè estic esgotat, cony, de tant ballar (ja fa quatre dies que sóc aquí) i com si res, això és un fàstic, tant Lloret, noi, vine a Lloret que lligaràs i ni una merda consagrada, tio, ¿què vols fer-hi?, un altre any no m'enxamparan. Em desperto a les nou i encara no és negra nit, baixo al carrer i me'n vaig al bar de les hamburgueses, a marcar-me'n una amb càtsup i ceba i una volldamm. Que putes!, amb la calda que fa i ells amb la samarreta blanca amb les aixelles suades i la gorreta al cap, dalt de la cabellera immensa, tota bruta i rinxolada i fins a l'esquena, una cheeseburger, please, me la menjo amb dues queixalades, després me'n vaig; són les deu i camino entre el riu de gent que comença a omplir-ho tot, i em fico en una sala d'esports i faig dues partides al millon, però a la segona no tinc sort i a la primera bola he fet falta, TILT!, i me'n vaig al bowling, al bar del bowling, vull dir, i em prenc una altra cervesa, crrrrrrrrrc!, el soroll relliscós de la bola, acostant-se cada cop més, plopft!, crroooooc, i ja m'avorreix tot això, així que foto el camp i em compro unes french fries en un bar blanc, de formica (¿o és fòrmica?) i plàstic, i me les vaig ficant a la boca, assegut en un banc del passeig, de cara al mar amb la samarreta nova i suada (més que res a les aixelles) que em vaig comprar, de color vermell, ahir; i em miro el cel, tan gran i fosquíssim i ple de punts blancs groguencs, en fi, filosofies ara!, llenço la capseta oliosa on hi havia les fries i em foto altre cop dins del laberint de carrers, souvenirs, carn tèbia, eh, xaval, ep, ¿què hi ha?, el Perlanca que va de passeig, amunt i avall, ¿què, anem al Western Saloon?, sí, i el soroll (música) que et cau al damunt és massa, too much, que diuen els poliglots, i anem cap a un racó i seiem i és ple de peluts i ties boníssimes, més fredes i distants que l'hòstia, i el cambrer, un de ros, two beers, what?, two beers!, two beers!?!?, YEAH!, tant se val que parlis o cridis, ni se't sent, el merder tan considerable, i la música, Rolling Stones dels vells temps, tio, picar de mans per seguir el ritme, un Chuck Berry del 58, reserva carta blanca, mmm, bé, doncs, ens porten les beers (trenta peles and five for the boys a la que et despistes), OK, començo a estar a to, bffff, vacances somiades, una tia que està començant a ballar, ooh, rossa, cabells llisos i suaus, ulls com pous, llavis com matalassos i el mamellam que s'esvera a cada contorsió, fins que arriba el goril·la, això no és una boîte, ja ho sabíem, tio, doncs no es pot ballar i la tia s'atura, un rictus de frustració li travessa els matalassos, a fotre's i a seure i a beure més cervesa, fins que sortim i ens despengem per un carreró petitó i em foto de lloros contra un arbret: senyal inequívoc o així d'una very interesting col·locació, paperina o gavardina, i m'assec. Seiem, Perlanca, a la vorera i escoltem el silenci, és tan estrany el silenci i la paret blanca, mmm, ¿anem a una discothèque?, hi anem, doncs, i en busquem una, en una cantonada esmoladíssima, llums blaves i magentes, pst, deu estar bé, podríem haver anat al Revolution, massa lluny, aquí ballem i ja està bé, bueno, i ens llancem a la pista, HOP!, que bé, i demanem un cubalibre i ens porten un raf, quines coses, però tant se val, això és vida i no les vuit hores diàries a l'oficina, està bé aquesta cançó, és Rosana de los Diablos, que maca!, hi ha unes estrangerotes que déu n'hi do; seiem, a veure si descanso una mica, i els llums: groc, vermell llepat, verd, blau, l'espot blanc: flaix flaix flaix flaix, i tot que dóna voltes, uuuop, si lligués alguna cosa..., però aquest any és fatal: ni el Barça guanya la lliga, així que ja em direu com poden anar les vacances, ha ha, i aquest any sense el Michels ja ho veurem, el tio aquest, l'alemany, el nou, no sé ni com se diu, ja ho veurem, ¿eh?, i, vaja!, unes ties aquí al costat nostre, una mica bledes i nassudes, no estan bones, ¿què vols fer-hi?, semblen del país, hola, ¿què?, quin rotllo,

¿com ho fem, Perlanca?, més raf, valor, quina calda, el Perlanca s'està embrancant, avui té el dia més fi que no pas jo, i les ties responen (ara, que són més faves...), ballem, Demis Roussos, we shall dance, we shall dance, que fi, encara que una mica passat, però va bé per estar junts, com s'arramba!, pla o projecte and so on, a veure, ¿com te dius?, Mariantònia, però em diuen Tonyi, ¿d'on ets?, d'HospitaletdelLlobregat, ah, jo sóc de Manresa però ara visc a SanAdriándelBesós, jo treballo de dependenta al CorteInglés, ¿al TallBritànic?, HA HA HA, que graciós!, sí, a la secció de perfumeria, però estudio secretariat, això està bé: progressar, sí. ¿De vacances? Sí, amb la meva amiga, Mariangustias, Angie per les amigues, ¿Angie?, com la dona de David Bowie, ja ho saps: la cançó dels Rolling Stones: Aaaaangie, Aaaaaangiie, tu estàs al corrent de tot, pssè, quina calor que fa aquí, ¿oi?, sí, ¿vols que ens en anem?, bueno. Ens en anem tots quatre, ara passegem, i ens prenem un quantró amb gel a la barra d'un bar pollós i nederlanditzant. Són simpàtiques, una mica espesses i xorres, però ¿què hi vols fer? Podríem anar al meu apartament, diu el Perlanca, com si d'aquella habitació se'n pogués dir apartament (a veure quina cara hi fan, però: abaixen els ulls i es miren de manera fugaç: malament: el Perlanca ha anat massa de pressa), uf, tinc uns discos bons, podem anar-hi a escoltar música, insisteix, bueno, diuen les ties, plis-plas!, encara anirà bé. Comprem una ampolla de xampany ben freda, un xampany bo, l'ocasió s'ho mereix: un DELAPIERRE, i pugem a l'habitació: una habitació d'hotel, és clar que millor que la meva i, ja l'hem cagada, el llit ben a la vista, el primer que s'ha vist quan hi hem entrat, enooorme, al bell mig de l'escenari. Les ties s'han quedat parades, amb la mosca al nas. ¿Seiem? El Perlanca posa un disc dels Beatles, oh, qué bonito, nos gustan los Beatles, diu la Mariangustias, i obro la finestra perquè fa calor i m'agrada mirar el cel, tan fred i tan blau i tan llunyà, i calculo: deuen ser les dues o les tres de la matinada, pfff, encara és d'hora, el xampany!, el xampany! que bé!, riem, està fresquet!, sí, és que el xampany s'ha de servir fresc, diu el Perlanca. Ah, obre la boca la Tonyi, i m'hi assec a la vora i parlem de música, tu, a Barcelona, ¿què fas?, treballo en una agència de publicitat, oh, que interessant! Sí. ¿I els diumenges què fas? Vaig a ballar amb les amigues. Ah, ¿sí?, i li passo la mà per l'esquena, amb suavitat, com la seda: no diu res, li pressiono lleugerament el braç amb les puntes dels dits, a l'altura del bíceps, m'hi acosto a poc a poc i no diu res. Vaig a posar llum indirecta, diu el Perlanca. OK. I apaga una bombeta, i estem així, doncs, amb la llum tamisada i vaig i me la morrejo, plis-plas, i no diu res. El Perlanca ha desaparegut amb la Mariangustias, són a l'habitació del costat, la del Ricardo, que se n'ha anat a Cadaqués amb la jet set, a menjarse una paella, i el disc, crac-crac, que ja s'ha acabat i va entrebancant-se constantment, potser una volva de pols, o potser està ratllat, crac-crac, ja veig que ningú no farà cap pas per canviar-lo, li passo la mà per sota la brusa, i em respon millor del que esperava, vaja: descordem botons i cremalleres damunt mateix del sofà, uf, i la beso més, bullo, té una cintura... No, em diu, així no, ¿ah, no?, no, és que no prenc pilules, ¿saps?, ah!, pilules, HA HA, podem fer marxa enrere. O no, espera, el Perlanca té una goma d'aquelles, crec, truco a la porta: toc-toc, Perlanca, ¿puc passar? Entro, passo i surto. Mira. Ah, que bé, ¿és segur? Sí, anglès, garantit. Crac-crac, diu el tocadiscos. Ah, bueno, a veure, vine, m'agrades molt, tu també, ets molt simpàtic, em diu, i veig aquest nas enorme, com un lloro o una garsa. Sí, dic. Oh, ¿què et passa?, diu. ¿Què em passa?, i em miro, cony, no ho sé. ¿Què et passa?, diu ella. No ho sé, no m'havia passat mai, li dic, de debò que no ho entenc. M'emprenyo. No t'excito, diu, i abaixa la cara, entristida. Què dius, dona!, si m'excites quantitat, però no ho entenc, vaja, noi, no sabem què fer. Crac-crac, diu el tocadiscos. Ella dissimula arreglant coixins i mirant-me de cua d'ull. Jo intento concentrar-me, pensar en aquestes corbes o en alguna foto del *Playboy,* a veure... Merda, quina lata, deu haver estat la gometa, no ho sé, vaja, un cop que lligo, penso, i li dic: escolta, em sap greu, de debò. No et preocupis, diu la Tonyi, i tracta de somriure, com qui no hi dóna importància, mentre es va vestint a poc a poc i mira per la finestra i se sent la remor del carrer i la ràdio del veí, Rosana de los Diablos, quina cançó, està bé, és bonica, ¿no?, diu la Tonyi, sí, dic jo, i somriu (¿amb tristesa?) i jo penso quina frustració, quina collonada, merda, i obro l'ampolla i em prenc un cynar.

FUM

A la dinosaura

M'agrada passar-me les tardes pels bars, voltat d'un núvol de fum i amb una copa de ginebra al davant, sobre el taulell de fusta envernissada. Bec massa, ja ho sé, i d'aquí em ve aquesta panxa menuda que fa les delícies crítiques d'algun amor d'aquests d'un cop a la setmana, ja em trucaràs, petó fred als llavis. M'agrada asseure'm en un racó tranquil, o a la barra, i llegir, llegir molt i de tot (diaris, revistes, novel·les), i pendre apunts: agafar un tovallonet de paper i començar a escriure, fins que és ple, i agafar-ne un altre i un altre i un altre, tots atapeïts de ratlles de lletres, fins que un quart més tard el tovalloner és buit. Aleshores arrenco fulls de l'agenda, i quan s'han acabat deixo d'escriure i miro la gent que m'envolta, el sostre, les parets emmoquetades de fosc (aquests pubs que no tenen res de pubs són el lloc més tranquil per llegir), i penso en altres temps, i en el que he de fer a les nits. Els tovallonets i els fulls de l'agenda acostumo a llençar-los, de seguida que surto al carrer, a qualsevol paperera. Sovint, de nit (sobretot últimament) no sé què fer i tot és un neguit i un rebolcar-se pels llençols, rebregats de tant regirar-m'hi. De nit veig les coses molt negres, molt monstruoses (com tothom, suposo), i he d'aixecar-me i encendre el llum i posar un disc de la Bonet (perquè m'agrada molt, la Bonet) i esperar que neixi el dia i els edificis passin de negres a grisos. ¿Ho heu fet mai, això d'esperar que el sol surti, i observar els moviments a l'edifici del davant? Hi ha gent que matina i gent que dorm sempre, en pisos que semblen deshabitats perquè ningú no s'hi belluga, i altres que obren els finestrals de bat a bat, i entre la foscor ambiental pots veure una dona amb mocador al cap que espolsa els mobles. Però això passa quan el matí és molt avançat. Abans, però, he vist com la gent surt, matinera, per la porta de l'escala, que quan l'obren sembla somriure. N'hi ha que agafen el cotxe i fugen (m'imagino que cap a oficines i fàbriques). Si som a l'estiu, quan el sol és prou alt m'estiro sobre les rajoles i faig bronzo. Si som a l'hivern, entro dins i preparo cafè calent. Submergit en un món tebi, embafat de somnis lleganyosos, em miro els sorolls de la ciutat. Quan començo a sentir la musiqueta del diari parlat, em vesteixo i surto al carrer, dino al bar de la cantonada i agafo el metro fins al centre de la ciutat. Allà començo el meu lent recorregut. Compro diaris, furgo les llibreries. Arribada aquesta hora (quarts de nou) tinc prou esma per arribar al Berimbau del passeig del Born, pendre una caipirinha i enrotllar-me malament amb la gent del Màgic, tan joves que semblen fràgils i em fan sentir molt gran. M'imagino que, quan em miren, em censuren la presència: ¿on vas, amb els teus vint-i-quatre anys?, i no sé si acotar el cap demanant perdó, perquè les generacions volen i abans que te n'adonis has canviat els pantalons curts de nen il·lusionat per tot d'arrugues al voltant dels ulls indiferents. Vet aquí la vellesa. M'agradaria abraçar, llepar aquests cossos tan prims, d'adolescents a mig formar. I si no ho faig és per una mena de vergonya abissal que m'ho impedeix. (La vergonya abissal és una propietat característica dels peixos d'aquest nom.) Ells (els adolescents) mouen els peus seguint el ritme dels blues, perquè aquests dies toquen blues, al Màgic. I els blues són com records de ciutats que mai no has trepitjat, de matinades fumejants a fàbriques suburbanes, de cops de porra silenciosos sobre caps de goma, com l'esclat de llum sobre els cascos dels policies a punt de carregar. Aquestes sensacions (junt amb l'esclafit dels timpans per culpa dels decibels) és tot el que m'acostuma a passar al Màgic. I dic «acostuma» perquè una nit va ser diferent: se'm va acostar un noi (no devia tenir més de divuit anys, duia les solapes de la gavardina aixecades, un cigarret als llavis, la samarreta amb franges horitzontals blaves i blanques, els cabells rossos i curts i les ulleres negres i enormes) i, instal·lat a la meva mateixa taula, sense haver-me demanat cap mena de permís, se'm va adreçar en un to suau i mel·liflu: «¿Tu hi véns sovint, al Màgic?» «Cada nit.» «Doncs no t'he vist mai: deu ser perquè és el primer cop que hi vinc.» I va riure amb una riallada tan estúpida que va trencar els gots de les taules, les ampolles dels prestatges i les ulleres dels miops, i va fer que els músics deixessin de tocar i el miressin, sorpresos i silenciosos, com tota la gent. Després es va asserenar, va deixar de riure i va tancar la boca (tenia les dents amples, com de cavall) i va mirar a tots costats i la seva mirada (fins i tot a través de la foscor dels vidres de les ulleres) va fer callar els últims xiuxiuejos de la gent. Va fer petar els dits, i els músics, com autòmats, van tornar a tocar. Va beure un glopet de conyac, del got llarg, i es va netejar els dits amb el fulard de mil colors que li penjava del coll. La gent el mirava de cua d'ull, i els músics s'entrebancaven amb la melodia. «¿Saps?», em va dir en un to confidencial (vaig pensar que aquell era un to que no li esqueia gens), «mai no he estat un home virtuós o pacífic: per no res trec la navalla i, en vint segons, deixo el terra tan xop de sang que ni canviant-ne les rajoles s'oblida de ser vermell; i, com que sóc massa gran per canviar de caràcter, seria convenient que t'acostessis als músics i els convencessis de tocar *Fascinació*, que és una música que m'agrada molt.» El guitarra va aturar el blues tan bon punt em va veure arribar. Vaig mussitar-li l'encàrrec a l'orella i vaig tornar a la meva cadira, al costat de la d'ell. *Fascinació* començava a sonar, i crec que mai de la vida aquells músics no havien tocat tan bé. Al de la samarreta de ratlles i la riallada estúpida se li van humitejar els ulls de seguida, i les llàgrimes, grosses com ous, li degotaven a terra, o bé se les eixugava amb el fulard. Poc després, els músics semblaven esgotats i el fulard era xop com una baieta. «Prou», va dir, «podeu parar.»

Els músics van parar immediatament mentre ell s'aixecava de la cadira i se n'anava escales amunt. Vam quedar sols i en silenci, perduts com mai. Ningú no es va atrevir a dir ni ase ni bèstia i, qui més qui menys, tothom va anar fugint cap a les residències quotidianes. L'endemà, amb l'esmorzar de mig matí, vam trobar la seva foto al diari, amb un titular trist: «Atrapat quan tractava de passar per la frontera un carregament de papallones rosades.» A la foto havia quedat molt malament, com gris i pla i d'una edat indefinida. Vaig llençar el diari a terra i, abans d'hora, vaig començar el meu viacrucis. M'agrada surar per mars d'oli fred: recordar gestos, persones i coses, i mirar els cossos dels adolescents quan mouen el peu seguint el ritme. Potser algun dia em tancaré en una habitació i em miraré el món pel forat brut de la finestra, amb el transistor enganxat a l'orella. Aleshores hauré de recuperar totalment els anys perduts i imaginar-me el present. A hores d'ara encara no conservo l'olor dels fets futurs perquè difícilment es pot conservar allò que encara ha d'arribar. O viceversa. Prou. (Accelerat i obtús, quan arriba aquesta hora acostumo a aixecar-me, reconec que ja no sé el que em dic, pago les copes, obro la porta i surto. Més enllà no sé què hi deu haver.)

TOT DE PRATS ALS ULLS

Era ben divertit quan arribaves, beguda i amb prats de pastisseria als ulls, i amb prou feines deies «hola» i t'ajeies al sofà contemplant un punt inconcret del sostre monocrom, com si no respiressis, amb l'alè tallat i la ment en blanc. T'havia de despullar a poc a poc, amb cura, parant compte a no desnucar-te, amb tota la tendresa del món col·locar el teu cap boig sobre coixins de seda (l'endemà no en toleraves d'altres), apagar espelmes i llums i sortir a la sala i matar el tocadiscos (precisament quan Gilberto Gil trencava un crit d'àngel, o Zappa explicava els perills d'una topada amb el dimoni). Pensava: «Bona nit, pardal, que somiïs paradisos», i em submergia en un magma de boires hivernals i boscos danesos poblats per nans riallers i donzelles aterrides, de les quals ni els cronistes populars no guarden memòria. L'endemà, la primera a llevar-te eres sempre tu, i ho feies emprenyada. Regiraves l'habitació, obries la finestra i amb la claror del sol (aclucaves els ulls fins a convertir-los en un parell de punts petitíssims) alegraves la cara, tan pàl·lida, i semblaves una nina de plàstic, embruixada, que comencés a viure. Arribaves fins al sofà on jo feia l'adormit i m'estampaves un petó a la galta, moment que jo aprofitava per fer veure que em despertava.

(M'estimava més dormir al menjador, al sofà, perquè les teves regirades dins del llit eren violentes i perilloses i em feien por.) Un cop llevat (tu ja havies esmorzat i semblaves nova: un ésser diferent del que arribava de nit: els ulls negres i riallers, les galtes vermelles, els llavis humits i somrients), desapareixes tancant la porta d'una revolada. Havies de donar unes classes, deies, i ja no sabia quan tornaria a veure't. Aleshores baixava al carrer i trescava per la ciutat, amunt i avall, mirant aparadors, comprant llibres que després no llegiria, prenent el sol sobre la gespa dels parcs, fullejant diaris i revistes davant d'una taronjada amb vodka. Seia a les places i donava pa mullat als coloms. Mirava les cames i els culs de les noies, cenyits dins de texans deslluïdíssims. Comprava popcorn i entrava a qualsevol cinema, sense fixar-me en quina pel·lícula hi feien, i sovint arreplegava parides monstruoses: westerns sense suc ni bruc, o rotllos psicològics per bledes en tarda de lleure. Quan sortia, queia el vespre i començaven a brillar els fanals, aquí i allà, i la gent corria devotament apressada, atrafegadíssima, empaitada pel dia que s'escolava. Per sopar menjava hamburgueses o truites i bevia vi, un altre cop, i llegia algun llibre oblidat molt de temps enrere, i tornava a casa a poc a poc, perquè la fredor de l'apartament era considerable, i no volia que m'omplís la nit d'ombres i raonaments. Si tocaven les dues i encara no havies arribat, em ficava al llit (perquè aleshores ja era segur que no tornaries en tota la nit) i continuava llegint fins a adormir-me. L'endemà trobava el llibre per terra i el llum encès enmig d'un sol de migdia, espaterrant i eixut, que em ratllava murs i taules. Aleshores m'havia d'arreglar, rentar la cara, començar la marxa quotidiana, perquè sempre quedava la possibilitat que, aquella nit, et deixessis caure per casa.

Perquè a la fi sempre t'hi deixaves caure, i mai no passaven dos dies que no haguessis comparegut. Però aquella vegada no va ser així. El primer dia no em vaig esverar: tornaries l'endemà, pensava. Al tercer dia vaig veure que aquell cop seria diferent, i al llarg dels dies següents (que lentíssssimament es convertien en setmanes) vaig perdre l'interès per les coses: vaig beure tant de vi que ja ni l'odio; vaig deixar d'anar al cinema, de menjar hamburgueses i de mirar els malucs de les noies. No sortia de casa. Potser vindrà al matí, pensava. En conseqüència, vaig deixar de sortir definitivament, i treia un cop i un altre la pols dels mobles, escombrava el terra i hi passava l'aspiradora: que tot ho trobessis ben net, si tornaves. Després, ni això. Semblava que el sol hagués deixat d'il·luminar el planeta i tot es feia fosc, negre i opac. Ni tan sols netejava: la pols va anar acumulant-se pels racons, sota els mobles, i passar-hi el dit pel damunt era endur-se'n una llesca de pols blanca. Vaig deixar d'afaitar-me, de dutxar-me. No em movia del llit i menjava rosegons de pa i llet condensada. Un dia, la fam em retorçava tant el ventre que vaig baixar al supermercat i, com empaitat, vaig comprar formatge, llet i xoriço i me'ls vaig menjar allà mateix. La gent em mirava com si fos un cuc, així que vaig tornar al llit i m'hi vaig quedar, i des d'allà veia passar les hores: com es feia de nit i naixia el dia, com el raig de sol resseguia la línia de les rajoles, s'enfilava per la paret, lluïa sobre el pòster, pujava pel sostre i desapareixia per la finestra, la qual cosa volia dir que tornava a ser de nit. Vaig tractar de plorar, vaig deixar de pensar, vaig tancar els ulls, i no em vaig obturar les orelles perquè feia temps que ja no sentia res.

Ves per on, va ser pel nas que vaig adonar-me que tornaves a ser-hi, davant meu, beguda i amb prats de pastisseria pàl·lida als ulls, ni tan sols dient-me «hola», intentant articular paraules boiroses, sense èxit. L'únic que podia fer era aixecar-me: malgrat la meva anèmia intuïda, a les palpentes entre clarors desdibuixades, sense poder deduir quants dies havien passat des de l'última vegada que vas aparèixer. Vaig obrir la finestra (que s'airegés l'habitació!), i vaig haver de despullar-te a poc a poc, amb cura, parant compte a no desnucar-te (pensant que tot tornava a ser com abans), fent-te repenjar el cap en coixins de seda, perquè l'endemà no en toleraves d'altres.

UNDERWORLD

A Toni Martí i Quim Sota

De seguida que les meves trompes d'Eustaqui van reconèixer el riiiiiinnng molest del despertador vaig saltar del llit i vaig començar a flexionar les cames (un dos un dos un dos un dos un dos un dos un dos un dos) fins que en vaig tenir prou i vaig desfer-me d'una lleganya, i vaig intuir un matí adormit, del qual s'escolaven minses ratlletes de llum pels llistons de la persiana. Un cop enllestits els exercicis gimnàstics, badallant amplament, amb tota la mandra del món i una mica més, vaig sortir al menjador, gratant-me l'esquena (un niu de corcs em devorava l'espinada), i al menjador no hi havia ningú (el Pinxa i el Riqui devien estar dormint), així que vaig obrir la porta de vidre i els dos porticons de fusta i vaig sortir a la terrassa i vaig comparèixer davant del matí silenciós, coronat per un lleu sol naixent a banda de mar. Si tancaves els ulls podies imaginar l'escuma blanca, badallant també i esclatant contra les roques de l'escullera, en una sístole i diàstole universal. Dins de la casa tot era mort i jo estava amb ganes de gresca: vaig obrir la porta de l'habitació del Riqui (que era la que em queia més a prop) i el tipus dormia aclaparadorament, emetent un xiulet ben estrany, tan estrany que, per un moment, vaig dubtar si no es devia haver metamorfosat en foca, lleó marí o ocell indonesi i asmàtic, però no, que de seguida que vaig començar a sacsejar-lo el xiulet es va acabar, i jo: desperta't, Riqui, desperta't!, au va!; i ell negant-s'hi: mmmm, feia, mmmm, molt fluixet dient-me que no, molt fluixet, i es regirava i amagava el cap sota el coixí i el cos sota el llençol; Riqui!, Riqui!, i tant i tant el vaig arribar a emprenyar que finalment es va desvetllar i em va mirar profundament, una llarga estona, com si no em reconegués, fins que va obrir els llavis i em va preguntar l'hora i li vaig dir que quarts de vuit more or less i va dir OK i es va aixecar, va recollir els estris d'afaitar i va desaparèixer cap al lavabo i, un cop ell fora, vaig dir-me ara a despertar l'altre, però quan sortia de l'habitació del Riqui vaig veure que el Pinxa ja era a la terrassa, fotent-se una torrada amb mantega i mel, amb els ulls en blanc i el cap alçat, fins que el va abaixar i em va mirar i em va renyar: a veure si no brames tant, que has despertat mig veïnat. El Riqui, vaig fer, ja saps que és dur d'orella. Sí, va concedir, i em va convidar a cafè amb llet. I així estàvem, empijamats i bocabadats, veient com el dia es llevava i els carrers s'omplien a poc a poc dels sorolls quotidians (les xerricades dels automòbils, el xiuxiueig histèric de les formigues humanes apressant-se cap a la feina, l'alenada de rutina que ocupava tot l'espai putrefacte de la ciutat) quan el Riqui va comparèixer també, amb el got de taronjada a la mà, a dir-nos bon dia i ensumar ben fort l'aire nou del nou dia, ben net el cel avui, tot Collserola perfectament visible, net com una diapositiva, tan optimista que em va convèncer que tot anava prou bé (encara que no pogués fer desistir el Riqui de posar un elapé de Chico Buarque de Holanda) i em sentia perfectament, gens ni mica neguitós. Tot anirà bé, és fàcil, em deia, i mentrestant sentia olor de pomes i vaig preguntar-me d'on cony sortia aquella olor, i era que, davant meu, a un pam del nas, sota el plànol que examinàvem amb fruïció, hi havia un fruiter ple de pomes grogues-verdes, salvatges, com delicats dissenys que cap designer no podria millorar. En vaig agafar una i la vaig mossegar: feia crec-creix i l'interior era blanc i sucós. Ep, tu, ¿que somies?, va preguntar el Pinxa, i jo no, no, obrint els ulls, i el Pinxa, amb la grenya desmenjada penjant-li front avall, assegut davant meu i somrient: bah, tot anirà bé, per fec te, pronosticava, i jo contestava que sí, és clar. El Riqui va entrar a la habitació, ficant-se els faldons de la camisa dins dels pantalons, carregant la nou mil·límetres parabèl·lum, i rient. Mira que si el Txordi se n'ha anat de gresca i ve borratxo... El Pinxa, foteta, sempre tan benèvol, val més que no passi res de tot això, i explicant que seria fotut que el Txordi no arribés i haguéssim de deixar-ho tot per un altre dia, o fer-ho sense ell; després somrient: no ho crec, el Txordi és un bon xaval i no ens faria mai de la vida una putada així. Vaig llençar el cor de la poma sobre la taula i vaig anar a canviar el disc, mentre a la meva esquena el Riqui remugava que era un porc (per haver llençat sobre la taula el que quedava de poma). Vaig tallar Chico Buarque a mitja cançó i vaig posar música de Nino Rota, un elapé que va dur el Pinxa quan va ser a la Riviera, l'any passat, fent de macarró. És una música que m'agrada, que m'entra per les orelles i em ressegueix les mil venes del cos, com si fos un heroi de pel·lícula italiana, va dir mentre ens el mostrava, tot ell somnis i delíriums musicals. Bon, va dir el Pinxa (que havia viscut a Marsella quatre o cinc mesos, i parlava, doncs, francès), vaig a emprovar-me els elàstics. Elàstics blaus mullats fan fàstic, va fer el Riqui, tan avesat a la poesia, i el Pinxa, somrient, ja retornat, tibant-se'ls, ¿què us sembla?, preguntava (i semblava un senyor de pel·lícula antiga i mig esborrada, grisa, amb els cabells degotant-li fixador i els elàstics sobre la blancor de la camisa, tot plegat tan teatral que només hi faltava la llum groga d'una bombeta polsosa oscil·lant lleument al vent trist d'un capvespre lleganyós), i vaig dir-li sembles sortit d'un film dels anys quaranta, i ell, cofoi: exacte!, somrient, això és el que volia, ¿has vist *Scarface*?, ¿no?, no sabeu les ganes que tenia d'anar a atracar un banc vestit comilfó, i amb clenxa al costat dret. I amb barret!, va cridar el Riqui (tan ràpid com sempre en qüestions de mètrica i rima), mentre jo començava a mossegar desmenjadament una altra poma. Vaig mirar el rellotge: un quart de nou i el Txordi sense venir, aquest ens fotrà l'operació per terra. Va, home, no siguis tan sever, es deu haver adormit, deia el Pinxa, col·locant-se l'armilla i la jaqueta milratlles, prepara't, va, que encara seràs l'últim. Així, doncs, vaig haver d'aixecar-me, badallar, anar fins a l'habitació, començar a vestir-me i ajornar la dutxa fins al vespre. (Pels sons que m'arribaven de l'habitació vaig deduir que *a)* el Riqui estava traient el disc de Nino Rota, amb evident dany d'aquest, i *b)* que hi tornava a posar Chico Buarque de Holanda, amb ganes evidents de molestar-me.) Només acostar el nas als mitjons, em va arribar a la pituïtària una ferum que em va ajudar a decidir-me: vaig obrir el calaix i vaig treure'n un parell de nets mentre, barrejada amb la musiqueta vomitiva, m'arribava la remor d'aquell parell de galifardeus jugant a lladres i serenos, bang bang bang, i ja gairebé dos quarts de nou. Neta la pistoleta, vaig preguntar pel Txordi. ¿Caldrà informar la bòfia i preguntar si saben on para? No siguis bleda, home, ja arribarà. OK, doncs. Vaig asseure'm al sofà i vaig començar a passar fulls d'un *Fotogramas* endarrerit, amb tot de mamellam i cuixam i fotos de noies boniquíssimes esperant una oportunitat, pobres estarlets del subdesenvolupament cinematogràfic, i el Pinxa repassava el plànol i el Riqui es desodorava les aixelles, tot plegat una imatge prou poètica: el nou underworld desodorant-se l'ànima (editorial per magazine catolicoprogressista). Aleshores van trucar a la porta i el Pinxa es va esverar: la pasma, tu, la pasma!, deia traient la 9 mm i col·locant-se en posició més aviat eròtica que no pas defensiva, mentre el Riqui s'acostava a la porta i preguntava ¿qui hi ha?, i una veu coneguda va dir el Txordi, i el Riqui va treure la cadeneta i va obrir la porta (pel marc de la qual va aparèixer el Txordi amb els ulls lluents i la camisa descordada i un lleuger tremolor a les mans). Home, això sí que no!, es queixava el Pinxa, no fotis, hem de fer feina aquest matí i et presentes torrat. No no no, es defensava el Txordi, no estic torrat, és que no he dormit bé, i aquí va somriure: una rossa, paio, de Philadelphia, Phili, que diuen ells, quina rossa, noi! Va ser aleshores quan jo vaig perdre definitivament la confiança i l'oremus, i vaig ajeure'm al sofà mentre escoltava com el Txordi s'explicava: no no, hòstia, estic bé, la mà em tremola una mica però no és res. En cinc minuts i un esmorzar com cal estaré llest i prest. ¿Què?, s'horroritzava el Pinxa, ¿a més, encara no has esmorzat? Desert el frigorífic, no ens va quedar altra opció que rentar-li una mica la cara i les aixelles i obrir-li les parpelles i remullar-li els ulls i pentinar-lo una mica i preparar-li la pistoleta i, arrossegant-lo, sortir al replà i pitjar el botonet de l'ascensor i, després d'un minut de pitjar-lo, sentir el porter que brama des de la planta baixa (l'ascensor està espatllaaat!) i, doncs, baixar els vuit pisos a peu, xino-xano per l'escala. Només ens faltava això, home. I un cop dins del cotxe, arrencar cap al centre i travessar carrers estrets i carrers amples, avingudes i semàfors de tots colors, ep, gent!, que jo encara no he esmorzat, i el cotxe que xiscla: nyeeeeeec! (frenada) i cap a buscar un baret on facin ous ferrats i pernil, amb un vinet bo, un penedès fosc i un cafetonet. No, un... ¿Un? Dos. Tres. Quatre. Quatre rebentats, el Txordi eixugant-se els llavis i fent un rotet, au, va, pagueu, i el Riqui que paga i ja som altre cop dins de l'auto, llegint la multa que ens ha encolomat algun urbà massa estricte. Hòstia, es queixa el Pinxa, ¿i per què?, i traiem el cap per la finestra i veiem un immens disc blau, aureolat de vermell i travessat diagonalment per una ratlla també vermella, i comprenem: hem aparcat en lloc prohibit, i ho hem de fer a parells i senars: el Txordi guanya i és, doncs, qui s'encarrega d'estripar la multa i de conduir l'automòbil, que fa vrooom vroooooomm mentre ens acostem al banc i el Pinxa notifica que són dos quarts de deu, hòstima, sí que anem bé, sou tan poc puntuals, amb gent com vosaltres mai no arribarem enlloc, etcètera. Fins que arribem i aparquem, davant per davant de la sucursal bancària, i sortim tots, tret del Txordi, que es queda al volant, desitjant-nos sort, i som tres: el Pinxa, el Riqui i jo, que ens acostem a la porta de vidre, l'obrim i hi entrem com si res: somrients i angèlics quan encanonem els funcionaris, sorpresos, atabalats, dient noséquè, i els fem ajaçar, a terra, tots bocaterrosa, els clients també, la fredor de la 9 mm al clatell del director de la sucursal, endavant, tris-tras fins a la caixa forta, au, obre-la, li diu el Pinxa, i el bon jan acollonit i dient sí sí sí, atabalat, amb la mà al pany, un pany de cop, enorme i brillant, i ho trobo estrany, ¿una caixa forta amb un simple pany de cop?, mmmm, i dins de la caixa trobem quilos i quilos i quilos de carn vermella, blanca i greixosa, amb un tuf de mort glaçada, i aleshores ens vam adonar que era un frigorífic i no una caixa forta, i vam girar la mirada cap al director de la sucursal i anava vestit amb un davantalet blanc i duia els braços amb sang fins als colzes, i vam sentir que el bon home deia (molt respectuós i sense deixar de mirar els revòlvers): escoltin, em penso que s'equivoquen. I aleshores ens adonem que allò és la carnisseria, no pas la sucursal bancària, i ens fotem a riure, demanant excuses, sortint a la botiga tota plena de senyores i de dependents per terra. Au, va, ja poden aixecar-se, tots petant-nos de riure i sortint al carrer, les 9 mm a les butxaques, i descobrim que el banc és just a la porta del costat, però ja ningú no té ganes d'anar-hi, ni d'atracar-lo, demà serà un altre dia, diu el Riqui, arrepapant-se al seient davanter del cotxe, el Txordi bocabadat i sense entendre res, tots amb ganes de riure i beure whisky i menjar patatetes fregides, i truita de carxofes, afegeix el Pinxa.

LA CREACIÓ

Al Biel, tot de teoria
dels llenguatges Marguery
à la Diamond Jim

En lo principi és la nit: una nit falsament eterna que mai no esdevé ni tan sols matinada, per la qual cosa, lo primer dia, Déu Nostre Senyor (ultra crear-se ell mateix) crea el dia i, com que la feinada el deixa esgotat, té tanta son que no s'hi veu i es posa a dormir, activitat que l'ocupa fins lo sisè dia, que es desperta i, a correcuita, ha de crear l'univers, lo món, los vegetals, los animals, los homínids, la física nuclear i les fantasmes, que (esbojarrades com són) es dediquen a pintar el cel de color blava, perquè haveu de saber que en un principi (és a dir: los cinc primers jorns) lo cel era de color verda, raó per la qual se confonia tot sovint amb los prats de gespa, los quals, a llur torn, troben ara monòton portar una existència tan verda, i se tornassolen en belles gammes de colors que tornen boigs d'enveja los arcs de Sant Martí, los quals, per no ser menys, prenen la forma de figures geomètriques: quadrats, triangles, cubs, cilindres i, sobretot, piràmides, que astoren los faraons egipcis, personatges summament enamoradissos que decideixen prendre-les sota llur tutela, cosa que les entristeix sobre manera i les fa adoptar aquesta coloració polsosa, producte de la tristesa i les llàgrimes vessades sobre el Nil, que a hores d'ara no és encara un riu sinó una riera vorejada d'atzavares, i amb un quiosc de begudes noucentista on un senyor vestit de gris demana el joc del parxís, i un senyor matusser demana el saler, i un tramviaire desconegut demana un cap de burro amb lluç, i una puta amb bigoti ros demana pa amb tomàquet i un capgròs, i un noiet progre amb cabellera demana vi blanc i una cullera, i un gitano orellut demana un aviador banyut (i li'n donen un de Banyuls!), i un senyor de l'Empordà demana que li canviïn el pa (que és sec), i un taxista despistat demana que li tallin el braç, i els cors d'en Clavé demanen te, i una senyora de Girona demana ous amb llimona, i un frare caputxí demana una mica més de vi, i un grup de comunistes demanen que canviïn els taxistes, i un grup de geperuts demanen que el caviar no sigui brut, i un novel·lista demana cuixes de ciclista (a la basca), i un artista plàstic i conceptual demana cervesa, i un vigilant demana salmó fumat, i un homosexual demana un ral, i un heterosexual demana un aval, i un advocat de Perpinyà demana que li tallin la mà, i un regiment de sargantanes es queden amb les ganes, i a un gormand li tallen el gland, i un obrer fot un pet, i un burgès és un fill de puta, i una nova prostituta es treu una cuixa i demana enciam i li donen mugrons de bruixa i diu ai, caram!, i se'n va al bar del costat (però pel camí ja ha orgasmat), i tota una tribu de siux no troba rima escaient i es mor davant del taulell, i ve l'escombriaire (que és de Calafell) i se'ls endú a pasturar, i ve la batalla de Wounded Knee i es mor gairebé tothom, menys Charles Bronson i Karen Black, que comencen a cardar i omplen el món de nens, i un d'ells (ja gran) demana cafè amb llet i el cambrer li diu que no en té, i demana una aspirina i li donen cocaïna, i es droga un poc i creu que es droga molt, i agafen l'autobús i els aixafa un geperut obtús amb un obús, i demana un diccionari i li pregunten si amb mostassa i, com que dubta, li donen una carbassa i se la menja amb delit i li fa profit, engega un rot i borda a un gos (sobtat) que persegueix un gat que demana llet, i li donen peix, però com que és un llepafils se'n va al Ritz i demana arròs, i li porten un porc i se'n menja els ulls i es mor (perquè estaven contaminats), i l'enterren ràpidament un capvespre indecent, ple de morats i grocs i grisos, tons d'albada tacant d'enyorança el cel i de negre les ales dels ocells, que cada cop piulen menys, fins que ja no diuen res (potser perquè no tenen res a dir) i es compren una moviola i s'empassen a càmera lenta tots els films de Claude Lelouch i també es moren (òbviament) i els llencen a la mar amb honors de capitans o generals, amb banderes trifoliades que, de nit, carden amb les astes i ploren per un temps que va fugir i mai més no tornarà, fins que torna i diu hola, i tothom fa com si no hagués passat res, com si els anys escolats fossin una cosa recuperable, i sí, sí que ha passat, puntualitza una veu fosca, ombrívola i tal, i és la veu de la consciència que s'ha comprat un porsche blau i demana alkasèltzer i paciència, i l'engeguen a la merda i se n'hi va i no en torna, i envia postals exòtiques i cartes d'amor com les que em feies arribar, ¿te'n recordes?, i escolten ràdio France International, nit i esperances, i una rossa que riu se m'acosta i em diu: hvor meget skal man give for en pähaengsmotor?, en kompromisløs pris, vil Johnson-ejerne sige, i dubto (sempre que dubto, em miro les ungles) i alço el cap, decidit, i li aboco: og der er flere, der floretraekker Johnson-motorer, frem for noget andet maerke i pähaengsmotorer, frase aquesta que li fa plorar llàgrimes de vidre fos que, quan arriben a terra, es solidifiquen en ampolles de ginebra que mans cadavèriques (recordeu-ho: el desert us petja l'esquena) acosten a boques assedegades que, d'un únic glop, en beuen el contingut i fan petar les llengües contra el paladar, que, de tan eixut, s'esquerda en mil bocins, en cadascun dels quals hi ha una reproducció en miniatura del nostre propi, petit i mesquí món, amb l'afegitó d'un volkswagen color taronja que treu fum per tots cantons, i quatre paparazzi que agiten flassades velles amb la lloable intenció d'aturar la fumera, que es torna de color rosat i s'enlaira fins als cels i els planetes i els asteroides i els espútnics, i en un d'aquests espútnics hi ha Déu, que m'encaixa la mà: enchanté, li dic, ¿senyor Déu, je suppose?, i el molt brètol em contesta: no, senyor Ònze, per servir-lo. Es fa un panxó de riure i s'allunya paradís enllà entre núvols d'àngels i arcàngels que pixen cap a la Terra amb titoles i conyets de plàstic (vet aquí el vell bizantinisme), i són àngels i arcàngels amb cabells de sedalina groga, que lluiten entre ells i cauen (o pugen) pels espais intergalàctics, ensopegant amb estels i cometes* i punts i parèntesis i lletres de tota mena, que ens veiem obligats a empènyer contra els murs per tal de sortir de la impremta que put a tipolit, i agafem un taxi i demanem que ens dugui a l'Arrabassada, i el taxista arrenca (a cent per hora!) i en un no res som al port. Aquí, diu, hi guardava fusta J. V. Foix. Vostè és boig!, li repliquem, Foix no va guardar mai fusta al moll, que té una pastisseria a Sarrià! A més, li he demanat que em portés a l'Arrabassada! Emprenyat, l'home es treu de la butxaca un paper rebregat, imprès en lletra petita i farcit de segells vermells i tampons blaus, que li donen aspecte de cosa oficial. Miri, miri, diu, aquí explica que anar a l'Arrabassada està prohibit. I més, sol! Encara pot estar content si no el denuncio! Au, va, pagui'm. Li dono un bitllet de cinc-centes. No tinc canvi, adéu! I fuig esperitat amb el bitllet a la mà, ffiiiiu!, deixant-me sol davant de la mar i la tan tòpica solitud urbana, que, precisament, ara tot just s'ha lligat un mariner noruec,

* «Cometes, *f. pl.* Cadascun dels dos signes ortogràfics "i" que es posen, aquell al principi, i aquest a la fi, d'un passatge transcrit, d'una frase o mot sobre què es vol fer parar esment, etc.» *Diccionari General de la Llengua Catalana* de Pompeu Fabra, president que fou de la Secció Filològica de l'Institut d'Estudis Catalans, revisat i ampliat per Josep Miracle, de la Societat Catalana d'Estudis Històrics (IEC), A. López Llausàs, editor, Barcelona, sisena edició, novembre de 1974, p. 418.

ros com la cervesa, i se'n va amb ell per viure una delirant història d'amor que s'acabarà un capvespre plujós a la Côte d'Azur, en plena i abundosa menstruació blava, mentre vaixells sense popa solquen les mars atlàntiques i les escumes blanques de cervesa que acaricien les arenes i els ports i els espadats, i engoleixen gavines que volen a frec de les onades (i les onades són clenxes d'aigua que es despentinen de la cabellera de la mar). Tot això lo sisè dia. Arribat lo setè, Déu Nostre Senyor descansa. Després ve Haydn i en fa un oratori.

SOBRE LA FUTILITAT DELS DESITJOS HUMANS

Quan vaig arribar a l'illa pensava que la mort m'era ben a prop, que no podria resistir tant de sol vermell, ni tant de temps de solitud: pertot arreu aigua, aigua al nord, al sud, a l'est, a l'oest, allà on giressis els ulls aigua blava o grisa o verda o negra, i un horitzó adormit, i el so fred de les onades xopant la blancor de la sorra. Hi vaig arribar nedant, esgotat, i quan vaig girar els ulls vaig veure encara el cul del vaixell (la popa, que en diuen) que s'enfonsava definitivament. Un parell d'enormes bombolles d'aire van sortir de les fondàries submarines i ja no hi va haver més vaixell. I jo, tot sol, demanant-me si cap altra persona devia haver sobreviscut a la tragèdia, però pel que es veia jo era l'únic sobrevivent, l'únic que havia aconseguit arribar a aquella illa sense cap ànima enlloc. Tothom havia mort, doncs: la Mort, senyora del capvespre que queia sobre el meu cap i el meu cos, nafrat i desmoralitzat, convençut que aquella illa mínima no era pas la salvació sinó l'ajornament de la mort definitiva, la meva tomba futura, la llosa que es tancaria al cap d'un dia o dos, fins que el cos resistís, tan poc esperançat que vaig pensar que no trobaria res de què alimentar-me, i va resultar que l'illa era plena de fruits i plantes i animals estranys (conills amb cap d'ànec i llengua prènsil, per exemple). El matí segon (perquè havia dormit tot el dia i la nit abans) vaig obrir els ulls amb la sensació que un fuet de foc se'm menjava, i era el sol que em torrava la pell. Aviat vaig adonar-me que la meva única opció era sobreviure. I sobreviure volia dir apendre a acceptar aquella solitud i aquell vent càlid i que el temps etern planés sobre el mar, davant dels meus ulls vermells. Vaig caminar per la platja i vaig nedar, remullant-me l'esquena cremada, i vaig tornar a la platja i va ser allà on vaig trobar el cadàver, un vell i trist cadàver aferrat a un pal fangós, inútil com ell mateix, ofegat i anònim, estès ara sobre la sorra. Amb la punta del peu el vaig girar panxa enlaire, i va resultar ser un dels mariners del vaixell: ulls com llimacs i fosca cara de nen, bufada. Fàstic. Potser en vindran d'altres, vaig pensar, però no se'n veia cap més. Tots els altres són dins del mar, vaig dir-me mentre l'empenyia amb el peu, amb l'esperança que les onades se l'endurien (esperança inútil, perquè el cadàver va retornar un cop i un altre, un dia i un altre, i un altre i un altre). De vegades desapareixia i, quan ja creia que no el veuria més, l'endemà tornava a la sorra, deu metres més enllà, potser, o fins i tot a l'altra banda de l'illa. No em deixava mai, aquell cadàver boig, brut, vell, trist i estúpid que, per més que l'empenyia cap al mar, tornava sempre, fins que un dia ja no va tornar més, com si finalment se l'haguessin menjat els peixos. Va ser a partir de la seva desaparició que vaig ser conscient de com estava de sol i vaig pensar (¿com podria ser, si no?) en Robinson Crusoe, i vaig començar a buscar un Divendres però no hi havia ni una puta ànima humana. Vaig començar a explorar l'illa, que era petita però accidentada, amb pujols i cales d'aigües transparents i rosades i platges blanques i espadats lil·liputencs. Vaig descobrir una cova freda, que vaig convertir immediatament en el meu habitacle, tot i que quan plovia s'inundava d'aigua i fang. Menjava fruits dels arbres i peixos estranys i algun d'aquells conills anàtids, peludíssims, que caçava a cops de roc. Em vaig programar una vida mínimament satisfactòria: dormia molt, nedava, però sobretot pensava (i és terrible la quantitat de temps que hi ha per pensar en aquestes condicions, com si tot fos una pel·lícula vista a la pantalla del cinema del barri, amb l'única diferència que després no s'encenien els llums ni sortíem al carrer, perquè la pel·lícula continuava dia i nit, perquè era la meva existència quotidiana). Era com si tot el que m'envoltava no fos altra cosa que un decorat, era com si un dia m'hagués d'alçar i picar de mans i dir: au, va, ja n'hem feta prou, de conya. I aleshores tot tornaria a ser normal. És a dir: viuria altre cop una vida estàndard en una ciutat llunyana i estàndard. Però mai no em vaig decidir a picar de mans, per no endur-me la més trista de les decepcions. En tota l'illa no vaig trobar mai cap senyal del pas de l'home. Res. Com que el present se'm feia més aviat emprenyador, recordava temps passats: quan era petit i anava a escola, els companys, quan vaig fer el soldat, carrers plens de gent, quan anava al cinema i menjava gelats de vainilla i bevia taronjada, litres de taronjada, cervesa holandesa, i truites de dos ous i pa amb tomàquet i enciams i ensaïmades i sobrassades i turnedós i lluços a la basca i suïssos al carrer Petritxol, i orxates i cocacoles, i recordava quan veia televisió i quan m'adormia escoltant Ràdio Joventut, de matinada, tip de xerrar amb gent desconeguda per bars plens de xivarri. Quan me la pelo recordo totes aquelles noies sense nom amb qui me n'anava al llit. Que lluny que és el món, i quanta basarda haver d'abocar el semen sobre la sorra blanca de la platja. Davant meu, el paisatge ni s'immuta: monòton i concèntric, indiferent i asexuat. Un dia vaig veure un avió que travessava el cel d'horitzó a horitzó. Després d'uns breus segons, va desaparèixer. L'endemà vaig tornar al mateix lloc i vaig observar el cel durant tot el dia i vaig atipar-me de veure la mateixa blavor insípida que s'enfosquia i es tornava negra i estelada. Mai més no vaig tornar a veure cap altre avió. Avió boig, xàrter enigmàtic equivocat de ruta.

El dia que es va produir el que havia estat somiant durant tant de temps m'havia llevat com cada matí dels milers de matins de la meva existència salvatge. M'havia banyat en les aigües, nítides, i estava a punt de menjar algunes fruites. De sobte em vaig adonar que obria els ulls de bat a bat, sorprès que enllà, davant meu, hi hagués aquell vaixell enorme, blanc i silenciós. Era un miratge que no desapareixia ni quan em fregava els ulls. Vaig córrer cap a l'aigua, botant d'alegria, mentre una barca s'acostava lentament, amb quatre o cinc homes que em feien senyals amb la mà. Jo plorava d'alegria: aviat tornarien els gelats de vainilla, les cerveses holandeses, els suïssos al carrer Petritxol, les nits adormint-me escoltant Ràdio Joventut. Un cop van haver arribat a la platja, després de les abraçades previsibles i els intents de mantenir conversa en un aiguabarreig de llengües, em van donar no sé quina mena de píndoles contra totes les malalties del món mentre el metge m'examinava de dalt a baix i finalment concloïa que estava perfectament. Tots, però, m'observaven estranyats. Jo pensava és que em deuen trobar tan prim, tan barbut... Mentrestant, ells havien anat baixant (eren molts: dotzenes de persones, homes i dones) i observaven el terreny. I jo em preguntava per què en baixaven tants i què feiem allà sense pujar d'una punyetera vegada a la barca que ens havia de dur al vaixell, de tornada a casa (i a casa volia dir qualsevol lloc on em pogués dutxar entre rajoles lluents i eixugar-me amb tovalloles i menjar cuina alemanya i veure gent i anar altre cop al cinema i emborratxar-me). Van arribar encara més barques, amb tot d'embalums i caixes. Vaig atansar-me al que semblava manar més de tots i li vaig preguntar que quan ens n'anàvem. No ens en anirem pas, va dir. Hem decidit fugir del frenesí del món actual i fundar una comunitat en un lloc allunyat dels fums i les enveges, de les angoixes i les pors, un món on tots siguem germans (i va dir això obrint els braços, va somriure, va mirar el cel una llarga estona i va continuar xerrant): hem vingut aquí a construir la nostra comunitat. I, mentre deia això, els seus companys feia estona que havien començat a desmuntar el vaixell, i amb les fustes que en treien començaven a bastir murs i sostres.

NOIA DEL MEHARI

Hi havia una distància tan gran entre aquelles dues imatges que se superposaven, ençà i enllà del vidre (una, el vell geperudet que pagava amb un duro el got de vi negre; i l'altra, tu, la noia daurada, d'ulleres fosques, aparcant el citroën mehari color taronja), que mai no hauria imaginat que hi entraries, al bar de fòrmica lluent on jo acabava el primer gintònic de la nit que acabava de néixer. Quan vas seure al tamboret, just al meu costat, vaig entendre, d'una manera boirosa, que de vegades el món roda com cal.

Vas demanar un martini blanc. Vas obrir el sarró, en vas treure un paquet de dunhill. Vas encendre un cigarret i feies volar cargols de fum blanc que es perdien per l'aire fred, cap al sostre emmoquetat de fosc. Ara seria estúpid tractar de recordar com vam començar a parlar-nos; no ho sé: potser un dels dos, tu o jo, va demanar foc, o va fer un comentari casual i va trobar un somriure obert, o un va mirar els ulls de l'altre, una càlida profunditat, tova.

Vam consumir gintònics i martinis a dojo: davant nostre es va anar formant un taulell d'escacs fet d'ampolletes transparents. Vam acabar també el tabac ros, i vam haver de comprar ducados, que era l'únic que hi havia en aquell bar inconcret, de silenci metàl·lic.

Al carrer, el cel era ja una taca fosca, i davant dels ulls se'ns obria una nit obliqua, atapeïda de punts de llum i colors i sons secs i flaires indecises. Vam pujar al mehari i vas dir que l'havies robat, cosa que em vaig permetre no creure, mentre mentalment us etiquetava: a tu com a nena de casa bona i el cotxe com a present d'aniversari ofert pel papà. ¿On vols anar?, va preguntar un dels dos, i l'altre va inconcretar un lloc amb un gest ambigu, va somriure, va acotar el cap, va inspirar profundament fent davallar l'alcohol fins a les clavegueres de l'estómac.

Vam menjar entrepans per la Rambla, abans d'arrecerar-nos en bars incòmodes, de noms exòtics, on bevíem líquids dits polinèsics entre plantes d'una Mediterrània casolana. Vam acabar abraçant-nos en una boîte freda i sorollosa, plena de fum. Vam pendre cafès a la part puta de la Rambla, vam escoltar música a la Chapa, i ens vam riure de la gent, esnobs de mentalitat encongida, dèiem.

Vam tornar al teu cotxe i ens hi vam asseure. Cap dels dos no va badar boca en una estona. A la fi, un dels dos va aixecar el cap i es va adonar que l'altre l'observava. Va somriure. Vam somriure. Vas ser tu qui, aleshores, va esmentar el teu estudi, qui va engegar, qui va posar la segona, qui va travessar de bell nou la ciutat, qui va aparcar en un carrer solitari, de fanals espaiats, d'arbres insomnes. Vam pujar a l'ascensor abraçant-nos, buscant-nos les llengües fins que el sotrac de l'arribada ens va sobtar, ens va tallar el petó, ens va fer riure.

Vaig allargassar-me sobre els coixins, barrocs i virolats. Em vas preguntar què volia beure i vaig dir-te que vodka amb taronjada. Vas posar música brasilera a l'estèreo: Vinicius de Moraes, sambes que omplien la nit d'aigua intensament blava, de claror, de sorra blanca sobre la qual m'amaraves de desig, mossegant-me els llavis, buscant-me pels racons de les rialles, estenent el ventall de la teva cabellera sobre el meu pit, alçant el cap, rient amb aquestes dents teves, blanques i lluents, rient amb ulls verds com prats irlandesos, humits. Vinicius es perdia, llunyà enllà de les notes, sentindo a terra toda rodar, una música líquida acariciant-te els pits per damunt de la brusa, mentre feies que les meves mans t'obrissin la cremallera dels jeans, despullant-nos desordenadament, entre carícies i mossegades, la teva boca perdent-se per les boscúries del meu entrecuix, aturant-nos sovint i mirant-nos llargament, ombres irades amb un deix d'alcohol.

Va ser aleshores que et vaig veure els pits: quan et vaig descordar la brusa vaig quedar immòbil, astorat, bocabadat. Tu vas riure: ¿ara te'n sorpendràs?, vas dir, i jo no sabia què fer, no sabia què dir, com reaccionar. Compendràs que no és gens usual trobar-te davant de dos pits transparents, dins dels quals viu tota una flora tropical de palmeres i talipots i margallons, onejada per vents assiris, tramuntanes egípcies, monsons amazònics per on voleien petits papagais, lloros, cacatues, coloms de cent mil colors, amb un fons de magranes a punt de madurar.

Compendràs també que, per un moment, estigués a punt de fugir. I ara m'imagino que el que em va fer quedar va ser la teva imatge divertida, els teus llavis vermells, els teus ulls irònics, la saliva que feia lluir les teves dents i a mi sentir-me assedegat. Vaig notar que l'erecció em retornava, que m'agenollava per vinclar i estripar, desfer la teva carn morena. I t'acariciava els pits, aquests pits tous i transparents, i observava com s'agitaven, i com a dins hi cantaven els papagais i les plantes reien a cada cop de pelvis, i un cor de lloros grocs esclatava quan ens besàvem, els coloms enlairant-se per damunt d'un mar d'algues tremoloses. Quan orgasmàvem, els vents més càlids feien onejar les branques de les palmeres, la bromera fosca dels teus oceans i les plomes roges grogues blanques ataronjades que em creixien ja per l'esquena, on ràpidament em van brollar ales, poc abans que em sorgís aquest bec daurat amb què ara et parlo, i m'encongís i ja no em calgués dur mai més ulleres, ni camisa, ni corbata, ni pagar lletres estúpides, ni bitllets de metro a hores concorregudes, convertit ja en un papagai verd groc vermell dins del teu pit feliç i càlid.

CONFIDÈNCIA

Jo he estat sempre un tastaolletes, això que quedi clar des del començament. No sé si de mena o impulsat per les circumstàncies, que es diu en aquests casos. Ja de petit canviava sovint de col·legi (la qual cosa, ben pensat, tampoc no vol dir res, ja que si, per una banda, pot néixer d'aquest fet la meva inconstància, també pot ser ben bé al contrari: que, a conseqüència d'una inconstància congènita, de petit canviés sovint de col·legi; en fi, és igual). El pare també era així, vull dir com jo; la mare, en canvi, va ser constant i inamovible: tota la vida dedicada a les feines de la casa. És el destí de la dona, deia, i inspirava tant d'aire que semblava que l'habitació es buidés i les mamelles li haguessin d'esclatar. Penso que ara hauria opinat d'una altra manera, perquè els temps canvien i ella era la mostra perfecta de conformació al context. A mi, abans de fer la comunió m'agradava molt jugar a cavall fort i a dames, i m'hi passava dies sencers. Després, però, vaig atipar-me'n i em va agafar la fal·lera del xeli-xeli i els escacs, encara que aquests van deixar d'interessar-me ben aviat. (No sé qui va dir que un joc on tots dos jugadors estan d'acord en les regles és inútil i ensopit, ja que l'únic interès pot provenir del fet de no estar d'acord ni tan sols en les regles.) Vaig estudiar enginyeria, però, com era de preveure, no vaig acabar el primer any que ja era en una banda de rock, oblidant-me d'enginys de qualsevol mena. Tot va anar bé el primer mes. Al segon, em van fer fora per impuntual. Sort que ja havia trobat feina en una fàbrica de botons, i hi treballava a hores. Arribat el moment, no em van admetre a la plantilla perquè encara no havia fet el soldat. No em va quedar altra solució que apuntar-m'hi voluntari. Ben pensat, l'esperit militar era una cosa que no em queia pas malament: l'havia vist a moltes pel·lícules i quedava prou bé. Em van destinar a Saragossa, com a gairebé tothom. D'aventures de quinto no us en parlaré, que fa xaró. Només diré que vaig conèixer una noia queca que es deixava tocar prou. Gràcies a Déu, quan es va adonar que estava embarassada, jo ja navegava per Holanda, en un grup de jazz. (En aquest, com que tot cristo anava begut, no importava gaire si arribaves tard o d'hora.) Cal dir que musicalment tampoc no semblava importar si hi érem o no. Això va durar un estiu, just fins que em van enxampar i em van ficar a la garjola (no pas per tocar free jazz, sinó perquè em van trobar un paquet de merda, una col·lecció d'àcids i una mica d'heroïna que venia per fer-me un sobresou, mals consells de Lou Reed, vet'ho aquí). Un any més tard em van deixar a la frontera (era un dia ennuvolat i bufava un vent que doblegava els pals de les banderes i argentava la verdor humida dels prats flamencs). Xino-xano, en tren vaig tornar a casa, bàsicament perquè no tenia ni cinc i calculava que l'embolic amb l'aragonesa hauria passat a la història. Així va ser, gràcies a Déu siguin dades. Per mitjà d'un oncle de Sabadell, vaig aconseguir el carnet d'atur. Jo ja me les pintava felices: sense treballar i cobrant el subsidi. Un dia vaig conèixer un tipus de no sé quin cony de partit socialista. Em va apallissar verbalment fins a fer-me penedir de l'actitud contemplativa que havia pres davant de la vida. Un cop penedit, em va oferir feina en una agència de publicitat amb la qual tenia alguna cosa a veure. La feina era angoixant: redacció de textos per clients neuròtics que no sabien en absolut què volien i, al primer problema, desistien d'anunciar-se. La crisi, deien, i jo no sé de quina crisi parlaven (des que vaig néixer sempre hi ha vora meu algú que parla de crisi). Un matí, però, ens van trobar, a la secretària del senyor gerent i a mi, satisfent els nostres saludables impulsos sexuals, cosa que, malgrat ser greu, no hauria tingut una importància capital si la descoberta no hagués estat efectuada pel senyor gerent en persona (junt amb tots els membres del respectable consell d'administració), en el precís moment d'entrar a la sala per celebrar-hi la reunió prèvia a la convenció anual. Cal dir que la secretària i jo folgàvem (i que se'm perdoni la cruesa de la paraula) precisament sobre la taula llarga, envernissada i lleugerament ovalada, de la sala de juntes i sota la mirada impàvida d'una colla d'antics presidents de l'empresa (afortunadament traspassats) que ens observaven sota una pàtina oliosa des de sumptuosos marcs daurats. Ens van despatxar. Ja al carrer i no sabent què fer, em vaig sentir obligat a convidar-la a esmorzar. Plorava (ella) tant i tant que la gent que ens envoltava va començar a mirar-me malament, sospitant vés a saber quins recargolats infanticidis. La meva feina..., deia, i sanglotava i tornava a plorar. Hàbilment, vaig excusar-me cap als lavabos. Vaig fugir per la finestreta, segons havia vist en una coproducció italoamericana, no recordo si en colors. Vet aquí, vaig dir-me, un final trist per un amor massa impetuós. I dic amor perquè jo me l'estimava, aquesta noia. No vaig tornar a enamorar-me fins un mes després, quan ja estava enrolat en un circ, de malabarista (havia aconseguit la feina per mitjà de l'oncle de Sabadell que he esmentat abans, fabricant tèxtil i acupunturista en hores de lleure). Bé, el cas és que vaig enamorar-me d'una domadora de tigres (l'única domadora de tigres d'Europa, deia la publicitat). Era alta i rossa i d'ulls blaus i d'accent germànic. (En realitat era una xicota de Narbona, més falsa que un duro sevillano.) Es deia Louise però li deien Ulrike, que feia més nòrdic i agosarat. Vaig perseguir-la com un boig, li feia arribar roses, clavells i bombons, espiava la claror de la seva finestra quan es despullava abans de ficar-se al llit (i de vegades entreveia la seva silueta, el moviment tou dels pits, el vellut de l'entrecuix). Finalment, una tarda (el circ havia acampat als afores d'Elx i ens envoltava un paisatge càlid, d'un gris ataronjat enllà de les carenes, amb la lluna com una moneda de plata) vaig decidir-me a declarar-li tot l'amor que m'omplia. Toc, toc, toc, un cop pujats els graons de la furgoneta vaig trucar. L'interior era fosc i ningú no contestava. Vaig buscar-la per tot el campament. A la fi vaig trobar-la a la gàbia dels tigres, amistançada amb un dels animalons. Assegut a la porta de la gàbia (i darrere meu tot eren els crits de plaer d'ella i els rugits orgàsmics del tigre), vaig decidir que el malabarisme no era, doncs, el meu destí. L'endemà al matí ja era lluny, suat i esgotat, sota un bé de déu de sol, amb els peus bullint i un estúpid ram de flors a la mà, del qual em vaig desfer immediatament. Després he fet de cambrer i de presentador de telediaris, de conserge nocturn i de dissenyador industrial, de florista i de maître de restaurant de tercera, de pescador a les costes islandeses i de majordom. Ara que m'hi fixo, tot el que us he explicat no té cap relació amb el que em va passar després. O potser sí amb el que em passa ara. No ho sé. A més de tastaolletes, sempre he estat un cagadubtes. El que volia dir-vos és que un dia, mentre estava de vacances a Cadaqués, em vaig morir. Jo m'imaginava que la mort era com un somni dolorós, que perdria la consciència i esdevindria un no-res fred. Vet aquí el meu problema: no he notat cap mena de canvi: continuo escalfant-me la closca com abans i, si bé no puc morir d'inanició, tinc tantes ganes de menjar que no puc estar-me'n i em veig obligat a treballar com abans, o potser més. Evidentment, de processos putrefactius ni parlar-ne. ¿Quina diferència hi ha, doncs, entre la vida i la mort? M'he empassat tot Bergman (només *El setè segell* l'he vista set vegades!) i tot Espriu. De cap dels dos no n'he entès ni un brot. Jo m'interessava pels seus films i llibres perquè diuen que parlen de la mort. Abans estava preocupat; ara ja no: l'altre dia en vaig conèixer un que ja s'ha mort dues vegades. Ens hem fet molt amics i els caps de setmana anem a Sitges, a lligar, i hem pensat de muntar una xarcuteria. A mi, però, el que em fa gràcia és una formatgeria a l'estil francès, encara que no trigaria gaire a atipar-me'n. Mentrestant, ja ho veieu: escric contes.

OLIVETTI, MOULINEX, CHAFFOTEAUX ET MAURY

«Je suis fier de dire que toute ma vie je me suis battu contre les idées que je défends en ce moment.»
«Je suis fier de vous répondre que moi, c'est exactement le contraire.»

WOLINSKI, *Charlie Hebdo*, núm. 346

Zwei Juden treffen sich im Eisenbahnwagen einer galizischen Station. «Wohin fahrst du?» fragt der eine. «Nach Krakau», ist die Antwort. «Sieh' her, was du für Lügner bist», braust der andere auf. «Wenn du sagst, du fahrst nach Krakau, willst du doch, daß ich glauben soll, du fahrst nach Lemberg. Nun weiß ich aber, daß du wirklich fahrst nach Krakau. Also warum lügst du?»

Citat per SIGMUND FREUD a *Der Witz und seine Beziehung zum Unbewußten*

REDACCIÓ

Què vaig fer diumenge. — Diumenge va ser un dia que va fer molt de sol i vaig anar a passejar amb el papà i la mamà. La mamà duia un vestit beix amb una rebeca de color blanc os, i el papà un pullòver blau Raf i uns pantalons grisos i una camisa blanca, oberta. Jo duia un jersei de coll tancat, blau com el pullòver del papà però més clar, i una jaqueta marró i uns pantalons també marrons, una mica més clars que la jaqueta, i unes vambes vermelles. La mamà duia unes sabates clares i el papà unes de negres. Al matí vam passejar i a mig matí vam anar a esmorzar a les Balmoral. Vam menjar un suís i una ensaïmada farcida, i jo vaig demanar croissants. Després vam anar a veure les flors, i n'hi havia de vermelles i grogues i blanques i roses, i fins i tot de blaves, que el papà va dir que eren tenyides, i plantes verdes i violetes, i ocells grossos i petits, i el papà va comprar el diari en un quiosc. També vam mirar aparadors, i, una vegada que ens estàvem molta estona davant d'un aparador amb jerseis, el papà li va dir a la mamà que s'afanyés. I després, en una plaça, vam asseure'ns en un banc verd, i hi havia una senyora gran amb els cabells blancs i les galtes molt vermelles, com tomàquets, que donava veces als coloms, i em recordava la iaia, i el papà llegia el diari tota l'estona i jo vaig demanar-li que em deixés mirar els dibuixos i em va deixar mig diari i em va dir que no el fes malbé. Després, quan ja pujàvem cap a casa, la mamà, com que el papà tota l'estona llegia el diari, li va dir que ja n'estava tipa, i li va dir que sempre el llegia i que ja n'estava tipa: que el llegia a casa, esmorzant, dinant, al carrer, caminant o al bar, o quan passejàvem. I el papà no va dir res i va continuar llegint, i la mamà el va insultar i després era com si li sabés greu, i em va fer un petó, i després, mentre la mare era a la cuina preparant l'arròs, el papà em va dir no li facis cas. Vam menjar arròs caldós, que no m'agrada, i carn amb pebrots fregits. Els pebrots fregits m'agraden molt però la carn no, que és molt crua, perquè la mamà diu que així és més bona, però a mi no m'agrada. M'agrada més la carn que em donen al col·legi, ben cremadeta. Del col·legi no m'agraden els primers plats, mai. En canvi, a casa em donen vi amb graciosa. Al col·legi, no. Després, a la tarda, van venir els tiets amb el cosí, i els tiets es van posar a parlar a la sala, amb els papàs, i a pendre cafè, i el cosí i jo vam anar a jugar al jardí, i hi vam jugar a màdelmans i al futbolí, i a pilota i amb el camió de bombers i a guerres d'astronautes, i el cosí es va posar molt tonto perquè perdia, i a mi és que em molesta molt, el cosí, perquè no sap perdre, i li vaig haver de ventar una bufa i es va posar a plorar molt molt fort, i va venir la mamà i la tieta i el tiet, i la mamà va dir què ha passat i, abans que jo li contestés, el cosí va dir m'ha pegat i la mamà em va clavar una bufetada i jo també em vaig posar a plorar i vam tornar tots a la sala, i la mamà m'agafava de la mà i el papà llegia el diari i fumava un puro que li havia portat el tiet, i la mamà va dir-li els nens són al jardí, que s'estan matant, i tu aquí, tan tranquil, repapat. La tieta va dir que tant se valia, però la mamà va dir-li que sempre era el mateix, que de vegades se n'atipava. Després els tiets se'n van anar i, mentre se n'anaven, el cosí em va fer llengotes i jo també n'hi vaig fer, i el papà va engegar el televisor, que feien futbol, i la mamà li va dir que canviés de canal, que al segon feien una pel·lícula, i el papà va dir que estava mirant el partit i que no.

Després vaig anar al jardí, a veure la nina que hi tinc enterrada, al costat de l'arbre, i la vaig treure i la vaig acariciar i la vaig renyar perquè no s'havia rentat les mans per dinar i després la vaig tornar a enterrar, i vaig anar a la cuina, i la mamà plorava i li vaig dir que no plorés. Després, vaig asseure'm al sofà, al costat del papà, i vaig mirar una estona el partit, però després m'avorria i vaig mirar-me el papà, que era com si tampoc no se'l mirés, el partit, i com si tingués el cap en una altra banda. Després van fer anuncis, que és el que més m'agrada, i després la segona part del partit, i vaig anar a veure la mamà, que preparava el sopar, i després vam sopar i van fer una pel·lícula de dibuixos animats i les notícies, i una pel·lícula antiga, d'una artista que no sé com se diu, que era rossa i molt maca i amb molta meta. Però aleshores em van fer anar a dormir perquè era tard i vaig pujar les escales i me'n vaig anar al llit, i des del llit sentia la pel·lícula i com discutien els papàs, però amb el soroll del televisor no podia sentir ben bé què deien. Després es barallaven a crits i vaig baixar del llit per acostar-me a la porta i entendre què deien, però com que tot estava a les fosques no m'hi veia bé, només el clar de lluna que entrava per la finestra que dóna al jardí i, com que no m'hi veia bé, vaig entrebancar-me i vaig haver de tornar al llit amb por per si venien a veure què havia estat aquell soroll, però no van venir. Jo escoltava com continuaven discutint. Ara ho sentia millor perquè es veu que havien apagat el televisor, i el papà li deia a la mamà que no l'emprenyés i la insultava i li deia que no tenia ambicions, i la mamà també l'insultava i li deia no sé si que se n'anés de casa o que se n'aniria ella, i deia el nom d'una dona i la insultava, i després vaig sentir que es trencava alguna cosa de vidre i després vaig sentir crits més forts, i eren tan forts que no s'entenien, i després vaig sentir un gran crit, molt més fort, i després ja no vaig sentir res més. Després vaig sentir molta fressa, però fluixeta, com quan per fregar arrosseguen els mòduls del tresillo. Vaig sentir que es tancava la porta del jardí i aleshores vaig tornar a sortir del llit i vaig sentir soroll a fora i vaig mirar per la finestra, i tenia fred als peus, perquè anava descalç, i a fora era fosc i no s'hi veia gens, i em va semblar que el papà cavava al costat de l'arbre i vaig tenir por que hi descobrís la nina i em castigués, i vaig tornar al llit i em vaig tapar bé, fins i tot la cara, amagada sota els llençols i a les fosques i els ulls ben tancats. Vaig sentir que deixaven de cavar i després unes passes que pujaven les escales i vaig fer l'adormit i vaig sentir que s'obria la porta del quarto i vaig pensar que devien estar mirant-me, però jo no vaig veure qui em mirava, perquè feia l'adormit i per això no ho vaig veure. Després van tancar la porta i vaig adormir-me i l'endemà, ahir, el papà va dir-me que la mamà se n'havia anat de casa i després van venir senyors que preguntaven coses i jo no sabia què contestar i tota l'estona plorava, i em van portar a viure a casa dels tiets, i el cosí sempre em pega, però això ja no va ser diumenge.

THOMSON, BRAUN, CORBERÓ, PHILISHAVE...

Als senyors Justerini i Brooks,
amb agraïment.

Només tancar la porta, el Pol es va sentir alleugerit. Havia estat un viatge més cansat que de costum, com si tothom anés enderiat a crear dificultats innecessàries. Va deixar la gavardina al penja-robes (quan el va veure tan polsós va recordar que hauria de netejar tot el pis), va pitjar el piu del comptador de l'electricitat, va obrir la clau de pas de l'aigua, va encendre uns quants llums de la casa i va passar revista a cada habitació. Va descórrer les cortines de la sala: al mig d'un cercle de muntanyes nevades, el poble s'arraulia al fons de la vall, com de pessebre.

En un prestatge va trobar una ampolla de conyac. En va pendre un glop. Sobre la taula va deixar la màquina d'escriure, enfundada, i el maletí amb papers i llibres. Del maletí en va treure una bossa amb gambes. La va portar a la cuina i la va deixar sobre el marbre. Tenia gana. Se sentia com l'ase de la faula: estava tan delerós de començar a escriure com de preparar-se el dinar. A la galeria, va obrir les claus del gas i de la calefacció. Va tractar d'encendre l'escalfador. Ho va intentar tres vegades, però no aconseguia mantenir la flama encesa. Per si les havia oblidades, va llegir les instruccions gravades sobre el botó: «1. Ouvrir le robinet d'arrêt gaz situé au bas de l'appareil. 2. Pousser ce bouton à fond et tourner vers la droite. Allumer la veilleuse. Attendre environ 15 secondes. Pousser de nouveau à fond en tournant vers la gauche puis relâcher». El robinet d'arrêt gaz ja era obert. Va pitjar una altra vegada ce bouton à fond i el va fer girar a l'esquerra. Lentament el va relâcher. La flama es va tornar a apagar.

Va decidir deixar-ho córrer una estona. A la cuina va endreçar quatre pots i va engegar la nevera. Va omplir d'aigua la glaçonera i va deixar la bossa de gambes en un prestatge. Va recollir ampolles buides i les va ficar en un cabàs. Tot era ple de pols. A la sala va treure les fundes dels sofàs, va escombrar, va passar el drap de la pols per damunt dels mobles. Al dormitori va treure llençols nets de l'armari, va girar el matalàs, va fer el llit. Va escombrar també l'estudi i va treure la pols dels llibres.

A mitja tarda es va adonar que, amb la feinada, s'havia descuidat de dinar. Va decidir que es prepararia el jambalaia per sopar. Quan va haver acabat la neteja, se sentia brut i suat. Necessitava una dutxa. A la galeria, va intentar novament engegar l'escalfador. Va pitjar el botó fins al fons, el va girar cap a la dreta, el va deixar anar; després el va pitjar altre cop i el va fer girar fins a la posició inicial. El va deixar anar molt suaument: la flama es va esvair. Ho va intentar quatre cops més: no hi va haver res a fer. Era clar que l'aparell s'havia espatllat.

Es va dutxar amb aigua freda (i fer-ho mentre per

la finestra no veia altra cosa que neu li semblava estúpid), es va vestir, va recollir el cabàs de les ampolles i va baixar al poble. Hi va comprar mantega, llet, pernil, pebrots, tomàquets, cebes, alls, julivert i pa. No hi va haver manera de trobar salsa worcester; hauria hagut de fer com amb les gambes: dur-la de ciutat. L'única solució seria substituir-la per salsa japonesa de soia (de la qual, curiosament, n'hi havia al supermercat del poble) i vinagre.

Al bar, va berenar; més per preguntar a l'amo si coneixia algú que pogués reparar-li l'escalfador que no pas per gana. L'amo sabia qui podia, però aquest qui, ara, era fora, i no tornaria fins l'endemà. Li va dir que no passés ànsia, que ell se n'encarregaria: l'endemà al matí, de seguida que arribés el tècnic local, l'hi diria i l'hi arreglaria.

De tornada a casa, va col·locar la compra a lloc. Va treure la màquina d'escriure de la funda i la va situar al centre de la taula. A la dreta va deixar els papers en blanc. A l'esquerra, els llibres que necessitava. Per la finestra (es feia fosc ràpidament) la neu tenia una tonalitat blavosa i el cel era d'un gris cendrós. Com que havia berenat, va decidir no començar a preparar el sopar fins a les nou. Tenia, doncs, un parell d'hores per escriure. S'hi va posar.

Tard o d'hora, i sempre a mig omplir, cada full anava a parar a la paperera. Va enretirar la màquina, va encendre un cigarret. Al poble hi havia pocs llums encesos i gairebé cap no era de botiga: només el del bar, groc, i els de la discoteca. El fred li glaçava l'espinada. Sense gaires esperances va tornar a intentar engegar l'escalfador. Va repetir cada acció un munt de vegades, sense èxit. Tip, va deixar caure un cop de puny sobre l'escalfador. Va recordar que, de petit, son pare feia anar un transistor japonès (el primer transistor que havien tingut) a cops de puny. Potser amb l'escalfador (si no japonès, francès) eren necessaris mètodes semblants. Va repetir el cop de puny, aquesta vegada amb més força. La llauna va grinyolar i li va semblar que la maquinària remugava. Esperançat, va repetir les operacions. Al moment de relâcher ce bouton, però, la flama s'apagava.

Hi va descarregar un tercer cop de puny, tan fort que la plaqueta on deia CHAFFOTEAUX ET MAURY va caure a terra. Es va esverar. Havia abonyegat la planxa i ara la remor era cada cop més forta. Allunyant la cara, va repetir les operacions en un estat d'ànim que barrejava l'esperança d'una nit sense fred amb la por d'una explosió. Aquesta vegada va guanyar: quan va deixar anar el botó, la flama s'hi va mantenir, petita i oscil·lant, com si fos la cosa més normal del món. Es va sentir molest perquè li semblava que devia haver fet alguna cosa malament, abans, si ara havia estat tot tan fàcil. Es va mirar la planxa abonyegada i va recollir la plaqueta. Va obrir els radiadors, un per un.

Més relaxat, va engegar el televisor. Feia ratlles. Va provar de moure l'antena. Les ratlles es van convertir en un teixit de grans que es bellugaven, com una aiguaneu. En aquell poble s'hi rebien molt malament les emissions. Va girar el botó de sintonia. Finalment li va semblar que les imatges eren d'una qualitat, si no correcta, prou acceptable, donades les condicions i el lloc. Passaven un partit de futbol, espectacle que no solament no li agradava, sinó que el deprimia profundament. Va pitjar el botonet de l'Uhf. La pantalla era tallada per ratlles transversals. Va repetir les operacions: va mirar d'ajustar la imatge, però la de l'Uhf se li escapava molt més que no pas la de l'altre canal. De sobte va aparèixer una veu francesa, cosa que li va fer recordar que, des d'allà, li seria més fàcil agafar el canal francès de Vhf que no pas l'espanyol d'Uhf. Va canviar de banda, doncs, i va tractar de caçar l'emissió francesa. Però no apareixia enlloc. Lentament es va anar definint, enmig d'un bombardeig de boira, una cara de noia que s'esvaïa de seguida, només de moure un pèl el botó. La va buscar amb constància, però ja no la va trobar més: ara era un presentador gras que abraçava un galifardeu amb pinta de cantant i li donava una estatueta horrible. Movien els llavis, però no se sentia més que soroll de fregit. Va moure el dial ben a poc a poc: va aconseguir la veu, fluixa: parlaven italià, sense subtítols ni traduccions. Es va desconcertar. Va intentar ajustar la imatge, però si la imatge se li feia neta la veu desapareixia, i si la veu s'aclaria era a la imatge que se li encomanava el xarampió. Va arribar a un punt mitjà acceptable. El presentador es va acomiadar en italià. També van ser en italià els anuncis. No en va tenir cap dubte: havia sintonitzat la Rai. (Un cop l'havia aconseguida des de la costa, a l'estiu, un dia de cel netíssim. Però ¿en plena muntanya i a l'hivern i amb l'amenaça d'una tempesta de neu?) L'evidència el va convèncer: es va servir un altre conyac i es va sentir feliç. Va beure's la copa amb dos glops. Feia molt de fred. Va pensar el pitjor: la flama de l'escalfador es devia haver apagat. Es va aixecar d'un bot i va volar a comprovar-ho. La flama hi era. Va sospirar alleugerit. Per poca estona, però: va revisar les habitacions i els radiadors eren freds.

Mentre passava per davant del televisor hi va veure Ornella Vanoni cantant coses brasileres. Es va afanyar. Es va mirar l'escalfador. Va pensar que potser hi faltava aigua. (¿O n'hi sobrava?) Va obrir l'aixeta de pas i l'agulla va començar a pujar lentament: 1, 2... Entre el 4 i el 5 hi havia una ratlla vermella que feia tota la cara de voler indicar perill. Les entranyes del monstre van començar a rondinar. Semblava que d'un moment a l'altre la calefacció havia de posar-se a funcionar. Hi va donar més aigua. L'agulla va arribar al 3. Va tancar l'aixeta. L'agulla va continuar pujant durant uns segons. Es va aturar una mica més enllà del 4. Es va assegurar que l'aixeta fos ben tancada. L'agulla oscil·lava a un pèl de la ratlla vermella. La remor del monstre havia pujat de to fins a convertir-se en un xiulet agut: la flama es va escampar pel cremador i la calefacció va començar a funcionar.

Va comprovar radiador per radiador. Eren freds però les canonades organitzaven un concert tal que semblava obvi que ben aviat la casa seria un paradís. Mentre això arribava, es va tornar a situar davant del televisor: Ornella Vanoni saludava amb un somriure. El presentador gras va abraçar la Vanoni, li va regalar una altra estatueta i va anunciar un breu descans, que el Pol va aprofitar per comprovar novament l'estat dels radiadors. Dels sis que hi havia a la casa, quatre eren ja una mica calents. Un dels dos que no funcionaven era el del rebedor; tant li feia. L'altre, però, era el del dormitori. Va comprovar que estigués obert: ho estava. Va intentar descollar-ne el pom. Va buscar un tornavís; només en va trobar un, massa petit. Va descollar amb força. El tornavís es va doblegar com un filaberquí però el cargol girava, passat de rosca. Quan va extreure el pom, l'aigua va sortir disparada: un doll a pressió.

Va quedar xop de cap a peus. Llit i terra es van convertir, en pocs segons, en una piscina. Amb prou feines va aconseguir tornar a introduir el pom (va esquitxar les parets que s'havien salvat de la mullena), collar-lo amb els dits i deixar-lo quiet, degotant; i el radiador, apagat. Desmanegadament, es va treure la roba molla i es va posar el pijama. Va passar la baieta. Va desfer el llit i va estendre la roba i els llençols damunt de les cadires. Va considerar les possibilitats: podia tancar la clau de pas de l'aigua i arreglar-ho (però li havia costat tant posar en funcionament la calefacció que no volia arriscar-se que l'escalfador li jugués novament una mala passada). Va donar aquell radiador per mort: esperaria que l'endemà vingués el tècnic que li havia promès el del bar. Mentrestant dormiria al llit, amb més mantes, o a la sala, dins del sac de dormir. Va tornar a donar un cop d'ull a l'escalfador: tot anava de meravella.

Al televisor cantava un trio de negres. Va mirar per la finestra: havien tancat el bar i, tret de la discoteca, tot el poble estava a les fosques. ¿I si se n'anava a dormir? Havia estat un dia agitat. Si es ficava al llit d'hora, l'endemà podria treballar de ferm. Li sabia greu, però, perdre's el canal italià (que potser l'endemà seria il·localitzable) i haver d'ajornar el jambalaia. Sense acabar de decidir-se, es va arraulir al sofà. Abans d'un quart ja s'havia adormit i somiava banquets en taules parades en jardins de Nova Orleans, assolellats i amb la fressa llunyana dels tramvies. A l'hora de servir els plats, els cuiners cridaven indignats; ell, que acabava d'arribar-hi, se sentia culpable d'haver trigat massa, i fugia sota balconades de ferro, sense saber on trobar la salsa. Els cuiners reien en silenci.

El va despertar l'absència de soroll. El televisor era en blanc; el va apagar. Tenia tanta fam com son. A la cuina va sentir un mínim degoteig que no naixia de cap aixeta: era la nevera, que no funcionava. El poc gel que havia fet en aquelles hores es descongelava lentament. La va desendollar. Amb esforços que li van semblar titànics la va girar. No va entendre res d'aquell jeroglífic de serpentines. Va tornar la nevera a lloc i la va connectar altra vegada: ni el llumet interior no s'encenia. Abans de deixar la cuina va sortir a la galeria i va tornar a mirar l'escalfador: la flama era on havia de ser.

D'un armari en va treure un sac de dormir. S'hi va ficar i es va ajeure sobre el parquet, a tocar d'un radiador. Es va regirar diverses vegades: li costava trobar la positura ideal. Va meditar si no hauria estat millor girar el matalàs i dormir-hi. Potser no estava tan xop com en un principi havia cregut. Ara, però, li feia mandra aixecar-se.

Tres quarts més tard es va reconèixer insomne. A la cuina es va preparar pa amb oli i sucre. Se'l va menjar. Es va asseure davant de la màquina i va començar a escriure. Va escriure mig full, que tot seguit va arrencar. En va fer un manyoc i el va llençar a la paperera. A la cuina va tallar pernil i pa, i s'ho va menjar. Del sarró en va treure *Candide ou l'optimisme*. Llegia assegut en una cadira de la cuina.

La llum va trigar exactament tretze minuts a anar-se'n. A la claror d'una espelma va comprovar els ploms. Sembla que estaven bé. Va mirar per la finestra: que al poble no hi hagués ni un llum encès no volia dir res: era lògic, a quarts de cinc de la matinada. Va encendre més espelmes i va continuar llegint.

Es va despertar que ja era de dia. S'havia adormit sobre la taula i estava glaçat. Va badallar; els ossos estaven a punt de desfer-se-li en estalactites. Va palpar els radiadors: tots eren freds. Va córrer cap a l'escalfador: la flama era a lloc però el termòmetre marcava zero graus. Va obrir el pas de l'aigua: 3, 4, 4 i mig... Va deixar enrere la ratlla vermella. D'un tubet projectat cap a l'exterior de l'edifici va començar a rajar-ne l'excés d'aigua. L'escalfador va fer un gruny, la flama va fer com si, finalment, anés a escampar-se pel cremador, però, per comptes de fer-ho, es va apagar.

Va decidir preparar-se un cafè. Quan va trobar el pot ple de grans sense moldre va recordar que el molinet s'havia espatllat l'última vegada que hi havia pujat. Va buscar un tupí i hi va ficar llet. Aleshores va tenir una idea millor: va deixar el tupí sobre el marbre i va buscar una olla i una cassola. Va encendre un dels fogons de la cuina; com a mínim la cuina funcionava. Va netejar i va bullir les gambes. Després va col·locar la cassola al foc, amb mantega. Hi va afegir el pernil, tallat a daus grans, i pebrot verd ben picat. Ho va anar remenant durant uns minuts, i hi va abocar una mica de farina. Més tard hi va afegir les gambes, aigua, tomàquets tallats en quatre trossos, ceba, all i julivert ben picats. Quan tot plegat va arrencar el bull, hi va afegir arròs, sal, farigola, pebre vermell, salsa de soia i vinagre. Hi va posar la tapadora i va abaixar el foc. Durant mitja hora, va anar controlant el xup-xup.

Van trucar a la porta: un barbamec venia de part del del bar a reparar l'escalfador. El Pol li va mostrar no tan sols l'escalfador, sinó tots els altres aparells que s'havien de reparar; i els radiadors: un per un. Però va perdre massa temps en les explicacions. Se'n va adonar quan va sentir una olor delatora i va anar cap a la cuina. Va intentar abocar el jambalaia en un plat, però s'havia agafat al fons de la cassola i el que en va poder treure era una pasta immenjable.

Va posar el tupí de llet al foc. El barbamec el va cridar per explicar-li que és molt fàcil no espatllar el radiador si, de bon començament, es descargola el pom en el sentit correcte. Va tornar a la cuina massa tard: la llet havia bullit i havia vessat: per damunt dels fogons. Amb flegma, va beure la llet directament de l'ampolla, a galet. Va ficar dues llesques de pa a la torradora. En van sortir carbonitzades.

Es va amagar al vàter. Es va fer el ferm propòsit de no sortir-ne fins que no haguessin reparat totes les màquines en un quilòmetre al voltant. Va estirar la cadena i se li va trencar per tres llocs. Es va mirar al mirall: va veure un esperit fugitiu i mal afaitat. A punt de cometre el pitjor error de la seva vida, va contemplar la màquina d'afaitar que tenia a la mà. Aterrit, la va llançar al bidet: n'havia vist els ullals.

A fora l'esperava el noi. Plegats, van comprovar que escalfador, radiadors, molinet de cafè, nevera, torradora i màquina d'afaitar funcionaven perfectament. Fins que en comprés una altra, van substituir la cadena trencada per una corda. El Pol va pagar. El barbamec se'n va anar.

Després d'afaitar-se, es va asseure davant de la màquina d'escriure. L'envaïa la ràbia: el dia abans s'havia passat tot el viatge amb ganes d'arribar i, immediatament, començar a escriure. En canvi, des que havia arribat no feia més que barallar-se amb els objectes, sense poder escriure ni una ratlla. Confiant en una memòria massa feble, no havia pres notes de les idees que havia anat madurant al llarg del trajecte. I des que havia arribat a la casa, no havia aconseguit recuperar ni una sola imatge: tenia el cap en blanc i no sabia què escriure. Tots els radiadors funcionaven, ara, a cent: l'aire s'omplia d'una escalfor exagerada. Va encendre un cigarret. Va començar a teclejar gairebé sense saber què. Però de seguida va saber què havia d'escriure: precisament aquell seguit de mesquineses que l'angoixaven des de feia vint hores. Les línies li sortien a raig: «...Havia estat un viatge més cansat que de costum, com si tothom anés enderiat a crear dificultats innecessàries...» Es va aturar: feia un sol flamejant. Suava. Es va treure el jersei, va anar fins a la galeria, va apagar l'escalfador. No va tenir por que aquell gest fos irreversible. A la taula, va llegir altre cop el que havia escrit: «...va intentar novament engegar l'escalfador. Va pitjar el botó fins al fons, el va girar cap a la dreta, el va deixar anar...» Ara sabia que com més ratlles escrivís més segur se sentiria. Havia d'escriure-ho tot: des de la sortida de la ciutat fins a l'arribada del barbamec; encara més: fins aquest precís moment que, reintegrat tot a la normalitat, s'asseia davant de la màquina i trobava el desllorigador. Només quan s'hagués buidat de tota la nosa podria començar a escriure allò pel qual realment havia vingut a aïllar-se;

i totes les idees que l'havien bombardejat durant el viatge apareixerien en un ordre perfecte: sense cap esforç ompliria de llesques denses els fulls de paper de la pila dreta; i, quan els hagués omplert tots, baixaria al poble i compraria una ampolla d'alella per acompanyar l'immillorable jambalaia que es prepararia per celebrar-ho. De cop, però, una tecla de l'olivetti va saltar enlaire, en un bot acrobàtic. En qüestió de segons, la màquina es va desencaixar: va quedar reduïda a una pila de cargols, barretes i molles.

PRÉSSEC DE POMA

No puc explicar l'argument del film; només recordo (molt vagament) que era ple de bromes barates i corredisses de cartró. De tant en tant, la protagonista queia per terra amb els macarrons a la mà o la situació equívoca enxampava el noi en calçotets. El públic reia, mai perquè la pel·lícula fos divertida, sinó perquè de tan estúpida es convertia en grotesca. A les últimes files van començar a fer gresca i comentaris en veu alta, més enginyosos que no pas el diàleg de la pantalla.

Vaig veure-la per primer cop quan vaig observar els meus veïns de seient: un perfil bru que menjava cacauets i en llençava les pellofes a terra. Va tossir una vegada, i una altra va mirar enrere (però no a mi, ni a ningú) i va badallar, com tothom a la sortida.

A mitja tarda ja estava tip de vagar per llibreries. Havia intentat robar algun volum, inútilment; i quan fracasso en aquestes missions la depressió se'm menja a bocins i em fa pensar en el suïcidi. A punt d'embutxacar-me un tractat de trigonometria (que era l'únic a l'abast en l'únic racó amagat de llibreria), la vaig veure un altre cop. Ara duia ulleres grogues, i la mirada de complicitat que em va dirigir em va fer dubtar si em recordava d'un parell d'hores abans (al cinema) o si se solidaritzava amb els meus patiments cleptomaníacs. Per un segon vaig pensar que era una mirada de retret.

¿Cal dir que quan la vaig tornar a veure (aquella mateixa nit, dues taules més enllà en un restaurant exòtic, vestida de fosc i acariciant la mà d'un home fred) vaig pensar que era obvi que no tan sols tornaria a trobar-me-la l'endemà (al teatre), sinó que durant tota la setmana següent coincidiríem per carrers, bars, botigues i cinemes, afectada ella d'aires amnèsics i entestada a aparentar les ocupacions més diverses? Per fi (en el còctel inaugural d'una exposició d'escultura del tot negligible), un amic comú va fer les presentacions. Va negar haver-me vist mai, captinença que (si bé en un principi vaig considerar un esforç per menysprear-me), finalment, davant de la seva actitud acollidora, em va desconcertar. Vam sopar plegats, i per no convertir això en un relat pornogràfic diré que, quan vaig despertar-me, ella ja no hi era. Només una nota: «Et trucaré, petons.»

No va trucar en tot el matí. Aquella mateixa tarda (mentre sortia de la dagueria on havia comprat un nou ganivet de formatges) em va passar pel costat sense veure'm, boníssima dins d'uns shorts negres. «¿Que no em reconeixes?», vaig protestar mentre li pessigava una natja. Va fer cara de sorpresa i em va marcar quatre dels cinc dits a la cara. Em va qualificar de pocavergonya i insolent, valoració que es contradeia amb les reiterades afirmacions que no em coneixia. Insultat i agredit per mitja ciutat (que s'hi va solidaritzar), vaig fugir per un carreró lateral on (per més desconcert) vaig tornar-la a veure, aquest cop amb una brusa extravagant i una faldilla vermella francament curta. Somrient, em va dir si hi anàvem i, quan li vaig preguntar on (pregunta del tot estúpida, només explicable per l'atabalament que em produïa no aconseguir explicar-me com s'ho havia fet per canviar tan de pressa de vestit), em va mirar de dalt a baix, va tocar l'ase i em va donar l'esquena, moment que vaig aprofitar per arrencar a córrer fins al bulevard. Però, evidentment, era també al bulevard, vestida de blau i asseguda en un banc, amb l'agreujant que, alhora, amb uns texans blancs comprava un gelat pocs metres més enllà. Quan va arribar la nit, era pertot: o totes les dones duien la seva cara o la seva cara es reproduïa en la de totes les dones, sota una lluna que, com tot al meu voltant, es fotocopiava infinitament i donava al cel l'aspecte d'una fitxa de computadora. No calia, doncs, ser gaire intel·ligent per profetitzar-me el futur, per endevinar quin seria el graó següent d'aquell complot còsmic: quan em vaig aturar davant d'un cartell de circ, l'home que el mirava va girar la cara al mateix temps que jo i, per un moment, no vaig saber si em trobava en aquesta banda del mirall o a l'altra: un altre jo diferent de mi m'observava sorprès, sense saber per què em treia aquell ganivet de la butxaca, dubtant encara si clavant-l'hi (a ell i a tots els que, com ell, fossin jo sense ser jo) no me l'estava clavant a mi mateix al pit.

LA DAMA SALMÓ

D'ella, el primer que em va enamorar va ser la manera d'encreuar les cames. Molt suaument, com si fossin de gel i li fes por trencar-se-les, en va aixecar una i la va passar per damunt de l'altra: van quedar totes dues en contacte, del genoll al peu. Allò va ser la magdalena: de sobte em va venir al cap un garbuix d'imatges de ties i de cosines, i fotos en sèpia d'una àvia als anys vint, de barret rodó i faldilla curta, amb les cames ajuntades de la mateixa manera que la meva companya de vagó, que, després d'una estona, per desencreuar-les en va alçar una cap endavant i, durant un segon, tota la cama (del pubis al peu) va estar completament recta. Paral·leles, les va inclinar cap a una banda, perfectes i esplèndides. Unes cames com aquelles podien fer la felicitat de qui pogués compartir-les (i compartir-les volia dir observar-les tothora, acariciar-les ara i adés, nues sota la seda de les mitges...); podien dur la desgràcia i el suïcidi a qui les perdés; podien provocar guerres infinites, nova Helena de Troia de cames Marlene Dietrich, que mirava per la finestra la interminable seqüència de prats verds i ben poques cases, davant d'una cortina d'arbres mig ocres mig blancs.

A Hønefoss el tren es va aturar i ens van fer baixar. No vaig entendre per quina raó havíem de canviar de tren, però com que ningú no va protestar vaig donar per bons els motius de la companyia. Els vagons on havíem vingut es van allunyar de seguida i, al cap de cinc minuts, en van venir de nous.

Tothom es va apressar a pujar-hi, i cadascú seia on volia. Jo, que havia perdut l'esperança de continuar contemplant el joc de cames de la senyora, vaig allunyar-me cap a un dels últims vagons. Hi vaig trobar un compartiment buit i m'hi vaig instal·lar. Vaig treure del sarró la guia blava i vaig endinsar-me en la lectura de cotes, poblacions i possibles restaurants. La tranquil·litat es va acabar ben aviat: algú va obrir la porta del compartiment i, a partir d'aquell moment, tot va ser un xivarri soterrat i continu de paquets i canalla. Em vaig capbussar en el llibre, qùe enumerava tot de consideracions sobre la qualitat dels arengs a les illes de la costa, de les quals em va distreure la sensació de ser observat. Vaig alçar el cap. Davant meu, un nen demanava explicacions sobre un tebeo a una senyora que semblava ser la seva mare i no estar per gaires orgues. Vaig girar la vista, vaga, pel compartiment: al costat meu seia la dama esplèndida, la del joc de cames.

Em va sobtar. (Amb tants seients buits com quedaven, i havia hagut de venir-se a asseure just al meu costat!) Mirava cap endavant, aparentment al nen, que insistia que sa mare li expliqués els ninots. Vaig tornar a la guia i als arengs.

A Sokna van baixar nen i mare, i va pujar un vell. Tan bon punt el tren va deixar enrere l'estació, vaig sentir una pressió a la cama. Ella (la dama de les cames color salmó) en fregava una contra la meva! No vaig trigar gaire a reaccionar: no tan sols vaig accedir a la carícia sinó que vaig incrementar-la. De cua d'ull em va semblar que somreia. ¿Què calia fer, ara? Vaig concebre esperances que, a la primera vila important, el vell baixaria i ens quedaríem sols. Però van passar un munt d'estacions i el vell no es movia. Tenia tancats els ulls i recolzava el cap en una de les orelleres del seient. Dormia tan relaxadament que em vaig preguntar si no es devia haver mort. ¿I si, viu però adormit, es passava d'estació? ¿I si havia de baixar precisament en aquella on ens havíem aturat ara i no s'adonava que ja hi havia arribat? Potser seria fins i tot una bona obra, despertar-lo. Estranger assenyat, vaig estimar-me més callar, sobretot ara que el nostre compartiment havia augmentat de població: una noia d'uns vint anys, amb una motxilla exagerada i uns ulls claríssims.

La cama de la dama i la meva continuaven en contacte; pel que semblava, cap dels dos no tenia prou enginy per dur a bon port els nostres desitjos. Força estona després que el tren hagués tornat a arrencar, vaig aplegar prou forces per preguntar-li si anava gaire lluny. De primer ni em va mirar i, quan l'hi vaig repetir, va girar la cara cap a mi (ara, veient-la de tan a prop, m'adonava que era una matrona bellíssima), em va somriure amb llavis de sang i em va contestar en noruec. (Les meves esperances que pertanyés a la considerable part de la població que parla anglès com a segona llengua queien, de cop, per terra.) Vaig quedar tallat. Va afegir alguna altra cosa i es va quedar esperant una resposta que jo no podia donar-li. La noia llegia una revista de modes i semblava totalment allunyada del món que l'envoltava. El vell, però, que abans m'havia semblat mort de tan adormit, va obrir els ulls i em va servir de traductor: la senyora s'excusava de no parlar el meu idioma. Em va passar pel cap de dir-li que l'idioma a què es referia no era meu sinó prestat, però vaig callar. El vell es va oferir a continuar els serveis de traducció. Em vaig atabalar (vaig imaginar-me, genoll a terra, declarant-li el meu amor per mitjà d'un traductor), no vaig saber què dir-li, li vaig dir que no (al vell) i li vaig donar les gràcies. Després es va fer un silenci un punt tens. Les cames, però, continuaven juntes. El vell va tancar novament els ulls, però per ben poca estona: arribats a Torpo ens va dir adéu i va baixar.

Entre Torpo i Ål vaig deixar caure lentament la mà sobre la de la dona i, amb les puntes dels dits, n'acariciava el dors. Em va semblar que movia les parpelles. Va girar la mà de tal manera que, quan les vam serrar, van quedar closes com una nou. La noia del davant passava fulls amb molt de soroll, i mirava de tant en tant per la finestra. De cop, va tancar la revista i la va deixar sobre el seient del costat. Ens va mirar de passada, va aturar els ulls dos segons sobre les nostres mans agafades i tot seguit, discreta, va dirigir la mirada a la motxilla, en va estrènyer una corretja, es va submergir novament en els llacs del paisatge i va badallar.

El capvespre no acabava mai de fer-se nit. A Geilo havia pujat un home de mitjana edat, amb uniforme verd, que feia pinta de guarda forestal. Les possibilitats em fugien. Vaig pendre una determinació: aixecar-me amb la mà de la dama ben agafada i sortir al passadís, on, com a mínim, podríem, si no parlar, entendre'ns amb més facilitat. El risc era, però, que ella no volgués accedir al joc i em digués alguna cosa que jo no pogués entendre, però sí els altres ocupants del compartiment, i això m'angoixava. A favor de la meva acció hi ajudava el factor que, en realitat, la iniciativa primera havia partit d'ella, i que l'única iniciativa que jo havia pres (la d'agafar-li la mà) no havia estat rebutjada. Em molestava, però, que no s'adonés de la meva inferioritat de condicions, estrany en un país fred. Jugant en terreny propi, era ella qui havia de decidir què havíem de fer. ¿O era que ja en tenia prou fent manetes i fregant-nos les cames?

Vaig aixecar-me amb la seva mà ben agafada. Durant un segon, vaig creure que no s'aixecaria: em va mirar sorpresa i després va somriure. Em va precedir per la porta. Vam caminar pel passadís, fins a la cua del vagó. A la plataforma, cara a cara, va començar a dir paraules molt lentes, que li devien semblar elementals, però que per mi eren com si parlés noruec. (I ara veig que l'acudit és imbècil.) Era evident que calia deixar ben clar quin terreny lingüístic (i aquí sí que renuncio a la broma fàcil) ens seria propici. Sil·labejant-les, vaig exposar-li les meves quatre possibilitats. Em va compendre, perquè ella en va esmentar tres, que jo també vaig compendre, per desgràcia meva (i suposo que seva), perquè cap de les seves tres no coincidia amb cap de les quatre meves. ¿Com podia jo, doncs, dir-li que estava boig per les seves cames; que volia abraçar-la i acariciar-la abans no em fugís en alguna estació que no podia preveure; que la seva iniciativa de fregar-me la cama havia estat el gest més agradable que m'havien dedicat des de feia una setmana? Besant-la. Vam besar-nos fortament (i aquell era el primer petó que ens fèiem: l'obertura de la simfonia), en una abraçada que va durar tant com el pont que travessàvem, i que es va acabar quan es va obrir la porta del passadís: la noia del compartiment es dirigia al lavabo, que (ara me n'adonava) era a la plataforma on nosaltres perdíem el temps, besant-nos com canalla, sense arribar a fets més substanciosos. Mentre la noia es tancava al lavabo, vaig pensar que només calia esperar que en sortís per fer servir aquell cau amorós que se'ns oferia en safata.

Deu minuts més tard, encara no n'havia sortit. M'excitava pensar a quins actes deliciosos podia estar lliurant-se. M'hauria agradat insinuar-l'hi, a la meva desconeguda amiga, que ara es dedicava a repetir paraules (¿potser d'amor, de sexe irat?) en cadascuna de les llengües que dominava, a veure si jo les entenia; però no hi havia res a fer: totes em sonaven a gàrgares glacials, a ecos en un fiord. I enllà de la finestra, planures nevades.

Molts minuts més tard, va passar el revisor i va demanar els bitllets. Amb les presses havíem deixat els sarrons al compartiment i vam haver d'anar a buscar-los. El guarda forestal ja no hi era. El revisor va fer la feina i se'n va anar. Tornàvem a estar sols i asseguts. Tot va ser començar a acariciar-li un genoll que va entrar la noia. Vaig pensar, doncs, que molt probablement el lavabo tornava a ser buit. L'oportunitat esperada. Vaig fer acció d'aixecar-me, però la dama va dir alguna cosa i va continuar asseguda. Devia fer cara de perplex, perquè la noia es va veure obligada a traduir-me la frase:

—Diu que baixa a l'estació que ve.

El tren es va aturar fent més fressa que mai. Del portaequipatges, vaig baixar-li la maleta. Es va acomiadar amb un petó a la galta i va afegir unes quantes paraules.

—Ha dit—va traduir la noia—que lamenta molt no haver-lo conegut en circumstàncies més propícies.

—Digui-li que a mi em passa el mateix—vaig improvisar.

L'hi va traduir. La dama dels meus somnis va somriure i va desaparèixer passadís enllà.

Vaig asseure'm només uns segons, perquè de seguida vaig decidir que el món no s'ha fet pels covards: vaig agafar el sarró i el bossot i vaig fer cap a la porta. La noia, que feia cara de no entendre la meva decisió, em va mirar sorpresa. A l'andana em vaig sentir perdut: la dona no hi era, ni hi havia ningú. Vaig entrar a l'edifici de l'estació: també era buit. Vaig sortir per darrere: hi havia una plaça, amb rètols de neó i sense gent. A deu metres de la porta de l'estació, la meva exveïna de seient, la dama de pell color de salmó, abraçava un home, besava un marrec i pujava a un volkswagen. A correcuita vaig tornar enrere: només em faltava perdre el tren! Vaig pujar-hi que ja arrencava. Vaig tornar al compartiment. La noia em va mirar. Vaig deixar el bossot al prestatge, vaig asseure'm, vaig respirar profundament i vaig tornar a treure la guia. La noia va posar els peus sobre el seient, es va abraçar les cames i, mirant-me, va riure amb una rialla que aleshores vaig entendre en un sentit que després va resultar no ser el correcte. Va dir:

—Em sap greu haver-los aixafat el flirt, però he hagut d'amagar-me al lavabo perquè no porto bitllet.

I seia, ara, amb les cames perfectament encreuades: paral·leles, perfectes i esplèndides.

De matinada, es va delatar accidentalment: quan va agafar la motxilla per treure'n el paquet de tabac, li va caure a terra el bitllet de tren. Vaig fer veure que mirava per la finestra.

CACOFONIA

Des de sempre, l'A havia sentit unes ganes boges d'agafar el carrer Balmes en direcció contrària a la permesa; bé per error (una nit de gresca, després d'haver-ho tancat tot) o conscientment (per trencar el mirall de la rutina). S'imaginava l'onada creixent d'automòbils, tot de colors fent un bull en les boques indignades: llums atabalats desviant-se a dreta i esquerra per evitar-lo i, consegüentment, xocant els uns amb els altres: la catàstrofe més gran de la història: un caos concèntric que s'eixampla de carrer en carrer, de barri en barri, de ciutat en ciutat, i s'obre d'un continent a l'altre, al mar...

Ara també les sentia, aquestes ganes. En canvi (i feia petar la llengua contra el paladar, per amagar-se un tast verd, de fel), començava a baixar Balmes dins de l'ortodòxia més estricta: cap al mar; tot just deixava enrere la Rotonda. Havia pres gimlets a la falda de la muntanya, entre palmeres, assegut en gandules de lona color cru, just on l'últim tramvia del planeta fa el tomb i un pianista distret, mentre agonitza, s'entrebanca amb *Three little words* un cop i un altre, en un piano lluent.

A l'altura de l'estació del Putxet va haver de frenar: un semàfor bord. Va engegar la ràdio. Va moure el dial. Va trobar Benny Goodman i això el va dur a l'optimisme. Va apujar el volum. El semàfor va virar al verd i ell va pensar en anilines. Va canviar de carril mentre travessava Mitre. Com trepitjant fulles seques, va accelerar. Davant per davant del bar llibreria Crystal City, va aparcar damunt la vorera. Va entrar al bar. A la barra hi havia una noia llegint revistes. De taules, només n'hi havia una d'ocupada. Va demanar un cafè, va tafanejar per les prestatgeries: hi havia des de tractats de geografia basca fins a enigmes de l'Egipte polsós. Va fullejar *The last tycoon*. Va beure el cafè a glopets. Va pagar llibre i cafè. Va sortir al carrer. Va passar la via Augusta en vermell.

Es va sentir molt sol. Li va passar pel cap de fer el ressopó. Va mirar el rellotge: faltava mitja hora per trobar-se amb la B. Va encendre un cigarret: es va imaginar fumant-ne tres. En va encendre dos més i els fumava tots tres alhora. Somreia de la fila que devia fer, vist des d'un altre automòbil. Es va sentir complagut. Va pensar que al món no hi ha res que sigui millor que cap altra cosa; va pensar en fanals que s'enfonsaven, verticals. Feia fred.

Abans d'arribar a la Travessera va dubtar si trencar a l'esquerra i perdre's per Gràcia. No es va decidir fins a La Granada, i aleshores ja era massa tard i el cap se li perdia en nous dubtes: ¿aparcar a Tuset i menjar una truita enfonsat en escai blanc? Al semàfor de la Diagonal li va semblar que mai no abandonaria aquell carrer.

Va arrencar de seguida que el verd dels vianants

va començar a fer pampallugues. Un cotxe endarrerit que anava cap a Macià es va desviar per esquivar-lo, va fer sonar el clàxon, el va insultar i va anar a encastar-se contra una paperera. L'A va accelerar, va deixar enrere carrers i semàfors incolors. Va travessar la Gran Via en vermell, descaradament (i va provocar dues topades i ferits, udols d'ambulància i un estel fugisser, però això minuts més tard). Va veure el Forn del Cigne tancat. Va dubtar si, a aquella hora, a dins hi preparaven pastissos. Se li va acudir de llançar-s'hi, rebentar la porta, entrar amb el cotxe fins a la rebotiga, saludar els forners i abandonar el local per una porta d'urgència, espolsant-se farina de les mànigues. Era fals que mai no havia d'abandonar aquell carrer: es va saltar la contínua i va agafar la Rambla. Va aparcar a la porta del Baviera. Es va asseure a una tauleta, a la voravia. Pocs vianants. Va badallar.

La B va arribar tard, amb jersei blanc i pantalons blaus, estrets. L'A se li va imaginar el cul. Va mirar el rellotge.

—Poc puntual.

—No pots fer-te idea de com està el trànsit. He vingut en taxi; hem hagut de desviar-nos pel Paral·lel, i sortien gentades dels teatres, i la policia feia una batuda al carrer Nou. Estan grillats: han tancat el Marsella i el London. No ens han deixat passar per la Rambla. He hagut de venir caminant des de la catedral.

L'A va pensar que feia ben bé deu anys que no

trepitjava el London. Va recordar un amic, una nit: els Enfants Terribles, la comissaria de policia, el forn d'ensaïmades que obre de matinada. Va considerar com passaven els anys. La B continuava:

—...com si volguessin fer-nos obeir. Imagina't: a la nostra edat, ara que cadascun de nosaltres s'ha convertit en un petit amo d'una petita veritat. No facis aquesta cara de lluç. ¿T'adones que tothom es creu el melic del planeta? L'altre dia, la Tèbia em va dir...

L'A tenia set. Va fer senyals a un cambrer que feia com si no el veiés. La xerrera de la B no tenia escletxes:

—...i el Riba té calés (i tenir calés és per ell la cosa més important del món, l'única cosa important), i el Joan carda cada nit amb una noia diferent (perquè seduir cada nit una noia diferent és el que més li importa, i pensa que qui malgasta el temps en altres coses és curt), i el Marcel menja molt (i no entén com algú pot estar gaire estona lluny d'una taula ben parada), i...

L'A s'imaginava baixant Rambla avall, com un llamp, i llançant-se a l'aigua. El cambrer atenia una taula, tres més enllà.

—...llegeix a manta, i el Manel és qui pren més amfetamines de la colla (qui *més*; ep: *el número u*), i la Marta és imbècil (*la més imbècil* de l'escala: la número u), i el Pere i la Núria s'estimen molt (perquè han vist moltes pel·lícules de Doris Day i són *el rècord de parella estable al barri*), i el Xavier és introvertit (l'introvertit *més solitari* del país, potser), i la Maria l'extrovertida *més*...

L'A va acotar el cap. Es va imaginar el cotxe eludint la vorera del monument a Colom, accelerant cap a les escales, la B cridant, el cotxe rodolant, incontrolable, girant-se de costat, caient suaument en les aigües olioses, opaques de petroli.

—...i l'Eugeni és qui veu més tele de la comarca (*el rècord comarcal*), i el senyor Pere treballa molt (*més que cap altre al taller*), i l'Octavi mama sense mesura (i està orgullosíssim de ser *el més alcohòlic* de casa seva), i el Tomàs és un cinèfag, i el Manolo l'avantguarda de la classe obrera, i la Ignàsia possibilista, i l'Eulàlia radical, i l'Artur gai, i el senyor Jaume feliç i heterosexual, i l'Andreu poeta, i la Fina fredolica. Tot va bé perquè cadascú és cadascú: hi ha un patró de conducta per cada un de nosaltres: tants caps, tants barrets, tants melics.

L'A va aprofitar que la B havia callat un instant per pendre alè:

—Podem anar a fer una copa a un lloc on ens atenguin.

Es van aixecar just quan el cambrer havia decidit atansar-s'hi. Els va mirar amb cara d'indignació i va remugar. Van pujar al cotxe. Van donar la volta a la plaça i van agafar la ronda Universitat. A l'altura de Balmes, l'A va frenar. Els edificis se li ensorraven, ara, a més dels fanals.

Va tombar a la dreta: pujava, doncs, Balmes, i els crits, les rialles i les consideracions de perill de la B es confonien amb els insults de la gent del carrer, escassa i amb ganes d'aprofitar la mínima. Quan agafes un carrer a l'inrevés, es va adonar l'A, no hi ha semàfors. Passada la Gran Via es van trobar el primer cotxe; els de dintre els van mirar sorpresos. Fins a la Diagonal en van trobar set més (i a cap dels set no li va ser difícil canviar de carril). Arribats a la via Augusta, la pujada ja es va convertir en legal i els semàfors van tornar a donar la cara. Van pujar l'avinguda Tibidabo i, quan van arribar on mor el tramvia, els bars ja havien tancat. L'A va pensar que era com haver fet trampa, això de pujar Balmes de matinada, amb tan pocs cotxes. Van aparcar i, recolzats en una barana que s'abocava al buit, van observar la ciutat que s'eixamplava (i es constrenyia alhora) fins al mar, que no té límits. Tres hores més tard, el sol va començar a sortir a poc a poc.

GLOBUS

Va passar els primers vint anys de vida en un circ, corrent d'un lloc a l'altre, i mai, en tots aquells anys, no va trepitjar la mateixa ciutat dues vegades. ¿Hi havia hagut mai cap altre circ que hagués errat tan desmesuradament? Fill d'acròbates, la infantesa va ser per ell un seguit de paisatges nous, fent-se amic cada poques setmanes de nous nans i pallassos, domadors i lleons, ponis, trapezistes, funambulistes, homes bala i elefants. Va conèixer tres Buffalos Bills i dues índies ballarines que es deixaven siluetejar de ganivets. Als catorze anys es va enamorar d'una adolescent que durant tres vespres seguits va ocupar un seient a la segona fila. El tercer vespre (ell ajudava la dama dels gossets ensinistrats), l'adolescent li va fer l'ullet i ell es va tornar tot vermell. No va saber com reaccionar i, quan se li va acudir un mètode d'acostament, ja era massa tard: se n'anava per la carretera, en una caravana de carros, cap a la ciutat següent.

El circ va plegar quan ell tenia vint anys. Van adduir la història de sempre: la competència cinematogràfica i televisiva havia acabat per matar el circ. Qui va poder es va incorporar a altres circs, però no hi va haver lloc per tothom. Ell, jove, hauria pogut aconseguir-hi feina (i emular no tan sols els seus progenitors, sinó també els millors acròbates del món), però va decidir provar si era gaire interessant el tan famós sedentarisme.

Es va convertir en funcionari a les oficines d'una companyia de ferrocarrils. Mai, en vint anys, no va sortir de la ciutat que havia triat; cada dia revisava, corregia i decidia horaris de viatges, sense sentir cap mena d'enyorança quan llegia les destinacions escrites als bitllets. Ell, que havia recorregut mig planeta abans dels vint anys, en va passar vint més tancat entre una casa silenciosa i una oficina fèrria, a la qual anava cada dia pel mateix camí. Els primers vespres, quan es tancava a casa, avorrit, recordava els llocs on havia estat, en un passat que cada dia s'allunyava més. Pensava que al sedentarisme se li havia d'agafar gust sedentàriament: potser el que necessitava era temps per acostumar-s'hi. Ben aviat va perdre no tan sols la capacitat de reaccionar contra la rutina que començava a menjar-se'l, sinó (cosa que és més greu) la capacitat d'evocar de dia. En canvi, cada nit somiava amb detallisme d'artesà una vida paral·lela que no era sinó la repetició de la seva mateixa vida amb vint anys de retard. Així va ser com (somiant com somiava cada nit el dia de vint anys abans) quan va fer els quaranta va somiar que el circ plegava veles i ell triava fer-se sedentari. El malson el va despertar, suat, alenant profundament i amb els ulls esbatanats, fixos en el sostre, com si hagués de caure-li al damunt. Desvetllat d'un somni de dues dècades, va fer les maletes. A l'estació, va agafar el primer tren que va passar.

Va viatjar de país en país. De bon començament havia decidit recuperar el temps perdut: va descartar tots els llocs on havia estat de jove i no va trepitjar cap ciutat que ja conegués. Al cap de deu anys, quan va complir mig segle de vida, havia recorregut la meitat de la meitat de món que no havia vist de jove. Cada cop que deia adéu a una ciutat sabia que ho feia per sempre. Cada primera mirada a un paisatge era també l'última.

Deu anys més tard havia recorregut tot el planeta. Li era impossible trepitjar cap terra on no hagués estat ja algun cop. Des de feia anys havia anat adonant-se que, com més món recorria, menys somiava. Fins que ara, un cop recorregut del tot, ja gairebé no somiava gens. Fins i tot recordar li costava. Va fer memòria: ¿quina ciutat era aquella on havia besat per primer cop una noia, la seva cosina funambulista? Va dubtar si el petó havia estat a Berlín o a Danzig. Es va preguntar si ho havia vist tot amb prou deteniment. Si era així, no trobava excusa per un dubte tan considerable. Es va adonar que li costava recordar els paisatges, les arquitectures: algunes places se li esborraven i el curs dels rius el sorprenia cada vegada. Es va preguntar de què li havia servit recórrer el món sencer si en acabat no se n'havia de recordar.

Vivia una espiral de desfici. Ara, mentre esperava el tren que l'havia de dur a Parma (la primera ciutat del seu llarg inventari de ciutats: la que menys evocava, precisament perquè hi havia nascut), s'adonava que cada cop li era més difícil recordar la imatge de sa mare, que se li dibuixava com un mirall d'aigua que es desfà quan el remous. Assegut al banc de fusta, mirava les herbes entre les vies. De cop, les va mirar però no les va entendre: n'havia oblidat el nom i (com fulls que el vent arrenca d'un llibre mal relligat) li fugien de l'arxiu de la memòria totes les herbes precedents. Es va preguntar què era aquell seguit de petits brots verds. Li va semblar que perdia el cap. Va alçar els ulls: al mur de davant, més enllà de les vies, un enorme cartell de circ, esquinçat, el va alegrar. Va pensar que seria bo arribar-s'hi, després de tants anys de no ser sota cap envelat. Però quan va tornar a mirar el cartell per veure la data i el lloc on estava instal·lat, es va preguntar què era aquella cara pintada de blanc, amb una creu en un ull, una ratlla vertical en l'altre, un barret com una paperina lluent, un nas excessiu i uns llavis que reien dues vegades.

L'andana era deserta. Va abaixar el cos fins a repenjar el clatell al respatller del banc. Va tancar els ulls. Va badallar. Va mirar a dreta i a esquerra. Es va lamentar: «Si no conec ni la ciutat on he nascut...» Va sentir una porta que s'obria: una dona va treure el cap, va mirar a un costat i a l'altre i va desaparèixer. Quan tot seguit va sentir el cop de porta no va ser capaç de recordar si abans aquella porta s'havia obert, ni qui hi havia entrat, ni si mai hi havia entrat algú, ni la porta.

Amb prou feines va tenir temps de preguntar-se

què li passava. Va recordar (i la imatge li va omplir el cervell tan vigorosament que va dubtar si no la veia de debò) un estany gris sota un cel blanc, davant d'una selva humida. Tot seguit (i era evident que ja no podia dominar les imatges, que es disparaven com els globus quan perden aire), va ser un hotel eixut, amb gust de pols, de parets blanques i mobles de fusta, cubistes. Després li van desaparèixer del tot les imatges: no va recordar res més: tot era un rectangle negre: va oblidar el nom de la ciutat on anava, va mirar estranyat l'estació i no va saber deduir on era, ni què eren aquelles línies paral·leles, de ferro, que es perdien per tots dos horitzons. Quan el tren va arribar, no va saber reconeixe'l. No li va semblar ni màquina ni monstre, perquè cap de les dues coses no volia dir res. Com que també havia oblidat què era la por, no va fugir.

EL NORD DEL SUD

L'N va pujar els graons de dos en dos, nerviós, atabalat, intentant dissimular-se les palpitacions. A l'últim tram d'escala va tractar d'asserenar-se i es va adonar que, fet i fet, exteriorment l'únic detall que el podia fer semblar sospitós era la respiració massa agitada. Va inspirar diverses vegades i, amb por, va obrir la porta. Va escoltar el silenci per veure si en treia cap notícia. Sabia que tot estava a punt d'anar-se'n en orris, de convertir-se en un munt de runes, i que no hi havia manera d'evitar-ho. Ara, però, no era el moment de lamentar-se, de parlar del que es podia haver fet (i que no es va fer perquè, en l'instant decisiu, un s'empassa la saliva i tira pel dret). Al capdavall, només vivim un o dos cops, i que el sostre i el terra s'esquerdessin i que tots els fonaments en què des de feia tants anys havia basat l'existència es fessin miques era el mínim que calia esperar d'una situació com aquella, un carreró sense sortida que amenaçava de xuclar-lo per sempre més i fer-lo desaparèixer per l'ull de l'espiral sense fi. Va asseure's. Va deixar anar el cap enrere.

Va imaginar la fúria de l'S, bocabadada i tensa, mirant-lo de fit a fit, com si no el reconegués i fos ara que veiés per primera vegada aquell rèptil que tossia discretament davant d'ella, i apartava els ulls d'aquella mirada que li cremava la pell. No va saber preveure'n altres reaccions: a partir d'aquell moment, les possibilitats es disparaven, incontrolables. L'N sabia que d'aleshores endavant s'havien acabat per sempre més els caramels compartits, la melmelada dels diumenges al matí, la passejada del capvespre, els petons a l'ascensor, les rialles a l'hipòdrom, les dues entrades de cine amagades ara sota el barret, ara sota el tovalló. A canvi, ara començaven els matins de gebre, els despertadors helvètics, les aclaparadores tardes de lleó tancat en una gàbia massa grossa, monjo en una cel·la, ocell dissecat que acumula pols, arnat.

És clar que, a la llarga, el gebre es desfaria en aigua, i vindrien els partits dels dijous, les timbes dels dissabtes, les llaunes de cervesa sota el llit, els peus sobre la taula, l'esmorzar amb xampany abans d'anar a dormir. I no tan sols això: s'haurien acabat, per sempre més, les visites de parents arrugats i amics saberuts que omplien de cendra el parquet en sopars de compromís. S'haurien acabat les mitges al sofà, els consells fora de to, els cabells a la pica, les exigències intempestives. Durant una estona, l'N va caminar amunt i avall del pis. Després es va trobar marejat, amb ganes de menjar i vomitar alhora. Es va rentar, va endreçar llibres, es va entretenir a graduar les revolucions del giradiscos.

Aleshores va sentir les passes de l'S: pujava les escales ràpidament, ficava la clau al pany, obria la porta. Com els infants que per no ser vistos tanquen els ulls, no la va mirar i va sentir com llançava l'abric i el barret sobre una cadira, deia «hola» i el mirava amb una força que no arribava a traspassar-lo, molt més feble del que s'havia imaginat. Intranquil, l'N va aixecar la vista i es va enfrontar a la d'ella; l'S estava atabalada i procurava dissimular les palpitacions excessives. L'N es va quedar desconcertat: s'havia ensumat totes les xarxes que podien caure-li al damunt i no havia previst aquesta treva inesperada. Era evident que cap dels dos no en parlaria perquè tots dos estaven igual de desconcertats. L'N va veure que, abans de començar, s'havien acabat les partides de pòquer, els peus sobre la taula, els partits dels dijous, les llaunes de cervesa sota el llit, l'esmorzar amb xampany abans d'anar a dormir. És clar que tornaven els caramels compartits, la melmelada dels diumenges al matí, les dues entrades amagades sota el barret. Però també els cabells a la pica, les mitges al sofà, els consells fora de to, les visites de parents arrugats, els amics saberuts omplint de cendra el parquet en sopars de compromís, les exigències intempestives, tan sovint la mà aferrada al ganivet. Es va aixecar (i se li va fer evident que tot allò que havia pensat havia passat també pel cap d'ella), van ajuntar les galtes, es van dir «hola» novament i es van besar a la boca, abraçant-se amb una fúria desfermada.

TRUCS

El matí feia cara d'ou. A la pista de tennis, l'Enric es lliurava a les peripècies habituals: per exemple, l'esmaixada va ser un pèl llarga (o curta; o perfecta), i el Natxo (com feia sovint) va perdre la pilota, que va rebotar en un mur (o en la xarxa metàl·lica, o en els arbres) i va anar aturant-se fins a quedar a tocar d'una cadira buida, de tisora. Posem (per abreujar) que amb aquella pilota es va embutxacar la jugada, el set i el partit: són detalls que no importen gaire: l'Enric guanyava gairebé sempre.

Després es va dutxar i es va vestir. El Natxo li va proposar dinar plegats. L'Enric va dir que no: havia de trobar-se amb la Pepa. Van quedar que es telefonarien per sopar.

La Pepa va arribar tard. Va obrir la porta del restaurant que ja demanava excuses. A més, ja havia dinat: un sandvitx amb els de la facultat. Li sabia molt greu. L'Enric va pensar que un sandvitx no era prou dinar. La Pepa va dir que pendria una copa. El cambrer va anotar la comanda. La Pepa somreia. L'Enric va explicar-li que havia comprat una torre a Menorca (per anar-hi els caps de setmana) i que, per fer-ho més fàcil, havia pensat treure's el títol de pilot d'avioneta. La Pepa va dir d'anar al cine.

Dues hores més tard en sortien. Van anar a ca

l'Enric i es van ficar al llit. A les vuit, mentre mig dormien, va sonar el telèfon. Era el Natxo, empipat: s'havia equivocat de número dues vegades consecutives. Sempre al mateix lloc. Van quedar per sopar. A l'habitació, la Pepa encara dormia. L'Enric li va mossegar les cuixes.

—¿Ens dutxem plegats?

A mig ensabonar-se, el telèfon va sonar un altre cop. Amb una erecció sabonosa, l'Enric va anar escampant petjades per les rajoles. La Pepa es va tocar un mugró i va fer morros.

—¿Digui?

A l'altra banda se sentia el silenci; gairebé imperceptible, algú que respirava.

—¿Digui?

La respiració va dubtar. Semblava que s'aguantés el riure. L'Enric va imaginar una pomera sense pomes, ni fulles: de cartró; o un lloro mut que truqués des d'un altre món ben a prop. Finalment, va enraonar una noia:

—Hola, Enric. ¿Te'n recordes, de mi?

No se'n recordava. Per un moment va pensar: «Potser l'Eva, o potser l'Anna.» Va passar revista a totes les possibilitats: aquella veu li era definitivament desconeguda. L'erecció havia desaparegut i les gotes de sabó queien a terra, on feien un bassal.

—Francament...

—¿No te'n recordes, de tooootes les coses que hem fet plegats?

La veu volia ser excitant i feia riure. Ningú no

pot preguntar: «¿No te'n recordes, de totes les coses que hem fet plegats?» si no és de broma. A punt de respondre, la veu va parlar novament:

—Jo sí que me'n recordo molt, de tu. ¿Saps què faig, quan me'n recordo?—La veu exagerava la respiració, copejava el paladar amb la llengua. —¿T'ho imagines? Primer em llepo un dit, el xuclo com si fos de mel. Després, a poc a poc, perquè no tinc cap pressa (tinc tot el temps del món), baixo la mà pel cos, acariciant-lo tot, cada plec, perquè és un cos fràgil, que s'ha de tractar amb molta delicadesa. I, just aquí on ara em toco, en aquest botonet que titil·la, m'hi moro de gust; de l'altra mà hi fico un dit, per un forat que és de seda, tebi i sucós...

L'Enric va penjar. Va intentar endevinar (ja que era segur que desconeixia la posseïdora de la veu) qui podia ser el conegut que estigués petant-se de riure a dos metres de l'aparell, mentre una amiga conxorxada feia el treball seductor. Es va adonar que l'erecció li havia retornat. Es va afanyar. Es va llançar a la banyera. Va esquitxar d'aigua tot el terra.

—¿Saps qui era? Una trucada porca.

—¿Què t'ha dit?

—M'ha dit que s'hi ficava dos dits, exactament així.

Quan, mig minut més tard, va sonar novament el telèfon, a dins ja n'hi tenien tres. Van fer el sord i el ring va anar repetint-se, llarg, durant minuts, com una sirena amb urgència.

L'endemà, després de guanyar el partit, l'Enric va dinar amb un conseller del banc. Més tard va trucar la Lídia. Van quedar que passaria a recollir-la, al vespre. A casa, l'Enric es va canviar, va sentir música, va llegir un informe; a les vuit en punt, quan va sonar el telèfon, llegia l'*International Management* i badallava.

—Hola, Enric. ¿Encara no te'n recordes, de mi?

—...

—Ahir a la nit vaig pensar molt en tu i...

—¿I t'hi posaves tres dits?

—Quatre. Perquè estava molt humida i m'hi entraven molt bé, suaument, com mai...

L'Enric va penjar. Només faltava que li permetés vacil·lar-se'l. Es va vestir. Al tocadiscos, va col·locar Klaus Schulze (que era la música que li agradava a la Lídia), i el va deixar preparat per engegar-lo tan bon punt tornessin a casa.

Durant tres dies, la trucada es va repetir, sempre a la mateixa hora. El quart vespre, l'Enric va aplegar, a les vuit i davant del telèfon, tot d'amics i amigues que en sabien la història. Cada cop que sonava el telèfon, una persona diferent agafava l'aparell i negava que aquell fos el número marcat. A la cinquena vegada, la veu va dir: «Imbècil», i va deixar de telefonar.

Aquella nit, l'Enric va anar a dormir més d'hora

que de costum. L'endemà al matí, per primer cop en sis mesos, va perdre un partit. Molest, no va trucar a la Pepa, com havien acordat, i va dedicar la tarda a comprar coses inútils i un gerro d'antiquari. A dos quarts de vuit estava assegut, mig ensopit, davant de la tele. Quan faltaven dos minuts per les vuit, va sonar el telèfon. Se'n va estranyar: les trucades anònimes eren sempre del tot puntuals. Va despenjar: la Pepa: que com va tot. Quan faltaven quinze segons per les vuit, l'Enric va buscar una excusa: ja li trucaria més tard. De seguida que va penjar l'auricular, el telèfon va sonar altra vegada.

—¿Digues?

—Hola.

A partir d'aquest moment la història és fàcil d'imaginar i, per aquest motiu, potser més avorrida. Caldrà, doncs, ser breus i evitar per una banda explicacions psicològiques (subterfugis sempre a l'abast per justificar qualsevol fet) i per l'altra la descripció de les reaccions dels amics, de les amigues, la preocupació creixent dels consellers bancaris, les mesures de la família (consecutivament estranyada, preocupada, indignada, resoluda): són fàcils de preveure i cada cop més greus.

Durant dies, l'Enric va mirar d'aconseguir una cita amb la veu misteriosa. Després de molts vespres de bregar-hi, la veu va acceptar: demà, a les vuit a tal lloc. L'Enric es va descriure perquè l'identifiqués: vestit gris i clavell vermell al trau de la solapa. La veu ho va trobar divertit. L'Enric se'n va alegrar.

L'endemà a les vuit, per primera vegada en setmanes no era davant del telèfon. El lloc acordat era ple de gent i no se li va presentar ningú. No va poder saber si ella hi era o no; i, si hi era, qui era. Va tornar a casa, tard i begut, amb claus massa grosses per panys tan petits. A la trucada següent es va mostrar indignat. La veu li va dir que havia acudit a la cita, però que es va estimar més no dir res i contemplar com ell reaccionava. Emprenyat, l'Enric va penjar el telèfon i, just quan el penjava, ja se'n penedia, perquè s'adonava que allò d'haver anat a la cita, no haver-se-li presentat i haver-lo observat volia dir que ja s'atipava d'aquell joc. Va esperar una nova trucada, que no va arribar. Va dormir malament i l'endemà, a les vuit del vespre, el telèfon va continuar mut, i quan finalment va tornar a sonar, tres dies més tard, va ser per dir-li que el joc s'havia acabat, que ja l'atipava una història que havia començat com una broma de col·legiala, per atzar, un dia que algú va trucar, equivocant-se de número, demanant per un tal Enric i repetint les xifres dues vegades, prou vegades per pendre'n nota i començar el joc. Ara ja no trucaria més. L'Enric li va demanar que es veiessin. Ella va dir que no. Ell hi va insistir. Ella s'hi va negar en rodó. Ell va tenir por que ella pengés i va acceptar no veure's a canvi que tot continués com fins aleshores: una trucada diària. Ella va dir que ja ho havia decidit: no trucaria més. Va penjar.

L'Enric va meditar les possibilitats: si ella havia sabut el seu nom i el número de telèfon per unes trucades equivocades, tots dos números de telèfon havien de ser, doncs, ben similars: una o, tirant llarg, dues xifres de diferència, només. Va decidir provar totes les alteracions numèriques possibles. Però les combinacions possibles d'un número de telèfon de set xifres són moltes. Al cap de pocs dies, se li va cansar el dit i li naixia la recança que potser el número d'ella era un de tants que provava i que sonaven indefinidament, sense que ningú contestés. Va prolongar la temptativa durant setmanes: va marcar milers de números; res de res.

Va imaginar cent mil morts possibles. Moriria per amor, per amor a una de qui només coneixia la veu. Cada vespre, quan penjava l'auricular després d'un dia esgotador (abans de les vuit, per si de cas), decidia un suïcidi diferent: va arribar a compondre'n el manual més extens. S'imaginava l'última imatge de la pel·lícula, sempre la mateixa: a les vuit del vespre, mentre enretiressin el taüt amb el seu cadàver a dins, a la tauleta de nit sonaria el telèfon, un dia massa tard.

Tot es va precipitar, però, de manera ben diferent: després de setmanes parapetat en el racó més fosc de la casa (eludint les indagacions policials, les brigades de psicoanalistes enviats per la família, el setge d'amics i amigues), una nit va trobar sota la porta d'entrada un rebut de la telefònica de data prou endarrerida, amb l'amenaça imminent (i, per tant, ja efectiva) de tallar-li la línia. Va córrer cap a l'aparell i va despenjar l'auricular sabent què hi trobaria: la línia tallada. Aleshores va deduir que, en algun punt del procés familiar per bloquejar-li els comptes corrents (davant de l'evident bogeria), hi havia hagut un error i el bloqueig havia abastat fins i tot els pagaments. El final de la història es perd, ara, per laberints, passadissos i finestretes de burocràcia plateresca, tractant de pagar tots els rebuts endarrerits perquè li tornin a connectar la línia, amb la cada cop més esvaïda esperança que la trucada es repeteixi; aprofitant finalment una sortida al carrer per trucar, en un primer moment amb recança, a la Lídia (o potser a la Pepa) des d'una cabina:

—Hola, noia.

—Quina sorpresa! ¿Ja has passat la quarantena?

NINES RUSSES

Corre a través dels prats, amagant-se entre les herbes altes, darrere de les columnes. La casa és cada cop més lluny. A la dreta del camí, arbres de ribera i, de tant en tant, un rètol de fusta blanca amb lletres negres: BADEN VERBOTEN. Tot de caminets curtíssims, perpendiculars al principal, acaben en escales que s'endinsen al llac, amb baranes ornades amb gerros i flors de pedra. Esbufega. Sua. Està molt cansat. Es recolza a la barana. Mira enrere i cap a l'aigua, alternativament i amb neguit. Ara camina, vorejant el llac fins a l'embarcador, que és desert. Observa l'horitzó. Sap que, si triguen gaire, l'enxamparan. Torna enrere per les escales. Salta la barana. S'amaga entre els arbres. Des d'allà divisa el llac. Està impacient. Mira constantment el rellotge. No ha passat gaire estona, que sent una remor mínima que s'eixampla: al lluny, entre els blaus lívids del cel i de l'aigua, apareix un foraborda. Un ocell talla l'aire. Ell s'aixeca de terra. Amb molt de compte, separa les branques, mira cap al camí, salta la barana. Mentre baixa l'escala de pedra que l'ha de dur a l'embarcador, sent un soroll darrere seu. Gira el cap: la noia morena, d'ulleres fosques, li apunta amb una pistola. La música puja de volum. Ell comença a córrer cap a l'aigua.

La pantalla es fa negra, després blanca. La gent xiula. N'hi ha que criden. S'encenen els llums. Durant un moment minva el brogit. Després passen deu lents minuts durant els quals el públic llisca de l'espera més o menys pacient a la irritació: pica de peus i demana explicacions. El desconcert arriba quan, per fi, un representant de l'empresa baixa a excusar-se, atabalat, i explica que ha passat una cosa insòlita: el final de la pel·lícula no hi és. I no sembla pas, afegeix, que ningú l'hagi tallat, perquè, sense cap empalmament, després de les últimes imatges vistes hi ha un bon tros de cua negra. Lamenta moltíssim les molèsties, sobretot perquè pren en consideració que fets com aquest són enutjosos, i més sent un dia d'estrena. La conclusió és que el millor que pot fer en aquestes condicions és tornar els diners de l'entrada, per la qual cosa prega al públic que abandoni la sala en ordre i passi per les taquilles. Afegeix que han parlat amb la distribuïdora, que assegura no saber-ne res, i promet posar-se en contacte amb la productora de seguida que pugui. El representant de l'empresa fa finalment un gest d'impotència amb els braços i se'n va. Després d'un esclat de queixes, el públic surt lentament. L'espectador (un entre tots: a triar) badalla, s'aixeca amb mandra, surt al hall. La cua per recollir l'import de l'entrada a taquilla es barreja amb la dels que s'esperaven per la sessió següent i ara, perplexos, no es decideixen a abandonar el lloc preeminent que una considerable estona d'espera els ha procurat. El nostre home no té ganes d'esperar-se: dóna els diners per perduts i enfila carrer amunt. A mitja cua sent que la notícia hi arriba tergiversada: diuen que algú ha segrestat el film amb la intenció d'aconseguir promoció per un projecte cinematogràfic que no havia trobat suport en cap productora. A la cua de la cua, la notícia ja hi corre del tot desmanegada: diuen que algú ha telefonat al cinema per fer saber que al local hi ha una bomba. La gent s'escampa per carrers laterals, discretament esverada. Ell puja al cotxe, arrenca. A la ràdio sona Dizzy Gillespie. Agafa carrers de suburbi, emboirats d'un blanc opac. Ara, per la ràdio, un periodista quec fa un interviu a una dona sense braços que ha parit un nen sense cames. El locutor en conclou, a batzegades, que no hi ha dijous sense divendres i, tot seguit, engega altre cop Gillespie: *Russian lullaby*, cançó que l'home sent també (i se'n sorprèn) al fil musical del restaurant on entra tot seguit. Un cop a taula, demana un palíndrom gastronòmic (de primer, meló amb pernil; de segon, lacón; de postres, meló) amb l'esperança de provocar l'estupefacció del maître, que, amb tot, no sembla disposat a deixar-se sorpendre tan fàcilment. En una taula a prop, algú parla d'una telèpata australiana que es va despertar d'un somni, aterrida, al mateix instant que un col·lega seu, suís, rebia un fort ensurt, provocat per una neboda juganera que havia agafat gust a les disfresses extremades. El nostre home riu i la rialla creix a mesura que va sopant, fins que, a les postres, ja és un doll de cascavells i timbals que ressonen per totes les masmorres del castell.

El despertador. Arrossegant-se, amb mandra, es dutxa, s'afaita, es vesteix. Esmorza al bar del davant. Després agafa el cotxe: aviat, la ciutat queda enrere i durant deu minuts la carretera és deserta. Veu la casa al lluny. Hi aparca ben a la vora. A la dreta del camí, arbres de ribera. A les vores del llac, focus, cables i quadros d'endolls.

L'esperaven de feia estona. Es canvia en un moment. El maquillen. El director dóna l'ordre de començar la filmació. Ell s'amaga entre els arbres. Hi filmen diversos plans. Després salta la barana. Repeteix el salt dues vegades. Mentre baixa l'escala de pedra, sent un soroll darrere seu; gira el cap: la noia morena, d'ulleres fosques, li apunta amb una pistola. Ell comença a córrer cap a l'aigua. Repeteixen l'escena: per dues vegades la noia apunta i ell arrenca a córrer. El director no es dóna per satisfet. Ho repeteixen per tercer cop: la noia li apunta amb una pistola, ell comença a córrer cap a l'aigua. El director no interromp la filmació. La noia dispara. L'actor cau a terra.

A platea hi ha un moment de desconcert: un dels espectadors ha caigut també a terra. Se l'enduen i el film acaba tot seguit.

TO CHOOSE

When a man cannot choose he ceases to be a man. [...] Is a man who chooses the bad perhaps in some way better than a man who has the good imposed upon him?

ANTHONY BURGESS
A clockwork orange

A mig matí, havent despatxat la correspondència i a punt de revisar unes cartes, em vaig sentir un buit a l'estómac. No era que tingués gana: aquell era un buit corpori, com una pilota que em costés de deglutir. Si hagués pogut ficar-me la mà per la boca i fer-la baixar coll avall, l'hauria palpat: tou i greixós, aquell no-res es queixava en silenci. A la planta baixa, vaig pendre cafès. Mitja hora més tard, el neguit continuava: aquest cop al bar del davant, vaig pendre aigua mineral amb gas. Encara vaig resistir un altre quart, però ja era com si per dins fos aire: si algú m'hagués punxat hauria rebentat. Vaig demanar audiència al director: li vaig explicar que em trobava malament i, en conseqüència, li demanava permís per anar-me'n a casa. Vaig descriure les molèsties prou confusament: d'estómac, cada cop més agudes. Vaig afegir-hi un mal de cap considerable, per si els símptomes li semblaven lleus o escassos. Em va donar permís per tornar a casa i em va desitjar una millora ràpida.

Pel camí vaig meditar: per l'esquena se m'enfilava una mena d'angoixa, sense que jo sabés que ja es metamorfosava en un desig que em seria impossible controlar. Cap a mitja tarda vaig començar, simultàniament, a entendre què em passava i a no voler acceptar-ho. Per no pensar-hi, em vaig dedicar a arreglar endolls, penjar llums, netejar prestatges. En una tarda vaig enllestir totes les feines que havia anat postergant durant mesos.

Al vespre, mentre mirava la tele, vaig aconseguir formular-ho de manera coherent. I (com si confiés que el fet de sentir-ho en paraules, netes i rotundes, m'hagués de fer por i, conseqüentment, fer-me'n desdir) ho vaig repetir en veu alta:

—He de matar algú.

Sentit així, en fred, l'efecte va ser contrari a l'esperat: era com si els significants fessin menys greus els significats (*vous pigez la feinte?*). Evidentment, vaig formular-me les objeccions que fan al cas, morals i de risc. A més, usualment, quan algú pensa de matar, és precisament a algú en concret que vol matar, i per motius determinats. Jo, però, era ben lluny de sentiments tan simples. Sentia la necessitat de matar sense tenir-ne motiu, i tampoc ningú en concret, i aquest sentiment no tan sols no em feia sentir malament sinó que (n'estava segur) si el duia a bon port faria que em sentís lliure, desvetllat i feliç.

Aquella nit vaig dormir malament: m'assaltaven malsons, però no pas perquè anés a cometre (¿anés a cometre: tan decidit era ja tot en el somni?) una, com si diguéssim, canallada, sinó perquè trigava massa a decidir-me. En algun moment del somni, entre un desert de moresc i un edifici sense portes, entenia una veritat que em semblava atroç de tan certa: no és culpable qui comet un crim, sinó aquell que, havent comès un crim, es deixa enxampar. Al matí, suat, vaig telefonar a l'oficina i vaig al·legar una grip considerable. El director em va receptar aspirines, conyac, llet calenta, mel amb llimona i llit.

Mentre prenia sucs de fruites, vaig barrinar llargament: ¿qui mataria i per què? Se m'acudia (ho havia sentit a dir i no sabia on) que només pot haverhi crim perfecte allà on entre criminal i víctima no és possible establir cap mena de relació. Si matava un vianant anònim sense ser vist per ningú, ¿com podrien inculpar-me, si ni el coneixeria de res ni tan sols sabria qui era? Seria com un franctirador, que dispara contra gent que desconeix; però, en canvi, evitaria l'afany d'exhibició que sovint fa que l'enxampin.

No em calia, doncs, decidir a qui matar: seria l'atzar qui em dugués la víctima. En una cantonada solitària, sense ni tan sols veure-li la cara, mataria algú i no seria fins l'endemà, pels diaris, que en coneixeria el rostre i el nom. L'únic que em calia era premeditar-ne l'eina. Ja d'entrada vaig rebutjar el cotxe: aixafar algú, a cent per hora en un carreró fosc, em va semblar massa difícil per un aprenent possiblement maldestre, i comprometedor. Les armes blanques em semblaven brutes. La mitja al coll, sòrdida. El revòlver em satisfeia com cap altra cosa: em convertia en un assassí de pel·lícula.

A més, em vestiria a to amb l'acció. Em vaig dissenyar la indumentària: vestit de ratlles (amb armilla), camisa fosca, corbata clara, sabates de llaç. Entre la sastreria i l'armeria vaig esmerçar menys temps del que em pensava. Vaig recuperar unes sabates de llaç, precioses, del prestatge més alt d'un armari. A l'armeria no vaig trobar cap mena de dificultats: la desmesurada facilitat d'obtenció d'armes per la defensa personal feia més fàcil que mai l'atac personal. Aquella mateixa tarda vaig tenir-ho tot enllestit. Vaig dormir d'una tirada.

L'endemà al matí, el mirall em va mostrar una cara gens criminal: després de tants anys de companyia mútua, puc reconèixer que el meu rostre és a mig camí entre el del lluç i el de l'ou, potser massa pàl·lid, bocabadat, gens agressiu. Abans de sortir al carrer (i encara sense creure-m'ho del tot) vaig col·locar-me l'arma entre el cinturó i la camisa.

Tot el matí vaig rodar per parcs. Vaig dinar al quiosc d'una plaça amb un brollador al mig. Després vaig passejar per pollancredes que creia desaparegudes. Tota la tarda vaig acariciar amb una mà la culata del revòlver. A la vora d'un estany de paper de plata, una vella donava veces als coloms. Estàvem del tot sols. Vaig continuar caminant: molt més enllà, un guarda es netejava les ungles displicentment, assegut en un banc. No em vaig sentir temptat de disparar-li. Després, entre uns arbres, vaig veure una parella més que besant-se. Em van omplir el cor de tendresa.

Tan llepafils, ¿a qui havia de matar? Tots em

semblaven massa grisos per morir. ¿Potser algú que despuntés? D'una manera vaga, sabia que cap d'aquells personatges no era el que buscava. ¿En buscava, doncs, algun de concret? Pel camí que em duia cap a la sortida del parc, s'acostava ara un home ni jove ni vell, ni alt ni baix, tan indefinit que li podríeu haver passat pel costat sense adonar-vos que hi era. ¿Un paio com aquell, havia de matar? Vaig treure el revòlver d'entre el fetge i el cinturó i me'l vaig col·locar a la butxaca de l'americana. A deu passes de l'home, vaig posar el dit al gallet. A punt de disparar-li (em va sorpendre la facilitat amb què hauria pogut fer-ho) vaig considerar que tanta mediocritat no em feia el pes. Tornava a les cabòries i, per allunyar-les, em repetia que el camí correcte era matar sense motiu, perquè només així el crim podria restar impune. Per un moment vaig pensar que em faltava decisió. Que fàcil que ha de ser prémer el gallet per una convicció! Vaig girar el cap i l'home indefinit ja era lluny.

En un bar, vaig pendre una copa de ginet. Amb el cotxe, vaig allunyar-me de la ciutat: vaig triar carreteres que m'eren conegudes i camins que desconeixia. Prou allunyada de tot rastre d'urbanització, envoltada de xiprers i sota una lluna que feia el ple, vaig descobrir una torre de dos pisos amb els llums encesos. Silenciosament, vaig aparcar el cotxe entre els arbres.

Vaig travessar el prat mig ajupit i corrent. Em semblava haver-ho viscut abans, tot allò, en una reencarnació prèvia, o potser al cine. Ja era al costat de la porta. Per les finestres podia observar l'interior: en una sala ampla, de parets excessivament farcides de quadros, un home d'uns quaranta anys veia la tele. ¿Hi devia haver algú més, a la casa? D'una capsa de fusta l'home en va treure un puro. Vaig sentir soroll: al pis de dalt havien apagat els llums i una dona apareixia ara a la porta de la sala, amb un abric gruixut, de pells. L'home i la dona es besaven. M'arribaven retalls de conversa. Ell li va recomanar que tornés d'hora. Ella va prometre tornar de seguida que acabés la pel·lícula. Vaig amagar-me sota una escala, darrere d'unes mates, però la dona no va sortir per la porta, sinó directament del garatge, dins d'un mercedes blanc, a una velocitat exagerada.

Resultaria més inversemblant demanar per telefonar amb la vella excusa del cotxe avariat que no pas dramatitzar la situació de manera que l'afectés a ell fins a tal punt que obrís sense dubtar-ho. Vaig esperar un grapat de minuts, durant els quals l'home va tallar el puro i el va encendre amb cura. Després vaig trucar impetuosament:

—Obri! La seva dona ha tingut un accident!

Només m'arribava la veu del televisor. (Ara, davant de la porta, no podia veure què feia l'home.) Després vaig sentir com apagava l'aparell; i passes, que no vaig saber deduir si venien o se n'anaven. Vaig palpar el revòlver, encara dins de la butxaca. Vaig insistir:

—Obri! Hi ha hagut un accident! La seva dona, amb un mercedes blanc...!

L'home va despassar la balda i va obrir lentament, desconcertat. Jo no devia pas fer aspecte malèvol, perquè quan em va veure va obrir del tot la porta, definitivament confiat, i va dir:

—¿La meva dona? No sóc pas casat. Però el mercedes blanc...

Error meu: havia fet deduccions equivocades: la dona que havia marxat no era, doncs, la muller. ¿I què? Potser era l'amant, o una amiga, que vaig compadir: l'home no havia considerat la possibilitat que es tractés d'ella fins que va sentir parlar del mercedes blanc. Fos com fos, jo ja era dins de la casa i feia massa estona que el silenci s'espesseïa. Aquell era ben bé el meu home. Vaig treure el revòlver. L'home va fer un gest de sorpresa. Vaig veure'm obligat a dir algunes paraules que aclarissin la situació:

—He vingut a matar-lo.

L'home es va sentir encara més sorprès: era evident que quan havia vist l'arma havia cregut que era allà per robar. Amb un fil de veu em va preguntar per què. No vaig voler caure en el joc: si començava a argumentar-li que en realitat no tenia cap motiu per liquidar-lo, aviat em trobaria sobrer i ridícul. L'home va dir encara:

—Un moment. Li donaré tot el que vulgui. —Es va treure el rellotge d'or i me'l va allargar, junt amb la cartera, que duia a la butxaca dreta dels pantalons. —A dalt tinc joies, més diners. Si vol, pot pendre aquests quadros. Pot treure'n un munt de diners. Però no s'atabali, no ens atabalem.

Havia anat aterrint-se gradualment. Es resistia a creure que jo no era allà per robar-li res: era incapaç d'entendre-ho. Vaig trobar insultant que em considerés un lladregot que es pot comprar amb quincalla. Tremolós i quequejant, em va semblar tan covard (i, mentre sentia la fredor del gallet al dit, pensava que jo, en el seu lloc, m'hauria comportat amb una covardia similar) que no vaig sentir el més mínim remordiment de disparar-li dos trets, que, en la nit, van ressonar com bufetades. A terra, vaig rematar-lo amb un tercer tret. El puro començava a cremar un angle de catifa. L'home aferrava fortament la cartera i el rellotge que m'havia ofert. Vaig ajupir-me. Sense acabar d'entendre què feia, vaig pendre rellotge i cartera. Al pis de dalt, vaig arreplegar joies i diners. Dels quadros en vaig triar cinc: un modigliani, dos bacon, un hopper i un llimós. Amb el mocador vaig obrir la porta. Al cotxe, mentre arrencava em preguntava si la vegada següent em seria tan fàcil com aquesta.

LA CARTA

Dimecres al migdia va tancar totes les portes i finestres de la cuina, va obrir el gas i es va ajeure a terra, panxa enlaire; va morir una estona més tard. Divendres al matí, quan encara no havien arribat els de la funerària, el carter va dur una carta en un sobre sense remitent. Un cosí llunyà, l'únic parent que havia estat possible localitzar, se n'havia anat feia estona, al·legant ocupacions ineludibles i un parentesc prou distant per, basant-se en un agnosticisme militant, haver acomplert prou rituals fúnebres amb una nit de vetlla. El porter, doncs, va acceptar la carta, però després no va saber què fer-ne i la va deixar sobre les mans del cadàver. Els de la funerària van arribar amb retard i pressa. Van tancar el taüt i se'l van endur escales avall. El porter va tancar la porta del pis. La carta, que ningú no va llegir, deia:

«Caríssim mitjamerda,

He anat rebent les teves cartes, però fins fa un parell de dies no he tingut temps de llegir-les. I et contesto amb el benentès que és la primera i l'última vegada que ho faig. Altra feina tinc que dedicar-me a consolar pobres d'esperit com tu. Vols omplir-me el cap amb promeses i declaracions que no vénen a to, ni ningú et demana. Vius fora del món. Saps prou bé que mai no tornaré amb tu, perquè tu i jo ja ens hem donat tot el que podíem donar-nos; que, fet i fet, era ben poc. No em vinguis amb històries lacrimògenes, doncs. T'aniria bé una mica més de caràcter. Dius que me'n vaig anar amb el Bert perquè sexualment em satisfeia més que no pas tu, i ho fas com si, dient-m'ho, m'insultessis i em volguessis fer sentir puta. Vas ben equivocat si et penses que això em farà sentir malament. ¿Què t'has cregut? En canvi, l'encertes de ple quan dius que amb el Bert m'ho passo millor. I tant! M'agradaria que poguessis mesurar les diferències que us separen, que són, també, mentals. I, com que ets de mena masoquista, t'explicaré que només de mussitar-me a l'orella tot el que em farà, m'humiteja com tu no m'has humitejat mai. Puc passar-me hores i hores acariciant-lo, i quan me n'atipo faig que descarregui on vull. Després no he de fer res més que tornar a començar. És tan diferent de tu! Té allò que se'n diu imaginació, no sé si saps a què em refereixo. Al restaurant, a mig sopar em fa treure les calces, i coses com aquesta, que tu trobaràs tan fora de lloc (¿a què treu cap treure's les calces al restaurant?, deus estar pensant ara mateix), a mi em fan tornar boja de gust, tan boja que hem de fugir del restaurant a correcuita. Pel carrer ens arrambem, com si fóssim canalla. Ens fiquem als jardins de les cases, i ens rebolquem per la gespa, excitats perquè, en qualsevol moment, algú pot descobrir-nos. Després pugem a un taxi i em continua tocant de tal manera que he d'amagar la cara i mossegar-me la mà perquè el taxista no se n'adoni; el Bert, tot seriós, com si no fes res amb la mà, i jo escorrent-me un cop i un altre, fins que deixem el seient xop i baixem rient només d'imaginar la cara dels viatgers que hi pugin després de nosaltres. ¿T'agrada que t'expliqui aquestes coses? Segur que sí. T'ho deus estar passant tan bé, patint... T'ha agradat sempre, patir i torturar-te per tot. Potser si t'explico coses d'aquestes t'excites molt. ¿T'has excitat molt mentre llegies com em grapeja el Bert? Em grapeja i em palpa i em fica els dits arreu, per tots els forats que troba (i jo els hi fico a ell), i ens estimem als parcs i als cinemes, i en hotelets, amb pressa, com si no poguéssim esperar a arribar a casa. I quan arribem a casa, tornem-hi! I jo el grapejo tant, a ell, el grapejo pertot arreu: pel carrer, als bars, davant dels seus amics i dels meus, al cotxe, mentre condueix. A l'autobús, quan va ple, li fico la mà dins de l'abric, i dins de la bragueta, i l'hi agafo, dura, ferma i calenta, i l'hi sacsejo al ritme de les sotragades de l'autobús, fins que se'm vessa als dits, i me'ls llepo mentre baixem, i el viatger del costat de la porta em mira els llavis i els dits i, després d'un instant, entén què ha passat i somriu, sorprès. Pots pelar-te-la, si vols. Si, al contrari, et fa mal que t'expliqui tot això, ja saps què et toca: no escriure'm més. Si fossis una persona normal, a hores d'ara, quan gairebé fa dos mesos que vam deixar de viure plegats, tindries una novieta i estaries tocant-li el cul, per comptes d'intentar fer-me agafar mala consciència amb les teves cartetes. Per si et serveix d'algun consol (o per si t'augmenta el patiment), vull dir-te que he començat a sortir amb un noi molt bufó, i el Bert està un pèl gelós, tant com tu la primera vegada que vaig dir-te que sortia amb el Bert. Amb aquest noiet m'ho passo molt bé. Potser encara millor que amb el Bert, cosa prou difícil i que vindria a confirmar la teva teoria que sempre que em firo un noviet vaig atabalada i sempre em sembla que és molt millor que els anteriors, i, en canvi, quan després el conec a fons hi perdo interès. Potser sí. ¿I què? Aquest és molt jove i l'hi he d'ensenyar tot: com s'ha de posar, què m'ha de fer, com m'ha de llepar, com m'ha d'abraçar. M'hi sento protectora, com una mare. Deu sortir-me l'instint maternal, ara, ves. És tendre i fort com un vedell, i m'omple la boca com ningú. Deu ser cosa de l'edat: un marrec tan suau... ¿Vols saber més coses meves? Espero que no. I, pel que fa a l'amenaça de suïcidar-te, et diré que la trobo de mal gust i poc enginyosa, ja que, si pretens fer-me el mateix xantatge que em va fer el Toni quan vaig deixar-lo per tu, et recordaré que ell, com a mínim, va tenir els pebrots de complir l'amenaça, cosa que dubto que tu facis. En fi, estimat, tot esperant no rebre cap més notícia teva, et saluda ben poc efusivament,

C.»

QUATRE QUARTS

Diu el diccionari que és puntual qui fa una cosa exactament en el moment assenyalat. Això vol dir que, si quedes citat a les set, ets puntual si et presentes a les set. Fins aquí, tot clar. El que ja no queda tan clar és com definir qui, havent quedat citat a les set, a les sis ja volta per carrers a prop del del lloc de trobada, i a dos quarts de set s'atura al costat del quiosc, que és el lloc acordat, més que res perquè és divendres i els divendres els quioscos floreixen com jardins en temps de primavera: tots els periòdics de cap de setmana apareixen de cop, i a l'hora d'esperar hi ha poques coses al món més distretes que observar lentament portades de revistes (i de llibres, que omplen els aparadors laterals). A tres quarts de set, però, les portades ja estan vistes, totes, i, com que encara falta un quart, no queda cap altre remei que comprar finalment una revista o un diari i fullejar-lo mandrosament. Quan arribes a l'última línia de l'última columna de l'última plana (que és l'única que s'ha llegir: la d'entreteniments), són les set i no hi ha cap raó per sentir-te cansat d'esperar, ja que en realitat l'espera encara no ha començat. El tal individu, que és puntual (és a lloc exactament en el moment assenyalat) i impuntual alhora (havia arribat a lloc abans d'hora: no exactament en el moment assenyalat, doncs), sóc, en aquest cas, jo, que continuo sense saber com definir aquesta impuntual puntualitat exacerbada que arrossego des de petit, per desgràcia meva i sorpresa de les persones amb qui em cito, que acostumen a ser obsessivament impuntuals. Ser impuntual pot voler dir quedar a les set i presentar-se a les set i un minut, o a les set i cinc minuts, o a un quart de vuit, o a dos quarts de vuit, o a les nou, o a les deu. (Que molts impuntuals ho són perquè disfruten fent-se esperar és tan obvi que no cal donar-hi més voltes.) Si, finalment, la persona amb qui et cites acaba per no presentar-se, aleshores deixa automàticament de ser impuntual per convertir-se en un, o una, galtes. Si, sortosament, coneixeu els costums de qui espereu, podeu classificar-lo en la categoria escaient, i fins i tot excusar-li un retard (o sorpendre-us d'una puntualitat fora del comú, o preocupar-vos per un accident que no ha existit). Si no li coneixeu els hàbits en les cites, el risc i l'aventura s'obren davant del vostre futur immediat i, ben probablement, us convertireu durant una llarga estona en un maniquí impertèrrit que es repenja en murs i fanals, maquinant delicioses venjances i classificant, a tall de distracció, tots els tipus de puntual i impuntual amb què els fats ens enfronten al llarg de la vida.

Aquest era el meu cas: desconeixia completament els hàbits formals de la noia que esperava (sempre l'havia trobada a la sortida de la central nuclear, que és on treballo jo; i ella també: d'això la conec). Bé: a un quart de vuit havia mirat totes les portades i llegit, no un, sinó dos periòdics (per ser exactes, un diari i una revista). A dos quarts vaig començar a preocupar-me per si havíem quedat en un altre lloc; per si havíem quedat a una altra hora; per si ella havia entès un altre lloc o una altra hora; per si era jo qui ho havia entès malament; per si li havia passat res; per si s'havia fet enrere i decidit no venir (i jo que havia passat l'aspiradora per la moqueta i col·locat xampany a la nevera, amb l'esperança d'una nit boja!); per si el trànsit era caòtic en alguna zona de la ciutat (vaig recordar, però, que no tenia cotxe i, doncs, el caos automobilístic no l'afectava); per si era el metro allò que no funcionava (un xoc: els vagons descarrilats: els cadàvers per l'andana: ¿el d'ella també?); per si cap altra causa l'hi havia impedit: la mare atropellada per un taxi; el pare caigut pel forat d'un ascensor; el germà petit (¿tenia cap germà, petit o gran?) detingut per traficant de bales de colors. A les nou vaig començar a considerar la possibilitat de fer un pensament. A un quart de deu van tancar el quiosc (i el quiosquer, mentre tirava avall la persiana de ferro, em va mirar com qui mira un esperit, o un lladre). Vaig pensar que seria bo fer un cafè al bar que hi havia just davant del quiosc. A dos quarts vaig entrar-hi, i l'escalfor em va fer adonar que a fora, al carrer, feia un fred de mil dimonis. I jo hi havia estat tres hores! Vaig quedar-me al taulell, des d'on (com que l'últim que es perd, diuen, és l'esperança) podia observar el carrer i el quiosc, per si ella apareixia batent el rècord d'impuntualitat del país, que és prou considerable. Vaig demanar un cafè amb llet.

A les deu (ja deveu haver imaginat que les coses no passaven, ni passen, cada quart exacte: precisar-ne, a més, els minuts seria enfarfegós) vaig pagar el cafè amb llet, i mentre em girava cap a la porta vaig veure, asseguda en una taula, mirant-me somrient, l'Helena. (No ens emocionem abans d'hora, però: l'Helena no era la noia que jo havia estat esperant tot el vespre. La noia que jo havia estat esperant tot el vespre es deia Hortènsia. De passada em presentaré: em dic Hilari.) L'Helena havia estat novieta meva a la universitat, fins feia un any: quan vaig acabar la carrera vaig acabar amb l'Helena. Ara ens besàvem a les galtes.

—Com has canviat...

—No gaire, crec. A tu et trobo igual.

—Feia un any que no ens vèiem. I sembla que faci més. Et trobo més gras. ¿A què et dediques? ¿Què fas? Explica'm coses.

—És que...

—Seu.

—...me n'anava.

—¿Què prens?

—Prenia un...

—Seu. Em fa no sé què veure't dret. ¿Has crescut? Et veig més alt.

—No siguis bèstia! ¿Com vols que creixi a aquestes altures de la vida?

—¿Què prens?

—Eee... Un conyac.

Vaig agafar una cadira i m'hi vaig asseure. De cop, no tenia cap mena de ganes que l'Hortènsia aparegués i em veiés amb l'Helena. Dubtava si era millor anar-me'n de seguida i córrer el risc que l'Hortènsia arribés al costat del quiosc just aleshores (cosa ben improbable: era clar que pertanyia a la raça dels barruts), o quedà'ns-hi i córrer un altre risc: que l'Hortènsia arribés una mica més tard, entrés al bar i ens hi descobrís.

—T'he vist quan entraves, fa mitja hora.

No se'm va acudir preguntar-li per què no m'havia dit res. Vaig pensar que, si jo no l'havia vista entrar (cosa ben estranya, ja que havia estat al costat del quiosc tot el vespre), ¿quant de temps feia que era dins del bar? ¿Em devia haver observat, estaquirot abandonat al costat del quiosc, òbviament esperant algú que no arribava, ni ha arribat? (¿I ella, esperava algú? ¿M'ho preguntaria a mi? Si ho feia, ¿què havia de contestar-li, jo?)

—¿Fa gaire que hi ets?

Estrateg de pa sucat amb oli, havia preguntat jo primer.

—Una estona. Fa tant de fred que he entrat a pendre alguna cosa calenta.

¿Què era per ella una estona? ¿Quin patró devia utilitzar per jutjar si una estona era curta o llarga? I allò del fred que feia... ¿Se'n fotia? Vam quedar callats uns moments, o un moment, o potser uns fragments de moment que em van semblar segons llarguíssims. Havia de dir alguna cosa: els fets imprevistos (i aquella trobada n'era un) em desconcerten. A ella devia passar-li una cosa semblant, perquè jo no havia contestat la seva última pregunta i no semblava haver-se'n adonat. Vam anar llançant pilotes fora. De cop, l'Helena va començar a parlar seriosament:

—Quan vam deixar de veure'ns em vaig sentir fatal. Molt malament. De debò. No cal tornar-ne a parlar: tots dos sabem com va anar. Jo... No ho sé. Vam decidir no llançar-nos les culpes l'un a l'altre. D'acord. Només vull explicar-te que, alhora que em sentia tan enfonsada, em sentia molt bé, molt bé d'una manera estranya: era com si tornés a ser jo (i no m'agrada aquesta frase: em sembla barata). Pocs dies després que trenquéssim, vaig anar al cine, sola, que feien no sé què. Vaig anar al cine i, quan sortia, al vestíbul, vaig fixar-me en el terra, emmoquetat en tons vermellosos, amb quadres grans. I era com si sempre l'hagués vist però ara, per primer cop, el contemplés. Com si no l'hagués contemplat mai, abans. I, tot i estar desfeta, em sentia segura, observant aquella moqueta i aquells sofàs grisos i aquelles portes lacades de negre, i tenia ganes de xerrar amb algú, de lligar-me algun manso que fos molt romàntic, molt tou, molt tendre. No sé si m'explico prou bé: el món, bo o dolent, era allà per mi, i estava molt fotuda, molt; però ho estava jo, fotuda. I després, quan vaig sortir al carrer i vaig veure els cotxes, i la gent, m'agradava pensar que no havia de ser a tal hora a tal lloc per trobar-me amb tal persona, i que podia, no ho sé, pendre'm una orxata, o anar a veure una altra pel·lícula, o tornar a veure la mateixa, o asseure'm en un banc a esperar que passés el camió de les escombraries. O trobar-me amb qui volgués, o estar sola.

Jo no badava boca. Ella va parar de xerrar un moment, potser només per pendre alè, perquè immediatament va continuar:

—Durant aquest any he sortit amb un de la facultat (jo encara no he acabat): l'Hipòlit. No sé si te'n recordes: un d'alt i pèl-roig, amb el nas enorme, que jugava a bàsquet. Ens hem estat veient fins fa una setmana, que vam quedar i no va comparèixer.

—¿Vau quedar citats i no va venir?

—Exacte. Després va trucar, l'endemà, excusant-se. I me'l vaig creure, perquè l'excusa (ho vaig comprovar de seguida) era certa. De vegades passen coses com aquesta i no tenen importància. Però aquell dia vaig veure molt clar que l'Hipòlit i jo havíem acabat feia temps; no pas per la ximpleria de no comparèixer a la cita. Allò havia estat només el detonant: de cop i volta ho vaig veure clar. Aquella sensació que et deia, de tornar a reconeixe'm en el món, te l'he descrita tan apassionadament perquè ara l'estic tornant a viure, i la moqueta vermellosa és la que he vist aquesta tarda al cine.

Mentre l'Helena parlava, havia anat disculpant-li totes i cadascuna de les putades que m'havia fet temps enrere: diguem que tornava a estar-ne raonablement enamorat. Vaig començar a dubtar si de debò l'havia odiada tant durant aquell any. Va fer acció d'anar-se'n. Vaig insinuar-li de veure'ns. Va acotar el cap, em va mirar i va dubtar. Vaig insistir: ¿el dilluns?

—Dilluns a mi no em va bé.

—A mi tampoc, ara que hi penso.

—Dimarts, a mi no.

—A mi sí, però si a tu no...

—Dimecres tampoc.

—¿I dijous? No. Dijous a mi no. ¿I divendres? Divendres em va bé.

—Divendres no puc. ¿Saps què passa?: cada vegada que trenco amb un nòvio, m'omplo les hores fent cursets. Quan vaig trencar amb tu, vaig posarme a estudiar italià. Ara he començat alemany.

—Doncs, en fi, escolta, no ho sé...

—¿I demà? Demà em va bé. Si no, haurem d'esperar fins no sé quan.

Vam quedar d'acord. Ens veuríem l'endemà: en aquell mateix bar a les set del vespre. A casa, vaig trobar una trucada al contestador automàtic: l'Hortènsia no havia pogut venir perquè, mitja hora abans de la cita, s'havia posat malalta. Li sabia molt greu. Havia trucat que jo ja no hi era: a les sis.

L'endemà, dissabte, vaig dormir fins tard. No recordava si l'Helena era molt impuntual o només una mica. Per si de cas, vaig decidir representar el paper del petit impuntual, que fa semblar menys anhelant:

arribaria al bar a les set i tres minuts. Puntual impuntualment exacerbat com sóc, però, a les sis ja era tres carrers més enllà, mirant aparadors. Vaig comprar castanyes i me les vaig anar menjant lentament, buscant papereres per llençar-hi les clofolles. Escandalosament puntual amb les meves decisions, a les set i tres minuts vaig arribar davant del bar, vaig donar un cop d'ull ràpid al quiosc i al quiosquer (que em va mirar de biaix, com si em tingués vist) i vaig entrar al bar. Vaig asseure'm en una taula i vaig demanar anís. Els quarts van anar escolant-se, un darrere l'altre: l'Helena no compareixia. A les nou me'n vaig anar: vaig comprar un diari al quiosc. Al costat meu, comprant-ne un altre, hi havia l'Hortènsia, sorpresa de veure-m'hi i lamentant no haver pogut comparèixer el dia abans; assenyalava el culpable: un mal d'estómac terrible provocat per un dinar mal paït. Ara, però (i ho lamentava molt), tenia pressa: vam quedar citats per l'endemà. L'endemà vaig esperar només fins a dos quarts de nou: l'Hortènsia no es va presentar. A la cantonada vaig trobar-me l'Helena, que anava amb el temps just: a correcuita es va disculpar de no haver comparegut el dia abans. Vam quedar per l'endemà (ja s'ho muntaria, em va prometre, per cancel·lar les ocupacions que tenia a aquella hora). L'endemà no es va presentar. A l'altra vorera, però, vaig topar amb l'Hortènsia, que intentava agafar el mateix taxi que jo (i que vam agafar plegats): es va excusar moltíssim i em va demanar que ens trobéssim l'endemà.

L'endemà vaig esperar inútilment i, tip, vaig tornar a casa caminant, fent marrada per les galeries d'art. Davant d'un magritte vaig trobar l'Helena, que es va excusar.

Vaig imaginar una conxorxa: eren amigues i es rifaven de mi; reien cada vespre, explicant-se on i com m'havien trobat, quina cara hi havia fet jo. Vaig seguir el joc durant un mes. Fins que vaig atipar-me'n. Vaig quedar amb una d'elles i no vaig comparèixer. Per comptes d'anar al bar on havíem quedat, vaig amagar-me al del davant, i vaig observar a distància si aquella amb qui no havia quedat espiava des d'algun lloc per tal de seguir-me tan bon punt jo sortís del bar i, aleshores, topar-se'm casualment. Era a la barra que se'm va acostar un noi no del tot desconegut: alt i pèl-roig, i amb pinta de jugador de bàsquet.

—Tu deus ser l'Hilari—va dir.

Vaig fer que sí amb el cap. Vaig fer-li avinent la meva suposició que ell era l'Hipòlit, l'exnòvio de l'Helena. Vam començar a enraonar. Ell no havia acudit a la cita amb l'Helena, un mes i dies abans, pel mateix motiu que jo no ho havia fet aquell vespre. Evidentment, coneixia l'Hortènsia i havia passat pels mateixos graons que jo. Vam recordar els temps de la facultat (llunyans d'un any per mi, però actuals encara per ell). Vam decidir sopar plegats i, mentre sopàvem, vam mirar d'esbrinar per què actuaven així. ¿I si no ho feien motu proprio? Potser no érem els únics burlats d'aquella manera, i la ciutat era plena de pallassos com nosaltres. Potser era una conjura mundial: les dones de tots els països s'havien unit en una jugada magistral per fer tornar bojos els homes, abans d'assestar-los el cop final i instaurar un nou matriarcat. Vam demanar la tercera ampolla de xampany. Calia, urgentment, avisar el món de la nostra troballa, organitzar els homes davant del perill. L'Hipòlit va suggerir un contraatac: un dels dos hauria de conèixer una exnòvia de l'altre, citar-la i no presentar-s'hi ell, sinó l'altre: la roda començaria a girar: tots els homes, arreu del món, es citarien amb totes les dones, i ni uns ni altres acudirien a les cites.

A altes hores de la matinada ens vam dir adéu. Vam quedar per l'endemà, per concretar l'estratègia: a tal hora i a tal lloc. Evidentment, l'endemà, sobri, no m'hi vaig pas presentar.

UN CINEMA

A fora plovia.

Era un cinema rònec, escrostonat d'una pintura que, en un temps definitivament perdut, va ser crema. Per tota la façana, cartellots descolorits, amb cares d'artistes que devien haver mort feia dècades, maquillades i amb estels de purpurina. Quan vaig entrar encara projectaven les diapositives. No havia trobat cua, i va ser la mateixa taquillera qui es va encarregar de tallar-me les entrades, estalvi de personal que (per si no fos prou evident) demostrava que el negoci anava de mal borràs.

Tot i que la platea era gairebé buida, em va acompanyar un acomodador (impermeable al ridícul de ser ben prescindible) que coixejava sobre les clofolles de cacauet, les bosses de plàstic, els kleenex, els papers de diari i els preservatius que emmoquetaven el terra de la sala. Hauria hagut d'anar-me'n ja aleshores, però no ho vaig fer. L'acomodador va escopir a terra. Jo vaig triar un seient a tocar del passadís central, ni molt a prop ni molt lluny de la pantalla. Les diapositives es van acabar i, només un instant, es van encendre els llums. A les parets laterals, dels antics folros només en quedaven parracs carmesins. Va tornar la foscor i, de manera inaudita, el so del motor del projector va envair la sala. Ningú no va protestar.

Entrebancant-se, una parella heterosexual (que feia cridòria per un regiment) va triar asseure's just a la fila de darrere meu, fent grinyolar les cadires. Mentre el lleó rugia, van començar a xerrar. Amb els títols de crèdit, van callar una estona. Després, el noi li va dir alguna cosa a la noia, a cau d'orella, i ella es va posar a riure, i ell, provocador encomanat, també. Vaig girar la cara de perfil (en casos com aquest, una demostració immediata que et molesten pot fer-los alterar el comportament) i vaig contreure els llavis en un rictus que volia evidenciar l'enuig que em produïen.

Tret del nyigo-nyigo de les cadires, per una estona hi va haver silenci (no sabia si la meva demostració mímica havia tingut èxit o bé si la casualitat s'ho havia fet tot), però ben aviat vaig sentir que desembolicaven cel·lofana. De segur que era la cel·lofana d'un caramel, i el soroll (en la gairebé total buidor de la sala) prenia una importància absoluta: semblava que la banda sonora del film hagués emmudit i fos precisament pels altaveus que sortia l'scratx-scratx de la cel·lofana infinita. No havien acabat encara de desembolicar el primer caramel que la veu de la noia va dir: «¿En vols?», i el «sí» del noi ja es va confondre amb l'inici de la nova simfonia: un darrere l'altre, en van desembolicar set, de caramels o bombonets, el que fos. Després van callar.

A la pel·lícula, tot havien estat paisatges eixuts:

panoràmica amunt i panoràmica avall. Justament ara començava l'acció: el foraster arribava al bar i tothom se'l mirava malament. Demanava whisky i el cambrer l'hi servia de mala gana. Un barbut lleganyós s'escurava una dent.

De cop, la noia de darrere meu va esternudar. I allò que semblava un fet espontani es va convertir en un recital sens fi (amanit amb quatre sorolls de manipulació de la tanca del portamonedes) que es va acabar quan la noia es va mocar i va produir una sessió de vent nasal prou notable, de la qual em va distreure una olor de blat de moro torrat.

Si hi ha al món cap olor que no suporto és la de blat de moro torrat. Ni a dreta ni a esquerra, ningú no en menjava, i la parelleta estava prou enfeinada a desembolicar caramels o bombons per dedicar-se, a més, a les crispetes. El pensament, però, em va sortir en veu alta:

—¿Com és possible...?

Del rengle del davant (que fins aleshores m'havia semblat buit) va treure el caparró un homenet que em va mirar amb ulls de tigre, invisibles:

—Ja n'hi ha prou, ¿eh?, de sorollets!

Vaig anar per contestar que jo no havia estat sinó l'autor de l'últim murmuri i que, com a innocent de tots els sorolls i flaires produïts fins aleshores, creia que no era pas a mi a qui calia esbroncar; a mitja primera paraula, però, es van girar tres caps, per ferme callar.

Vaig aixecar-me. Vaig tornar a asseure'm dos o

tres rengles més endavant, a l'altra banda del passadís. Ara no entenia res del que passava a la pantalla: quatre sapastres amb pinta de tafurs (entre ells, el foraster d'abans) jugaven a pòquer. Semblava que un d'ells havia tret un ful: trio d'asos i parella de jacks, combinació que va sorpendre notablement el foraster, que tenia parella d'asos, la qual cosa volia dir que hi havia cinc asos sobre la taula, fet summament anormal si tenim en compte que jugaven solament amb una baralla. Era evident, doncs, que un dels dos havia fet trampa. Com que tots dos negaven ser-ne el culpable i asseguraven que ho era l'altre, l'afer es va resoldre amb un petit duel, del qual va resultar guanyador el foraster, amb gran indignació dels locals, que es van endur el cadàver i tot seguit van buscar algun substitut per continuar el joc. Van deixar fora de la baralla un dels dos asos bessons i van continuar jugant. Va tornar el merder quan dos altres jugadors (aquest cop, el foraster es mirava la disputa, distret), convençuts de la bona mà que els havia tocat, apostaven cada cop més fort, tan fort que s'ho van apostar tot, segurs que guanyarien. Quan van mostrar les cartes, va resultar que tots dos tenien pòquer d'asos.

Si per un as de més s'havia organitzat un duel feia tan sols uns minuts, per dos pòquers d'asos calia esperar-ne una carnisseria. No va ser així, però: abans de començar a discutir, un dels dos acusats potencials havia disparat ja sobre l'altre, acció que immediatament el va reputar com a innocent. Van buscar un altre substitut i van demanar un nou joc de cartes.

Vaig considerar, per segona vegada, l'oportunitat d'anar-me'n. Per si el local no era prou llòbrec, el film no tenia ni solta ni volta. A més, la música era redundant i els actors no sabien què duien entre mans. Ara continuaven jugant: apareixien asos per totes bandes. Van canviar de baralla un munt de cops abans de, definitivament mosquejats, començar a engegar trets a tort i a dret. Va quedar un jugador i prou: precisament el foraster, que ara s'aixecava i venia cap a primer pla, com si el fet d'haver sobreviscut el destinés a empreses superiors, fet que ni ell mateix no es creia. Dos rengles davant meu, un noi reia, desembolicava un paper de diari i en treia un entrepà. De tonyina: me n'arribava l'olor.

Segons semblava, tret de l'amo del bar, tot el poble havia mort en el carnatge. El foraster bevia ara, recolzat a la barra, sense saber què fer (més o menys com el director de la pel·lícula). El pla durava minuts: el foraster prenia un got darrere l'altre, com si esperés que algú de nosaltres li llancés una idea per prosseguir l'acció. ¿Com continuava aquell poti-poti? Cada cop tenia més poques ganes de saber-ho. De la paret dreta de la sala va caure a terra un globus de llum, que es va trencar en mil bocins. Algú va riure.

Aleshores vaig sentir que em tocaven la cuixa. Sobtat, no vaig saber com reaccionar. Era la primera vegada que algú tractava de tocar-me, en un cinema. No m'atrevia a girar la cara i veure qui era el furtiu individu que em grapejava. Quan m'hi havia assegut, el seient del costat era buit. Dubtava si suposar-me'l mascle o femella (el pes d'una mà ben poca cosa em deia), però fos el que fos n'imaginava el cos malgirbat, la cara granelluda. Ben probablement era un androgin, un androgin extraterrestre! El veia de color verd, la boca plena de dents d'acer... Potser la millor solució seria no fer-ne cas i, davant de la meva indiferència, la mà desapareixeria tan sigil·losament com havia arribat. Vaig fer per fixar-me en la pel·lícula: a la pantalla, el foraster dansava amb una cabaretera de pentinat massa modern. Però allò no solucionava res: la mà seguia pujant cuixa amunt. Vaig pendre alè: vaig girar-me: qui em tocava la cuixa era la taquillera, que es convertia, així, en triple empleada de la casa. ¿O actuava per iniciativa pròpia? Unes quantes files enrere, es va sentir un cop rotund: s'havia ensorrat una cadira, i reia tothom: el públic en general i en particular la víctima, que s'aixecava de terra, espolsant-se els pantalons. La taquillera va riure també, un moment, i després em va dir, fluixet:

—No t'esveris. ¿T'agrada la pel·lícula? Jo l'he vista tantes vegades que me la sé de memòria. ¿Ho saps, que avui tanquem? No t'havia vist mai, per aquí. Aquí, quan ve gent nova es nota molt. Fa molts anys que som els mateixos. Ens veiem tan sovint que és com si no envellíssim. ¿Veus aquella parelleta? Hi vénen cada dia, des de fa un munt d'anys, i sempre seuen al mateix lloc. ¿T'agrada la pel·lícula, doncs? No és gaire interessant, la veritat. A mi, de totes les que hem passat (i n'hem passat un munt!), la que més em va agradar va ser una que vam projectar quan això era un cinema d'estrena. (Fa molts anys això era un cinema d'estrena, no et pensis!) I era una pel·lícula tan bonica que acabava igual que havia començat, i el projector (l'home que la projectava: el maquinista, vull dir), que aleshores era més jove, potser, s'ho feia anar de tal manera que era com si la pel·lícula no s'acabés mai, i durava tres o quatre sessions, sense aturar-se. I sort que havíem de plegar a la matinada, que, si no, l'hauria pogut fer durar dies. El protagonista era un noi jove que volia fugir del seu destí. Com si es pogués fugir del que està escrit! Ara, ben bé, no recordo com era la història: sé que hi sortia una mansió d'ombres, molt boirosa, de decorat, que queia a trossos de tan vella. Hi sortia una noia, però no sé què hi pintava. Ell fugia de la casa, em sembla, però al final hi tornava, perquè per arreu on passava duia amb ell la destrucció i, fos al metro o en un xalet de la costa, tot s'enrunava ràpidament. No ho recordo bé, però la lliçó em sembla clara: ningú no pot escapar del seu futur. Mmm. ¿Vols anar-te'n? Queda't: després celebrarem aquesta última projecció. Ara és com si fossis un més de la colla.

Vaig aixecar-me. Hi ha nits que valdria més no haver sortit de casa. Caminava sense mirar enrere: la parelleta reia i em mirava. De tant en tant, faltaven cadires i els rengles semblaven dentadures cariades. A l'última fila, un parell s'estimaven de manera excessiva. De la porta del lavabo en sortien esgarips atabaladors. Un lladregot amb antifaç assaltava l'acomodador amb una navalla extraordinària. Mentre buscava la sortida entre els plecs de la cortina de vellut, gruixuda i granat, vaig sentir un fort espetec: la pantalla s'esquerdava en diagonal, de dalt a baix, de dreta a esquerra. Tothom va esclafir de riure.

Al carrer havia deixat de ploure. Vaig caminar de pressa. Temia no sabia què: una ombra inconcreta, un atzar malèfic que, n'estava segur, havia de durar fins que sortís el sol. Si aconseguia veure la primera llum del matí m'hauria salvat. Fins a casa vaig trepitjar rajoles alternades. Quan hi vaig arribar, vaig adonar-me que havia perdut les claus. Les havia perdut o me les havien robat (¿potser la taquillera?). Té, vaig dir-me, vet aquí el que em temia. Però a l'estómac sentia que encara no m'havia arribat el pitjor. Podia, és clar, trucar als bombers perquè esbotzessin la porta. O a un serraller. Però aquesta no era la solució: tard o d'hora m'hi hauria d'enfrontar. Si no hi anava jo, vindrien ells. Pensar de denunciar-los em va fer riure: a la comissaria, ells serien el comissari, els agents, un lladregot aparentment detingut, la taquillera fent de zeladora... El miol d'un gat em va fer xisclar.

Vaig començar a desfer el camí cap al cinema. Vaig pensar: hi arribaré i m'estaran esperant tots, amb rialles de sofre i fent dringar les claus. Vaig pensar: hi arribaré i les brigades d'enderrocs hauran començat a tirar a terra l'edifici, i pels voltants no trobaré ni un dels sinistres personatges; i sabré que duré al damunt, per sempre, una maledicció terrible. Just abans de la cantonada del carrer del cine, però, vaig veure les claus, les meves claus, a terra, lluents com un diamant. Mentre les collia vaig pensar: ara ja no em cal anar-hi. També vaig pensar: a casa, però, angoixat, no podré dormir. Si m'afanyo arribaré abans i, com més aviat hi arribi, més aviat s'acabarà tot. ¿Què passa? ¿Tinc por de fantasmes? Vaig tombar a la cantonada i em vaig afanyar.

EL REGNE VEGETAL

Al nét del Matons,
del nét del tio Ximo.

Dir que aquests temps són difícils és no dir res, perquè hem fet servir tant l'expressió que ha acabat per perdre el sentit, si és que mai n'ha tingut: els temps han estat sempre difícils per les frases fetes. Potser seria més precís dir que ja no sabem on és el nord; o, millor encara, que dubtem si hi ha nord (i, en conseqüència, sud, que és la subversió d'aquell), i tot són ombres bellugadisses en un passadís de col·legi. Diuen que són temps de crisi, i m'agrada pensar que és per això que tot va com va. Perquè, si aquesta teoria és certa, quan s'acabi la crisi les brúixoles tornaran a funcionar. Fa uns anys, semblàvem tenir-ho clar: vam enderrocar els ídols (no tots els ídols, però: potser va ser aquest l'error), i ens vam asseure als pedestals buits, a esperar que dos més dos ja no fossin quatre: les defenestracions sempre han estat un nord, si més no. Ara ens hem fet adults (hem après que dues garrotades i dues garrotades fan quatre garrotades) i dubtem entre tornar a lloc algun dels ídols demolits o continuar asseguts als pedestals, amb la confiança que, temps a venir, algú hi dirà la seva i forjarà noves estàtues (si pot ser, de plàstic, que cremen millor i fan una bravada que empesta).

De petit, quan em preguntaven: «I tu, maco,

¿què vols ser quan siguis gran?», contestava: «Depravat.» I he dedicat tots els esforços de la meva vida a intentar aconseguir-ho. A la meva generació (més aviat n'hauríem de dir degeneració: hem estat una generació sortosament degenerada) li va començar a sortir l'acne a l'ombra dels primers Rolling Stones, i de les baralles entre mods i rockers, projectant la ira contra tot allò que semblés ortodox. Assenyadament, vam entendre que heterodòxia i depravació eren paraules que cap diccionari no recollia com a sinònims.

He parlat de la meva vocació per la depravació, però no he explicat com es va anar congriant. (No sé si sabré fer-ho: em veig molt clarament les arrels, però després tot són graons evolutius perduts.) Als Enfants Terribles vam confraternitzar amb putes tronades, amb mariners ianquis i brasilers, i nordafricans (ara en diuen així) amb ulleres de sol a mitjanit. De tots ells vam apendre a fer-nos cínics i aprofitats; quan van desembarcar els primers hippies ja sabíem que mai no hi combregaríem: parar l'altra galta no era el nostre estil. Ens negàvem els sentiments (i érem sentimentals com pocs), i només ens commovien objectius dels quals poguéssim treure algun benefici. El temps ens ha donat una mica la raó (mai no la dóna del tot): avui, dels hippies ja no se'n canta ni gall ni gallina, i els aprofitats són els amos del món. Amb els setanta va començar la decadència definitiva: els defensors de l'ètica de la perversió es van anar revelant poc ètics i gens perversos; oportunistes i prou. Vaig atipar-me de ionquis i navalles, i les noves fornades de rebels (ecologistes, macrobiòtics i objectors) em feien caure l'ànima als peus.

L'avorriment ho va precipitar tot. Aquella nit jo llegia Baudelaire ajagut a l'hamaca de la terrassa, voltat de margallons i hortènsies, abocat a la badia blava de lluna groga. La Txitxi es passejava amunt i avall del pis, avorrida, abstèmia, trista, deserotitzada: no volia beure, no volia xerrar i, sobretot, no volia cardar. Tan avorrit com ella, em vaig aixecar de l'hamaca, vaig agafar la Txitxi per un braç, vaig torçar-l'hi fins que va començar a plorar (i em mirava amb ulls que confessaven que, de sobte, també a ella li havia desaparegut l'avorriment) i vaig forçar-la sense que els seus xiscles em representessin cap càrrec de consciència. Com en un miracle, se m'obria el cel; una claror m'apressava: de sobte descobria que havia estat vegetant durant anys. Ara era un ós després d'hivernar, que triava el camí més digne: convertir-me en un llibertí clàssic. Només tastaria els fruits prohibits. Havent passat per tota la resta, em vaig anar especialitzant en les dones: qüestions d'edat.

A partir d'aleshores tot va anar com una seda. El vici és una plana de sorres movedisses que et xuclen i no et deixen fugir. Dut per l'experiència inicial, de primer em vaig convertir en violador. Al cap de poc, conscient de la importància de la meva feina en una societat com la nostra, vaig decidir plantejar-me teòricament la funció que havia de cobrir, no fos cas que per comptes de corruptor estigués representant el paper més simple de corromput. I, com que no hi pot haver reflexió teòrica fructífera si no va acompanyada d'una praxi conscient, vaig ser (alternativament, consecutivament, simultàniament) exhibicionista, voyeur, pervertidor de menors, gigoló, sàdic, amant de la zoofília, masoquista, sodomita. Terreny que m'era prohibit, terreny que prenia per assalt. Cap aberració no m'era estranya. Per això, quan dic que aquests temps són difícils ho faig amb un profund coneixement de causa, producte, com he dit, d'una reflexió paral·lelament teòrica i pràctica.

Ara us explicaré l'última: dimecres, a quarts de dues de la nit, era al Whisky Twist. De colzes a la barra, fumava, observava el prestatge amb les ampolles i tractava de llegir-ne les etiquetes, anònimes a la llum blava i vermella del local. Al fons de la sala ballaven. A l'entrada n'hi havia dos que movien brega, i cada cop de puny n'engegava un contra la porta, fins que va sortir el goril·la i es va acabar el festival. Vaig demanar beguda, però no sé quina, ni a qui. Només recordo (i no puc recordar-ne gaire més perquè sembla com si tot el que em va passar més tard m'hagués esborrat la memòria precedent) que, quan em vaig girar cap a la dreta per mirar la pista de ball, vaig veure-la asseguda dos o tres tamborets més enllà.

Bevia un suc taronjós. Duia els cabells llargs, foscos i deixats anar sobre les espatlles. De perfil, em recordava la Silvie Vartan, una Silvie Vartan morena. Vestia una jaqueta texana (curta: Levi's), d'aquelles que ja no se'n veuen: destenyida com els pantalons. Ara no sé si, quan li vaig veure la carona, que semblava un mapa d'innocència, vaig pensar que era una queixalada prou atractiva per afegir al memorial d'infàmies o si em vaig sentir sobtat (¿emocionat, jo?) de trobar, després de tants anys, una noia vestida com vestíem una dècada abans. Em recordava una nòvia que em vaig firar una nit al Jazz Colón, quan el Jazz Colón era el Jazz Colón i firar-se una nòvia era seduir-la, captivar-la, tirar-se-la i abandonar la al cap de tres quarts. Aquella noia em recordava les festes de tarda de diumenge, el twist, el màdison, sempre amb els papàs a punt de tornar del cine. Em recordava els Shadows, em recordava Jerry Lee Lewis, em recordava Michel Polnareff; em recordava a mi mateix, bojament enamorat d'una nina pigada.

Vaig lligar-hi conversa d'una manera innecessàriament dissimulada. (Innecessàriament perquè, avui en dia, les coses van tan ràpides que ningú no fa marrada i el sí o el no són immediats i definits.) Vam xerrar de banalitats, vam fer tombs pel Born, vam pendre xocolata prop del Parc, vam caminar Rambla amunt. Vaig deixar-la a la porta de casa seva sense haver-li tocat ni un cabell però amb el seu número de telèfon a la butxaca. Més que no pas un depravat, semblava un àngel de la guarda amb ganes de millorar nota. Em va fer por pensar que podia arribar a sentir-m'hi bé, fent aquell paper de bon minyó. Per equilibrar la balança, quan vaig arribar a casa em vaig haver de masturbar mirant fotos de bèsties (porcs, gossos i ases) que penetraven bocabadades damisel·les de cabells rossos tenyits: bé havia de mantenir la integritat! Amb una xinxeta vaig clavar el número de telèfon al costat de l'aparell. Li trucaria l'endemà. Igual que, de petit, abans d'adormir-me resava una oració, ara em vaig adormir repetint-me un cop i un altre que jo era un cràpula i ella tan sols una fita més, i calculant com seria de dissipat i cruel unes hores més tard.

No em va costar gens concertar-hi una trobada. Fins i tot a casa meva, directament: fins a aquest punt havia estat un cavaller la nit abans! La vaig convidar a begudes i a un porro. Només em va acceptar un suc de fruites i, mentre al televisor dos boxadors s'estovaven pel campionat d'Europa dels welter, vaig començar a besar-li el coll, a mossegar-li la nou. Per un moment, va semblar sorpresa i em vaig sentir ridícul: potser era de debò que ahir m'havia pres per un figaflor. En la boca m'hi vaig aturar una eternitat; el recorregut va ser lent i treballat perquè, arribat el moment, ja no em pogués negar res. Al televisor, un dels boxadors saludava victoriós i l'altre era encara a terra, nocaut. Començava el telediari. Mitja hora més tard, passaven *Un tramvia anomenat desig*, amb Marlon Brando i Vivien Leigh, que és un film que sempre m'ha agradat. No me'l volia perdre, així que vaig decidir enllestir amb la noia abans no comencés la pel·lícula. Vaig començar a despullar-la; hi va oposar una resistència feble. La lluita per treure-li la faldilla va ser més àrdua. Això em va encoratjar: per fi una resistència stricto sensu després de molt de temps. (Aquestes adolescents d'ara, que no se't resisteixen, et fan perdre l'al·licient per les petites coses de la vida.) Vaig veure'm obligat a aplicar-hi la força. De panxa enlaire i sense faldilla, estrenyia les cames i, atabaladament, empescant-se mentides a raig, s'excusava i em proposava altres compensacions massa poc dissipades per mi. Vaig estripar-li les calces, que eren de setí, i quan vaig intentar ficar-hi un dit vaig constatar que no podia: passava alguna cosa estranya. Li vaig obrir els llavis amb un esforç titànic, perquè aquells llavis es resistien com si tinguessin vida pròpia. Vaig tornar a intentar ficar-hi un dit (i abans el vaig llepar, i la vaig llepar a ella també, a veure si ple de saliva tot anava millor), però de seguida vaig comprovar que era impossible: el forat era tancat com mai no n'havia vist cap. Vaig suposar que era capaç de dominar de manera extraordinària els músculs vaginals i ho feia per impedir-m'hi l'entrada. Jo estava començant a perdre la paciència. Vaig amenaçar-la d'anar a buscar un filaberquí. Aterrida, va començar a parlar i vaig cometre l'error d'escoltar-la. No ho hauria d'haver fet. Escoltar-la em va perdre: a hores d'ara no sé si em va enganyar, ni si m'enganya encara. Em va dir:

—Espera. No et pensis que és que no vull. Encara que et sembli impossible, hi ha un problema real que impedeix que em penetris. Jo en sóc i no en sóc la culpable. Hauria de remuntar-me molt enrere per explicar-t'ho tot, però aniré de dret al gra: sempre he estat una persona de conviccions fortes. Costa d'explicar: no és només que, de petita, tan sols el dubte de si tenia grip o no em fes enxampar les grips més impressionants. Això encara és explicable i hipocondríac. No és tampoc que un dia, jugant amb el meu germà a indis i cowboys, arribés a convence'm tan profundament del meu paper de sioux que, durant tres dies, no fes sinó udolar cerimònies rituals que espantaven la família, i la cosa arribés a tal punt que no comprenia cap altre idioma que no fos el sioux (i, quan dic que no comprenia, vull dir exactament això: no que jugués a fer veure que no comprenia). De casos així n'he tingut a grapats. Te n'estalviaré les descripcions. Això meu va més enllà de la hipocondria o les somatitzacions. No em miris amb aquesta cara. No em facis mal. No et menteixo: quan se'm fica una cosa al cap, se m'hi fica per damunt de la meva voluntat, i em té completament dominada. Veuràs què passa. Fa un any, vaig començar a interessar-me pel vegetarianisme i, tan bon punt vaig estar convençuda de les virtuts d'aquest règim, tot va anar rodat, però en un sentit que no havia previst: n'he acabat persuadida del tot. Amb això vull dir que sóc vegetariana de cap a peus, i que el meu cos (tot ell, de dalt a baix) només accepta vegetals. I no hi ha res a fer fins que em convenci que el vegetarianisme és nociu o que, tot i ser saludable, no he de seguir-lo fanàticament.

Hi vaig caure: em vaig sentir commogut per aquell cos esplèndid que tremolava als meus braços i m'ho vaig creure. De cop, tot el meu castell queia a terra. Ja no era aquell depravat incorruptible: per una vegada havia cedit a la comprensió. I de quina manera: no solament no vaig forçar-la, sinó que, per satisfer-la, vaig utilitzar cogombres, pastanagues, albergínies. Diu que m'estima molt. Segons el ginecòleg, tot és qüestió del psicòleg. Segons el psicòleg, tot és qüestió que es convenci que el carnivorisme no sols no és nefast sinó que té algunes virtuts. Perquè, segons sembla, amb ella no hi ha mitges tintes: o blanc o negre; o és del tot adepta a una cosa o no ho és gens. Fa setmanes que intento convèncer-la de les virtuts de la perversitat. Si ho aconsegueixo, tinc el camí planer: com que és del tot evident que el vegetarianisme no és pervers, el rebutjarà. Ella sembla ben disposada a deixar-se persuadir. Comença a entendre les meves dèries i no semblen desagradarli: fins i tot ja llegeix el Marquès amb més plaer que no pas els manuals de llimones i cebes. Ara bé, des d'ahir m'assalta una idea: sent com és (o tot o res, o blanc o negre), ¿i si es convenç tant de les bondats de la depravació que es fa del tot perversa i, escorpí i pigmalió alhora, troba que la perversió més gran a què pot arribar és girar, d'una manera que no puc preveure, la cua verinosa cap a mi?

OLDEBERKOOP

A Marcelo Cohen,
xava gamba.

—¿No pararà mai de nevar? Tinc ganes d'anar-me'n d'aquí. ¿Quants dies fa que hi som? ¿Onze? ¿O deu? Deu o onze: n'he perdut el compte. Si no el portes tu, que deies que la nevada no duraria gaire, que la neu no agafaria perquè havia plogut feia poc! Les coses comencen sempre per no res i al final se't mengen. ¿Què escrius? Estem tots tan seriosos, aquí dintre... Tota aquesta gent és tan seriosa que passen a les borratxeres com si res. Quan s'emborratxen em fan por, i s'emborratxen tan sovint...: sembla mentida que encara quedi alguna ampolla d'alcohol! Aquells de l'idioma estrany em fan gràcia. Encara no sabem què parlen. Holandès no, és clar. I no fan pas cara d'indonesis. Potser són frisons. ¿Has sentit mai parlar frisó? Potser ho és. Tu dius que parlen hebreu, però si parlessin hebreu serien israelians, i els israelians tenen l'anglès com a segona llengua; i aquests, d'anglès, res de res. Tants dies aquí i encara no ho sabem. M'agradaria parlar amb ells. Els preguntaria d'on són, com viuen, què fan, què els interessa: els hi preguntaria tot. Ja t'ho he explicat unes quantes vegades; però no hi puc fer més: aquí no passa res des de fa deu o onze dies. ¿O potser dotze? (¿Vols fer una pipada?) Tinc ganes de xerrar. Ja em coneixes: quan no faig res xerro pels descosits. (¿Saps que ja no queda llet?) És clar que ho saps: t'ho he dit fa una estona. Bé, t'ho he dit fa una estona perquè tu m'ho has dit aquest matí. Però deixa'm donar-te alguna notícia, jo. Encara que la sàpigues i, doncs, en realitat no sigui notícia. Mmm. Si tingués un pis, a la cuina hi posaria rajoles verdes, com aquestes. ¿No vols fer una pipada? ¿Què escrius? Mmmmm. Apa! Quina trencadissa! Deu haver estat el nen (¿com se diu? ¿Jan?). Deu haver trencat mitja vaixella. Està molt nerviós, pobra criatura. ¿Has sentit què diuen, ara, els frisons o israelians? Riuen tant... Deu ser divertidíssim! ¿No ho has sentit? ¿Per què em mires així? Mmmm, que bona, aquesta herba. ¿D'on la deuen haver tret? No en quedava i, de sobte, n'ha aparegut un munt. Deu ser aquell bufanúvols prim, que se l'amagava. Fa cara d'antipàtic: no m'agrada gens. Dóna'ls les gràcies. Thank you, ei! Mmmmmm, és molt..., ¿com t'ho diria? (És igual...) I pensar que en tinc de plantada a casa: un munt de testos. Se'ls deu estar fumant la Maria: la Maria fumant maria: la Maria autofumant-se: ¿una nova manera de suïcidi? Mmm. No em diguis que no la coneixes. La Maria és tot un cas: mai no ha tingut un duro però sempre ha sabut triar el vi adequat, ja saps què vull dir. M'agrada la gent que sap fer aquesta mena de coses. Mmm. Seria el paradís, que algú tingués un àcid per aquí. Potser el bufanúvols en té i és per això que va tan tibat. ¿L'has tastat mai, l'àcid? ¿Sí? M'estranya. ¿I els bolets al·lucinògens? Això sí que, segur, no ho has tastat mai, ¿oi? No, és clar. Jo sí. Els bolets són... És impossible d'explicar. Els bolets són... Tot. Són com una pel·lícula. T'ho passes com en una pel·lícula de Walt Disney: el cel d'un blau profundíssim: de decorat: fals i alhora veritable com mai. Com si tot fos un decorat, ple de llum artificial. La gespa d'un verd impossible. No, home, no. No són com l'àcid. Escolta, ¿de què se'n diu «neu»? ¿De l'heroïna, o de la cocaïna? Quina ironia, parlar de neu, ara: estant-ne envoltats. Podríem sortir i injectar-nos-la tota (o esnifar-la, depèn): així sí que ens en aniríem de seguida. Jo, una vegada, vaig tenir un nòvio que es punxava, i era un problema perquè no trempava mai; i a mi, quan una cosa no es pot fer, encara m'entren més ganes de fer-la. Imagina't: em delia per cardar amb ell, i no hi havia manera. Mmm. En fi, ja t'ho deia jo, quan va començar a nevar: que ens en anéssim. Ara com a mínim seríem al poble de més a prop (¿com se diu?): en un hotelet, dins del llit i prenent camamilles amb mel. ¿Què ha dit, l'amo? Pobre home, no s'ho veia a venir, això de tenir hostes al bar. Si hi tingués habitacions, encara rai. Amb l'experiència podrà muntar un hotel. ¿Què ha dit, ara? Deu haver dit a qui li toca, avui, ajudar-lo a la cuina. No devem ser pas nosaltres, ¿oi?, que no ens ha mirat. Jo, una nit, vaig haver de quedar-me a dormir en un bar. ¿T'ho he explicat mai? Al bar del Pito. ¿El coneixes? És un bar amb massa fum i soroll, i un cony de televisor que no para mai (i que no mira ningú), i una màquina d'aquestes que en diuen pinball, amb tot de números i lletres que s'encenen i s'apaguen i s'encenen i s'apaguen. Si mai t'hi acostes per jugar-hi una partida, ràpidament ve el Pito a passar el drap de la pols pel vidre de la màquina (de manera que no puguis veure bé la bola), i va traient la pols mentre et va fotent cops de colze, fins que (si havies estat prou hàbil per dominar la partida tot i el drap de la pols) la bola s'esmuny definitivament. El Pito està grillat: és murri i gentil alhora. Si li demanes una cervesa, et servirà una cocacola, i si demanes un tallat et servirà un cubalibre o un rom amb taronjada, i si demanes un rom amb taronjada et portarà un plat de tripa o un suau, mentre t'increpa, et mira de cua d'ull, et presenta el veí de barra, crida el gos, que fa cara de trist i se li assembla cada cop més. (Tots dos pertanyen a una mateixa raça d'éssers, emparentada amb els cafès i els conyacs més que no pas amb els homes o els gossos.) La nit que vaig haver de quedar-m'hi, vaig arribar a entendre que per demanar i aconseguir el que volies s'havien de fer càlculs i no demanar mai ni allò que volies realment ni el producte aparentment més oposat. A la fi aconseguies que el Pito et servís, si no exactament allò que volies, alguna cosa que s'hi acostava. Volia pendre'm un whisky: vaig demanar olives farcides i una taronja: em va servir un conyac i una ensaïmada. Vaig beure'm el conyac i l'ensaïmada es va quedar al taulell. M'havia equivocat de poc. A la segona comanda vaig fallar més: tornava a tenir ganes de pendre un whisky: vaig demanar una tònica: em va servir un xerès sec, que és una beguda que odio. A la tercera vaig endevinar-la. Vaig demanar un xarop de grosella: un esplèndid whisky de malta va omplir el got curt fins a vessar. Durant tots aquests estratagemes, a fora plovia molt més que a bots i barrals: plovia com mai no ha plogut en aquest planeta. Dir que era un diluvi és reduir notablement les proporcions del fet: a ningú no li va passar pel barret la possibilitat de tornar a casa encara que visqués només un parell d'escales més enllà. Vam haver de quedà'ns-hi, doncs, un munt heterogeni de gent. Vam organitzar timbes que (a les dues de la nit, quan la planta baixa es va inundar) vam haver d'interrompre per pujar al primer pis. Vam continuar jugant fins a quarts de sis del matí, que la pluja va minvar i uns vam anar cap a casa i altres cap a la feina. A la resta de la ciutat gairebé no hi havia plogut: ves quines coses: potser aquí passa el mateix i al poble del costat no neva: només neva en aquest racó de carretera i enlloc més del món. Potser ens acabarem la neu i mai més no nevarà, pels segles dels segles; i els nostres fills i néts no sabran què és la neu i només la coneixeran per les fotos i les pel·lícules. ¿T'has adonat que el nivell ja arriba a un pam de dalt del vidre de la finestra? No el trencarà, ¿oi? ¿Per què no l'hi dius, a l'amo, que tanqui els porticons? Si no, la neu petarà els vidres. A més, no farà tant fred. ¿Com pot ser que no se li hagi acudit a ningú? Guaita: ara neva amb més força. Mira com puja el nivell: més ràpid que mai. Té: ja no veiem el cel: no veiem res: només neu. Aviat ens faltarà l'aire. Nevarà tant que desapareixerem, nosaltres i els edificis, sota una capa de neu, i morirem asfixiats quan se'ns acabarà l'aire, que serà aviat, i farà tant de fred que la neu no es desglaçarà mai, i, quan els homes s'adaptin a la nova era glacial (deu ser això: hem entrat en una nova era glacial: hem tornat milions d'anys enrere!), construiran autopistes per damunt nostre. D'aquí a mil anys, arqueòlegs miops trobaran els nostres cadàvers en un perfecte estat de conservació: com en un frigorífic. Ens despullaran, ens observaran, ens analitzaran. Quin horror! Per cert, ¿com és que no ve cap màquina d'aquelles que treuen la neu? En aquest país, tempestes d'aquestes han de ser habituals; tanta tanta neu potser no, és clar, però estan acostumats a les nevades fortes, això segur. ¿I per què no vénen a reparar el telèfon? Mmm. Té: això ja s'acaba: només queda el cartró. ¿Quina hora és? Si com a mínim funcionés la tele... ¿Per què ens han de passar aquestes coses, a nosaltres? Bff. Tinc son. ¿Véns a jeure amb mi, al racó? Farem la migdiada, ¿vols? Tu vinga escriure. És com si no sabessis fer res més. ¿Que et serveix per res? ¿Què escrius, si es pot saber? A veure... Ets boig. ¿Per què escrius tot el que dic? És a dir: que ni tan sols t'empesques el que escrius, sinó que de fet et puc ordenar escriure una cosa o una altra; i escriuràs únicament allò que jo decideixi. Escriu merda. «Merda.» No, ara ho llegia. Ep, para. Ets boig. Escriu només el que et digui que escri... He! Has escrit mitja paraula; bé. Si ara callo, no escriuràs res: ¿deixaràs un espai en blanc o posaràs un punt i a part? A veure... Bah: has posat punts suspensius: ets molt poc original: ja ho has fet abans, això. ¿Mai no poses punt i a part? Posa un punt i a part. Ara. M'emprenya que no em facis cas. Escrius per no parlar. Et creus que estàs per sobre de les circumstàncies i no ets més que un mitjamerda, com tots els altres. ¿Et penses que a mi em fa cap gràcia ser aquí? Podries ser més amable. La comunicació entre les persones és una cosa si més no interessant, i que ajuda a fer passar l'estona. ¿No ho has pensat mai? Mira'm als ulls. Mira'm. No escriguis «mira'm» i mira'm. No: no escriguis «no escriguis "mira'm" i mira'm» i mira'm. No: no escriguis «no: no escriguis "no escriguis 'mira'm' i mira'm" i mira'm» i mira'm. Deixem-ho córrer. Ara callaré perquè no escriguis res més i m'hagis de mirar o, si no, avorrir-te. *Non scriverai più.*

L'ILLA DE MAIANS

P: Quid est vigilanti somnus? A: Spes.

P: Quid est mirum? A: Nuper vidi hominem stantem, molientem, ambulantem, qui numquam fuit.

P: Quomodo potest esse? Pande mihi. A: Imago est in aqua.

A: Quidam ignotus mecum sine lingua et voce locutus est, qui numquam ante fuit nec postea erit, et quem non audiebam nec novi. P: Somnium te forte fatigavit, magister.

A: Quid est quod est et non est? P: Nihil.

A: Quomodo potest esse et non esse? P: Nomine est et re non est.

DISPUTATIO REGALIS ET NOBILISSIMI IUVENIS PIPPINI
CUM ALBINO SCHOLASTICO

CARRER DELS DIES FEINERS

BARCELONA

—No m'escoltes—va dir ella, de sobte.

Es va quedar ben parat. De fet, era veritat: feia minuts que la xerrera de la dona només era la música de fons que acompanyava els seus pensaments, que eren ben lluny.

—No m'escoltes—va repetir ella—. Tota l'estona que parles de tu. Tan sols t'interesses per tu mateix. No et preocupa gens ni mica el que dic. No t'interesses pel que em passa pel cap, ni per com sóc, ni pel que faig.

L'home estava sorprès. Amb delicadesa, va treure'n tots dos dits. Li feia por que la dona li preguntés de què havia estat parlant fins aquell moment en què havia callat de cop per, tot seguit, dir-li que no l'escoltava. L'home no sabia què contestar. Per retardar la resposta a les acusacions, va fer-li un petó a la galta, que era tendríssima, i va esmerçar en aquella mostra d'afecte més estona de la necessària. El temps passava, però, i havia de contestar alguna cosa.

—¿De debò creus que només parlo de mi mateix?

—En cap moment d'aquestes dues nits que hem sortit, ni una vegada no t'has interessat per les meves coses.

—Hòstia. —L'home tenia la cara trista, absent.

—Ets ben estrany. —I, com si li requés haver-lo entristit, va afegir: —Ara no et posis moix.

Mentre s'abraçaven novament, l'home va pensar que ella tenia raó. Ben sincerament, li sabia greu (d'una manera que no identificava del tot amb la culpabilitat) no haver-se interessat pel que passava pel cap de la dona, ni pel que feia a la vida: què l'apassionava, de què vivia. Amb prou feines, la primera nit que van sortir li va preguntar si vivia sola o amb algú, i si l'hi havia preguntat havia estat tan sols per tractar de deduir si casa seva seria un bon lloc on anar de matinada, o si haurien d'anar a un hotelet, o si es veurien obligats a quedar-se al cotxe, en algun revolt de carretera. Es va apoderar d'ell una onada de neguit. Es va sentir mesquí, l'ésser més menyspreable del món, i va reconèixer que, en efecte, en els últims temps tant se li'n donava la gent. Ves per on, la dona l'havia agafat en falta: havia caigut ben al fons del pou més ridícul. Precisament ell, que sempre s'havia considerat «humà», «sensible», lluny de tantes persones interessades únicament en elles mateixes! Va girar la vista, com si hagués d'afanyar-se a esmenar l'error, i la va fixar en la paret del davant. Eren a ca la noia, i si li haguessin demanat descriure-la no hauria sabut com fer-ho. De cua d'ull va mirar el llarg moble de fusta clara, envernissat; va veure-hi un plat de ceràmica brillant, un tambor marroquí, un tub d'aspirines, tres llibres i una pipa blanca holandesa. Va mirar el terra: rajoles de colors. Les cortines eren d'un blanc cru. Va girar el cap i va observar el dibuix que hi havia a la paret: línies de gruixos diversos, amb angles duríssims, cercles massissos i fletxes. El sofà on seien era de roba grisa, amb un rivet rosa. Va mirar l'esquena de la dona que abraçava: just sobre l'espinada, cosa d'un pam més avall del clatell, tenia una piga. Per un moment, es va imaginar en una terrassa, al capdamunt d'un edifici, atansant-se a la barana. Van desfer l'abraçada. Gairebé amb llàgrimes als ulls, l'home va afanyar-se a intentar esmenar l'error:

—Tens raó: sempre parlo de mi. No m'hi havia fixat mai. És horrible! És un comportament absolutament detestable. T'ho dic ben sincerament. Voldria que em creguessis. De debò. No t'estic pas mentint; no m'estic pas empescant una mentida per complaure't. Reconec que ha de ser difícil suportar, ni que sigui un parell de nits, algú que no parla més que d'ell mateix. M'esgarrifaria sortir amb algú així. Però si en alguna cosa no he fallat mai ha estat en la sinceritat. Sempre he estat honest, i no solament amb tu. Em sento desconcertat. No puc negar el que dius. Perquè tens raó: últimament sempre parlo de mi...

S'havia aixecat i agitava els punys tancats, com si copegés l'aire.

—...com si fos l'única cosa que m'interessés. De debò que m'horroritza descobrir que sóc així. Però abans no era igual, jo. M'interessava per les coses dels altres. N'estic segur. Voldria saber a partir de quin moment vaig deixar d'interessar-me per la gent...

Va caure de genolls davant de la noia. Li va abraçar les cames. Va passar la mà dreta per sota la faldilla i li va acariciar la cuixa.

—...voldria saber què, quina cosa o quin seguit de coses, ha fet de mi un egotista. No te'n riguis. M'agradaria tornar a interessar-me per la gent. I, sobretot, per damunt de qualsevol altra consideració, m'agradaria deixar de ser així amb tu. Perquè m'interesses molt. Per això necessito que m'ajudis a descobrir en quines ocasions em comporto així. I per què ho faig. M'agradaria que en parléssim.

CASA AMB JARDÍ

L'home puja a l'auto (un fiat uno blau metal·litzat) i llança la cartera al seient posterior. Està cansat de la feina del dia, i content perquè aquell matí, quan ell i la dona sortien de casa, han trobat a la bústia (a la qual, per cert, ha de posar un dia d'aquests els noms, perquè des que va caure la targeta on eren escrits no ha trobat el moment per tornà'ls-hi a posar) un sobre de la caixa d'estalvis amb el rebut de l'últim pagament de la hipoteca de la casa. L'home ve, precisament, de celebrar-ho en privat al bar on, sovint, sortint de la feina i de camí cap a casa, s'atura a beure, abans d'agafar l'autopista. Avui ha pres, com sempre que hi va, dues cerveses i un mig whisky. Mentre s'asseu al volant pensa que tindrà problemes, per aquest gotet de whisky i per aquestes cerveses, el dia que els policies de trànsit el parin per fer-li una rutinària prova d'alcoholèmia.

L'home recorda com, al principi d'aquells set anys que ha durat el pagament de la hipoteca, la xifra que havia d'abonar mensualment li ofegava el pressupost, mentre que, els últims anys, gairebé ni la notava. Potser també ha estat perquè s'ha anat acostumant lentament a la casa: de bon començament, no era gens amant de viure fora de la ciutat. Però la dona s'havia enderiat a viure en una d'aquelles torretes de dos pisos, amb jardí, que havia vist en una urbanització enfilada a la muntanya, i la cosa no va tenir retop.

Surt aviat de l'autopista. Un dels arguments a favor de viure en aquella casa era, precisament, que sovint es triga més a anar d'un barri a l'altre de la ciutat que no pas a anar de la ciutat a aquella urbanització, que, així, reuneix els avantatges de la ciutat i els de la naturalesa. Aparca el cotxe just al davant de la porta i es renya per haver passat un altre dia sense avisar que vinguin a arreglar la porta automàtica del garatge. Para el motor, hi posa la barra de seguretat, recull la cartera i tanca l'auto amb un cop sec. Empeny la porta de la tanca del jardí i, tan bon punt trepitja el camí de pedra que serpenteja per la gespa, el ve a rebre el gos, un setter que salta i belluga la cua, alegre. L'home s'ajup, li acaricia el cap, cull una branca de terra i la llança a l'altra banda de jardí. El gos corre a buscar-la.

A la porta, repenjada al marc, l'espera la dona.

—Has trigat.

—M'he aturat un moment a fer una copa.

—No m'agrada que facis copes abans de venir a casa. Un dia tindrem un disgust.

La dona li besa els llavis i se'n va escales amunt. L'home deixa l'americana al penja-robes que hi ha al costat de la porta. Treu el diari de la cartera. Deixa la cartera sobre la consola i entra a la sala. S'asseu a la butaca rosa, just al costat de la llar de foc, que ara (som a la primavera) està apagada. Encén el llum, desplega el diari i hi busca la pàgina de passatemps. Aquell migdia, mentre dinava, ha començat a resoldre uns mots encreuats. Els troba i els continua. Durant una estona va fent sense cap problema, però a la fi s'encalla en una de les propostes. A la nou d'horitzontals: «Individu d'una raça que va envair la Grècia del segle XII aC.» Quatre lletres. Sospira. Hauria d'aixecar-se i consultar-ho a l'enciclopèdia, però li fa mandra. Als seus peus, ajagut, hi ha el gos. L'home deixa el diari sobre el braç de la butaca. S'aixeca, però no a buscar l'enciclopèdia. Va fins al penja-robes de l'entrada i recull la petaca, que és a l'americana. Torna a asseure's i prepara calmosament una pipa. L'encén i fa una pipada. Torna a agafar el diari. A la dotze de verticals, amb deu lletres: «Relatiu o pertanyent al luxe (pl.).» La dona entra a la sala i seu al sofà que hi ha al costat de la butaca rosa. Engega el televisor. Quan sent la cantarella d'un dels espots, l'home aixeca el cap i mira un instant la pantalla i la llum que projecta sobre la cara de la dona. Es pregunta qui és aquella dona i què hi fa, a casa. Ara que s'hi fixa, recorda que és la mateixa dona que li ha obert la porta; però no és la seva dona, la dona que viu amb ell, de cap de les maneres. No és com si no la conegués: és que, efectivament, no la coneix. Mira també el gos, que és als seus peus: ¿què hi fa? Ell no ha tingut mai cap simpatia pels animals i a casa mai no en tindria ni n'ha tingut cap. ¿I la casa? No hi havia estat mai. Aquestes parets, aquests mobles, no tenen res a veure ni amb ell ni amb casa seva. La butaca és esplèndidament confortable i ell (prou li reca) no ha tingut mai una butaca confortable. Ara dubta si el que l'ha fet adonar del que passa ha estat la claror del televisor il·luminant la cara de la dona o bé la comoditat de la butaca. Però ¿què és el que passa exactament? Pensa que és amnèsia: ha oblidat qui és, i aquella casa és, efectivament, seva, i aquella és la dona que viu amb ell des que es van casar, i aquell gos li pertany, encara que no se'n recordi. Si no, ¿com l'haurien tractat amb tanta familiaritat, tots dos, quan ha arribat? ¿Com l'hauria rebut amicalment, el gos? ¿Com l'hauria besat, la dona? Però de seguida veu clar que no és amnèsia el que pateix: recorda perfectament la cara de la seva dona, la cara de la dona de la qual, aquell mateix matí, s'ha acomiadat quan l'ha deixada a la boca d'un metro que l'havia de dur a la feina. I sap que a casa seva no hi té cap bèstia peluda amb cua i llengua bavejant. Ni ell ni la dona no suporten els gossos! Sap molt bé que les parets de casa seva no són blanques, i sap que els quadros que en pengen són uns altres, i ara mateix en podria dir els noms de tots els autors. S'aixeca novament i s'acosta a la prestatgeria que hi ha en una de les parets de la sala. Mira els títols dels llibres: autors que desconeix, títols que no li interessen. Hi ha una estatueta d'un premi d'escacs d'un poble que mai no ha visitat.

Només en una cosa aquella casa és semblant a la seva: és una torre de dos pisos amb jardí; ho ha vist quan hi ha arribat i, per confirmar-ho, hi ha l'escala que puja al pis superior, escala que veu des d'on és ara. Durant un segon pensa si no pot ser que, simplement, s'hagi equivocat de carrer: en aquella urbanització tots els carrers i totes les cases s'assemblen. Però de seguida s'avergonyeix d'haver-ho suposat. Encara que hagués passat exactament allò, ¿com és que aquella dona que hi ha asseguda davant del televisor l'ha reconegut i ha actuat amb tanta normalitat que fins i tot a ell li ha costat força estona adonar-se que era en un lloc estrany? Sent l'impuls de recollir americana i cartera i sortir-ne corrents, ficar-se dins de l'auto i buscar la casa de debò, que, suposa, no deu ser pas lluny. L'home ha apartat les cortines de la finestra de la sala i observa, enllà del jardí, les cases del davant: la perspectiva és del tot semblant a la que veu des de la finestra de casa seva.

—¿Que et passa res?—fa la dona—. Sembles inquiet.

L'home mussita una excusa i pensa que no li caldria més que sortir fora i mirar el número de la casa, que deu ser al costat de la porta del jardí, i el nom del carrer a la cantonada, per confirmar la situació, en un sentit o en l'altre. Però fer-ho li fa por: ignora per què, però no sent cap desig de comprovar què passa realment. I, a més, té ganes d'orinar, moltes ganes d'orinar: les dues cerveses que s'ha pres al bar fan l'efecte previsible. Camina cap on suposa que hi deu haver el lavabo (a casa seva, com a mínim, el lavabo està aproximadament situat així), però n'obre la porta i s'hi troba la cuina. Segueix el passadís:

obre la primera porta a l'esquerra, però hi ha una habitació. Pensa que el lavabo deu ser a prop de la cuina: aquestes dues peces acostumen a estar sempre juntes, perquè a l'hora de construir una casa és més simple no escampar ni les canonades que duen l'aigua ni les de desguàs. Recula i obre novament la cuina, a veure si hi ha una altra porta que pugui ser la del lavabo, encara que només en pisos antics recorda haver vist lavabos als quals s'accedeix a través de la cuina. Però a la cuina no hi ha altra porta que la d'entrada. Torna a la sala i busca amb la mirada. La dona (ara s'hi fixa: morena, d'uns vint-i-vuit o trenta anys, amb una boca atractiva) aixeca un instant els ulls del televisor. L'home somriu, sense atrevir-se a preguntar on és el lavabo. Veu una porta al passadís, sota l'escala, en direcció contrària a la que abans ha explorat. Hi va, obre la porta i hi troba una habitació petita i sense pintar, plena de mals endreços. Les ganes d'orinar li augmenten amb el nerviosisme: ara ja són insuportables. Pensa que potser el lavabo és al pis de dalt, però no troba gens lògic que, havent-hi la cuina, la sala i una habitació, no n'hi hagi també un a la planta baixa, independentment que a dalt n'hi hagi o no. És al costat de la porta del carrer, amb la mà a la maneta del pany. Sense atansar-se a la sala, crida que surt un moment al jardí, a estirar les cames. Al jardí, corre cap a un matoll, es descorda la bragueta i orina copiosament. Bufa de plaer. Gira la vista descuidadament i veu que, de l'altra banda de la tanca que dóna a la casa del costat, el veí l'observa. L'home, agafat en falta, aixeca la mà que té lliure i saluda el veí, esbossant un somriure. El veí, sense somriure, li retorna la salutació. En acabat, l'home es corda la bragueta i torna dins de la casa. Tan bon punt hi posa un peu a dins, el gos s'acosta a ensumar-lo. Dos pensaments bullen al cap de l'home: no sap com s'ho farà per desempallegar-se d'aquell animal (¿potser enverinant-li el menjar?) i li fa por el moment en què haurà de cridar la dona i encara no en sabrà el nom. Sense que forçosament hagi de ser així, s'imagina que això passarà aquesta nit, quan siguin al llit. Aquest pensament li produeix, de manera immediata, una erecció.

FILOLOGIA

Collell s'ha passat la tarda analitzant els paral·lelismes i les dissemblances entre el capítol vint-i-tresè d'una novel·la (que té la característica aparentment curiosa d'estar farcida de personatges amb noms que comencen, gairebé tots, per la mateixa lletra), un conte previ del mateix autor (els personatges del qual tenen noms que comencen també amb la mateixa lletra) i, també del mateix autor, un conte posterior (amb personatges de noms amb inicials diverses, però que, igual que el capítol i el conte esmentats, tracten de l'espera). Avorrit, a les vuit ho ha deixat estar, s'ha posat l'americana i ha sortit al carrer.

Ara compra el diari de la tarda, el doblega i se'l posa sota l'aixella. Mentre camina cap al bar, pensa que tots dos haurien d'haver quedat d'anar-hi vestits d'alguna manera concreta, amb algun senyal identificador, que no calia, és clar, que fos allò tan tronat del clavell a la solapa. A l'hora de concretar la cita, cap dels dos no va pensar que hi podria haver problemes de reconeixement. Encara que, potser, pensa després d'una estona el crític, no n'hi haurà i tot són, com sempre, cabòries.

Una estudiant de filologia que es diu Paula li ha trucat i li ha dit que necessita fer-li unes preguntes sobre Agustí Brell, l'escriptor que, després de dècades d'oblit, és ara fervorosament recuperat des que, fa un any, una editorial de segona fila sense originals nous va decidir reeditar *Ennuegat a Addaia*, la primera edició de la qual, del 1955, va passar sense pena ni glòria, i es va arrossegar durant prop de trenta anys per llibreries de vell, en exemplars groguencs i tacats. En canvi, fa un any, el llibre es va convertir en un èxit absolut i sorprenent. Engallardida i envejosa, l'editorial que, el 1963, va publicar *Palmeres i xiprers* va treure dels magatzems els exemplars que n'hi quedaven, que eren gairebé tots els que n'havia imprès. Els exemplars es van vendre en un parell de setmanes. La segona edició va aparèixer de seguida i va trigar cinc dies a exhaurir-se, per alegria de l'editor, que jurava a qui el volgués escoltar que el món, veritablement, és ben boig.

El crític arriba al carrer del bar on han quedat citats. Dues travessies més i ja hi serà. Pensa ara que, segons com, no haver concretat un senyal per identificar-se li obre (si més no, fins al moment de la trobada) tot de perspectives. Que poden, evidentment, veure's abocades al fracàs més absolut. Tan confortable li ha semblat la veu de l'estudiant que Collell es complau a jugar amb aquestes expectatives. I és per aquestes expectatives, ara que hi pensa, que ha accedit a anar-hi, no pas perquè li importi gaire explicar el poc que sap sobre Agustí Brell. El crític, que (després d'haver-lo ignorat sempre) fa un any va ser dels primers d'alegrar-se que Brell fos col·locat finalment al lloc que li corresponia, troba ara que la gent (com passa sovint en tot) n'ha fet un gra massa: com en la llei del pèndol, del més fosc dels oblits l'han encimbellat en un altar excessiu. En pocs mesos, el brellisme s'ha convertit en una moda frenètica, i tot escriptor que no segueixi les estructures, els temes o la sintaxi accelerada de Brell és immediatament condemnat a l'escarni i al foc, amb la mateixa lleugeresa amb què, durant un munt d'anys, havien aplicat el foc i l'escarni al mateix Brell. Fins la seva mort (que, en el moment de produir-se, va ser considerada una nova mostra de la irresponsabilitat que el caracteritzava) és ara un motiu més d'admiració. Brell va morir amb la seva dona, l'any 1966, quan el cotxe que conduïa es va estimbar per les costes de Garraf. Va deixar una filla de mesos (de qui, com que Brell no tenia cap familiar viu, van haver-se de fer càrrec els únics parents de la dona, alemanys), dues novel·les inacabades i una considerable quantitat de deutes. En qualsevol cas, pensa el crític, de Brell no en sap ni un detall més del que diuen els pròlegs i els articles publicats últimament (dels quals tan sols un és d'ell), articles i pròlegs que una estudiant de filologia interessada a fer una tesi sobre l'assumpte (com és el cas de l'estudiant que li ha trucat) ha de conèixer per força.

Arriba a la terrassa del bar quan passen uns minuts de les nou. Això d'haver quedat «a quarts de deu» és una ambigüitat que, ara que s'hi fixa, no li agrada gens. A les taules, del sexe femení només hi ha dues velles que riuen baixet i tres noies amb pinta d'haver-se passat tot el dia a la platja, gens interessades ni en Brell ni en cap altre personatge similar. Abans d'asseure's a fora, Collell entra al bar a donarhi un cop d'ull. A la barra, un parell d'homes discuteixen i un tercer es mira dins de la copa de martini. Un cop s'assegura que la noia no ha arribat, el crític s'instal·la en una de les taules de la terrassa (on hi ha un got buit, amb restes de bromera de cervesa, i un cendrer), desdoblega el diari i es posa a llegir, aixecant de tant en tant els ulls, cada cop que li sembla que arriba algú. Al diari, el tema del dia sembla clar: l'aliança entre el centredreta i l'esquerra per contrarestar la majoria de centresquerra.

La primera noia que el crític dubta si és o no l'estudiant que ha quedat amb ell avança per l'altra vorera. Du una brusa negra i uns pantalons grisos. Porta una carpeta a la mà, detall que a Collell li sembla significatiu. A més, la noia mira a banda i banda, com si no conegués gaire el carrer. Ben pensat, però (rumia el crític ràpidament), això no és cap indici que aquella noia sigui la que espera. Precisament ha estat ella qui ha decidit el lloc de trobada perquè li cau prop de casa. I, doncs, sembla prou lògic que si el bar i el carrer són prop de casa d'ella, els conegui bé. La noia travessa el carrer i, durant unes dècimes de segon, sembla a punt d'entrar al bar (a mirar, preveu erròniament el crític, si ell és a la barra), però continua caminant i desapareix per la cantonada.

Segons alguns observadors, el més important de l'aliança entre el centredreta i l'esquerra és que trenca una tradició que semblava inamovible. El dubte, ara, és (segons tots els indicis) veure com s'ho pendran els militants i els votants de tots dos partits. Collell gira full. La final de la copa de futbol és, en aquests moments, del tot una incògnita.

Un noi en bicicleta fa sonar el timbre i esquiva un gos que travessa el carrer. Per la vorera, una dona avança cap al bar. Du ulleres, un sarró i un vestit verd lloro. El crític s'esgarrifa. ¿I si fos aquella, l'estudiant? Quin enuig, anar a sopar amb ella i suportar-la tot un vespre, encara que sigui a l'altra banda d'una taula de restaurant. Mentalment, maleeix Brell i les seves inesperades admiradores. La dona és ja a l'altura de la terrassa del bar. I, abans que Collell dedueixi si tracta de localitzar-lo o no, ja l'han localitzada a ella. Les dues velles que reien baixet li fan senyals amb la mà. La dona del vestit verd lloro s'afanya a arribar a la taula i reparteix petons: un a cada galta de cada una de les dues velles.

Just al costat de les primeres taules s'atura un taxi. Quan el taxista encén el llum per cobrar, el crític veu que, al seient del darrere, hi ha una noia que recull el canvi amb rapidesa, obre la porta, surt i es passa la nansa de la bossa per l'espatlla. Amb quines ganes Collell desitja que aquella noia sigui la Paula! Ja s'hi veu: sopant amb ella, fent-la riure i explicant-li què sap de Brell. I empescant-se el que no sap. Amb una estudiant com aquesta se sent capaç de fabricar, si cal, tot un nou Brell especialment dissenyat perquè encaixi amb el que convingui a la noia, que, ara, fa una repassada als pobladors de les taules de la terrassa. El crític intenta condensar prou electricitat en la mirada perquè, en el moment fugaç que els ulls d'ella i els d'ell es trobin, es provoqui un curtcircuit tal que la noia no pugui deixar d'adonar-se que és a ell a qui busca, l'home que li obrirà les portes al món de Brell. La noia, però, resisteix la descàrrega elèctrica com si res, obre la porta del bar i s'instal·la a la barra.

¿Què pot fer? Per una banda, que s'hagi instal·lat a la barra vol dir que no és ella. La cita és a la terrassa: això és clar. Però ¿i si, de fet, no hagués quedat tan clar com a ell li sembla? Un cop acceptada la possibilitat que no hagi quedat tan clar, ¿què ha de fer, ell? ¿Aixecar-se i preguntar-li, amb un enorme somriure, si és estudiant de filologia? (Pensar que podria ser estudiant de filologia però no ser l'estudiant de filologia que espera queda més enllà del que li ve de gust imaginar. Molt més enllà encara queda la possibilitat que la noia es digui Paula i no sigui la Paula que espera.) I la noia aquesta, si realment és la que espera, ¿quina imatge s'ha format d'ell, que no el reconeix? Durant una estona, el crític queda perplex. El preocupa la possibilitat que sigui la Paula i que no el reconegui. Perquè tothom acostuma a formar-se imatges més aviat òptimes de les coses que no coneix i que espera amb ganes. (¿I si no l'espera amb ganes, però?) En qualsevol cas, si la noia no el reconeix és perquè la seva imatge real decep les expectatives que s'havia fet. Dubta encara si aixecar-se de la cadira i adreçar-se-li, quan observa que els ulls de la noia s'il·luminen, i no pas per ell. La noia somriu ara obertament: per la porta acaba d'entrar un home amb gorra, que arriba fins a la barra i, sense apuntar ni un somriure, la besa als llavis.

El crític mira el rellotge. Dos quarts, poc més o menys. ¿A partir de quin quart s'ha de sentir plantat? ¿A partir de l'últim de tots? ¿A tres quarts en punt? ¿O ha d'esperar fins a les deu? Mira d'iniciar la lectura d'un editorial sobre el famós acord entre partits, però no aconsegueix concentrar-se: amb un ull mira el paper, i amb l'altre la barra on hi ha la noia (que ara s'ha penjat del braç del seu acompanyant) i el carrer, per si apareix l'estudiant.

De cop, s'adona que encara no ha demanat. Tanta estona esperant-se i cap cambrer no s'ha acostat a preguntar-li què vol pendre, ni tan sols a netejar-li la taula i recollir el got de cervesa buit que hi ha, del client d'abans. Això l'enfurisma. ¿Com és possible que, en la mitja hora que fa que és allà, cap cambrer no s'hagi dignat atansar-s'hi? Això el du a fosques meditacions sobre la creixent ineficiència, petulància i mala educació dels treballadors que han de tractar amb el públic, sobretot els cambrers de bar. Alça el braç i mou la mà per cridar l'atenció del cambrer que serveix a les taules. Però el cambrer és al petit taulell que dóna a la cuina, amb la safata sota el braç, fent-la petar amb el que atén a la barra. És inútil cridar, considera, perquè tots dos cambrers són dins, i no solament no sentirien res sinó que cridar li sembla poc elegant. A més, s'imagina les cares de la gent que hi ha a la terrassa (que sí que el sentirien), mirant-lo. Aixecar-se per entrar al bar i demanar al cambrer que vingui a servir-lo li sembla fora mesura. Un cambrer ha de saber que la seva feina és atendre el públic, no pas esperar que el públic es prengui la molèstia de recordar-l'hi.

Si no fos perquè espera l'estudiant, s'aixecaria ara mateix de la taula i se n'aniria. I aquella noia, per cert, ¿pensa comparèixer a la cita o no? El cambrer de la safata sota el braç gira un moment el cap. Fuma amb desgana i badalla. Collell aixeca novament el braç per cridar-li l'atenció, però el cambrer ni el veu, perquè torna a estar concentradíssim en la discussió amb el cambrer de la barra, i a treure's un bri de tabac del llavi. Poc després arriben a la terrassa dos homes que riuen de manera molesta. Després d'una estona, el cambrer surt i s'atansa a la taula dels homes. Collell intenta ara captar l'atenció del cambrer i fer valer el seu dret d'antiguitat. Alça el braç i agita la mà; fins i tot el crida! El cambrer no sembla ni adonar-se'n. El crític, en el cim de la indignació, llança a terra el got, buit i amb restes de bromera de cervesa, que hi havia a la taula.

Deu minuts i una discussió més tard, té al davant una copa de mançanilla que, ara que s'ho mira bé, no li ve gens de gust; de fet, l'únic que li ve de gust és anar-se'n. Ja són tres quarts i, doncs, l'elasticitat de l'hora de trobada arriba al màxim. ¿Per què ha de continuar esperant algú que no té la delicadesa de presentar-se a l'hora acordada, tant més que ha estat ella qui li ha trucat, i, doncs, és precisament ella qui té interès a parlar amb ell? Tanca els ulls i, amb un parell de glops, s'empassa el contingut de la copa. Quan torna a obrir els ulls, davant seu hi ha una preciositat. Que sigui tan guapa encara l'indigna més. Tan feliços com haurien pogut ser... La mira amb odi.

—Arribo just. ¿Una mica tard? Em sap greu. És que hi ha un trànsit atapeïdíssim—s'excusa la noia, amb un lleuger accent germànic—. ¿És vostè, el senyor Collell? Perquè si li estic deixant anar el rotllo i resulta que no l'és...

El crític la mira sense dir res. La noia gira el cap i busca per la terrassa, considerant la possibilitat que Collell sigui en alguna altra taula. Però no hi ha cap altra taula amb un home sol, i els dos homes que riuen desmesuradament queden fora de tota sospita. Desconcertada, la noia es disculpa, entra al bar a donar-hi un cop d'ull, torna a sortir a la terrassa i s'asseu en una taula buida. S'espera fins a dos quarts d'onze, moment en què paga i se'n va. Poc més tard, el crític (que s'ha esperat tota l'estona només pel gust de veure com l'espera a ell igual que ell s'ha esperat, i dubtant de tant en tant si, per rancúnia, no està engegant a dida la possibilitat de convertir en realitat les expectatives que havia imaginat) s'aixeca, paga la mançanilla, discuteix amb el cambrer si ha de pagar o no el got que ha trencat i se'n va.

FEBRE

Amb veu adolorida, el nen crida la mare, que hi va corrents i, només de posar-li la mà al front, s'adona que bull. El nen té els ulls com brases. La mare s'afanya a buscar, a la farmaciola, els supositoris antitèrmics. N'hi posa un i, com que la febre no minva, busca el telèfon del metge; però mira el rellotge i recorda que fins a les deu no obre la consulta. Si li truca a casa, a les vuit, per una cosa que, segurament, deu ser una grip i prou, el metge farà mala cara. Li trucarà tan bon punt obri la consulta. El pare de la criatura acaba de sortir, fa un quart, cap a la feina. Li telefonarà més tard per dir-l'hi. Mentrestant pendrà la temperatura del nen. Va a buscar el termòmetre.

Pel nen, la febre no és pas el més greu. S'ha posat malalt precisament el dia que l'escola surt d'excursió. Mira l'hora (un quart de nou) i pensa que potser, posant-hi força de voluntat, encara serà a temps d'aconseguir que la febre hagi desaparegut abans de les nou, que és quan sortirà l'autocar. Però de seguida veu clar que, encara que es posés bo en tan poc temps, la mare no l'hi deixaria anar. Tant com li costa, sempre que li interessa, fer el malalt per evitar anar a escola, i li ha agafat la febre precisament avui, que tantes ganes tenia d'anar-hi. Encara li fa més ràbia perquè havia fet la mateixa excursió l'any passat i per això sap que és una sortida per passar-s'ho francament bé. La recorda fil per randa, encara, la de l'any passat, i la febre l'ajuda a dibuixar-la amb perfils, si no més precisos, sí més brillants. Ara la mare ha entrat a l'habitació (no l'ha sentida fins que la té al davant: és com si la febrada li arrodonís els sorolls) i, mentre li posa al front compreses xopes d'aigua amb vinagre, li diu que telefonarà a l'escola perquè surtin sense esperar-lo inútilment. El nen està a punt de demanar-li que ajorni la trucada per si de cas es posa bo de seguida, però decideix callar només d'imaginar la cara que faria sa mare si li expliqués la presumpció que potser, si s'ho proposa, a les nou ja no tindrà febre. A més, no té gens de ganes de parlar. Està, realment, molt cansat. La mare, quan acaba de posar-li compreses al front (que l'esgarrifen), li diu, mentre apaga la bombeta, que es trobarà millor amb el llum apagat. El nen es queda de seguida adormit en un núvol de calor, ple de vidres trencats.

Es torna a despertar que són tres quarts de deu. Una de les ratlles de sol que arriben entre llistó i llistó de la persiana il·lumina el despertador. ¿Deu haver trucat, ja, sa mare, a l'escola? Quina vergonya, si se n'ha oblidat i l'han esperat (tots: mestres i alumnes) un temps prudencial, fins a decidir-se a trucar ells a casa seva i trobar (però el telèfon no ha sonat, ¿o sí?) que està malalt. Però no: agombolat per la febre, els veu clarament, dalt de l'autocar, per l'autopista, mitja hora després d'haver sortit de la ciutat, cantant, rient, barallant-se. Veu el Vidal explicant les heroïcitats que explica sempre i que ja ningú no es creu. Veu l'Ibort menjant l'entrepà abans d'hora; el xofer demanant silenci; el senyor Sanchis repetint, amb posat més enèrgic, les demandes del xofer; el Cabrera barallant-se amb l'Iborra petit; el Bellver i el Garcia burlant-se del senyor Sanchis. Ho veu tot amb tanta claredat que, si no fos perquè s'hi afegeixen detalls i variants que l'any abans no es van produir, creuria que l'únic que fa és recordar l'excursió anterior. Però no: l'any passat ell seia, precisament, al costat del Bellver, i el Garcia seia amb el Comte, i l'Iborra petit no hi venia i, en canvi, ara el veu com si fos davant seu: veu com empeny el Cabrera per l'esquena, i després dissimula; veu com el Bellver (potser per celebrar que és un dia de festa, ell que habitualment és tan apocat) s'afegeix a la baralla; veu com el Vidal (com sempre, amb aires de voler ser qui mana) intenta posar ordre, sense que ningú li faci cas; veu com el senyor Sanchis gira el cap; veu com el xofer es gira també, demanant silenci; veu el revolt més a l'esquerra d'on hauria de ser; veu el xiscle de cinquanta-dues veus; veu la cara de terror del senyor Sanchis, i tanca els ulls ell mateix, horroritzat, sense temps de pensar que li hauria valgut molt més no dissimular la febre i haver-se quedat al llit, aquell matí.

NO TINC RES PER POSAR-ME

L'home és davant del mirall. S'acaba d'afaitar i de dutxar. Amb una mà s'agafa el petit mitxelín de la cintura, el mira al mirall i toca l'ase.

Dubta què posar-se. Com que dubta, pensa que avançarà feina si es posa la samarreta i els eslips. En busca uns de blancs, amb ratlletes blaves. Mira que no tinguin cap forat. Se'ls posa. En canvi, quan té la samarreta a la mà li sembla que potser serà millor no posar-se'n, i la desa al calaix. Obre l'altre cos d'armari i mira les camises. N'hi ha una de blanca, italiana, de cotó, que es va comprar fa unes setmanes i que li agrada especialment. Agafa el penjador pel ganxo i observa la camisa; l'atreu el tacte. Però el color blanc el fa gras. La torna a lloc. Amb els dits, com qui passa fulls d'un llibre, acaricia les mànigues de totes les camises. Decididament, les que li queden millor són la grisa i la negra. Però últimament se les ha posat sovint, tant, que n'està tip. Si a la fi es decideix per una d'aquestes dues camises, podria posar-se els pantalons grisos, o els texans negres.

Al dubte ja tradicional de no saber com vestir-se per quedar més afavorit s'hi afegeix que no sap gens com anirà, ella. ¿Vindrà amb un vestit especialment ostentós o d'una manera senzilla? Si, posem per cas, vingués vestida d'esport, ell, amb els texans negres i la camisa grisa o negra, quedaria bé. I l'americana arrugada. Perquè l'americana és un altre dels dubtes: ¿es posarà l'americana grisa (la més clàssica) o bé la de quadrets verdosos? Si triés la camisa negra, l'americana de quadrets li serviria per trencar una mica la serietat de la camisa i els pantalons, que pot ser excessiva, segons com. És clar que amb una corbata també pot trencar l'austeritat grisa-negra de la camisa i els pantalons. ¿Es posarà corbata o no? Amb la mà aparta les camises i treu el penjacorbates. ¿Quina es posarà? ¿Una de llisa, de ratlles, de quadrets? Amb l'americana de quadrets, la corbata de quadrets pot quedar massa xarona. O, precisament, posar quadrets sobre quadrets resultarà potser un xoc interessant, de tan brutal.

És clar que també podria no posar-se corbata. Però, si no se'n posa i ella es presenta molt ben vestida, ell ¿no quedarà massa trinxeraire? La barreja de corbata i texans li donarà un estil ambigu, que potser li permetrà sortir-se'n bé, vagi com vagi ella. El problema és si aquesta combinació de corbata de quadrets, texans i americana de quadrets no resultarà massa irònica, segons com vesteixi ella. ¿I si es posés els pantalons de xeviot? Amb els pantalons de xeviot, la força de la camisa fosca i la ironia del xoc dels quadrets de la corbata i dels de l'americana no arrossegaria, a més, el toc burlesc dels texans, toc burlesc que a ell ja li aniria bé, però que, com ja s'ha dit repetidament, li fa por que no resulti xocant amb la vestimenta d'ella.

Anirà, doncs (repeteix mentalment, per veure si el conjunt decidit li plau), amb camisa grisa, corbata de quadrets marronosos, americana de quadrets verdosos i pantalons de xeviot, també marronosos. Potser el que li cal, ara, és passar de la teoria a la pràctica. Ho fa: es posa la camisa grisa, els pantalons de xeviot, la corbata de quadrets marronosos i l'americana de quadrets verdosos. Es mira al mirall. Els peus, encara sense calçar, hi contrasten escandalosament. Ha de decidir quines sabates es posa, i pren el determini de triar-les ràpidament, no fos cas que les sabates generessin una nova cadena de dubtes. Es posa les de pell marró, sense pensar-s'ho gens.

Però ¿i si ella es presenta a la cita amb un vestit de xeviot d'un color semblant al dels seus pantalons, semblant però no exactament igual, que és quan pitjor queden aquestes combinacions? Això, per no parlar de la possibilitat que es presenti amb un vestit de quadrets. Una cosa és que ell jugui deliberadament a fer xocar dos tipus de quadrets diferents (els verdosos de l'americana i els marronosos de la corbata), perquè troba que aquest xoc pot ser atractiu. Però, si ella anés també amb quadrets, tant de xoc es convertiria en ridícul. ¿Com pot saber com vestirà ella? No li ha dit a quina mena de festa anaven. Ara que hi pensa, per telèfon l'ha trobada amb poques ganes de compliments. Quan li ha sentit la veu, opaca i esquerdada, i li ha preguntat si estava encostipada, ella ha contestat amb una evasiva i ha penjat de pressa. Així, doncs, davant de l'evidència que no hi ha manera humana de saber com anirà ella, potser el que ha de fer és no jugar amb els quadrets. Així, com a mínim, no s'aventurarà al perill que, si ella es presenta amb alguna peça de vestir de quadrets (si vingués amb una americana de quadrets n'hi hauria per suïcidar-se), tots dos plegats facin el ridícul. ¿Deixarà, però, l'americana o la corbata? Mentre s'ho pensa, es prepara un cafè. Se'l serveix en un got de vidre i se'l pren sense sucre. Finalment es decideix: deixarà estar l'americana, ja que no solament és molt més probable que ella es presenti amb americana de quadrets que no pas amb corbata de quadrets, sinó que, en cas de coincidir en aquesta ornamentació, una corbata sempre és molt més petita (i molt més discreta, per tant) que no pas una americana. ¿Quina americana es posarà, doncs? ¿La negra, l'arrugada? ¿La grisa, més clàssica? S'emprova la grisa i se li fa evident que no és la que li escau. Se la treu i es posa la negra. Però, tot i estar arrugada, troba que queda massa clàssic, no ja si ella es presenta vestida de manera més senzilla, sinó fins i tot només per ell mateix, abstracció feta de com ella pugui venir. Si es vesteix amb americana negra, camisa grisa, corbata de quadrets, pantalons de xeviot i sabates de pell, ¿no quedarà estranyament clàssic al costat d'ella, si ella es presenta vestida, posem per cas, amb texans, un jersei i una gavardina? És clar que podria fer trampa: podria mirar per l'espiera i, segons com la veiés arribar, decidir a l'últim moment si deixar-se la corbata posada o, en un segon, treure-se-la per quedar vestit tan informalment com ella.

¿És, però, tan important que la vestimenta d'ella i la d'ell, diguem-ne, estiguin conjuntades? ¿No és, segons com es miri (i, com més s'ho mira, més li sembla que sí), una voluntat de perfecció desmesurada? ¿Quin problema hi ha si ella va d'una manera i ell d'una altra ben diferent? Fins i tot pot tenir una certa gràcia, que un vesteixi d'una manera i l'altre d'una altra. ¿O és que pensa que el fet que les vestimentes d'un i de l'altre sintonitzin és un bon auguri per la relació? Per comptes d'escalfar-se la closca rumiant com s'ho ha de fer perquè el vestit d'ella no xoqui amb el d'ell, el que ha de fer és vestir com cregui que quedarà millor. Però ¿com era que havia decidit que quedaria millor?

Recupera la idea dels texans i l'americana de quadrets. Es treu les sabates, els pantalons de xeviot i es posa els texans negres i, una altra vegada, les sabates. I es canvia d'americana. Es mira al mirall: ara que s'hi fixa, li sembla que li quedarà millor l'americana negra. Es treu la de quadrets i es torna a posar la negra. ¿Les sabates de pell marró, però, amb els texans negres? Fatal. Busca les sabates negres amb cordons, i les troba: brutes. Els mocassins negres, en canvi, són nets. Però des de fa dos anys els troba tan xarons que ni els pren en consideració. S'afanya a seure, s'arromanga les mànigues de la camisa i escampa betum per les sabates negres.

Canvia de sabates i es mira al mirall. Està bé, però

hi ha alguna cosa que no encaixa. ¿I si rebutgés la teoria de les camises fosques i busqués, per exemple, la camisa vermella, que sempre li ha afavorit el color de la cara? Es treu l'americana negra i la camisa grisa i es posa la camisa vermella i, una altra vegada, l'americana negra al damunt. Es contempla al mirall. No. Es torna a treure l'americana i la camisa. Sense temps de teoritzar, s'emprova totes les variants possibles: la camisa beix amb l'americana negra; la camisa verda amb l'americana de quadrets; la samarreta groga amb l'americana negra; la samarreta verda amb l'americana grisa; la samarreta grisa amb l'americana grisa; la samarreta blanca amb l'americana de quadrets; la camisa groga amb la corbata verda i l'americana negra; la camisa fúcsia amb la corbata de ratlles blaves i grogues i l'americana de quadrets; la camisa marró amb l'americana beix (que no havia valorat abans); la samarreta blanca amb l'americana grisa...

Quan sona el timbre està vestit amb una caçadora blava, una camisa blanca, un llaç de coll abominable, uns pantalons de llana jaspiats de marró, beix i verd, i mitjons negres. Encara no ha triat les sabates. Per no veure's ofegat en un inesperat nou mar de dubtes, a l'últim moment decideix obrir la porta sense haver mirat abans per l'espiera. La troba davant seu, vestida amb una senzilla túnica negra i amb una dalla a la mà. L'home la mira, entre decebut i sorprès.

—No em diguis que és una festa de disfresses—diu.

—No.

FERROCARRIL

DRET

Z havia somiat que, en un lloc inconcret (una mena de vagó de metro o sala d'hospital, enrajolada de blanc, amb seients de vellut verd), entrava una noia que li semblava coneguda. Dubtava si no era la noia que havia vist en una estació una vegada que... La lligava a un panorama de fum i viatge. Si hagués sabut com se deia s'hi hauria atansat. Però, sense recordar-ne el nom, li semblava que no tenia cap dret a acostar-s'hi. La possibilitat que no el reconegués l'entristia; però quan la noia el va mirar es va sentir més segur: probablement també el recordava i, com ell, no s'atrevia a dir-li res. Potser el fet que no s'haguessin presentat, que cap dels dos no conegués el nom de l'altre, la tallava, igual que li passava a ell: per això no se li atansava. Potser ella també pensava el mateix: que a Z li passava el mateix que a ella. Z va pensar, també, que ella devia pensar que ell pensava que ella pensava que ell pensava que ella pensava el mateix que ell. Podia atansar-s'hi i dir-li: «Hola, em dic Z; et conec però mai ningú no m'ha dit el teu nom.» Va pensar que potser ella el recordava prou bé però considerava, per algun motiu que se li escapava, que no calia saludar-se. Ella va fer un gest estrany amb la cama, com si li fes mal, i Z es va adonar (i es va sobtar, alhora, de no haver-se'n adonat fins aleshores) que la noia tenia, tot i dur-les amagades sota els pantalons, unes cames esplèndides. Z va meditar que, en efecte, es fa ben difícil de dir, d'unes cames amagades sota els pantalons, que són esplèndides, i aviat es va trobar abraçant-les, sota una pluja de fulles seques, una tardor humida, en un prat llefiscós pel qual caminava ara, prop d'un espadat de llunes que s'estimben contra les onades, i una gola i uns ullals.

Es va despertar havent perdut la noció del temps. Li va resultar difícil calcular (ni tan sols aproximadament) quant de temps feia que dormia. A més, en aquell precís moment el tren travessava un túnel, cosa que (venint com venia dels llimbs onírics) el va desconcertar encara més i li va impedir saber si era el dia o la nit, la crosta que l'allotjava. Al compartiment, tot eren cares noves: ara l'acompanyaven dos homes ben vestits (amb pinta de nois de pel·lícules dels anys cinquanta, o de predicadors mormons), una parella de pagesos i una noia bellíssima de la qual va desitjar enamorar-se bojament.

A cada estació canviaven alguns veïns: hi van desfilar i en van desaparèixer dos militars, cinc o sis persones normals, una vella extraordinàriament prima, un noi ullerós, una monja, una parella de turistes, un viatjant d'avellanes de Reus, un escamot d'escoltes, una mare amb dos cadells, un emigrant que retornava, Randy Newman, la secció de vent d'una orquestra de revetlles i un maître de vacances. Ara era una parella qui dialogava, de seient a seient, cara a cara, ella amb els peus sobre el seient d'ell, ell amb els peus sobre el seient d'ella:

—La situació és la següent: la Xina (que està casada amb el Xavier) ha deixat el Llorenç (que està separat de la Rosa) per anar a viure amb el Pep (que està casat amb la Marta, i vivia amb el Joan). El Xavier ara viu sol, però està enrotllat amb la Rita (que havia estat molt amiga del Leopold).

—¿La Rita havia sortit amb el Leopold?

—I tant!

—Jo, del Leopold, havia sabut que s'havia separat de la Júlia per anar a viure amb la Maria, aquella noia poca cosa que estava casada amb el Joan.

—¿El Joan que vivia amb el Pep?

—Sí.

—¿I ara el Joan què fa?

—Viu amb la Conxita.

—¿La Conxita del Manel?

—No: la Conxita Farguell, la germana del Joan, que havia viscut amb el Llorenç fa tres anys, quan es va separar de la Rosa.

—La Rosa ara viu amb el Carles.

—¿El Carles?

—Sí, un xicot de València que fa postals.

—No el conec.

—És nou.

—Jo coneixia un Carles que havia estat nòvio de la Xina a la universitat, però era de Manresa i feia dret.

—¿El Carles Codina?

—No, no sé com se deia, aquest que dic. Ara no sé on para. Vivia a Eivissa, quan hi van anar la Tònia i l'Oriol. Es va enrotllar amb la Tònia i després va desaparèixer. Va ser quan la Tònia va estar tan deprimida, perquè, mentre ella estava amb el Carles, l'Oriol va sortir amb una germana petita del Pau.

—No el conec, el Pau.

—Ara viu a Madrid, però havia treballat a l'estudi del Minguell, quan van dissenyar l'entourage d'un happening per la Marta. Allà on van actuar el Nasi i la Conxita. I també la Júlia, poc abans que se n'anés a viure amb la dona del Leopold.

—¿La dona del Leopold?

—Sí, la...

—Però si la dona del Leopold és la Júlia!

—¿La Júlia?

—¿Com se'n podia haver anat a viure amb ella mateixa? Deus voler dir que se'n va anar a viure sola.

—No.

Desconcertats, tots dos van mirar per la finestra. Ella va suggerir una nova possibilitat. Ell la va negar. Ella va treure els peus del seient d'ell. El tren es va aturar en una estació.

—Ens hem embolicat en algun punt. A veure...

—A veure, tornem a començar: la Xina...

El tren va arrencar. La parella va arribar a destinació mitja hora més tard. Al compartiment van quedar només la noia, que es ventava, i Z. Un moment que la noia va girar els ulls fins a mirar-lo, Z va perdre l'equilibri: eren dos ulls com dues piscines amb ombrel·les, de corall, una mica estràbics: el paradís.

Després s'avorria. Va deixar el sarró al seient i a poc a poc va passejar cap al cap del ferrocarril. A les estacions bordaven gossos. El rellotge d'una torre d'església marcava les sis. Al passadís, un home bevia cervesa d'un pot de llauna. Al compartiment veí, una parella s'estrenyia les mans i es besava als llavis, com ocells. Al terra del passadís, sobre una maleta grossa, antiga, una noia amanyagava el cap d'un noi, que reia i li estirava el jersei. Z va passar a l'altre vagó. Davant de la porta del vàter, un home d'ulleres fosques llegia el diari. Al passadís, un empleat de la companyia concessionària del servei de restaurant oferia la mercaderia d'un carretó amb begudes a un compartiment amb les cortines abaixades. Z va passar de llarg. Com un llamp, el tren va travessar una estació sense aturar-se. Al segon compartiment, dos nois i una noia es besaven ardorosament. Tres compartiments més endavant, un noi es descordava les sabates mentre la noia, ja descalça, es treia la brusa.

Va girar cua. Es va arrambar a la paret per deixar passar el carretó. La noia i un dels dos nois del primer compartiment ja estaven despullats. L'altre s'afanyava a imitar-los. De darrere les cortines abaixades del compartiment següent, Z va sentir gemecs. Davant del vàter, l'home d'ulleres fosques llegia el diari. Z va tornar al seu vagó. Al passadís, sobre la maleta, la noia premia l'entrecuix del seu company, hi acostava els llavis, el besava. Al compartiment veí al de Z, la noia estava asseguda sobre el noi, d'esquena a ell, clavada fins al fons i agitant-se.

Z va obrir la porta del seu compartiment. La noia continuava ventant-se, mirant per la finestra. Ara deixaven l'estació de Castagnaro: per l'andana caminava, cap a la sortida, l'home d'ulleres fosques que llegia el diari a la porta del vàter. Quan Z va tancar la porta, la noia va deixar, per un segon, de ventar-se, i el va mirar. Es van somriure. Enmig d'aquell silenci neutre semblava absurd explicar-li què passava a la resta del tren. Acovardit i indecís, va dir vaguetats:

—¿Aneu gaire lluny?

—A Casteggio.

—?

—Prop de Voghera, entre Alessandria i Piacenza.

Ella va acollir amb un somriure el canvi de seient de Z, que s'havia situat al seu costat. Ben aviat ja no es deien res: es besaven, s'abraçaven, buscant-se sota les faldilles i els pantalons. Ho van fer de totes les maneres possibles. Ella xiuxiuejava sense parar:

—M'agrada que m'abaixeu les calces a poc a poc, sentir com els vostres dits s'esmunyen sense cap pressa sobre la roba prima. M'agrada que m'acaricieu el cul amb la mà ben oberta, amb totes dues mans, totes dues natges, que me l'obriu, que me'l llepeu, que m'hi fiqueu dos dits mentre jo em mossego els llavis. Moveu-vos. M'agrada que em mireu com m'obro la xona, que me la llepeu, que hi passeu el dit per la vora, que me n'estireu els pèls. M'agrada llepar-vos. M'agrada llepar-vos el gust del meu suc. M'agrada llepar-vos quan encara porteu els pantalons posats, perquè hi deixeu anar una gota que taca la roba. M'agrada entrar a una escala qualsevol del carrer, en qualsevol carrer, descordar-vos la bragueta, treure-us-la fora, mamar-vos-la, abaixar-me les calces i cardar sobre els graons. M'agrada que aleshores surtin senyors i senyores de tots els pisos de l'escala i que ho vegin tot. M'agrada sentir el vostre pubis contra el meu cul. M'agrada que ho fem com els gossos i els cavalls, m'agrada que m'abraceu i em mossegueu els pits, m'agrada que us toqueu davant meu: i contemplar com esquitxeu les parets de vellut d'aquest vagó. M'agrada aixecar-me la faldilla, ajupir-me, eixarrancar-me del tot i que us enfonseu en mi. M'agradaria ser una dansarina adolescent, i al mig de l'escenari alliberar-me del mallot negre i de l'eslip verd, tota seriosa bevent llet blanca d'un got, amb la samarreta de mitja màniga i el cul enlaire, somrient-vos. M'agrada beure xampany i que em vessi pel damunt. M'agrada abraçar-me a les vostres cuixes, amagades en pantalons estretíssims, pujant els graons d'un autobús, arromangant-me la camisa de dormir, alçant novament el cul, de genolls, vós recollint la humitat amb la mà, una mamella sortint-me de la jaqueta quan vaig a la porta per vigilar si ve el revisor. M'agrada que nois despullats muntin grans motocicletes, i que girin el cap i em mirin amb ulls de no veure'm. M'agrada que us abaixeu els pantalons i comprovar que esteu a mig camí de la indiferència i l'excitació. M'agrada que trieu quin dels dos forats (l'un humit i l'altre humitejable) us interessa més. M'agrada que tireu pel dret, que no sapigueu en quin dels dos us enfonseu. M'agrada estar sobre matalassos blaus ratllats de blanc, en llits de ferro, amb els mugrons erectes, acariciant-me l'entrecuix, obertes les cames amb mitges fosques, llarguíssims els talons de les sabates, acariciant-me'l, enorme i vibràtil, amb ulls, celles, nas i una rialla que se'n fot, mentre acluco els ulls i em mossego la llengua molt suaument i alço el cap i llanço la cabellera enrere, titil·lants les gotes de suor a les puntes dels mugrons, uns mugrons sèpies, com a les fotos de Jane Birkin, amb ulleres de sol, amb samarreta sense màniga, amb les calces suades. M'agrada que em mireu mentre em tibo les mitges darrere dels vidres de l'oficina. Voldria sentir-vos bullir, que em creméssiu. Voldria que em miréssiu sempre, amb prismàtics, des de la finestra de la casa del davant, quan em trec els sostenidors blancs...

Després van descansar. La noia va obrir el sarró i tots dos van menjar pastissos. Es van vestir. Van llançar a la via el paper que embolicava els pastissos. El tren es va aturar a Marcaria.

—¿M'estimeu?

—I tant que us estimo!

Es va obrir la porta del compartiment. Hi va entrar un cavaller sobri amb un maletí fosc. Es va asseure prop de la porta. La noia va acostar els llavis a l'orella de Z:

—Em dic X.

—Jo em dic Z.

Tan bon punt el tren va deixar enrere l'estació, el cavaller va obrir el maletí fosc, en va treure un diari, el va desplegar i va començar a llegir-lo desmenjadament. Tot seguit van entrar en un túnel i, davant de la minsa llum de la bombeta, l'home va optar per plegar el diari i mirar la paret.

Van sortir del túnel i van entrar a la claror. L'home va rependre la lectura. X mirava cap enfora. A l'estació següent, Z es va sorpendre: el rètol deia PREMILCUORE, quan, després de Marcaria, calia esperar Bozzolo.

—Premilcuore?

—Cosa hai detto?—va preguntar X.

—Premilcuore? È impossibile. Dov'è Bozzolo? —tractava de raonar Z.

—Si accomodi, prego—va dir l'home, plegant el diari.

—Non capisco.

—Non hai capito?

—Abbia la gentilezza...

—Abbia la bontà di...

—Non ho tempo.

—Cosa c'è di nuovo? Quanto costa questo?

—Questo è troppo caro. Cosa facciamo oggi? Venga presto!

—Purtroppo no.

—Da quale binario partiva il treno? Dov'è il gabinetto? Cameriere, il conto! Tanto piacere di fare la sua conoscenza. Porti questa valigia. Quanto costa questa camera con pensione completa? Che giorno è oggi?

—Oggi è lunedì.

—Che ora è?

—Sono le quattro; è l'una.

—Prego, stia seduto.

—Tante grazie.

—Mille grazie.

—Prego.

—Non c'è di che.

—Scusami.

—Scusi.

—Non fa niente.

—Questo posto è occupato. Questo posto è riservato. C'è un caldo terribile.

—Sí: fa molto caldo: fa freddo: fa bel tempo: è tardi. È possibile. È necessario.

—Piove. Tira vento. Nevica.

—Con permesso.

—Buon giorno. Buona sera. Buona notte. Questo luogo mi piace.

—Poco fa. Domani. Dopo domani. Stanotte. Affatto, mica. Niente affatto. Senza dubio. Su per giù.

Després de Premilcuore per comptes de Bozzolo, va arribar Lizzano per comptes de Piadena, i Sabionetta per comptes de Cicognolo. Per comptes de Cremona, el rètol proclamava BERGAMO. Caòticament, tot seguit van arribar a Marsella. I encara no l'havien abandonada que van entrar a Milà. Després, en un ordre misteriós, van arribar Bordeus, Lió, Llemotges, Bilbao, Tolosa, Estrasburg, Brussel·les, Udine, Ratisbona, Mondsee, Menaggio, Aarhus... Finalment, ja no calia ni abandonar l'estació: cada rètol de la mateixa andana indicava una ciutat diferent. X no semblava donar-hi importància.

—X, ara de debò...

Z va allargar la mà fins a acariciar-li un genoll. X, sorpresa, va xisclar, insultant-lo. L'home del diari, cavalleresc i enfurismat, el va bufetejar amb la secció esportiva. A fora, d'una copa d'arbre s'enlairaven pardals.

Z va pensar: «Això és un somni que acabarà quan em desperti, de debò, en un túnel; però he sortit d'un túnel mentre em despertava d'un somni: potser somio un somni dins d'un somni: somnis concèntrics: un somni dins d'un somni dins d'un somni dins d'un somni...; potser aquest estadi que anomenem vida no és sinó un altre somni, el més terrible de tots, l'últim, del qual només ens despertem quan morim.» Etc.

Quan van minvar les mirades i els insults es van

esllanguir, Z es va aixecar, va agafar la maleta i va sortir al passadís. Als compartiments veïns, les parelles havien reprès una actitud relaxada. Vestits, fumaven i xerraven en veu baixa. Z va dubtar.

A l'estació següent va baixar. Va passejar per l'andana. Un cartell massa groc el va molestar. Va pensar (i era ben evident que no ho faria) de tornar enrere i abraçar X. Com en una fotografia sobreexposada, es va imaginar X abraçada a l'home del diari. Es va asseure en un banc. Va esperar el tren següent. Va pensar que hauria de sentir fred però sentia calor.

REVÉS

L'home de davant d'ella havia estat roncant de manera frenètica, i quan es va despertar (quan va caure una maleta a terra, al passadís, i es van sentir rialles i bromes), semblava desconcertat, malhumorat, quan va veure que travessaven un túnel. La Marta va mirar com observava cadascun dels passatgers: els dos nois ben vestits, els pagesos, a ella mateixa, que va amagar els ulls entre les pàgines del diari.

Després va pujar i va baixar gent. De seguida que una parella atrotinada va començar a explicar-se una pel·lícula, l'home de davant d'ella es va posar a roncar novament.

Entre dues estacions, van quedar sols al compartiment. Després va entrar un home jove, que va somriure, se li va asseure al costat, li va oferir un cigarret (que ella va rebutjar) i va obrir un *Playboy* per un article sobre el mundial de futbol. L'home del davant mormolava en somnis. Després es va despertar. Mastegant aire, va acariciar un genoll de la Marta, que, sorpresa, no va saber què fer, ni què dir, i amb prou feines va ser a temps de preguntar: «Però ¿què fa?», que l'home que llegia el *Playboy* al costat d'ella va copejar brutalment l'altre, que al principi es va arraulir sobre ell mateix però a la fi es va aixecar i, d'un cop de puny, el va llançar sobre els seients. Després van quedar muts durant una estona. L'home de davant de la Marta va agafar la maleta i va sortir al passadís. La Marta el va veure encara quan el tren va arrencar de l'estació següent: assegut en un banc, escrivia en una llibreta. L'home que llegia el *Playboy* se li va adreçar:

—Als individus com aquest se'ls hauria de...

Dues estacions més enllà, la Marta va baixar. L'home del *Playboy* es va oferir a ajudar-la amb la maleta. Mentre baixava els graons del vagó (i l'home encara la mirava per la finestreta del compartiment) la Marta va ensopegar, va caure a terra i un dolor intens li va anunciar que s'havia torçat el turmell. El tren arrencava.

Li van embenar la cama. A la feina li van donar la baixa. Es va estar una setmana al llit: dormint, llegint llibres i mirant la televisió; hi va veure una pel·lícula que la va entusiasmar. Lamentablement, però, començada: un fati jugava al billar amb els amics. Els deia adéu abans d'hora. Caminava sense presses per carrers sense botigues ni fanals, que, de fet, haurien estat sobrers, perquè la lluna feia el ple en un cel que, per contrast, apareixia ben negre. Arribava a casa que sonaven dotze campanades. Pujava les escales lentament, parlant en veu baixa, demanant a un cel en què semblava no creure que el designi no fos cert. Al replà, arrencava dues fulles seques d'una planta que es moria en un test d'alabastre. Inspirava profundament. Obria la porta, que grinyolava. Caminava amb passes d'ocell, desitjant fondre's, desitjant ser a cent quilòmetres d'allà, amb el cor al coll, pensant si aquell llimac obès seria ja a qualsevol racó de la casa, amagat, esmolant-se les ungles, amb ulls de llop, amb riallades com ganivets. La casa estava a les fosques i ell no s'atrevia a encendre cap llum. En una habitació, un porticó batia. Atabalat, d'un cop d'espatlla feia caure un prestatge amb llibres. El soroll el feia xisclar però la por li rebentava el xiscle a la gola; silenci. «Ara», mormolava com si estigués boig, «es deu haver adonat que he arribat.» Recollia tota la secció de novel·les gòtiques i les col·locava a lloc. Caminava lentament. Trepitjava un llibre obert que s'havia descuidat de recollir, mig amagat sota una cadira. S'hi entrebancava o relliscava, tant se val: queien a terra, ell i els seus cent quilos (com a mínim) de pes. Si abans el soroll havia estat considerable, ara el xoc del cos contra terra era rotund. En algun lloc de la casa se sentia un gruny, alguna cosa es regirava. Aterrit, l'home de la pel·lícula comprenia que el que havia de passar començava a passar: els foscos designis s'havien fet realitat: des d'aquell moment res no tornaria a ser com era. Es cobria la cara amb totes dues mans. Però, per comptes de plorar, anava a la cuina, sigil·losament, i se servia un vodka. Pensava: «Podria fugir. Però ¿a on? Em perseguiria. Enlloc del planeta no estaria a recer. ¿O sí?» Després, el·lípticament, el film donava a entendre que l'home passava la nit despert. Un got rere l'altre, enllestia l'ampolla de Stolichnaya i en començava una de Moskovskaya. A les sis, el cel clarejava. Borratxo com un cep, cantava havaneres abocat a la pica. A les nou del matí sentia grunys i convulsions a l'habitació del costat, alguna cosa que s'arrossegava. Li queia l'ampolla buida a terra. La cara se li contreia en un gest de terror. No s'equivocava: quan la silueta es va dibuixar a la porta de la cuina, va llançar un crit. Amb bata de boatiné i bigudins al cap, la silueta es retallava a la porta, amb els braços encreuats. Després van sortir els títols de crèdit i una cita d'Edgar Allan Poe. Feia estona que la Marta s'havia adormit.

Al cap d'una setmana es va llevar del llit. Amb una crossa, caminava amunt i avall de la casa; això va durar una altra setmana. El primer matí que va sortir al carrer per anar a treballar, quan va pujar al metro va veure un home que s'assemblava tant a aquell que li havia tocat el genoll al tren, feia dues setmanes, que, només pel desig de confirmar-ho o no, s'hi hauria atansat a preguntar-l'hi, tot i que no tenia cap ganes de parlar-hi. Va pensar que potser no era un individu tan imbècil com s'havia imaginat. El va recordar assegut a l'estació, un cop havia baixat i el tren arrencava; i va recordar també que aquella visió li havia fet sentir una estranya commiseració. La possibilitat de no dir-li res i que la reconegués l'esgarrifava, perquè li semblava que, si era ell qui prenia la iniciativa d'atansar-s'hi, de cop li fugiria la commiseració acabada de néixer. L'altre la va mirar un instant i ella va pensar que probablement també la recordava i no s'atrevia a dir-li res: devia considerar (i qui sap si no tenia tota la raó del món) que, havent-se conegut en les circumstàncies en què s'havien conegut, valia més no saludar-se; o potser l'havia oblidada, o havia oblidat el lloc on la va conèixer, i era per algun d'aquests motius que no s'hi atansava. Potser l'altre també pensava el mateix: que a ella li passava el mateix que a ell, que no recordava algun d'aquests detalls. Va pensar encara que ell devia pensar que ella pensava que ell pensava que ella pensava que ell pensava el mateix que ella. Va pensar també que podia atansar-s'hi i dir-li: «Hola, em dic Marta; et conec de fa dues setmanes, al tren, però no sé com te dius: em vas tocar el genoll sense presentar-te.» Ell va fer un gest amb el cap (no pas un senyal) i la Marta se'l va mirar novament: ara li semblava ben diferent: afaitat, vestit amb gavardina, barret i vambes. La gavardina la recordava de feia dues setmanes, que li havia semblat comprada a l'estranger i, en acabat, va pensar que potser no hi entenia tant i no era sinó una burberry's comprada aquí mateix, en una botiga qualsevol, sota una pluja de fulles seques, una tardor humida, en un prat llefiscós pel qual caminaven ara, abraçant-se per protegir-se del fred, prop d'un espadat de llunes que s'estimben contra les onades.

A l'estació següent, quan van obrir les portes, ell va baixar i, a l'andana, va tombar el cap un instant per mirar-la. La Marta va baixar dues estacions després. Va arribar d'hora a la feina. El conserge dormitava. A les deu, el director la va cridar al despatx i li va dir que li havien augmentat el sou.

A HANDKERCHIEF OR NECKERCHIEF OF SOFT TWILLED SILK

LA FILANTROPIA DEL MOBILIARI

Molts deuen pensar que això d'estar sota la gent en els moments més íntims té grans avantatges. Sobretot les cadires (que creuen que suporten la gent en situacions més avorrides) es passen el dia insinuant coses. S'imaginen que sempre que algú s'ajeu damunt nostre...

Pel que he viscut, us puc assegurar que poques vegades és excitant ser l'altar dels moments íntims. És clar que la meva vida és molt curta: em van fer fa una dotzena d'anys, en fusta de roure, a l'estil Lluís XVI. De cal fuster vaig anar a la botiga (on em vaig passar un any ben bo), i de la botiga a casa d'un dentista viudo, tan ric com arnat i xacrós. ¿Qui seria capaç de trobar excitant ser el llit d'un personatge així?

Sis anys després va morir el dentista. Vaig anar a parar a una casa nova. Al principi, quan vaig veure que la meva nova usufructuària era una nena de tretze anys, em neguitejava no aconseguir endevinar per què se'ls havia acudit atorgar un llit tan enorme a una nena. Després, una cadira (les cadires, de vegades, amb la neteja, van amunt i avall de la casa, i no sempre tornen al mateix lloc) em va explicar que tota la casa era plena de mobles antics, molt ben cuidats. Es veu que a la gent aquesta els agradaven les antigalles. Si haguessin sabut que jo, tot i l'estil, tot just tenia onze anys d'existència...

A la casa hi vivien tres persones. La nena, la mare i el pare. La mare venia a fer-me, cada migdia. Era una dona alta i engrescada. El pare estava sempre enfeinat; encara no sé en què. M'hauria agradat saber en quin llit dormien, ells, i (si, com era fàcilment suposable, dormien en un llit tan gran com jo) per què m'havien adjudicat a mi a la nena. Per esbandir-me l'enveja, i sense acabar-m'ho de creure, em deia que potser eren uns pares tan amants de la seva filla que li havien triat el millor de tots dos llits. O bé: havia estat el bon gust de la nena, que m'havia preferit a l'altre. O encara més senzill: m'havien adjudicat a la filla perquè havia arribat més tard que l'altre llit gros, que lògicament s'havien adjudicat a ells, d'entrada.

Cada vespre, la nena arribava a l'habitació, deixava la cartera damunt d'una butaca i se'm llançava al damunt, d'un bot. Descansava uns segons, com si estigués molt cansada, sospirava profundament i s'aixecava de seguida. Es posava a la taula, obria els llibres, llegia una estona, es tornava a aixecar, posava música al tocadiscos (un tocadiscos estúpid i fatu que tenia a la prestatgeria) i tornava a asseure's. Mentre estudiava, amb el cap enfonsat en els llibres, seguia el ritme de la música amb el peu. Feia primer de secundària i, sempre que no estava amb els llibres, tocava la guitarra i feia com si estudiés solfeig. A la nit es despullava, inconscient de la meva presència; o, més ben dit, inconscient que un llit pogués adonar-se de res. Alçava els llençols de dalt i es ficava dins. Era agradable, però també un patiment, sentir el seu pes, lleuger, i com es regirava de tant en tant.

Un dia van arribar tres homes cridaners, vestits amb granotes blaves. Duien un piano. Jo sospitava que alguna cosa així havia de passar, perquè el dia abans el pare i la mare havien vingut a l'habitació, havien pres mides d'un racó i havien comentat: «Aquest és el lloc ideal.» Se n'havien anat i havien deixat la nena enfeinada a netejar el racó de joguines i trastos. Per com cantava, alegre mentre endreçava les coses (quan, habitualment, endreçar no li agradava gens), vaig deduir que havien de dur-hi alguna cosa que li devia fer molta il·lusió.

Era un piano, doncs. Amb prou feines l'havien acabat d'instal·lar que la nena s'hi va abraonar. En va aixecar la tapa i va començar a diguem-ne tocarlo, sense voler ni tan sols pendre en consideració que no estava afinat. Van caldre moltes explicacions del pare i la mare perquè acceptés deixar-ho estar fins que tot fos a punt.

L'endemà mateix va venir l'afinador. Tres dies més tard, el mestre. El mestre de piano (ho vaig veure de seguida) era un tipus presumptuós, amb un bigoti ros i retallat, i un posat irritant, del tot insuportable. Alçava una cella quan algú li parlava. Estic segur que, cada cop que havia de sortir de casa, abans es passava una hora davant del mirall, preparant-se. A més, contra la creença general que els pianistes han de tenir els dits llargs, ell els tenia curts i grassonets. Potser això confirmava la meva sospita que ni un pianista passador, no era. Per això es dedicava a ensenyar, suposava jo, perquè com a pianista devia haver arribat al cim, al seu particular cim petitet i ridícul. Al piano tampoc no li va caure bé el pianista. Molt millor que no pas aquell home l'havien tocat altres, m'explicava.

El pianista va començar a venir cada dia, de sis a set de la tarda. S'asseien tots dos davant del piano, l'una al costat de l'altre. Amb el pas de les setmanes, la nena va anar tocant cada cop millor, fins que va arribar un moment (i només havien passat un parell de mesos, tirant llarg, des que el piano havia arribat) que el pianista observava la nena amb una admiració especial. Era evident que s'adonava que la nena era un prodigi. Va començar a mirar-la menys altivament, a posar-se-li més a l'abast, a preguntar-li per l'escola, a interessar-se pel que volia fer de gran. La nena volia ser pianista, deia. (Però moltes vegades, en situacions similars, amb altres amigues, o amb els pares, havia dit coses ben diferents: perruquera, arquitecta, metgessa, espeleòloga...) El pianista la mirava amb delit i tocava, amb els dits curts i grassonets, el caire de la tapa del piano, com si res en el món no li fes tanta il·lusió com que la nena arribés a ser allò que ell havia somiat ser. El pianista li explicava grandeses passades: un cop que havia actuat a Londres i un altre a Hamburg; no esmentava el nom de cap local, perquè devien haver estat locals sinistres. La nena quedava fascinada d'aquestes míseres grandeses del mestre, i era tota ulls i bocabadament. Un vespre, després d'una classe interrompuda per una d'aquelles fabulacions del pianista, la nena (cosa que no havia fet mai) quan es va despullar es va acariciar. Aquella nit, fins que es va adormir, el seu pes lleuger em va ser més feixuc que mai: tota ella era convulsions i gemecs.

Al piano, la nena millorava dia a dia. Una tarda, ella i el mestre tocaven el piano a quatre mans. I, ja descaradament, era ella qui tocava molt millor que no pas ell. Quan van acabar la peça, es van mirar. El pianista va abraçar la nena per la cintura i la va besar. Ella no rebutjava els petons ni les carícies, però tampoc no hi col·laborava. Quan el pianista va intentar arribar més enllà, ella es va tancar, va enretirar els dits grassonets que la grapejaven i va dir: «Els meus pares...»

M'esgarrifava pensar què podia passar si el mestre, per comptes d'anar massa enllà un dia qualsevol, ho feia un divendres, el dia que els pares no arribaven fins a les nou. El piano es va mostrar igualment preocupat, i va mirar de col·laborar-hi, en la mesura de les seves possibilitats. Va fer l'únic que li era possible: quan tocava la noia feia anar les tecles com els àngels. Quan qui tocava era el mestre es tensava i el so sortia garratibat. A veure si, així, la nena s'adonava fins a quin punt el mestre ja no era prou mestre per ella, i li queia del pedestal.

Però, com passa un cop cada setmana, indefectiblement va arribar el divendres. El mestre va presentar-s'hi cinc minuts abans de les sis. Asseguts al piano, mestre i alumna s'agafaven de les mans. El pianista li deia que era meravellosa, que podria arribar tan lluny com volgués. La noia es deixava fer, vermella de galtes. Després el va abraçar i, en braços del pianista, va anar a parar sobre meu. ¿Com us podria descriure el patiment que em va envair? ¿Què podia fer? L'únic que m'era donat: tensar les potes i relaxar i tensar alternativament el somier; els grinyols es van fer cada cop més forts, fins al punt que tan sols una carícia d'ell es convertia en un meu gemec espaordidor. La nena es va atabalar:

—Ens sentiran!

—Si no hi ha ningú...

—¿I els veïns? Deuen sentir el soroll. No es pot pas dissimular que és un somier. Aquest llit tan vell...

La nena es cordava, amb pressa i atemorida. El pianista també, sense evitar mirar-me amb ràbia, amb menys ràbia de la que hauria sentit si hagués sabut que, en situacions així, els llits grinyolem amb més intensitat per voluntat expressa. Que em mirés com volgués! Sabia, però, que el meu triomf era momentani. Hauria d'estar sempre atent a repetir l'acció cada cop que el pianista intentés alguna maniobra similar.

Van passar el dissabte i el diumenge. La nena, lànguida. A estones, plorava. A estones, al piano, improvisava les melodies més belles i tristes que mai havia interpretat. El dilluns a la tarda, mentre la nena repassava els llibres, van entrar a l'habitació els pares, acompanyats d'un parell d'homes amb granotes blaves. La mare em va assenyalar d'immediat:

—Compte, no ratllin les parets.

Els homes van fer cara d'aguantar a contracor aquella observació, que devien considerar part de les càrregues habituals de la feina. La nena havia deixat els llibres i ara estava dreta, rere els seus pares.

—El professor de gimnàstica sempre em diu que dormir sobre fusta, per comptes de somier, m'anirà bé per l'esquena. A més, als calaixos del llit nou hi podré guardar totes les coses que ara no sé on desar. Així no us queixareu que tot està sempre desendreçat. —El pare va fer cara d'haver sentit moltes vegades aquella història, últimament. La nena va continuar: —No hi havia qui hi dormís, amb tant de soroll. I necessito dormir molt bé, per tocar el piano descansada. Sobretot ara que entraré al conservatori.

LITERATURA RURAL

El B aferrava la corda amb força i l'anava deixant anar a poc a poc. El J s'ho mirava, recolzat al brocal del pou i una mica avorrit. Des de dins, la veu del P, que demanava que deixés anar la corda una mica més, se sentia duplicada, greu, llunyana, com si vingués d'aquell llac que hi ha al centre de la Terra. El J va recordar aquella pel·lícula de colors antics que havia vist a la tele, l'hivern passat. La corriola va grinyolar.

—Haurem de trobar un llibant nou—va dir el B, i va esternudar. Després va acabar: —Aquest és ben esfilagarsat.

El J va entendre què volia dir el B més pel gest de passar els dits pels brins de la corda (que queien, només d'estirar-los una mica) que no pas pel que havia dit. El J sempre tenia problemes amb les paraules que el B i el P feien servir. Era de ciutat i feia només tres anys que passava les vacances en aquell poble: des que els seus pares van comprar-hi una casa bastant deteriorada i la van arreglar. En aquells tres estius, el J havia fet tot el possible per apendre les paraules que el B i el P feien servir. La primera setmana del primer estiu que va ser-hi, després de coneixe'ls en va parlar amb son pare: li va explicar que el P i el B parlaven molt estrany. Son pare li va aclarir que no era que el P i el B parlessin estrany. Gairebé al contrari: el que passava era que en aquell poble, com en la majoria, la gent té un vocabulari molt més ric que a ciutat, sobretot pel que fa a les coses del camp, que són aquelles que els envolten. Al contrari d'ells, gent de ciutat, que saben distingir un Renault 5 d'un Renault 12 sense cap dificultat, i això no fa estrany a ningú, perquè, com que cada dia en veuen dotzenes, és lògic que els distingeixin. El P i el B, en canvi, com que el que veuen cada dia són plantes, animals i muntanyes, en saben cada nom. Els de ciutat, com que totes aquestes coses no les veuen sinó molt de tant en tant (un mes l'any, per les vacances, i prou, en el seu cas), no tenen el costum d'anomenar-les. Això és el que passa, deia.

Tanta riquesa de vocabulari atabalava el J. Dels arbres, per posar un exemple, el P i el B en sabien tots els noms. No és que el J no hi entengués gens. El J sabia distingir, sense dubtar un segon, un pi, una palmera, un xiprer i fins i tot una olivera. I sabia que aquells arbres que hi ha a l'entrada de molts pobles, a banda i banda de la carretera, són plàtans. (I li feia gràcia que se'n digués plàtans, com de la fruita.) I sabia dibuixar-los. Moltes vegades els dibuixava, a escola, i eren uns dibuixos meravellosos, que el professor elogiava davant de tothom. Però el B i el P distingien innombrables altres espècies d'arbres i plantes: oms, omes, alzines, salzes, roures, freixes, pollancs, nogueres, cirerers, castanyers, faigs, pomeres, pruneres, boixos, esbarzers, lilàs, lligaboscos... I de bolets: els coneixements del J sobre la matèria es reduïen al rovelló i al xampinyó (i encara cuinats), i ara sentia noms sense imatge definida: pelutxo, pixacà, paloma, pollancró, magenc... Cent mil menes de vegetals que el J no sabria mai distingir. I, per si no n'hi hagués prou, feien servir, amb tota naturalitat, termes col·lectius, que encara complicaven més les coses.

—Anem a la tremoleda—havia dit un matí el P, a una velocitat exacerbada. El J s'havia quedat ben parat.

—¿A on?

—A la tremoleda.

—Deixa'l estar —havia interromput el B—. ¿Que no veus que és un caramot?

Ni «caramot» no sabia què volia dir exactament. Sabia, és clar, que l'utilitzaven en les ocasions que ell o els seus companys de col·legi, a ciutat, haurien fet servir «burro», «imbècil» o «animal». Però, així com sabia quin era el significat primigeni de cada una d'aquestes paraules (el d'«imbècil», per cert, l'havia sabut feia pocs mesos), no sabia quin era el de «caramot», ni si el significat primigeni era ja, directament, l'insult.

En algun moment del primer estiu al poble, el J havia pensat que no feien servir totes aquelles paraules estranyes perquè sí. Ho feien, pensava, perquè li quedessin clares les distàncies. Però aviat es va adonar que no era així: el B i el P parlaven igual que tota l'altra gent del poble, hi fos ell (o qualsevol altre «de ciutat») al davant o no. I allò, evidentment, volia dir que no s'empescaven barreres especials per ell: les barreres hi eren, sense necessitat que ningú se les empesqués.

«Bac» va ser una de les paraules que més el van sobtar, quan la va sentir per primer cop. Era un vespre que baixaven per una muntanya. De cop i volta, el P i el B van arrencar a córrer, com si els empaités una bèstia.

—A vejam qui arriba abans a aquell bac!

¿A aquell què? Amb prou feines hauria pogut lletrejar la paraula, i tan curta que era. ¿«Bac»? Abans que tingués temps d'aclarir la qüestió, el B i el P ja eren lluny, corrent vés a saber cap a on. El J va arrencar a córrer, també, darrere d'ells. Però després tot eren camins que es bifurcaven, senderes que pujaven per la muntanya i corriols que davallaven cap al riu. El J observava cada arbre, cada pedra. ¿Podia ser que aquella roca enorme fos un bac? ¿O era aquell arbre estrany i vermellós, un bac? En feia ben bé la pinta. ¿O era «bac» un sinònim d'allò que havia après feia un parell de setmanes: un gorg? Va trobar una cabana de pastor mig derruïda. Potser de les cabanes de pastor mig derruïdes se'n deia bacs.

A entrada de fosc feia ja hores que no sabia on anava, ni què buscava. S'havia perdut i, en la nit, li era impossible encertar el camí de tornada. El van trobar l'endemà al matí, arraulit sota el sortint d'una roca. Eren tres homes i els pares del J. La mare plorava. Els tres homes dissimulaven la rialla. El pare els mirava, nerviós.

Un cop va saber què era un «bac» (quan va arribar a casa va cuitar a buscar-ho al diccionari), mai més no se'n va oblidar. Saber-ho, però, no el va alegrar gaire: amb el temps havia après que, com més paraules noves coneixia, més n'hi quedaven per conèixer. Aquesta llei inexorable l'havia descobert el segon estiu, quan s'havia escarrassat a anotar, en una llibreta, totes les paraules estranyes que els seus companys de joc deien, i a preguntar-ne el significat. Després, a la nit, a casa, mentre els seus pares s'imaginaven que dormia, les estudiava. Era una feina inútil, però: cada dia descobria que, a més de les apreses, el B i el P en feien servir cinquanta mil més, noves per ell i igualment estranyes. El va sobtar que «llibant» volgués dir «corda». Es va passar tota una nit memoritzant-la, només perquè, l'endemà, el P, per comptes de «corda» o «llibant», fes servir «maroma».

—Prou!

El P havia arribat al nivell de l'aigua. El B i el J miraven endins. El B tibava la corda ben fort mentre el J aguantava la llanterna, il·luminant el fons del pou. El P hi nedava calmadament i, de tant en tant, s'hi capbussava, recollia alguna moneda del fons i la ficava en una bossa que duia lligada a la cintura (escarsella, va apendre que en deien). Uns dos metres de profunditat, una mica menys, deia el B que hi havia.

La pensada de fer córrer pel poble que llançar monedes dins del pou feia que es complissin els desitjos formulats immediatament a continuació havia estat del J, l'any abans. El P i el B l'havien acceptada tot d'una. Per primera vegada l'havien mirat amb ulls d'admiració. La idea l'havia treta d'una pel·lícula que havia vist per la tele, una pel·lícula on sortia una gran font, a Roma, on la gent tira monedes i formula desitjos. Fer córrer la veu entre els estiuejants va ser fàcil. Tot i que el pou no sols no era cap meravella arquitectònica sinó que era igual a tots els altres de la comarca, els de ciutat havien acollit amb simpatia aquella mostra d'enginy, i més d'un havia cregut que així es recuperava una tradició local. La idea havia tingut més èxit del que el mateix J s'havia imaginat. El pou era una mica abans de l'entrada del poble, prop de la carretera, en el camí que, de dia, portava a les fonts més freqüentades pels estiuejants i, al vespre, als racons per on es perdien les parelles.

Ara els grans parlaven de posar-hi una reixa per evitar que algú hi caigués. La idea d'enreixar el pou els havia vingut, als grans, des que, un parell de vegades, havien vist com els nois s'hi ficaven dins. El B i el P havien rebut amb ràbia la notícia de la possible col·locació de la reixa, perquè representaria la fi d'aquella font d'ingressos. En canvi, tot i ser el creador de la idea, el J s'ho prenia amb més calma. El P i el B s'havien apoderat fins a tal punt de la pensada que ell havia acabat gairebé per considerar-s'hi un intrús. En part perquè no havia volgut baixar mai al pou. Li repugnava la idea d'entrar en contacte amb la molsa i les falgueres, i el fons se l'imaginava ple d'animals: de serps d'aigua, d'aranyes, de peixos petits i horribles. El J s'hi sentia sobrer: si no fos perquè a l'hivern no hi havia estiuejants i, doncs, no hi havia monedes (els nadius eren massa realistes i garrepes per tirar ni un duro dins d'un pou, per molt que els prometessin la lluna), el P i el B haurien estat suficients per recollir les monedes. Fins amb un de sol n'hi hauria hagut prou, li havia explicat, un cop, el B (en part per demostrar al J la generositat que tenien amb ell, deixant-li compartir els beneficis). Fent ràpel, un de sol s'hi podia despenjar sense problemes i, un cop enllestida la feina, igualment sense problemes, podia escalar fàcilment els sis o vuit metres de corda fins a la sortida.

—Estiregassa!—va cridar el P.

Immediatament, el B va començar a tibar la corda. El J il·luminava el pou, mirant que el raig de llum no ferís els ulls del P. La corriola grinyolava. A la fi, el P va treure el cap. Sobre el brocal del pou, el P va buidar l'escarsella: set monedes de duro, tres de cinc duros i vuit de pesseta.

—En total són: setanta-cinc més trenta-cinc... Vuitanta..., noranta..., cent..., cent deu! Cent deu més vuit, cent divuit. Cent divuit entre tres...

—Trenta-nou, una mica més—va calcular el J.

—Espera, espera—va fer el B—. Deixa'm veure les butxaques.

El P es deslligava la corda, que duia nuada a la cintura, i la mirava amb preocupació.

—Aquest llibant s'ha de canviar. S'esfilagarsa.

—No m'enredaràs pas. Sempre te'n quedes, de monedes. Buida les butxaques!

—Mentida! Això ets tu qui ho fa, no pas jo.

Cada vegada era el mateix. Fos qui fos qui baixés dels dos, es guardava algunes de les monedes a la butxaca. Això els permetia, després, estomacar-se durant una estona: estomacades de les quals sortien més amics que mai. Ara mateix, el P i el B ja eren per terra, a cops de puny, fins que el P va quedar de bocaterrosa, amb el B assegut al damunt, torçant-li un braç. Li va ficar la mà a la butxaca i va treure'n dues monedes de cinc duros. Les va mirar amb satisfacció i va esternudar. Per no perdre el control durant l'esternut, li va retorçar el braç amb més força.

—Ja les duia, aquestes! Són meves!

El J no entenia de què servia amagar-se monedes si tots dos sabien que l'un estava segur que l'altre es guardava monedes sempre i, doncs, el descobriria. Cada dilluns al vespre, però, repetien la mateixa jugada. ¿Confiaven que, algun cop, l'altre se n'oblidaria o no se n'adonaria? Quan es van haver espolsat del tot, mentre recollien la corda es van girar cap al J.

—¿Què, anem a empiular les braves?

Una vegada, el J havia volgut fer-los entendre que, tal com li havia explicat son pare, ben mirat era lògic que ell, un noi de ciutat, no entengués moltes de les coses que li deien: que no sabés el nom de tots els arbres, ni de totes les plantes, ni de les diferents zones de les muntanyes, ni de les varietats habituals d'ocells. (Quina altra lata, per cert, els ocells! Pel J, tots eren ocells i llestos, i, a tot estirar, distingia els coloms, les cigonyes i les gavines. Pels altres, hi havia dotzenes de noms: aloses, pardals, raspinells, orenetes, merles, verdums, puputs, òlibes, mussols, mussols banyuts...) En canvi, els explicava, ells, que vivien tot l'any al camp, segur que desconeixien els noms de moltes de les coses que hi ha a ciutat.

—¿Que et penses que no sabem què és un semàfor?

Reien. El J intentava explicar-los que, de la mateixa manera que ells sabien què era un faig i què era un om, ell reconeixia un Renault 12 i un Peugeot 205 amb tota facilitat.

—Nosaltres també, busaroca! ¿Què et penses? Mira: aquell auto que passa ara per la carretera, el blau. ¿De quin model és?

El J va mirar el cotxe, que s'allunyava cap al revolt del molí. Tan lluny, li era impossible reconeixe'l: li va recordar l'auto del tiet, el Renault 5.

Si a ell li era difícil endevinar-ne la marca, encara ho havia de ser més pel P i el B.

—És un Renault 5.

—Pallús!—va cridar el P—. És un Citroën Lna. Ni arbres ni autos, no sap distingir aquest cap de fava!

—Deixa'l estar. És un tita de can Fanga.

Al J li agradava estar sol. Però estar sol tots els dies de la setmana era massa avorrit, i més de vacances. Durant un dia o dos, podia aprofitar les possibilitats solitàries: jugar a pilota davant del xalet dels pares, jugar amb l'ordinador, llegir historietes. Tard o d'hora, però, acabava atansant-se lentament cap a la plaça on jugava la canalla. I, en un poble minúscul com aquell, la canalla (com a mínim la canalla de la seva edat) eren, indefectiblement, el P i el B. És clar que també hi havia l'R, el T i l'S, però eren de ciutat: hi estiuejaven, igual que ell. Alguna nit, sa mare, mentre li servia vichyssoise (quina mania amb la vichyssoise, per cert, a l'estiu!), li aconsellava que es fes amic d'aquells altres nois estiuejants. El J, però, els trobava fatus i nenes. De vegades, quan veia com es comportaven, pensava que, fet i fet, el B i el P tenien raó quan es rifaven dels de ciutat. Per això li feia més ràbia tot plegat, perquè per una banda tenien raó (els de ciutat eren uns tites) i, per una altra, no la tenien del tot: ell almenys se'n sentia una excepció. No era un pedant que cregués que els de poble són tots uns endarrerits mentals. I tampoc no era un nena, com els altres de ciutat, que a la mínima esgarrinxada ja tenien por de dessagnar-se.

El diumenge, mentre el J matava el temps llegint un tebeo davant de cal B (a veure si sortia), es va trobar que qui en sortia era el P, somrient desmesuradament. Li va passar la mà per l'espatlla i va abaixar la veu:

—¿M'ajudaràs, demà, a ramassar les monedes? En B està malalt. En té per dies. Sa mare diu que no es va curar bé l'encostipat i l'han tornat a ficar al llit. Jo podria baixar-hi tot sol, ja ho saps. Però m'estimo més que m'ajudis. Ara, sobretot no n'hi diguis re, a en B. Jo li he dit que fins l'altre dilluns no hi baixarem. Però demà hi baixem tu i jo i amitjanem. I l'altre dilluns, si en B ja està bo i s'hi afegeix, fem com si no hagués passat re.

Costava més del que s'havia pensat, allò d'afluixar lentament la corda i, alhora, fer llum dins del pou. A més, trobava que el P era molt exigent, tota l'estona requerint-li un ritme de descens concret: d'aquí a aquí més a poc a poc, d'aquí a aquí més ràpid. A més, el J no podia deixar de pensar que, com que el P sabia prou bé que ell no tindria ganes d'embrancar-se en cap baralla per les monedes que s'hauria guardat a la butxaca, miraria d'estafar-n'hi moltes més de les habituals dues o tres monedes de cinc duros. ¿I si li donava una sorpresa i, per primera vegada, el «de ciutat» es comportava com ells i li arrencava, encara que fos a cops de puny, les monedes que s'hauria guardat? Com més hi pensava, més es neguitejava i més se li encenia la sang. Decidit: quan arribaria a dalt, li exigiria que es buidés les butxaques. Amb veu segura. Sobretot, el que importava era que no li tremolés la veu. I, si s'hi resistia, li esberlaria el cap. (El verb «esberlar» l'havia après d'ells, precisament, i li semblava d'una sonoritat aristocràtica.) Molt al lluny, se sentien els televisors: la sintonia de la sèrie de l'Oest que feien cada dilluns a aquella hora.

—Amolla una mica més!—va cridar el P, des de dins.

El J va deixar anar la corda més ràpidament. De cop, hi va haver un soroll sord: la corda, rapidíssimament, es va destrenar del tot. El J va sentir la caiguda del cos dins de l'aigua: un xaf somort, en eco, i un xiscle. Després, durant uns segons, silenci. Tot seguit la veu del P, irritada, entre el xipolleig:

—¿Què has fet?

La veu del P se sentia llunyana, allà baix, lluitant

per surar en aquella piscina petita, profunda i rodona, de parets de molsa.

—Jo, res. És la corda, que s'ha trencat.

—Corre! Vés a l'erol de baix i porta'm la samuga que hi ha a la borja!

El J es va quedar quiet. Amb la llanterna il·luminava l'interior del pou: el P hi nedava amb dificultat i lluitava per aferrar-se a les parets, però la molsa feia que els dits li rellisquessin. Llunyans, se sentien els primers trets del telefilm.

—Va, vés-hi! I deixa d'enfocar-me els ulls amb la lot!

—¿On dius que he d'anar?

—A l'erol de baix. A la borja hi ha una samuga. Du-me-la!

El J va apagar la llanterna. Feta la foscor, era com si el P no fos allà baix. Era com si no passés absolutament res. El J va decidir donar-li una altra oportunitat.

—¿Què dius que és el que t'he de dur?

El P no va contestar. Se'l sentia encara, maldant per surar. El J va deixar caure dins del pou el tros de corda que li havia quedat a les mans i que havia estat estrenyent dins del puny. Gairebé ni es va sentir el soroll que va fer quan va xocar contra la superfície de l'aigua.

Va girar cua sentint com el P el cridava. Lentament, va fer cap al poble. Mentre caminava pensava qui dels dos, el B o ell, mostraria més sorpresa quan sabessin la notícia. Deixaria, això sí, que fos el B qui digués: «Quin fill de puta! Ens va voler estafar anant a ramassar els diners tot sol!» El J va arribar a casa a temps de veure com el cowboy bo iniciava la persecució dels indis dolents que havien volgut fer mal a l'índia bona. Per sopar, va tornar a haver-hi vichyssoise.

EL SEGREST

Borrell va escriure l'última paraula, va posar el punt final, va treure el full de la màquina i el va contemplar de lluny, amb el braç estirat, com si fos un dibuix. El va rellegir:

Lentament s'agenolla, sens percebre
que la llum del fanal que l'obnubila
és el desfici, la fosca sibil·la
amb què el pretén confondre la tenebra.
És després que el nitrat omple la sala.
Fidel, doblega el cos fins que la boca
el cull. L'observa un xot sense cap ala,
la gallina que es crema i, boja, l'oca.

Va afegir el full als vint-i-un precedents, que eren en una carpeta de tapes blaves. En un altre full va picar el títol del llibre, *La cartera*, i el lema amb el qual es presentava: «Aliquando bonus dormitat Homerus.» Va picar aquest mateix lema en un sobre i en un altre full. En aquest altre paper, però, va afegir el seu nom, l'adreça i el telèfon, i el va ficar al sobre. Hi va passar la llengua i el va tancar.

A la copisteria de la cantonada va fer fotocòpies del llibre, per triplicat. A la papereria va comprar tapes de dossier. De tornada a casa, va guardar un dels jocs de fotocòpies en un calaix de l'escriptori, va muntar les tapes de l'original i dels altres dos jocs de fotocòpies i en va fer un paquet. Hi va escriure l'adreça d'una important institució cultural i va cuitar a anar a correus. Aquell era l'últim dia d'admissió d'originals pel premi de poesia més important de la nació.

Borrell no s'havia imaginat mai que els flaixos dels fotògrafs i els micròfons dels locutors poguessin formar part tan poc traumàticament de l'entorn del món del poeta. Per això el va sorpendre no atabalar-se gens per l'allau de periodistes que van envair la casa, de cop i volta, cap a mitjanit. Mitja hora abans, els trucs del telèfon l'havien despertat d'un somni on imaginava amb números immensos una progressió geomètrica. Confiava tan poc en la victòria que dormia, absolutament despreocupat del curs de les votacions.

El boca a boca va funcionar i la primera edició de *La cartera* es va exhaurir gairebé abans que aparegues-sin les crítiques. Quan aquestes van acabar de sortir (cosa estranya: totes laudatòries, menys una que hi trobava alguns problemes de consonància), l'editorial va haver d'afanyar-se a dur a la impremta la tercera edició. Feia dècades que la premsa no s'havia mostrat tan unànime a l'hora de valorar un nou valor literari. «La poesia de Borrell», deia una gasetilla, «ens demostra, encara que costi de reconèixer, que fins ara no havíem descobert totes les cares d'aquest paral·lelepípede enigmàtic i canviant que pot ser, i és, la poesia.» «La qualitat d'aquest llibre», deia una altra, «fa que *La cartera* es converteixi, just aparegut, en una fita no solament de la poesia local, sinó de l'europea, ancorada encara, i des de fa dècades, entre la indecisió i el desconcert.»

Borrell estava content. No pas per l'èxit, sinó perquè el reconeixement públic li demostrava que no s'havia equivocat; que, tal com havia cregut sempre, els seus poemes connectaven amb la sensibilitat de l'època. Amb un art senzill i aparentment tan allunyat de les albors del segle vint-i-u, Borrell es convertia en «sacerdot de totes aquelles sensacions impossibles d'aferrar que esquerden l'ànima dels seus coetanis».

Per homenatjar-lo, i perquè l'estimaven, els amics van celebrar festes. Tots se sentien sincerament satisfets de l'èxit de Borrell, que l'única exigència que havia mantingut sempre era que el deixessin escriure en pau. També en valoraven una altra cosa: a diferència de la majoria, mai no els havia perseguit per llegir-los cap poema, ni per fer-los cap seminari sobre el que creia que era o havia de ser la poesia. Sabien que havia suat força per arribar a destil·lar aquells vint-i-dos poemes que formaven *La cartera*, perquè mai no se'n sentia prou satisfet. Mai no s'havia traït per aconseguir l'èxit, un èxit que li hauria arribat molt abans si hagués cedit a les modes, si no hagués defensat amb convicció exempta de presumpcions profètiques la visió que tenia de la poesia en aquest tombant de segle.

El primer a organitzar una festa va ser el Josep. La segona la va organitzar el Manel. Després van seguir l'Andreu, la Marta, l'Ignasi, el Ramon, la Maria, la Teresa, el Gerard. A la festa del Gerard, Borrell va confessar que, si continuaven amb tantes festes, passarien setmanes abans que pogués tornar a escriure. Però era lògic esbravar l'alegria del triomf. Després van organitzar festes el Xesc, la Rosa, la Corina, l'Emili, la Maria-Rosa, el Toni, l'Anna, la Núria, l'Arcadi, l'Arau, el Josep-Maria, el Tomàs, la Sumpta, l'Albina, el Miquel, l'Artur, l'altra Anna i la Pepa.

Una tarda, quan feia dos mesos de la concessió del premi de poesia, Borrell (després de parlar per telèfon, primer amb un locutor de ràdio que s'havia interessat per l'opinió que tenia de la mort d'un important poeta ja ancià, i en acabat amb l'Anna, mosca perquè feia setmanes que no li trucava) va asseure's a l'escriptori. Les mans se li van anar pels caires. Des del premi s'hi havia assegut poques vegades, i això li recava perquè, en certa mesura, aquell escriptori que l'havia vist treballar durant anys li havia estat un amic excel·lent. Va girar el cap; va observar els llibres sense llegir que s'acumulaven a l'angle de la taula on, des de sempre, desava els que es proposava llegir en un futur immediat, angle que habitualment ocupaven pocs llibres, perquè, tal com anaven arribant-hi, anaven sortint-ne, ja llegits. Mentre intentava recordar si era exactament la tercera o la quarta vegada que s'hi asseia en aquells dos mesos, va tornar a sonar el telèfon. Era un periodista del tercer diari (en difusió) de la ciutat. Mentre hi parlava, Borrell pensava que, de fet, la meitat d'aquells últims mesos se'ls havia passat en aquella posició: pendent del telèfon, concertant cites perquè l'entrevistessin, activitat en la qual havia esmerçat l'altra meitat del temps. Borrell calculava que no devia quedar, en cap racó del país, cap mitjà de comunicació (escrit, radiofònic o televisat) on no hagués aparegut, entrevistat per periodistes que, si eren de revistes o diaris, el noranta per cent de les vegades li traïen les declaracions, potser no per mala fe, sinó per falta de cura a reproduir els matisos de les respostes. A l'altra banda del telèfon tenia ara un d'aquells periodistes que, la nit de la concessió del premi, l'havien visitat a casa. Aviat va entendre que aquest cop l'home no volia cap entrevista, sinó una col·laboració. Una col·laboració en forma de poema pel número del diumenge següent. Borrell va excusar-se. Va al·legar que, en els últims mesos, amb prou feines havia estat capaç d'esbossar unes poques idees i, a més, cap d'aquelles poques idees no s'havia materialitzat en un poema. El periodista va insistir: li era igual que els poemes estiguessin en estat embrionari.

—Pensi que es tracta d'un diari. No cal la perfecció que potser seria lògic exigir si estiguéssim parlant d'un llibre. A més, ja tindrà temps per retocar-lo tant com vulgui quan l'hagi de publicar en un recull.

Borrell va argüir que no es tractava de perfecció, sinó de fer bé les coses. El periodista va insistir: fins i tot, si volia, es podia explicar, en una nota al marge, que es tractava d'uns «mers apunts de poema», no pas de res definitiu.

Quan va penjar el telèfon, Borrell es va adonar que havia acabat acceptant la proposta. Corregint l'acció anterior, va despenjar l'auricular del telèfon (si no ho feia, en les pròximes tres hores podia rebre, ben fàcilment, entre vint i trenta trucades) i es va esforçar a acabar un poema. Havia de lliurar-lo aquell mateix vespre, perquè havia de sortir al suplement del diumenge, que es tancava precisament aquell dia. Borrell no entenia com era que havien esperat a l'últim dia per demanar-li una cosa que podien haver previst com a mínim amb dies d'antelació. Feia setmanes, però, que s'havia anat acostumant a no sorpendre's de la falta de previsió de la gent amb qui ara li tocava relacionar-se.

Al capvespre va donar el poema per més o menys embastat. Va penjar el telèfon i immediatament va sonar. Era el periodista que li havia demanat el poema: que què passava que comunicava des de feia hores, que si s'havia adonat de l'hora que era i que si pensava dur-los el poema o no, perquè havien de tancar.

En el trajecte fins al diari, Borrell va rellegir el poema i el va trobar fluix. Va pensar de tornar a casa i refer-lo, però (només d'imaginar-se la cara d'indignació del periodista) va decidir arraconar la idea i lliurar-lo tal qual. A més, era un esborrany, i així constaria, en lletra petita, al costat.

Aquell mateix diumenge (després de parlar amb l'Emili, que el va renyar perquè no li trucava mai), un membre del consell de redacció d'una important revista cultural li va demanar una col·laboració. Preparaven un número sobre poesia nova i, després de l'impacte que *La cartera* havia tingut en el món cultural, era imprescindible que hi participés. Borrell va explicar-li el mateix que havia explicat al periodista del diari: que no havia fet res de nou, que només havia pres notes que, ni benèvolament, no es podien considerar poemes. El de la revista cultural va dir-li que com era, doncs, que aquell mateix dia aparegués un poema seu al tercer diari (en difusió) de la ciutat (per cert: sense la nota que aclaria que era un esborrany; nota que, segons el periodista, el compaginador havia decidit no posar perquè li esguerrava el disseny de la pàgina). I que si n'havia publicat un al tercer diari (en difusió) de la ciutat, amb més motiu ho havia de fer en aquella revista que sempre s'havia distingit no tan sols per defensar aferrissadament una actitud progressista davant del fet cultural, sinó que alhora havia estat un bastió en les èpoques negres de la dictadura. Borrell va dir-li que l'autoritzava a publicar el que volgués del seu llibre *La cartera*. El de la revista cultural es va esverar: amb veu ofesa va deixar ben clar que havia de ser una cosa inèdita.

—Però és que no tinc res definitiu escrit—va dir Borrell.

—És igual! Qualsevol cosa va bé.

Durant els quinze dies següents a l'aparició de l'esbós de poema a la revista cultural, a més de les trucades habituals Borrell va rebre una mitjana de divuit coma quatre trucades diàries en sol·licitud de col·laboracions per revistes de tota mida, periodicitat, sistema d'impressió i tendència ideològica o estètica.

El dia que feia setze, però, just quan acabava de penjar el telèfon (havia estat parlant amb el Gerard, que li deia que havia arribat a la conclusió que els fums li havien pujat al cap: si no, no veia com era que, de sobte, havia deixat de trucar), li va telefonar el director del diari més important (en nombre de subscriptors) de la ciutat.

—No pateixi, que no li vull demanar cap col·laboració poètica—va dir-li d'entrada, rialler.

El director de diari el va convidar a dinar, per parlar més descansadament. Van anar a un restaurant sumptuós.

El director, sobretot, es meravellava que Borrell estigués tan poc al corrent de les tafaneries del mundillo. A les postres, el director es va destapar: efectivament, no li volia demanar cap col·laboració poètica. El que volia era una col·laboració periodística. Havia pensat (i creia que força encertadament) que li seria una experiència interessant escriure articles. Agafat de sorpresa just en el moment que el director encarregava una ampolla de xampany per celebrar la seva possible incorporació al diari, Borrell no va saber què respondre. No havia escrit mai altra cosa que poesia. El del diari li assegurava que la seva poesia funcionava per una cosa: perquè mai no havia girat l'esquena a cap nova possibilitat. Amb una columna en un periòdic podria expressar l'opinió que li mereixien els mons cultural i polític. A més, insistia, ¿no el seduïa el neguit que representava fer els articles amb la mateixa cura i condensació que havia exigit als poemes? Borrell va mirar d'iniciar una defensa: no veia clar allò d'haver-ho de fer amb regularitat, un cop per setmana.

—¿Un cop per setmana?—va dir el director—. No, no. Serà un article diari.

Escrivia els articles a primera hora de la tarda, havent dinat. L'experiència li havia aconsellat col·locar totes les entrevistes al matí, perquè així tenia les tardes lliures per les altres obligacions públiques. Escriure els articles després de dinar li resultava enutjós, perquè generalment se sentia tip i lleugerament embriac, i li venia molt més de gust fer una becaina que no pas haver de rumiar sobre quin assumpte escriuria l'article que hauria de lliurar aquella mateixa tarda, abans d'anar al còctel, recepció, presentació o inauguració on s'exigia la seva presència, ben sovint no tan sols amb l'habitual targeta enviada per correu, sinó amb una trucada telefònica coercitiva de l'exhibidor, galerista, conferenciant o artista que fes al cas. L'enutjava escriure els articles amb rapidesa perquè, com la majoria de poetes, era enemic de la improvisació. Els poemes de *La cartera* els havia rescrit i rescrit durant anys, i encara els va perfeccionar quan en va revisar les galerades. Ara es trobava havent d'enllestir els articles en tres quarts escassos, sense prou temps per deixar-los madurar, per descobrir-hi, a còpia de relectures, els errors, les imprecisions, les opinions massa exaltades, els adjectius sobrers o les indirectes massa o massa poc críptiques.

Cap a l'època que *La cartera* va arribar a la setena edició, Borrell ja sabia que, en tots i cada un dels còctels, recepcions, presentacions o inauguracions a què anava, invariablement havia de confraternitzar amb algun pintor. Els més modestos li demanaven que els escrivís la presentació de la pròxima exposició. Tots els altres li proposaven, indefectiblement, la creació d'alguna obra conjunta.

—Crec que pot ser molt interessant crear, experimentar amb la dialèctica entre els nostres dos llenguatges: el textual i el plàstic—li va dir, una vegada, un pintor baixet, que el va literalment obligar, tot seguit, a anar al seu estudi a contemplar la seva obra.

Després van venir els pròlegs a llibres d'altres escriptors, llibres sobre els quals havia d'opinar havent-los amb prou feines llegit en diagonal i a correcuita. A finals de gener, divuit comissions de festes de divuit ciutats i pobles diferents (entre elles la capital de la nació) li van demanar bans de carnaval. Tot seguit va haver de fer conferències sobre temes que coneixia d'esbiaixada; i va participar en taules rodones sobre literatura i política, sobre poesia i mètrica, sobre rima i realitat social, sobre estructura poètica i estructura arquitectònica, sobre estètica, sobre la poesia en el segle dels viatges espacials, sobre el compromís del literat, sobre poesia i ecologia, sobre poesia i elitisme, sobre literatura i libido. Va dissertar en instituts i universitats. Va conèixer tots i cada un dels professors de literatura que hi havia escampats pel país, i va explicar (davant de mocosos que badaven mirant alternativament el rellotge i el sostre) què entenia per creació, per poesia, en quina mena de públic pensava o no pensava a l'hora d'escriure, com se li acudia un poema, i si era partidari o no del vers lliure.

Mig any després d'haver guanyat el premi va començar a mirar de fer un forat en les seves ocupacions (articles, conferències, taules rodones, exposicions, entrevistes) per reunir-se, en dinars, amb editors que li demanaven nous llibres. N'hi va haver dos que van coincidir, per separat, a proposar-li novel·les.

—No és que no ens interessi la seva poesia, ben al contrari; però una novel·la escrita per vostè seria un èxit de vendes absolut.

Un altre li va demanar un recull de contes, ara que era un gènere revalorat.

—A més, són més fàcils de fer, menys complicats. No t'hi has d'encaparrar tant com en una novel·la, ¿oi que no? I els pots fer en un moment.

El director literari de l'editorial més prestigiosa del país li va suggerir que, ja que no tenia res de nou, regirés els calaixos i fes una selecció dels poemes escrits abans de *La cartera*.

—Alguna cosa deu tenir per algun lloc. No em deu pas voler fer creure que *La cartera* era el primer que escrivia.

El director literari no va acabar d'entendre les explicacions de Borrell, segons les quals *La cartera* era una selecció escrupolosa: de tots els poemes que havia escrit, aquells eren els únics publicables. El director literari, dissimulant la indignació, va reclamar el compte i va preguntar a Borrell si li anava bé que el dinar el paguessin a la romana.

L'endemà era un director de cine qui seia davant seu i li sol·licitava un guió.

—Trobo que la teva sensibilitat poètica és molt cinematogràfica.

Un perruquer de moda va proposar-li que rumiés què podien fer en comú. Els directors de teatre li pidolaven obres.

—La teva poesia és pura escena.

També van arribar els realitzadors de televisió.

—Un poeta ha de tenir el valor d'enfrontar-se al mitjà de comunicació de masses per excel·lència. La televisió és el futur, la poesia és morta: put. Negar-se a acceptar-ho no és més que covardia.

Dins d'aquests dinars i sopars de feina, Borrell va haver de començar a fer nous forats. Per aconseguir més temps, va organitzar els àpats de manera que, sovint, menjava el primer plat amb un editor, el segon amb un director de cine, a les postres concedia una entrevista, i feia el cafè amb un ninotaire que volia guions per historietes. Va rebre propostes per fer col·laboracions en diverses emissores de ràdio, pregons de festes majors i traduccions.

—Un home amb una sensibilitat literària com la de vostè és ideal per traduir, sense trair-la, l'obra d'un altre escriptor.

Un escultor li va demanar de fer, plegats, una obra interrelacionada. Un ballarí innovador li va explicar que havia arribat a la conclusió que, com que tots dos eren innovadors en els respectius àmbits, convenia que fessin alguna cosa junts.

—El vídeo, un terreny pràcticament verge, on la major part de coses encara estan per descobrir, és ideal per un home com tu—li va dir un que volia que li escrivís la idea per una cosa de videoart.

Tres grups musicals punks li van exigir guions per videoclips. Quatre grups skinheads i un excantautor, lletres per cançons. No calia ni que es preocupés per les rimes ni per la mètrica, li van assegurar els skinheads.

—Tot això està passat de moda, xato.

De totes les propostes que li van ploure durant els mesos següents no va tenir temps d'acabar-ne més que dues. Una era un guió per un videoclip, que el realitzador va modificar de dalt a baix perquè el va trobar massa literari. L'altra era l'adaptació teatral que li havien demanat d'*Il materialismo storico e la filosofia di Benedetto Croce*, d'Antonio Gramsci, de la qual va quedar tan insatisfet que va abandonar la sala del teatre, la nit de l'estrena, al segon acte, vermell de vergonya. Aquella nit, quan va arribar a casa, es va mirar, de cua d'ull i amb desconcert, la pila de llibres per llegir, que s'incrementava dia a dia, sobretot ara que, a més, les editorials els hi enviaven de franc, conscients que una referència seva al diari on col·laborava en podia fer vendre ben bé set exemplars més.

Quan, un any després de la concessió del premi, la institució organitzadora va tenir l'honor de convidar-lo al sopar de concessió de l'edició següent, *La cartera* ja anava per la tretzena reimpressió. A Borrell li semblava impossible que ja hagués passat un any. Que poc que s'imaginava, dotze mesos i un dia abans, que la seva poesia seria, en tan poc temps, reconeguda com una obra valuosa, etcètera.

Al següent sopar de concessió dels premis feia, òbviament, dos anys d'aquella seva nit triomfal. El periodista que l'havia entrevistat per primera vegada la mateixa nit que va guanyar, el va saludar amb afecte. Amb el micro a la mà, li va preguntar què preparava.

—Res, de fet. He pres nota d'algunes idees, però no...

—Ja fa dos anys, de *La cartera*.

—Sí. Ja fa dos anys. Però la poesia és una cosa lenta, que ha de madurar.

—Hi ha qui diu, però, que aquest seu silenci demostra que *La cartera* no va ser més que un bluf.

Borrell es va irritar.

—Molts voldrien que m'afanyés a publicar qualsevol cosa, per així criticar-me, després, que hagi publicat una obra no prou ben acabada.

Un any després, quan ja en feia tres del seu triomf, hi va haver un tal escàndol per una suposada compra del jurat que, durant el sopar de concessió, Borrell va passar bastant desapercebut. Durant els anys que van seguir, pel cap de Borrell va aparèixer més d'un cop la idea que tot aquell desfici per demanar-li coses no era sinó un complot per no deixar-lo escriure. Ni llegir. La pila de llibres pendents de lectura havia desbordat no solament l'angle que li estava reservat, sinó la mateixa taula, les taules pròximes, l'espai de terra entre totes elles, i el passadís.

Nou anys després, *La cartera* va arribar a la reimpressió setzena i ja no va passar d'aquí. Borrell, però, era present en cada sopar de concessió del premi, veient com, sota l'impuls renovador de *La cartera*, naixia tota una nova generació de poetes adolescents que intentaven imitar-lo, generació que va desaparèixer al cap d'uns anys, empesa per l'impuls furiós d'una lleva de poetes encara més joves que consideraven *La cartera* com una carcassa buida i hipòcrita, com una pura presa de pèl. La prova era que no havia escrit res més. Per defensar-lo, els que l'estimaven recordaven que, per exemple, Juan Rulfo i J. D. Salinger eren autors importants tot i haver produït una obra escassa.

Prop dels setanta anys, una malaltia el va tenir tres mesos al llit i el va obligar a tallar amb les feines que encara li demanaven. Finalment amb temps per avorrir-se, va escriure un relat on narrava la seva vida. El va titular *El segrest*. La infermera que el cuidava va trobar el relat sobre la tauleta de nit i, mig per veure quines eren les dèries d'aquell iaio, se'l va guardar a la butxaca i aquella mateixa nit el va ensenyar a un seu nòvio, eterna jove promesa de la narrativa, el qual, sense cap mena d'escrúpol, el va retocar una mica (aquell estil era tan passat de moda!) i el va incloure en un recull de contes que estava a punt de publicar.

LA CASA DE LA ESTILOGRÁFICA

HALITOSI

És un home prim i amb grans entrades als cabells. Va estudiar arquitectura, va treballar en un estudi d'urbanisme i, fa set anys, va formar, amb dos arquitectes més, un dels equips més prestigiosos del moment. Li agraden les plantes, les novel·les sòrdides i la Liz Taylor quan era jove. Té una taula de billar a la sala que li fa de menjador; a la paret, una foto de quan va recollir el primer premi del concurs internacional que es va convocar per dissenyar un pavelló esportiu en un poble pròxim a Oslo; i un barret que mai no es posa. I ara, a més, té un gran problema que sobresurt enmig de tots els altres problemes de la vida: li fa pudor la boca.

Però no una pudor diguem-ne raonablement suportable, d'aquelles que es noten a un pam de la cara de qui la pateix. No: l'alè li put de manera desagradabilíssima, constant, i amb una potència tal que, els primers dies que se li va manifestar la malaltia, a vint metres de distància totes les cares mostraven un rictus de fàstic.

L'halitosi se li va manifestar no pas gradualment sinó de cop i volta, un matí. El primer dia va pensar que la cosa era temporal: l'estómac brut, o el sopar de la nit abans (aquella crema de Cabrales de les mongetes, potser), però la cosa va persistir durant dies, amb la mateixa intensitat monstruosa que aquell matí nefast en què la seva dona es va llevar esfereïda (tapantse el nas amb les mans), va vestir-se a correcuita, se'n va anar de casa i no va tornar mai més.

Ningú no podia suportar la seva presència. No cal dir que l'home va tractar de solucionar el problema per tots els mitjans. Va provar tota mena d'esprais desodorants bucals, va pendre te de roca i va visitar dentistes i metges, que el rebien amb màscares. A còpia d'inspeccions i xequejos, van certificar que l'origen del fet no era ni un estómac especialment predisposat a embrutar-se ni un problema de càries. La desesperació pel diagnòstic que li assegurava que la cosa no tenia remei el va dur a considerar, durant uns instants, la possibilitat de llevarse la vida.

Ara l'home viu en un xalet amb planta baixa i un pis, força allunyat del poble més pròxim, un poble per la desaparició absoluta del qual el món no patiria gens. Pensa que és digne d'agrair que ell no se senti aquesta pudor que molesta a tothom. Fa feines a casa: cus ulls de vidre a nines de feltre. S'ha organitzat per conviure amb el problema. Cada dimecres al migdia, una furgoneta aparca davant de la casa. Tan bon punt la sent arribar, l'home puja al pis i tanca fermament la porta (blindada) mentre per la finestra (de vidres dobles) observa els moviments del transportista. El transportista és un home gras a qui l'empresa paga un plus especial que, evidentment, descompta del que paga a l'home per la feina. Arriba fins a la porta, carregat amb sis bosses plenes de nines i una d'ulls de vidre. Cada dimecres, a primera hora del matí, l'home ha col·locat al costat de la porta les set bosses que el transportista havia deixat el dimecres abans, però ara plenes de nines amb els ulls cosits. El transportista deixa les set noves bosses (i el sobre amb els diners per la feina feta), s'endú les set bosses de la setmana abans, les fica a la furgoneta i arrenca ràpidament perquè, tot i que les portes i les finestres de la casa són ben tancades, per les escletxes s'hi escola una mica la ferum.

L'home observa com la furgoneta s'allunya. L'endemà, com cada dijous, vindran de la botiga del poble a deixar-hi, amb un sistema similar, el menjar, que encomana per telèfon. Mentre baixa a buscar les set noves bosses i el sobre amb els diners, empeny amb el peu volves de pols i decideix que aquella tarda hi passarà l'escombra.

Com sempre quan arriba a casa, al vespre, el transportista fa un petó a la galta de la dona, engega la tele i s'asseu a taula, fent picar els dits contra el ganivet, mentre la dona li serveix llossades de sopa. Aquest dimecres, però, per un moment la dona deixa de servir, es queda immòbil amb el cullerot alçat, acosta el nas a la cara del transportista, l'ensuma i li diu:

—Et fa pudor la boca.

L'home no hi dóna cap importància especial.

—Deu ser l'estómac.

L'endemà, la pudor ja és tan insuportable que, d'una revolada, la dona agafa els fills i desapareix de casa. A la tarda, a la feina, incapaços de suportar aquella pudor, recuperen les claus de la furgoneta i l'acomiaden. Dos dies més tard, per un instant (l'instant més lúcid de la seva vida) pensa que aquell home a qui repartia nines cada dimecres li ha encomanat l'halitosi. Però el sentit comú s'imposa: ell mateix rebutja la idea perquè, com tothom sap, «l'halitosi no s'encomana», veritat que li ratifiquen tots els metges que, protegits convenientment, accepten visitar-lo.

El dimecres següent, quan veu que el transportista és un de nou, l'home prim i amb grans entrades als cabells es pregunta què deu haver passat amb el transportista gras que venia sempre. S'hi havia acostumat. Era una presència gairebé familiar, l'única presència familiar en la seva vida isolada. Sent ganes d'obrir la finestra i preguntar-ho al nou. Però sap que, només que obrís una mica, la fetor seria tan insuportable que el transportista hauria de fugir, incapaç de resistir-la. A més, no és pas tan important: segur que hi ha hagut un reajustament de torns o d'itineraris, o, més senzill, el transportista de sempre ha canviat d'empresa, o de feina.

El nou transportista és alt i jove. Se'l nota ben alliçonat per la fàbrica però encara poc destre, i tímid. Deu trobar estranya la feina. De tant en tant alça els ulls i mira enlaire, cap a les finestres. Hi ha un moment que s'encreuen les mirades de tots dos, i el transportista, com agafat en falta, s'afanya: arriba fins a la porta, deixa les set noves bosses (i el sobre amb la paga), recull les set bosses de la setmana abans i les fica a la furgoneta, mentre l'home se'l mira des de darrere de la finestra, ignorant que, des de fa exactament una setmana, li ha deixat de fer pudor la boca.

PORC BULLIT AMB SALSA DE RAVE

La trucada l'ha desconcertat. Que, de cop i volta, el seu cosí hagi decidit venir a viure a la ciutat el sorprèn desagradablement. Acaba de penjar el telèfon i encara manté la mà a l'auricular. Que el cosí hagi llogat habitació en un hotel fins que trobi lloc on viure indicaria que veu clar que entre tots dos no hi ha possibilitat ni tan sols d'un parentesc portat cavallerosament si no fos perquè, tot seguit d'haver llogat l'habitació, li telefona perquè sigui precisament ell, agent immobiliari, qui li aconsegueixi la casa.

Unes hores més tard, doncs, l'agent immobiliari espera d'un moment a l'altre l'arribada del cosí. L'oficina és sòbria: terra de fusta, mobles metàl·lics, un arxivador, una planta sobre l'arxivador, i les parets pàl·lides i nues, tret d'un plafó de suro on, a part d'algunes xinxetes, no hi ha clavada més que la foto d'un edifici. Quan sona el timbre, l'agent immobiliari s'aixeca pausadament. A mig camí de la porta, el timbre torna a sonar, impacient. Això irrita l'agent immobiliari. Obre la porta. Tots dos cosins es miren. El foraster esbossa un somriure. L'agent immobiliari, distant, li allarga la mà. Encaixen. L'agent immobiliari convida el cosí a passar i asseure's i, quan aquest fa un intent de parlar dels anys que feia que no es veien, l'agent immobiliari el talla: li pregunta quina mena de casa vol. El cosí explica que li interessaria una torre. Viure en un pis no s'ha fet per ell, diu. L'agent immobiliari li ensenya, doncs, fotos de torres: no sols les que hi ha per vendre, sinó algunes de venudes a gent important (actors, aristòcrates, grans empresaris); en remarca els noms i els cognoms, com qui presenta un aval de qualitat. El cosí s'enamora immediatament d'una de les torres.

En el cotxe del cosí (que el té mal aparcat i, per tant, s'estima més moure'l que no pas anar en el del venedor) van fins a la torre. És esplèndida: quatre pisos sumptuosos, un jardí enorme, amb hivernacle i piscina. El cosí s'entusiasma fins a tal punt que allà mateix firma els papers i un xec com a paga i senyal. La companyia immobiliària té per costum, en vendes d'aquest gruix, convidar el possible comprador a sopar o a dinar, per acabar de seduir-lo, però no acostuma a fer-ho, per innecessari, un cop acordat el negoci. Sorprès d'haver arribat tan ràpidament a un acord, l'agent immobiliari se sent inesperadament generós i pensa que tampoc no cal ser tan dur. S'interessa per si el cosí ha d'anar a sopar a algun lloc. Aquest diu que no: és nou a la ciutat i, com que encara no ha fet coneixença amb ningú, no té compromisos. L'agent immobiliari el convida a sopar. El cosí accepta de grat, sorprès per una amabilitat que pensava que no arribaria mai. Van a una brasserie. Mengen porc bullit amb salsa de rave i beuen cervesa. A les postres fumen mentre assaboreixen pastissos de xocolata. L'agent immobiliari demana el compte, però el cosí l'hi pren i insisteix a pagar. De la cartera es treu un estol de targetes de crèdit. L'agent immobiliari el veu puixant: pel que sembla, les coses li han anat tan bé com es deia. En acabat, i a proposta del cosí, decideixen fer cap a un cine.

Veuen una pel·lícula policíaca, bastant dolenta, on un marit enganyat intenta cometre el crim perfecte. A la sortida, el cosí explica que tanta faramalla sobre el crim perfecte li ha semblat sempre una estupidesa, i que està tip de pel·lícules i novel·les sobre l'assumpte.

—Però fixa't que hi falla sempre una cosa: l'autor del crim no pensa mai en la... —diu l'agent immobiliari, i calla.

—No pensa mai ¿en què?—fa el cosí, il·lusionat per la primera frase llarga que, en tota la nit, ha sentit de llavis del parent.

L'agent immobiliari no contesta. El sorprèn que s'hagi dedicat tant de temps a elucubrar-hi, sense pensar que hi ha una manera segura (encara que sacrificada) d'aconseguir-ho. Aquesta certitud sobtada l'atabala. Proposa anar a una cocteleria. El cosí accepta encantat. L'agent immobiliari no pot evitar sentir repugnància per l'interès de l'altre per tornar a fer-s'hi amic.

L'agent immobiliari hi dóna voltes. És la primera vegada, des de fa anys, que una cosa l'il·lusiona. Mentre pren la primera copa, fantasieja amb la possibilitat de dur la idea a la pràctica. Deixa de fantasiejar-hi quan entén que, un cop entrevista aquesta esquerda en l'ordre del món, no hi ha possibilitat de fugir-ne. ¿Quin valor tindria, si no passés de l'estadi d'extravagància enginyosa?

Durant hores, l'agent immobiliari du el cosí per tots els bars que freqüenta, i el presenta a tots i cada un dels cambrers. A l'últim dels bars, per una niciesa l'agent immobiliari inicia una disputa amb el cosí, alça la veu i qualifica d'estúpida la visió que té d'una qüestió absolutament prescindible. El cosí es pica, irritat per l'enemistat que, de cop i volta, torna a demostrar-li. Criden i s'insulten. Paguen i surten al carrer en plena disputa. Als deu metres, però, l'agent immobiliari reconeix no sols haver-se equivocat, sinó també haver-se comportat de manera grollera. Novament asserenats, el cosí acompanya l'agent immobiliari a casa. Amb gran alegria del cosí (que hi veu una nova possibilitat d'oblidar rancúnies antigues), l'agent immobiliari el convida a ferhi l'última copa, abans de tornar-se'n a l'hotel.

Prenen whisky en gots llargs. L'agent immobiliari ensenya al cosí els plànols de la torre que sempre ha somiat construir-se i que, afirma, ara ja no es construirà mai.

—¿Per què?—fa el cosí, amb els plànols a la mà—. Construeix-la. Jo et deixo els diners. Les coses em van bé, ja ho saps.

L'agent immobiliari torna a enfosquir la mirada.

—Ara no té sentit. Era abans, que la somiava.

El cosí acota el cap i calla. L'agent immobiliari li mostra alguns llibres sobre la ciutat. El cosí els fulleja. De cop, en una lleixa veu una foto de dona. L'agafa i la mira de prop. L'agent immobiliari s'indigna, l'hi pren i la torna a deixar a lloc.

—Mai no m'ho perdonaràs—diu el cosí.

—Vaig pensar matar-te. —De sobte somriu. —Però no hi ha crim perfecte: ja ho has vist, avui.

Tots dos somriuen. D'un calaix, l'agent immobiliari en treu un estoig. A dins, hi ha cinc pistoles (una de pedra foguera, dues de percussió, un revòlver i una automàtica) que ha heretat de son pare. Li mostra, de totes cinc, l'automàtica. El cosí empal·lideix. L'agent immobiliari somriu i li allarga l'arma. Està descarregada. Confós, el cosí agafa la pistola ben bé per compliment, l'observa i, de seguida, la torna a l'estoig. Mira el rellotge, s'excusa i diu que se'n va. Com a comiat, l'agent immobiliari li deixa una guia de la ciutat, perquè s'hi avesi.

Encaixen mans al llindar de la porta. Ja sol, l'agent immobiliari trenca alguns objectes de la casa: el mirall del trinxant, un gerro mexicà i un cap de dona que, ben mirat, mai no li ha agradat. Deixa els objectes que l'altre ha tocat (el got, els llibres, els plànols, la foto) allà on són. Tomba una cadira, esquinça una cortina. Carrega la pistola i la col·loca apuntant cap a ell, amb els braços estirats i amb cura de no esborrar, amb les seves, les ditades de l'altre. Es dispara un sol tret, al pit. Cau d'esquena, a metre i mig de distància d'on cau l'arma.

Durant tot el judici, el cosí nega ser l'autor de l'assassinat. I quan explica davant del jutge la conversa d'aquella nit sobre la possibilitat o impossibilitat del crim perfecte, pensa que a ell mateix li seria impossible considerar aquella conversa, curta i tallada, indicativa que l'agent immobiliari s'ha suïcidat només per inculpar-lo. Malgrat tot, i sabent que no li ha de servir de res, l'explica. Igual que (sabent que l'afirmació servirà només perquè l'acusació remarqui que si ha deixat tantes pistes és perquè tothom pensi, tal com ell suggereix, que algú que deixa pistes tan clares no és l'assassí) addueix que, si ell hagués matat son cosí, no hauria deixat l'arma en el lloc del crim, ni pistes en safata.

Mentre el garrot li estreny el coll, pensa que el que fan amb ell és una injustícia, un crim. Busca un adjectiu per qualificar el substantiu «crim», un adjectiu que expressi la sensació de desemparança que sent; pensa en l'adjectiu «absurd», però hi ha alguna cosa que li diu que allò no és ben bé absurd. Pensa que si, realment, allò no és absurd del tot, potser sigui just el contrari (encara que, igualment, no ho sigui del tot): potser sigui «lògic», «perfecte», «matemàtic». Per un instant, li costa trobar la diferència real entre antònims com «lògic» i «paradoxal». Pensa també que aquest neguit per trobar adjectius no sap ben bé a què és un recurs perquè els segons corrin més de pressa, i pensa alhora que la dificultat que té per trobar l'adjectiu que busca i per aconseguir definir la barreja de ràbia, tristesa i impotència que l'omple, és absolutament explicable, donades les circumstàncies.

NO N'ESTIGUI TAN SEGUR

A les onze d'un matí de setembre, el senyor A, cap de personal, el va cridar. L'I estava acabant de despatxar un home que no es decidia si la gavardina la volia grisa o beix.

Un cop enllestida la venda, l'I va pujar-hi ràpidament. Com sempre, al costat de la màquina de cafè va trobar l'O xerrant amb una de les modistes. L'O va dir a l'I que no corregués tant, que era bo fer esperar els amos. L'I no va saber què respondre, va mormolar alguna cosa inintel·ligible i va continuar pujant escales. No sabia per què el cridava el cap de personal i, com sempre que havia de parlar amb superiors, sentia una remor a l'estómac.

Va trucar-hi. Des de dins, una veu el va convidar a entrar. L'I va obrir lentament la porta i s'hi va quedar a tocar. El senyor A va aixecar els ulls d'un munt de papers, va somriure i, amb la mà, li va indicar el seient que hi havia a l'altra banda de l'escriptori.

—Tinc una notícia que crec que l'alegrarà—va dir.

Amb una claredat absoluta, i encara que els llavis del senyor A ja havien deixat de moure's, l'I, a més, va sentir: «Es posarà content. Altres es passen la vida demanant augment de sou i aquest ho ha aconseguit de seguida. Els mesells sempre fan via.» L'I sentia clarament la veu del cap de personal, i no l'esverava veure-li la boca immòbil perquè, de feia dies, li passava sovint; no hi donava importància: creia que era una fantasia, com si, davant de cada cara que el mirava, jugués sense proposar-s'ho a endevinar què pensava. L'I no sabia ben bé quan havia començat tot allò. No feia gaires anys, sempre que anava en metro es distreia imaginant els pensaments de la cara silenciosa que li tocava al seient del davant. Que, últimament, els pensaments que llegia en els cervells de les persones concordessin sempre (tret de casos d'hipocresia socialment convinguda) amb les paraules que deien a continuació, no havia fet encara que s'adonés que ja no era ell qui provocava el joc, sinó que, inevitablement i sense proposar-s'ho, sentia els pensaments de qui tenia davant. Aquell mateix matí havia sentit com un client entrava a la botiga pensant de demanar «els pantalons negres que hi ha a l'aparador de la dreta». I, efectivament, el client havia demanat «els pantalons negres que hi ha l'aparador de la dreta». La boca del senyor A s'havia tornat a obrir.

—Vull que sàpiga que l'empresa ha considerat convenient apujar-li el sou.

L'I es va quedar parat. Havia tornat a passar: sense que res ho presagiés, havia sabut que li anaven a apujar el sou. El senyor A pensava que l'I havia quedat mut per la sorpresa que li havia produït l'augment de sou, quan, en realitat, el mutisme era resultat d'haver-ho sabut abans que ell l'hi hagués anunciat.

«¿Per què no diu res, aquest sòmines?», pensava el senyor A.

—Moltes gràcies—va fer l'I.

—Hem considerat que, un cop superades les dificultats econòmiques que va patir l'empresa l'any passat, vostè es mereixia, per l'interès demostrat en tot moment, que li apugéssim el sou, ni que fos mínimament. I dic mínimament perquè, si bé les dificultats ja estan superades, la crisi encara hi és, i no es preveu que la puguem arraconar, amb l'esforç de tots, fins d'aquí a uns anys.

L'I va fer cara d'alegria, perquè considerava que era la cara que s'esperava que fes. No era home de gaires paraules i no sabia què dir. Va tornar a donar les gràcies.

—Res més, doncs. L'empresa espera molt de vostè. Confiem que aquest augment no sigui sinó un nou al·licient perquè s'apliqui més i més al treball de cada dia. Vostè és jove, i en aquesta empresa pot arribar lluny.

Al costat de la màquina de cafè, l'I va tornar a trobar l'O, aquest cop sol. Abans que intercanviessin cap paraula, l'I ja havia llegit, com en una boira, el pensament de l'O: «A veure si aquest llepa té cap moneda.»

—¿Tens cap moneda per la màquina de cafè? —va dir l'O.

L'I es va posar la mà dreta a les temples i va tancar els ulls. És clar que és perfectament possible que algú que és al costat d'una màquina de cafè et demani una moneda per pendre'n un. Però, feia una estona, al despatx del senyor A, ¿com havia estat capaç de llegir, abans que l'altre l'hi digués, que li havien augmentat el sou? I, aquell matí, ¿com havia sabut precisament que el client demanaria els pantalons negres? L'I veia que no podia ser simplement una qüestió d'endevinalles encertades. No era possible que, en els cinc o sis dies que feia que allò durava, n'hagués encertat el cent per cent. Aquelles veus emboirades que sentia no eren sinó l'eco dels pensaments dels altres, que li rebotaven tranquil·lament dins del crani. No eren fruit de la intuïció, ni conjectures. Eren realment els pensaments dels altres. ¿Com era capaç de sentir què pensaven? ¿Era una mena de monstre? Aquella estranya habilitat ¿no li duria més enutjos que avantatges? No poder desconèixer mai què pensen els que t'envolten... Com una confirmació, va sentir novament l'O: «Li parles i no t'escolta. Li he fet una pregunta i no em contesta. Només es fa amb els amos. ¿Quines noves hores extres sense cobrar li deu haver ofert a l'A?» L'I va aixecar els ulls.

—¿Què deies?

—Que si tens cap moneda per la màquina.

L'I va es va furgar la butxaca i no en va trobar cap.

—No—va dir.

«¿No? Segur que en té i diu que no per garrepa», va sentir l'I que pensava l'O.

Tenia por. El que li havia passat amb el client dels pantalons negres de l'aparador de la dreta es va convertir en habitual. Abans que els clients demanessin què volien, l'I ja ho sabia. Sabia també què pensaven tots els seus companys, d'ell, dels altres, de la feina, dels amics, quins projectes amagaven. Va anar descobrint el teixit d'odis, rancúnies, amors i malentesos que hi havia entre la gent que l'envoltava. Quan el cap de secció el cridava des de l'altra banda del taulell, l'I hi anava sabent què li demanaria. Algun cop, anticipant-se a la demanda del cap de secció (i amb gran astorament d'aquest), l'I hi acudia ja amb la camisa, el talonari o la caixa que l'altre es proposava demanar-li.

Com molts caps de setmana, el diumenge a la tarda va sortir amb l'E. Però aquest cop, després d'anar al cinema i passejar, l'I va ser capaç, per primer cop, d'actuar sense timidesa ni por del rebuig, perquè llegia que els pensaments de l'E eren tan inflamats de desig com els d'ell.

Va començar a servir-se'n. Després del diumenge amb l'E (i d'altres diumenges similars), un dijous d'octubre va saber llegir què hi havia darrere del somriure aparentment protocol·lari d'una clienta, i no va desaprofitar l'oportunitat. Ni en aquella ocasió ni en totes les ocasions semblants que es van presentar mentre va estar darrere el taulell.

A finals d'octubre va demanar parlar amb el cap de secció. Li va denunciar el truc enginyós que la caixera s'havia empescat per no comptabilitzar algunes de les vendes més substancioses i poder-se-les embutxacar amb total impunitat. Pels volts de Nadal va fer saber al cap de personal que el cap de secció filtrava informació sobre la línia de disseny de la següent temporada tardor-hivern (i sobre els proveïdors que els subministraven la roba) a una important botiga de la competència, nova i interessada a fer-se un nom copiant-los l'estil. Al juny ja era cap de secció, i controlava els subordinats amb una perfecció absoluta. Sabia qui l'odiava, qui el menyspreava, qui el valorava. Descobria quan un dependent s'escaquejava, qui havia anat al lavabo just per descansar una estona, qui tenia la intenció d'endur-se un abric a casa. Va relegar l'O al magatzem, al lloc més baix que hi va trobar. Una sastressa que l'I havia despatxat després d'una setmana de baixa per falsa malaltia va dir-li, mentre recollia les coses que li quedaven a la taquilla:

—Sembla que ens llegeixi el pensament.

Gràcies a aquesta facultat va desenvolupar un astut joc d'ascensos i d'arraconaments que li van permetre, al setembre, ser ell mateix el nou cap de personal. El matí del dia que havia de pendre possessió del nou càrrec, l'I se sentia especialment feliç. Coneixeria finalment el senyor U, director de l'empresa, a qui fins aleshores només havia vist de lluny, un parell de vegades. I després coneixeria el consell d'administració. Res no el podria aturar, un cop conegués, un per un, els membres del consell i en sabés les virtuts i les misèries, tots i cada un dels secrets. I amb més raó encara si es tenia en compte que tant el director com el consell d'administració li havien d'estar agraïts per haver sabut aturar a temps el projecte de desfalc que el senyor A, cap de personal, duia entre mans.

—Amb aquest nomenament, senyor I, no faig més que premiar la fidelitat que ha demostrat a aquesta empresa. Vostè pot arribar molt lluny. No cal veure, si no, la carrera que ha fet en aquesta casa, sobretot l'últim any.

L'I era davant del senyor U. Ja no sentia tan fortament aquella remor a l'estómac. Tot i així, encara l'impressionava trobar-se davant de superiors. La prova era que no aconseguia sentir els pensaments de l'U. ¿O potser aquell home no pensava?

—Moltes gràcies, senyor U, però crec que no caic en cap falsa modèstia si li dic que no he fet sinó complir amb la meva obligació—va contestar l'I, content d'haver après, en aquells mesos, a donar respostes formulàries. Es fregava mentalment les mans: li seria fàcil acabar amb aquell imbècil que tenia al davant i, al cap d'uns mesos (un any tirant llarg), estar assegut a l'altra banda de l'escriptori.

—No n'estigui tan segur—va dir l'U, mirant-lo de fit a fit—. Li costarà més que no es pensa.

ANÍS DEL MONO

El senyor Nonell havia dinat en un restaurant libanès amb qui considerava el seu millor amic. Havien celebrat que el senyor Nonell complia setanta-tres anys. Com que feia temps que no dinava de manera opípara ni bevia, va arribar a casa un pèl alegre. Tot i això, va obrir la porta sense gaires problemes: durant tot el trajecte, des que, poc després de sortir del restaurant, es va adonar que havia begut en excés, s'imaginava, com a les pel·lícules, lluitant per ficar la clau al pany. L'eufòria el feia sentir-se en aquell estat d'esperit que convida a fer encara una altra copa. Per això, va anar a l'habitació (dormitori i estudi alhora) i, de l'armariet de les begudes, antigament ben assortit, en va treure l'ampolla d'anís, l'única que hi havia d'ençà que el metge li va prohibir l'alcohol.

La va trobar buida. Feia temps que sospitava que, de tant en tant, la Matilde en xarrupava. Però mai no havia trobat l'ampolla buida del tot; i aquest cop, va rumiar, l'havia trobada així perquè, des de feia setmanes, per primera vegada en dècades i no pas sense patiments, el senyor Nonell no havia tastat cap gota d'alcohol. Es va muntar la pel·lícula ràpidament: la Matilde havia anat fent un glop avui, un glop un altre dia, en la creença que, entre cada dos glops seus, el senyor Nonell també en feia: convençuda que cada vegada rebaixava només una mica el nivell de l'ampolla, ignorant que el senyor Nonell no en bevia gens, de mica en mica ella sola se l'havia acabada tota.

El senyor Nonell mai no s'havia preocupat gaire per aquells glops d'anís robats. La Matilde estava al seu servei des de feia quaranta-set anys i sempre havia estat una serventa ideal. Aquell migdia, però, el senyor Nonell es va sentir profundament ferit. Si havia tingut la força de voluntat de no beure ni una sola gota durant setmanes, el mínim que podia demanar, un dia que tornava a casa després d'un gran dinar i disposat a fer una (una única) copa més, era precisament això: poder-la fer.

Parlar-li cara a cara de l'assumpte li semblava poc digne. Va decidir enxampar-la. Aquella mateixa tarda va anar al supermercat i va comprar una nova ampolla d'anís. A casa, se'n va servir un gotet i va fer una marca dissimulada a l'etiqueta del coll, per senyalar el nivell i poder així certificar quan i quant en bevia. Al llarg del dia, sempre que la Matilde feinejava per l'habitació (bé fent el llit, bé endreçant els llibres que ell havia consultat el dia abans), el senyor Nonell no li treia l'ull del damunt.

Tot i no haver-la enxampat, l'endemà l'ampolla havia baixat de nivell. Va pensar, en conseqüència, que potser la Matilde no s'arriscava a fer la cisa mentre ell estava despert. Ho devia fer al matí, abans de les deu, que era quan obria les cortines de bat a bat per despertar-lo. Cada dia, doncs, el senyor Nonell es llevava abans que la Matilde, i estava a l'aguait, dissimuladament. No la veia mai actuar. Només hi havia dues possibilitats: o bé sense adonar-se'n es tornava a adormir abans que ella entrés per obrir les cortines, o bé ella no feia el glop a aquella hora. I, en canvi, cada matí, el nivell d'anís havia baixat un dit. Això li va fer suposar que potser cometia la indignitat abans d'anar a dormir, no pas quan es llevava.

Al cap de tres setmanes, el senyor Nonell se sentia del tot burlat. Obsessionat, no se n'anava al llit fins que tenia la certitud que la Matilde feia estona que dormia. Es llevava més d'hora que ella, i es passava el dia vigilant l'armariet. Quan la Matilde s'hi acostava amb l'excusa (ara ja li semblava ben clar que era una excusa) de treure la pols, li tenia l'ull al damunt tota l'estona. I quan ella tocava l'ase (perquè trobava que l'actitud i la cara tensa del senyor Nonell denotaven repapieig), ell interpretava aquesta tocada d'ase com una mostra de l'enuig que li produïa sentir-se controlada i, doncs, no poder fer cap traguet de l'ampolla més que d'amagat. De nit, el senyor Nonell somiava que, a més de no poder beure, havia de contemplar com el nivell de l'ampolla minvava constantment, i la ira que aquesta burla li provocava feia que l'úlcera es fes grossa, cada cop més grossa, tan grossa que al final ja era més grossa que no pas ell mateix. Moria sense treure'n l'aigua clara i, des del taüt que havien col·locat sobre el llit, voltat de ciris, veia finalment com, entre les ombres, la Matilde s'atansava a l'armariet, treia l'ampolla i en xarrupava. La ira, en aquesta part del somni, li venia no pas d'haver mort sense enxampar-la, sinó del fet d'estar mort i, doncs, tot i haver-la enxampat, no poder dir-hi ni fer-hi res.

El senyor Nonell empitjorava. Ara ja es passava la major part d'hores al llit, incapaç de llevar-se, i la Matilde havia hagut d'afegir, a les feines de minyona, les d'infermera. El senyor Nonell, però, no treia l'ull del damunt de l'armariet i quan, un cop el dia, s'aixecava amb esforç per comprovar el nivell de l'anís a l'ampolla, veia que, indefectiblement, aquest havia minvat. El senyor Nonell va començar a creure que, encara que li resultés difícil precisar com i per què, hi havia una relació directa entre el nivell de líquid de l'ampolla i la vida que li quedava. Quan finalment a l'ampolla hi va haver amb prou feines un dit, el senyor Nonell va optar per una solució dràstica: un moment que la Matilde va baixar al mercat, va enverinar l'anís. Va anar a dormir amb un somriure no gaire diferent del que, l'endemà, li va descobrir als llavis la Matilde quan el va trobar mort.

LA QUALITAT I LA QUANTITAT

JUNY

Tothom li deia Morell. Ja a l'escola era Morell per tothom. A la universitat, quan tots els altres companys de classe arribaven a aquell grau d'amistat que du la gent a dir-se pel nom, a ell continuaven dient-li Morell. A les oficines de la companyia naval on ara treballava, mentre els altres eren Josep, Joan o Maria, ell era Morell. Fins la Babà li deia pel cognom, encara que fos en aquells moments de més gran intimitat i unglades a l'esquena.

Res més allunyat de la realitat que pensar que fos esquerp ni que gastés fums de cap mena. Era ben al contrari: simpàtic i amigable. La Babà n'estava encantada. Sobretot perquè, en els últims quatre anys, havia passat per tota una rastellera de nòvios depressius, dels que es passen tot el dia buscant espatlles per plorar.

Aquella nit eren al piset del Morell: una única sala gran (que feia les funcions de dormitori, menjador i despatx), una cuina i un bany. Seien al llit. A terra, una ampolla de xampany i dues copes. I sobre els llençols, entre tots dos, un castell de cartes que el Morell anava muntant amb eficiència de professional, per sorpresa seva i per felicitat de la Babà, que reia del bocabadament del Morell davant d'aquella habilitat acabada de descobrir. A punt de col·locar l'última carta del castell, la Babà va riure massa fort, va fer trontollar el matalàs, i el castell va caure a terra. El Morell va simular enfurir-se, i la Babà es va apressar a fingir que li demanava perdó a còpia de magarrufes.

Quan la Babà va fer cap al lavabo, el Morell es va aixecar també del llit. Va apilar un munt de postals que hi havia a la lleixa, sota la finestra. I el cendrer el va col·locar paral·lel al caire. De manera metòdica, el Morell odiava el desordre.

Per ventilar l'habitació va obrir les cortines i la finestra. A fora, la nit era absoluta: la negror del cel i la de l'edifici del davant eren una taca sense solució de continuïtat. A aquelles hores, quedaven només tres balcons il·luminats. Un tenia les cortines tirades: el d'aquella família del primer pis, que es passava el dia barallant-se. Un altre (el de l'àtic) era massa alt per veure altra cosa que un noi que, de tant en tant, sortia a fer-hi un cigarret. El tercer balcó queia just a l'altura de la finestra del Morell. Era el d'un apartament que havia estat buit durant mesos i on, des de feia cosa de tres setmanes, vivia aquella noia que treballava al mateix edifici que la Babà, però en una altra empresa. L'havien vista pel carrer un dia que tornaven del cine, i la Babà i la noia s'havien saludat amb un somriure. Ara estava asseguda a la butaca vermella, com tantes vegades, llegint una revista.

Tan bon punt arribava a casa, en un ritual ineludible el Morell es dutxava. Era com si, amb l'aigua, s'escolessin pel desguàs totes les tensions del dia. Després es vestia amb pantalons curts i una camisa. Anava amb els peus descalços: li agradava sentir la fredor del mosaic a les plantes dels peus. Ara bevia un got d'aigua freda, i mirava la tele. Hi feien un partit d'handbol. Després la va apagar i va fullejar un llibre de fotos de Terence Donovan. Quan va aixecar els ulls i va mirar el rellotge, eren dos quarts de set. Massa tard per trucar a la Babà a la feina i massa d'hora per trobar-la a casa.

La va trobar a les set. Van quedar. La noia aniria a sopar a casa d'ell. Sopaven i dormien a cal Morell tres o quatre cops per setmana. Mai a ca la noia, que vivia amb tres amigues en un pis on la densitat d'habitants era més gran i, per tant, hi havia un ambient menys propens als pourparlers.

A les nou va arribar la Babà. A dos quarts de deu havien acabat de parar taula i s'hi asseien. Exactament set segons més tard (quan el Morell tenia la primera forquillada a mig camí entre el plat i la boca), la Babà va demanar-li el pebre. El Morell es va empassar saliva i va deixar la forquilla al plat. Era un hàbit de la noia: tot just entaulats recordar que volia alguna cosa que no era a taula. El Morell estava encara, però, en aquella fase amorosa en què tot es perdona. Es va aixecar i va anar cap a la cuina. Quan, tornant-ne, va passar per davant de la finestra, va mirar cap a l'edifici del davant i va veure la veïna, asseguda, aquest cop no pas a la butaca vermella, sinó sobre el llit, amb un got a la mà.

Dos dies més tard, el Morell s'estava recolzat a la finestra, contemplant com es barallava la família del primer pis de l'edifici del davant. Sobre el fons sonor dels plors de dues criatures (que era l'únic que li arribava, llunyà, a les orelles), el marit caminava de banda a banda de l'habitació, movent els braços amb ira, mentre la dona es dedicava a llançar gerros contra la paret, un rere l'altre. El Morell es demanava d'on treia tants gerros, aquella dona. Feia cosa de cinc minuts que l'observava i ja n'havia trencat un munt.

En acabat, el Morell va mirar cap a l'habitació de la noia i, com en un somni, li va semblar veure-la despullada, caminant de dreta a esquerra de la sala. No es creia el que veia. El contrast entre les habitacions, on els llums encara no estaven encesos, i el carrer, on la claror era considerable, feia que els interiors fossin boirosos.

El dissabte i el diumenge, el Morell i la Babà van anar a la costa, a un apartament dels pares d'ella, aprofitant, precisament, que no hi eren. El dilluns a la tarda, després d'haver telefonat a la Babà, el Morell es va instal·lar a la finestra. Cap a les set, la veïna va arribar, va deixar les coses sobre el llit i va desaparèixer cap a la dreta. En va sortir amb un got a la mà. Va asseure's al llit. I, mentre es despullava, anava fent glops del got.

El Morell es va sentir culpable de violar-li la intimitat. De seguida, però, va raonar que no feia res de punible: s'estava a la finestra de casa seva, mirant el que tenia davant els ulls. Cap tribunal, va pensar, no hi hauria trobat res de condemnable. Tothom té dret a estar a casa seva, prenent la fresca en una tarda xafogosa. I, si de cas la veïna tenia cap problema que la veiessin, ho hauria pogut arreglar fàcilment: corrent les cortines n'hi hauria hagut prou. Aleshores, el Morell s'hi va fixar. El balcó de ca la noia no tenia cortines. Pel que es veia, havia arreglat la casa amb el mínim de mobles. El Morell fixava els ulls amb força, però a penes podia distingir els objectes.

Cosa d'una hora més tard, es van anar encenent els llums dels pisos. La noia es va instal·lar a la butaca vermella, amb un llibre a les mans. Al Morell li hauria agradat saber quin. Just en aquell moment va sonar el timbre. La Babà va arribar, suada i famèlica.

—¿Què hi ha per sopar?

—¿Per sopar?

—Hem quedat per sopar, rei.

—De seguida m'hi poso.

—¿Quin és el més potent de tots?

Finalment, el Morell se'n va quedar un que servia per mirar les estrelles.

A casa, va comprovar que, tal com li havia dit el dependent, el muntatge era facilíssim. Per entrenar-se, va fer una repassada per tots els balcons de l'edifici. Al segon pis, en un balcó un nen jugava amb una galleda que tenia, serigrafiades, tot d'estrelles de mar.

Quan, pels volts de tres quarts de set, la noia va arribar a casa, el Morell ja estava amb l'ull a punt. Tot i la foscor de l'interior de la sala, va veure com deixava una bossa sobre el llit i es despullava. Després va anar cap a la porta de la dreta, d'on va sortir amb un got ple d'un líquid ataronjat a la mà, bevent-ne lentament. Aquella porta, la de la dreta, devia ser, doncs, la de la cuina. Tot seguit va anar cap a la porta de l'esquerra. D'on, un quart més tard, va sortir amb barnús. El Morell va anar dibuixant, mentalment, el plànol de la casa: a l'esquerra, el lavabo; a la dreta, la cuina-menjador; i al fons, després del passadís i fora de la seva visió, la porta d'entrada. Estava fascinat: si amb tan poca llum veia tan clarament què hi passava, quan el carrer es fes fosc i il·luminessin l'interior de les cases la visibilitat seria perfecta.

Efectivament. Quan, cap a les nou del vespre, els llums de l'habitació de la noia es van encendre, el Morell va quedar fascinat: la visió era perfecta. Veia cada detall amb claredat cinematogràfica: fins la lluïssor de la roba de la butaca vermella. El llit i la tauleta de nit, que, col·locats contra la paret del fons, li semblaven llunyans, quedaven ara gairebé a l'abast de la mà.

Fins a quarts d'una la noia no es va ficar al llit. Abans va apagar el llum de l'habitació i va encendre el de la tauleta. Va llegir, durant una hora, un llibre de tapes negres i lletres blanques. El Morell va aconseguir desxifrar-ne el títol: *The black path of fear*. El que no va aconseguir llegir va ser el nom de l'autor, perquè anava en un cos de lletra bastant més petit.

Quan la noia va apagar l'últim llum, el Morell va decidir plegar. Va recollir el telescopi, el va desar a l'armari i se'n va anar a dormir.

El problema era que no podia fer servir el fòtil quan la Babà era al pis. Per espaiar les visites de la noia, va començar a al·legar embussos de feina; per compensar, parlava amb il·lusió de les vacances que farien al setembre, les primeres que la Babà i ell passarien plegats.

Aviat, el Morell va tenir apamats fins a tal punt els horaris de la veïna que no li calia començar a mirar abans d'hora. Aquella nit, com gairebé sempre, va arribar pels volts de tres quarts de set. Va deixar la roba sobre el llit. Tot seguit es va dutxar. Quan va sortir del bany, va recollir immediatament la roba i es va vestir amb una samarreta i uns texans. Va entrar a la cuina i no en va sortir fins prop d'una hora més tard. Va allisar el cobrellit, va endreçar la tauleta, va encendre els llums i va asseure's a la butaca vermella. Cinc minuts abans de les nou, la noia es va aixecar d'un bot, va travessar l'habitació cap al fons, va desaparèixer pel colze del passadís i va tornar, instants després, acompanyada d'un noi.

El Morell es va esgarrifar. Per una banda la situació es posava més interessant que mai, i per l'altra veia clar que aquell era el moment de deixar-ho córrer, telefonar a la Babà per sortir a fer un tomb i oblidar-se de tot plegat, per comptes d'estar-se allà, observant aquell teatre privat on ara, de moment i des de feia estona, no hi havia ningú. Perquè els protagonistes devien estar a la cuina, sopant. El Morell es va alçar i va anar, ell també, cap a la cuina.

No va trigar gens a tornar al costat del telescopi. Tot continuava igual: la parella a la cuina i l'habitació buida. ¿I si, enduts per alguna mena d'exotisme, eren ja en ple èxtasi amorós, a la mateixa cuina?

A mig quart d'onze van entrar al dormitori, rient i amb una copa a la mà. La noia va posar un disc i va començar a ballar al ritme d'una música que el Morell no sentia. Era frustrant veure com parlaven i no poder saber què es deien. Li hauria agradat saber llegir els llavis. Ara el noi s'havia afegit al ball de la noia. Aviat, però, van deixar-ho estar i van anar acostant-se, lentament i somrient-se, al llit.

Aquell noi visitava la veïna aproximadament un parell de cops per setmana. Algun altre cop en venia un altre. El Morell va comprovar que no hi havia manera de poder preveure exactament quin dia hi anirien. La primera setmana, l'habitual hi va anar el dilluns i el dijous; l'altre, el divendres. La segona, l'habitual el dimarts i el dissabte; l'altre no hi va anar. La tercera setmana, l'habitual el dimarts; l'altre, el diumenge. Encara que la Babà fos a casa, el Morell comprovava a simple vista si la veïna dormia acompanyada o no.

Una nit que el Morell havia ajornat una trobada amb la Babà amb una excusa fútil, la veïna era a la barana del balcó, acompanyada per l'habitual. Miraven ara el cel, adés el carrer. Deixant vagar la mirada, la veïna la va fixar en la finestra del Morell un instant breu: dècimes de segon, a penes. El Morell en va tenir ben bé prou per esverar-se. Potser l'havia vist, tot i la cura que havia pres a no encendre cap llum. Però, si hagués estat així, pensava mentre recollia el telescopi, no hauria continuat amb el nòvio, com si res. Aquella nit, el Morell va somiar que mirava pel telescopi i veia que l'home que visitava la noia no era ni l'habitual ni l'altre, sinó ell mateix, que quan la tenia al davant, a l'abast de la mà, la trobava poc atractiva, amb una pell excessivament porosa, que feia olor de nadó.

Aviat, el Morell va començar a atipar-se de la història. Va tornar a convidar més sovint la Babà a casa. Molts dies, quan sortia de la feina, abans de fer cap a casa anava al cine i, després, passejava. Sovint, abans de pujar al pis, passava per la xarcuteria de la cantonada, i s'hi entretenia, mirant cerveses, licors, embotits. No li agradava gens cuinar. Per això, els sopars freds eren habituals. Aquell vespre va arribar a casa a un quart de nou. Va deixar el menjar sobre el marbre de la cuina. La Babà no arribaria fins a dos quarts de deu. Va començar a preparar el sopar; a les nou ja havia enllestit. Com que encara faltava mitja hora perquè arribés la Babà, va parar una estona el telescopi.

Es va quedar glaçat. Apuntant cap a ell, a l'habitació de la noia hi havia un telescopi. I la noia al darrere, mirant-hi. El Morell va sentir que les rajoles del terra es trencaven a bocins. De seguida la Babà trucaria a la porta i es trobaria allà, exposada a aquell telescopi que l'observava des del balcó del davant. El Morell no sabia què fer. ¿Tancar les cortines? Si tancava les cortines, era ben segur que la noia s'irritaria i n'instal·laria unes altres, a casa seva, en justa revenja. Tot allò s'havia convertit ja en un repte claríssim. Tu em mires: jo et miro. No havia pas comprat un telescopi per pura casualitat, ella. Era perquè l'havia vist mirant-la.

Era ben clar que havia de correspondre a la curiositat de la veïna igual que ella, voluntàriament o no, havia correspost a la seva. Mentre començava a valorar positivament els termes d'aquest pacte, va adonar-se que corria un perill suplementari: si el telescopi de la noia era prou potent (per l'aspecte ho semblava) podria reconèixer la Babà: totes dues treballaven al mateix edifici. ¿No aprofitaria la veïna alguna oportunitat, alguna trobada a la porta de l'ascensor, per explicar-li les activitats del Morell? Després d'uns segons de reflexió, el Morell va mirar-se el problema des d'una nova perspectiva, més tranquil·litzadora: com que havia instal·lat també un telescopi, la veïna ja no tenia més dret a escarnir-lo que ell a escarnir-la.

El Morell va plegar el telescopi i el va desar a l'armari. I, lentament, com si la lentitud fos una demostració de serenitat, va acabar de parar taula. No era exactament desconcert, el que sentia. Era una barreja de patiment i gust.

Va trobar la Babà més maca que mai. Després de sopar, mentre es ficaven al llit, la Babà va demanar-li que corregués les cortines.

—Ens veuran.

—¿Des d'on? L'edifici del davant és massa lluny perquè ens vegin. No tanquem. Fa calor i així entra una mica d'aire.

Aquella nit, esperonat per la mirada intuïda de la veïna, el Morell va actuar per damunt de la mitjana habitual. Quan va acabar, com el nen que mostra el dibuix que acaba de fer, es va atansar a la finestra i va mirar. Li va semblar veure-la, al costat del telescopi. (Però amb aquella foscor, també li hauria pogut semblar que no hi era.) Estava content. L'endemà, no solament la miraria, al llit, sinó que sabria que ella seria conscient que la mirava.

A les set, el Morell es va col·locar davant del telescopi. La noia ja havia arribat. La va veure sortir del bany, amb el barnús posat. Quan se'l va treure, va trigar a vestir-se, com si es mostrés. I es va vestir lentament perquè tingués l'oportunitat de comprovar totes i cada una de les fases d'aquell striptease a l'inrevés, pensava el Morell. Després, la noia es va acostar al balcó amb un got a la mà. Va mirar els autos que passaven, un botiguer que abaixava la porta metàl·lica, i a ell, amb un somriure.

A les nou va desaparèixer pel colze del passadís. Quan va tornar, no ho va fer amb cap dels nòvios que el Morell li coneixia, sinó amb dos desconeguts, un dels quals carretejava un munt de llibres. El Morell, creient per un moment que la cosa anava de reunió de treball o d'estudi, es va sentir decebut i va estar a punt de desertar del telescopi. Afortunadament no ho va fer: un quart més tard, tots tres eren al llit, mentre el Morell rumiava com s'ho faria, l'endemà, per, si més no, igualar la jugada.

Proposar a la Babà ficar-se al llit amb ell i amb un altre o una altra li va semblar del tot fora mesura. El Morell sabia que la Babà devia sortir, més o menys de tant en tant, amb altres homes, igual que ell amb altres dones (tot i que, últimament, amb la dèria del telescopi, no havia dedicat cap atenció a les nòvies menys usuals). Però, en qualsevol dels casos, una proposta així no faria cap mena de gràcia a la Babà. Sobretot sense, abans, haver-li explicat el perquè; i explicar-l'hi, a aquestes altures, li semblava impossible.

Es va passar el matí seleccionant anuncis: «Senyora acabada de casar, amb problemes econòmics. Rebo de 10 a 3 del matí. Telèfon...» «Particular. Sóc jove, esvelta i molt atractiva. Telèfon...» «Nina catalana. Dolça. Faig de tot. Telèfon...» «Separada de 28 anys busca acompanyant per aprofitar les nits d'estiu. Telèfon...» «Anna. 19 anys. Preciosa. No professional. T'espera al seu pis particular. Només senyors solvents. Màxima discreció. Carrer...» «Viuda casolana. Telèfon...» «Mari i Pat. Complet: 3.000. Dúplex: 6.000. Grec: 8.000. Obert de 9 a 9. Dissabtes també. Telèfon...» Això ja s'acostava força al que li interessava. Va fer una repassada a altres anuncis similars: «Dora i Lídia. Juntes: 5.000. Carrer...» «Irene i Tània. Joveníssimes i amb classe. Telèfon...» «Beda, negra, i Mari, blanca. Ho fem tot. Carrer...» «¿Per què no? Eva, 18 anys, i Marisol, 23 anys. Telèfon...» «Som dues estudiants, de 18 i 19 anys. Màxima discreció. Carrer...» Finalment va triar el que li va semblar més ajustat al que necessitava: «Som dues amigues. De 18 i 24 anys. Control sanitari. ¿Al nostre apartament o al teu? També hotel. Telèfon...»

Va marcar el número de telèfon i va concertar cita per aquella nit, a dos quarts de deu. (El Morell va considerar que dos quarts de deu era una hora prou discreta: l'escala no seria plena de mares tornant de buscar els nens al col·legi, com a les set, ni despertaria sospites, com a les dotze.)

Les noies eren més atractives del que havia imaginat. Totes dues morenes. (Sense saber ben bé per què, sempre havia imaginat els dúplexs de senyores formats per una de rossa i una de morena, encara que una de les dues fos tenyida.) La més alta (li va dir que es deia Mari) li va demanar, mentre es repapava contra els coixins, que corregués les cortines. El Morell va al·legar calor i claustrofòbia.

—¿Claustrofòbia?—va dir l'altra (que es deia Paqui), torçant el gest, com si no acabés de veure clar si la claustrofòbia era una venèria—. Vés ficant-te al llit amb les cortines obertes i un dia et trobaràs amb un xantatge.

—Perquè algú et vulgui fer xantatge, s'han de tenir molts diners.

—Parlant de diners, per cert...

El Morell va pagar dissimuladament, tractant

d'amagar, amb la còrpora, l'intercanvi de bitllets. Abans que se n'adonés, totes dues ja eren al llit, despullades i esperant-lo. Al Morell, aquell «apa, som-hi» no li va agradar. La veïna no ho trobaria excitant. Per compensar, hi va posar especial cura.

Mentre esperaven el segon round, el Morell es lamentava que potser la veïna deduiria que eren putes; no pas per la manera de vestir, ni pel maquillatge (del tot discret), sinó per aquell excessiu anar per feina. La Paqui li va demanar beure. El Morell li va servir un whisky. La Mari va anar al lavabo. El Morell es va quedar assegut a l'espona del llit mentre la Paqui, amb ungles llarguíssimes, li acariciava l'interior de la cuixa. El Morell no se'n sabia avenir. ¿Com podia ser que fos al llit, amb dues senyores que, francament, li interessaven més aviat poc, només perquè la veïna, la veïna!, el veiés? Fos quina fos la mena de competició que, sense paraules, havien establert, ja havia arribat al límit, suposava. Es va aixecar del llit i va fer cap a la finestra. Tot era fosc. Si fins i tot costaven de distingir la noia i el telescopi, resultava absolutament impossible saber si feia cara de satisfacció o no. De cop, li va semblar que la veïna s'aixecava. Va saber que, efectivament, s'havia aixecat perquè el llum de la cuina va projectar, immediatament, un rectangle de llum sobre l'habitació. Al bell mig destacava el telescopi. Ben aviat, el rectangle va desaparèixer i la foscor va ser encara més absoluta.

—¿Què mires tanta estona?—va fer la Paqui, remenant el gel del got de whisky.

El Morell es va girar. La Paqui li va llançar un petó i, amb la mà, el va convidar a acostar-se.

Es va passar tota la nit pensant que la veïna devia haver intuït que les noies eren pagades. Segur que ho havia considerat una estafa. I aquella estafa, n'estava convençut, devia haver-la irritat fins al punt que mai més no hi hauria telescopi. Potser aquella mateixa tarda (o aquell mateix matí, mentre ell fos a l'oficina) la noia faria col·locar una cortina al balcó.

Després de la feina, el Morell va passar per la xarcuteria. A tocar de la porta hi havia una maquineta amb tiquets amb el número de tanda. En va agafar un: el 93. Lentament, la botiga va anar buidant-se, fins que només va quedar, davant del Morell, el 92: una noia que comprava pernil, camallot i vi. Quan es va girar per anar-se'n (i mentre el dependent cridava: «Noranta-tres!»), el Morell es va quedar astorat. I ella també. Des que havia començat tot allò, per primera vegada es veien cara a cara i a prop, no tan sols òpticament sinó també físicament. La noia li va semblar bellíssima, i molt més jove del que recordava. Si hagués tingut coratge, li hauria parlat. Però que li somrigués el va acabar de desarmar. Mentre la noia se n'anava, el Morell sentia com el dependent cantava, dos cops, el seu número de tanda.

Tal com havia suposat pel somriure d'aquella tarda a la xarcuteria, la veïna no havia instal·lat cap cortina. Aquella nit, però, al llit de la noia no hi va haver convidat. ¿Era que donava per acabada la competició? No podia ser. El Morell sentia que sobre les espatlles tenia, ara, la responsabilitat de cargolar el vis una mica més.

Al matí es va passar hores donant voltes a la idea. Al migdia, mentre dinaven, en va parlar amb el Joan. El Morell proposava telefonar a una nòvia que feia temps que no veia, una xiqueta de Reus molt aficionada a aquests números. Si el Joan en duia una altra...

—No voldran.

—Intentem-ho.

El Morell es va passar la tarda preparant l'escenari. I xampany i marisc, no tant perquè cregués en les virtuts afrodisíaques de què tenen fama com perquè, precisament per aquesta fama, les noies veurien de seguida de què anava la cosa i, arribat el moment, no se'n sorpendrien. Mentre parava les copes va pensar que seria horrible que precisament aquella nit la noia tingués visita i no pogués treure el telescopi per mirar-los.

No va ser així. La veïna va estar sola i amb el telescopi parat. A l'escenari, el Joan, la Marta (amiga seva), l'Alícia (antiga nòvia del Morell) i ell. Els números els van sortir menys reeixits del que el Morell havia somiat i més del que les circumstàncies feien suposar.

Com a mínim, l'espectacle havia estat «sincer»,

pensava el Morell l'endemà, mentre suportava l'efusió del Joan, decidit (després de l'èxit de l'empresa, que considerava total) a muntar xous d'aquells dia sí dia no. El Morell, però, tenia el cap en un altre lloc: una d'aquelles nits, pensava, la noia hauria, si més no, d'igualar-li la jugada. ¿O potser havia decidit donar-se?

A mig matí, el Morell (frisós per veure si aquella mateixa nit la veïna apujava l'aposta) va telefonar a la Babà, per dir-li que, a l'inrevés de com havien quedat feia uns dies, aquell vespre no li anava bé veure's. La Babà va tranquil·litzar-lo: precisament ella estava a punt de telefonar-li perquè també tenia coses a fer.

Al vespre, el Morell va muntar el telescopi de seguida que va arribar a casa. Es va passar tota l'estona fumant, sobre el llit, que encara feia olor de la nit abans. A tres quarts de set, com d'habitud, va arribar la veïna. Abans de despullar-se, es va dirigir cap al balcó i el va mirar, somrient. El Morell també va somriure.

Prop de les deu, la noia va anar cap a la porta del pis. En va tornar acompanyada de la Babà.

EL PERQUÈ
DE TOT PLEGAT

Sir, — Jean Giraudoux (in *Siegfried et le Limousin*, Chapter 2) raised the interesting question of how, sometimes, minor mysteries in one's life are suddenly if belatedly explained. He adds:

Je ne désespère pas de voir se résoudre un jour, en Océanie ou à Mexico, quelques autres énigmes de mon passé; un noeud finit toujours par se défaire du simple dégoût d'être un noeud. La seule d'ailleurs qui me préoccupe vraiment est l'énigme Tornielli; cet ambassadeur en exercice, que je voyais pour la première fois à la distribution des prix du concours général, me fit signe d'aller à lui et me glissa dans la main un oeuf dur.

My intensive research on the Tornielli Enigma has so far yielded only the information that Count Giuseppe Tornielli Brusati di Vergano (1836-1908) was Italian Ambassador in Paris from 1895 to 1908. The obvious unanswered questions are: was Giradoux actually handed a harboiled egg by the ambassador of a foreign Power? or did he play on the reader the French trick of dissociating «le narrateur» from «l'auteur»? If the former, did Giradoux die without elucidating the Tornielli Enigma? Or has someone else cleared it up?

I wonder if any of your readers knows the answers.

MARQUÈS DE TAMARÓN, carta al director publicada al *Times Litterary Supplement* el 28 de gener del 1983

L'HONESTEDAT

Empenyent un carret amb una safata on hi ha un got d'aigua, un pot de càpsules, un termòmetre i una carpeta, la infermera entra a l'habitació 93, diu «bona tarda» i s'acosta al llit del malalt, que jeu amb els ulls tancats. El mira sense un interès excessiu, consulta el portapapers que penja als peus del llit i on hi ha les indicacions del que cal fer, treu una càpsula del pot que du al carret i, mentre agafa el got d'aigua, diu:

—Senyor Rdz, és l'hora de la càpsula.

El senyor Rdz no mou ni una parpella. La infermera li toca el braç.

—Vinga, senyor Rdz.

Amb els més negres pressentiments, la infermera agafa el canell del malalt per pendre-li el pols. No en té. És mort.

Guarda la càpsula dins del pot, arracona el carret contra la paret i surt de l'habitació. Va corrent cap al taulell de control d'aquella ala de l'hospital (la D) i anuncia a la infermera en cap que el malalt de l'habitació 93 s'ha mort.

La infermera en cap mira el rellotge. No li va gens bé, que se li hagi mort un malalt en aquell moment. Falta un quart per plegar i avui més que mai li interessa sortir a l'hora perquè per fi ha aconseguit que el nòvio de la seva millor amiga li digui per sortir, amb l'excusa de parlar, justament, de la seva amiga. Tot i que ella sap (precisament per les confessions d'aquesta seva amiga) que és un home que no està gaire per romanços, que el que menys li interessa en el món és parlar, i que no hi ha cap mena de dubte que si l'ha convidada a sopar a casa és per empalar-la al cap de pocs minuts, damunt mateix de la taula, enmig de les espelmes i dels plats d'espaguetis, si és que ha preparat espaguetis per sopar, com (ho sap per l'amiga) fa gairebé sempre. I ho espera amb deler. Per això, si anuncia que el malalt de l'habitació 93 s'ha mort, vulgues no vulgues s'haurà de quedar força estona més, encara que ja hagi arribat el torn següent, aquest que comença just un quart més tard. Les morts porten paperassa. No són coses que se solucionin de seguida. I això vol dir arribar tard a la cita. És clar que pot trucar al nòvio de la seva amiga, explicar-li què passa i proposar-li de veure's més tard, o un altre dia. Però l'experiència li ha ensenyat que els ajornaments de les primeres cites acostumen a ser fatídics. Que, quan s'ajorna una primera cita per un motiu, el cop següent s'ajorna per un altre. I, ara per una cosa ara per una altra, l'ajornament es converteix en definitiu. A més, ha estat un dia terrible, i té unes ganes boges de plegar, anar a casa d'ell i deixar-se fer.

Si hi hagués més confiança, li podria dir (a la infermera que ha trobat el malalt mort) que fes com si no se n'hagués adonat. Així, seria una de les infermeres del torn de més tard qui el descobriria, i de les complicacions posteriors se n'encarregaria la següent infermera en cap. A les del torn de més tard tant els és. Tot just hauran començat a treballar, i trobar un mort no els desbarata la jornada. D'aquesta manera ella es deslliuraria de l'afer i arribaria puntual a la cita. Però no té gens de confiança en la infermera. És nova i fins i tot hi ha el perill que estigui afectada per aquesta certa devoció a l'ètica que de vegades té la gent novella. A més, pot ser que no n'estigui afectada però s'apunti el fet i, un dia, quan li convingui, ho faci servir en benefici propi.

La infermera en cap torna a mirar el rellotge. Cada cop es posa més nerviosa. Les busques avancen inexorables cap a l'hora de sortida, cap a la cita que no es vol perdre per res del món. ¿Què ha de fer? Ha de pendre una decisió ràpida, perquè la infermera que ha descobert el mort comença a mirar-la amb cara de no entendre per què s'està quieta, bocabadada i sense decidir res. Li diu que ja se n'encarrega ella i que continuï amb la ruta.

Tampoc no pot demanar-li el favor a la infermera en cap del torn següent. No perquè la dona tingui vel·leïtats ètiques, sinó perquè, lamentablement per la resolució del tràngol en què es troba, hi ha un odi mutu que dura des del mateix dia que es van conèixer.

Si no troba cap solució, ¿s'estarà de braços plegats i renunciarà a la cita? Per res del món. Però el neguit no la deixa pensar amb claredat. Cada cop ho veu tot més negre.

Just en el moment pitjor, quan les cabòries estan a punt de no deixar-li trobar cap sortida, veu la solució entrant per la porta: el metge nou, que fa poc que treballa a l'hospital i que sempre li somriu, amb un somriure entre insinuador i interrogatiu. És l'única possibilitat. S'acostarà al metge jove, li explicarà que té un compromís ineludible i li demanarà que li faci un favor: encarregar-se'n ell, del mort. Tot i que sap que, a canvi d'aquell favor, els somriures insinuadors es convertiran en propostes concretes. ¿Li ve de gust, però, accedir a les propostes concretes d'aquell metge? Mai no hi ha pensat seriosament. D'entrada hauria dit que no. Però, després de fer-se la composició de lloc i mirar-se'l un cop més, ¿per què no? A més, si realment no li vingués gens de gust fins i tot podria dir-li que no. Un favor es fa a canvi de res. Si un favor es paga ja no és un favor.

Però com més hi pensa menys de gust li ve dir-li que no. De fet, li ve de gust dir-li que sí. És més: té moltes ganes que li faci propostes. Tantes ganes que cada cop pensa menys en l'home amb qui ha quedat citada més tard i a qui imagina empalant-la sobre la taula, entre els espaguetis.

Se li acosta, obre la boca i s'esforça per no quedar muda. Els llavis del metge la trastornen. Són molsuts, tersos. Els mossegaria allà mateix. Per comptes d'això li demana el favor. El metge li somriu, li diu que no es preocupi i que se'n vagi tranquil·la: ell se n'encarregarà. La infermera en cap se'n va pel passadís i, abans d'entrar al vestidor, es gira un últim cop per mirar-lo i comprovar que, efectivament, ell també l'ha estat mirant; la mira encara, se somriuen i ella entra al vestidor. Es canvia de pressa: ja passen deu minuts de l'hora que hauria hagut de plegar! Surt al carrer. Alça un braç per parar un taxi, però s'hi repensa, l'abaixa i es queda palplantada un instant. Després comença a caminar, busca una cabina telefònica i, mentre truca al nòvio de l'amiga per mussitar-li una excusa poc creïble, calcula quant de temps trigarà el metge nou a fer-li propostes, i com s'ho farà per incitar-lo, si veu que triga gaire a fer-n'hi.

L'AMOR

L'arxivera és una dona alta, guapa, amb trets facials grans i vius. És intel·ligent, divertida, i té allò que la gent en diu caràcter. El futbolista és un home alt, guapo, amb trets facials grans i vius. És intel·ligent, divertit, i té allò que la gent en diu caràcter.

L'arxivera tracta amb menyspreu el futbolista. S'hi mostra eixuta, displicent. De tant en tant, quan ell li truca (és sempre ell qui li truca; ella mai no li truca a ell), encara que no tingui res a fer li diu que aquell dia no li va bé que es vegin. Fa veure que té altres amants, perquè el futbolista no es cregui amb cap dret. De vegades hi ha rumiat (tampoc no gaire, no fos cas que s'adonés que actua de manera equivocada) i ha arribat a la conclusió que el tracta amb menyspreu perquè en el fons l'estima molt i li fa por que, si no el tractés amb menyspreu, cauria en la trampa i s'enamoraria d'ell tant com ell està enamorat d'ella. Cada vegada que l'arxivera decideix que es fiquin al llit, el futbolista es posa tan content que no acaba de creure-s'ho i plora d'alegria, com amb cap altra dona. ¿Per què? No ho sap, però creu que el menyspreu amb què l'arxivera el tracta no ho és tot. No és, de cap manera, el factor decisori. Sap que en el fons ella l'estima, i sap que si fa veure que és dura és per no caure en la trampa, per no enamorar-se d'ell tant com ell està enamorat d'ella.

El futbolista voldria que l'arxivera el tractés sense desdeny o, com a mínim, amb menys. Perquè així veuria, per una banda, que aquesta no és l'única mena de relació possible entre tots dos i, per l'altra, que no ha de tenir cap por d'enamorar-se d'ell. Perquè ell estimaria la tendresa de l'arxivera, aquesta tendresa que ara li fa por mostrar.

De vegades el futbolista va amb altres dones. Perquè li sembla haver arribat al límit, perquè decideix que ja no suporta més que el tracti com un gerro, que gairebé ni el miri, que s'hi raspalli i després l'ignori.

Però sempre hi torna. No és que les altres no li interessin prou. Ben al contrari: són noies esplèndides, intel·ligents, guapes i considerades. Però cap no li dóna el gust que li dóna ella.

Un dia (una tarda, mentre l'arxivera fuma i observa com ell es desvesteix), el futbolista agafa coratge i li parla. Li diu que no hauria de ser tan eixuta, tan esquerpa, que ell l'estima tant que no li ha de fer por mostrar-se tal com és. Que no s'aprofitarà de cap feblesa d'ella. Que si és tendra (i ell ho sap, que ho és, i sap que fa veure que no) ell encara l'estimarà més. Irada, li diu que qui s'ha pensat que és, per dir-li què ha de fer i què no ha de fer; el fa ajeure i li bufeteja la cara. Aquella tarda, el futbolista disfruta més que mai.

Però, un altre dia que queden, de manera inopinada ella no és tan malcarada com d'habitud. El futbolista se'n sorprèn. Potser s'ho ha rumiat i, sense dir-li res, ha començat a fer-li cas. L'endemà és fins i tot tendra. El futbolista se n'alegra molt. Per fi ha entès que no havia de tenir por. Que mostrar-se tal com en el fons és no li ha de dur cap mal. Són al llit. El futbolista està tan emocionat que es trasbalsa amb cada gest, amb cada carícia. Troba un plaer especial en cada moixaina. És tanta la tendresa que no té ganes ni de cardar: abraçant-se i dient-se que s'estimen (ella l'hi diu, ara, tothora) ja en tenen prou.

L'arxivera no el torna a tractar mai més amb menyspreu. Està tan enamorada del futbolista que l'hi diu al matí, a la tarda, a la nit. Li regala camises, llibres. Se li dóna sempre que vol. És ella qui li truca, cada cop més, per veure's cada dia. I un vespre li proposa d'anar a viure plegats.

El futbolista l'observa fredament, amb la mirada vidriosa. Fins no fa gaire hauria donat el braç dret perquè li proposés el que li acaba de proposar.

VIDA MATRIMONIAL

Per tal de firmar uns documents, el Zgdt i la Bst (casats des de fa vuit anys) han d'anar a una ciutat llunyana. Hi arriben a mitja tarda. Com que fins l'endemà no podran resoldre l'afer, busquen un hotel on passar la nit. Els donen una habitació amb dos llits individuals, dues tauletes de nit, una taula per escriure (hi ha sobres i paper de carta amb la capçalera de l'hotel, en una carpeta), una cadira i un minibar amb un televisor al damunt. Sopen, passegen pel costat del riu i, quan tornen a l'hotel, cadascun es fica al seu llit i treu un llibre.

Pocs minuts més tard senten que a l'habitació del costat carden. Senten clarament el grinyol del somier, els gemecs de la dona i, més fluix, els esbufecs de l'home. El Zgdt i la Bst es miren, somriuen, fan algun comentari de broma, es desitgen bona nit i apaguen el llum. El Zgdt, calent per la cardada que encara sent a través de la paret, pensa a dir-li alguna cosa a la Bst. Potser ella s'ha posat tan calenta com ell. Podria acostar-s'hi, asseure's al llit, fer broma sobre els veïns d'habitació i, com aquell qui res, acariciar-li primer els cabells i la cara i, tot seguit, els pits. Molt probablement, la Bst s'hi apuntaria de seguida. Però ¿i si no s'hi apunta? ¿I si li enretira la mà i fa petar la llengua o, pitjor encara, li diu: «No en tinc ganes»? Fa anys no hauria dubtat. Hauria sabut, just abans d'apagar el llum, si la Bst en tenia ganes, si els gemecs de l'habitació del costat l'havien encès o no. Però ara, amb tants anys de teranyines al damunt, res no és clar. El Zgdt es gira de costat i es masturba procurant no fer gens de fressa.

Deu minuts després d'haver acabat, la Bst li pregunta si dorm. El Zgdt li diu que encara no. A l'habitació del costat ja no gemeguen; ara hi ha una conversa en veu baixa i rialles soterrades. La Bst s'aixeca i va cap al llit del Zdgt. Aparta els llençols, s'hi estira i comença a acariciar-li l'esquena. La mà baixa de l'esquena fins a les natges. Sense prou coratge per dir-li que s'acaba de masturbar, el Zgdt li diu que no en té ganes. La Bst deixa d'acariciar-lo, hi ha un silenci breu, llarguíssim, i se'n torna al seu llit. Ell sent com aparta els llençols, com s'hi fica dins, com es regira. A cada regirada, al Zgdt se li multipliquen els remordiments per haver-se masturbat sense haver intentat abans saber si la Bst voldria cardar. Se sent, a més, culpable de no haver-li dit la veritat. ¿Tan poca confiança es tenen, tan estranys són ja l'un per l'altre, que ni això no li pot dir? Precisament per demostrar que no són del tot estranys, que encara hi ha una espurna de confiança, que potser poden revifar la foguera, agafa coratge, es gira cap a ella i li confessa que fa uns minuts s'ha masturbat perquè pensava que ella no tindria ganes de cardar. La Bst no diu res.

Minuts després, el Zgdt suposa, pels sorolls dissimulats que li arriben, que la Bst es masturba. El Zgdt sent una tristesa immensa, pensa que la vida és grotesca i injusta, i esclata a plorar. Plora contra el coixí, enfonsant-hi la cara tant com pot. Les llàgrimes són abundants i calentes. I quan sent que la Bst ofega el gemec final contra el tou de la mà, xiscla amb un xiscle que és el xiscle que ella es mossega.

LA SUBMISSIÓ

La dona que ara pren un gelat de vainilla a la primera taula d'aquest cafè ho ha tingut sempre ben clar. Busca (i buscarà, fins que el trobi) el que ella en diu un home de debò, que estigui pel cas, que no perdi el temps en detalls galants, en gentileses inútils. Vol un home que no pari atenció al que ella li pugui explicar, posem per cas, a taula, mentre dinen. No suporta els homes que intenten fer-se els comprensius i que amb cara d'angelets li diuen que volen compartir els problemes d'ella. Vol un home que no es preocupi pels sentiments que ella pugui tenir. Des de púber ha fugit dels xitxarel·los que es passen el dia parlant-li d'amor. D'amor! Vol un home que no parli mai d'amor, que no li digui mai que l'estima. Troba que és ridícul, un home amb els ulls enamorats i dient-li: «T'estimo.» Ja l'hi dirà ella, que l'estima (l'hi dirà sovint, perquè l'estimarà de debò), i quan l'hi hagi dit rebrà complaguda la mirada de compassió que ell li adreçarà. Aquesta és la mena d'home que vol. Un home que, al llit, la faci servir com li vingui de gust, sense preocupar-se pel d'ella, perquè el gust d'ella serà el que ell en tregui. Res no la fa sortir més de polleguera que un home d'aquells que, en un moment o altre de la còpula, s'interessen per si ha arribat o no a l'orgasme. Això sí: ha de ser un home intel·ligent, que tingui èxit, i amb una vida pròpia i intensa. Que no estigui pendent d'ella. Que viatgi, i que (no cal que sigui gaire d'amagat) tingui altres dones, a més d'ella. A ella no li fa res, perquè ell sabrà que, sempre, només que li faci un xiulet, ella serà als seus peus, pel que vulgui manar. Perquè vol que la mani. Vol un home que la faci anar dreta, que la domini. Que (quan li vingui de gust) la grapegi davant de tothom, sense miraments. I que, si per aquelles coses de la vida ella té cap accés de pudor, li clavi bufetada sense aturar-se a pensar si hi ha o no gent que els mira. Vol que li pegui també a casa, en part perquè li agrada (disfruta com una boja quan li peguen) i en part perquè està convençuda que amb tota aquesta oferta no se'n podrà estar mai, d'ella.

EL CICLE MENSTRUAL

A tercer de Biològiques, la Grmpf està enamorada del Pti i el Pti de la Grmpf. Però, com que el Pti té un punt entre tímid i orgullós, no n'hi diu res, a la Grmpf, i la Grmpf acaba creient que de fet no està enamorat d'ella. Per això, amb grans esforços, intenta treure-se'l del cap. Li costa Déu i ajut, perquè n'està molt enamorada, però a la fi aconsegueix mig oblidar-se'n. Sobretot a partir del moment que coneix el Xevi i s'hi interessa. Al Xevi la cosa ja li va bé, perquè s'hauria aferrat a un clau roent: acaba de trencar amb la Mari i se sent absolutament sol. Amb l'acceleració pròpia de qui vol enterrar el passat com més ràpid millor, el Xevi i la Grmpf es casen de seguida. Quan el Pti se n'assabenta, s'enfonsa del tot: s'adona, de cop, que estava enamoradíssim de la Grmpf. L'espera a la porta de casa d'ella i, un moment que veu que el Xevi se'n va, hi truca. La Grmpf obre la porta i es queda ben parada de veure el Pti amb un genoll a terra i declarant-se-li. Els sentiments se li trasbalsen, està a punt de caure en el dubte; però és forta, inspira profundament i li diu que és massa tard. El Pti calla, es posa dret i se'n va, desesperat i perquè no vegi que plora. Mentrestant, el Xevi s'ha trobat, camí de l'oficina, amb la Mari. Ah, quina trobada. Només de mirar-se als ulls s'adonen que trencar va ser un error. S'abracen i es prometen amor etern. Però la Mari pateix pel Xevi: no acaba de creure's que s'hagi adonat tan de pressa que és a ella a qui estima i no a la Grmpf. El Xevi insisteix que sí, que és a ella a qui estima, i per demostrar-l'hi torna a casa quan calcula que la Grmpf no hi és; fa la maleta i li deixa una nota, on li diu què passa i n'hi presenta excuses. Quan la Grmpf arriba a casa, veu la nota i es desespera. Que imbècil ha estat de no cedir a la proposta del Pti. Obre una ampolla de vodka; se la pren sencera. Això li fa agafar coratge. Truca al Pti, li diu que s'hi ha repensat i que l'estima.

A l'altra banda del fil, el silenci. Per fi, el Pti s'escura la gola i parla. Li explica que la declaració arriba tard perquè, quan ella li ha dit que no, de tan desmuntat com estava ha iniciat de seguida el procés de denigració i, com que és ràpid, a aquestes hores del vespre ja ha destruït la bona opinió que en tenia i ha transformat del tot l'amor que fins aquesta tarda sentia per ella. Ara només sent odi, un odi intens que li permet engegar-la sense contemplacions i penjar. Amb l'auricular a la mà, la Grmpf plora, i de seguida li ve febre: de cop està a trentanou graus i dues dècimes. L'endemà no va a la feina. Aquella mateixa tarda, precedit per un ram de flors apareix el Toni, un company de despatx que ha vingut a interessar-se per la seva salut, per si necessita res. La Grmpf s'adona que darrere d'aquell interès i d'aquell munt de flors hi ha una espurna d'amor.

Però no és el moment. Ella, ara, només pot pensar en el Xevi, fins que la ferida se cicatritzi.

La ferida se cicatritza, la Grmpf es refà del tot i el Toni insisteix: la treu a passejar, la du a sopar, van al cine. Ell voldria arribar a més, però ella li deixa clar des del principi que seran bons amics i prou. El Toni s'hi conforma. S'hi conforma perquè és comprensiu. Comprèn que els sentiments de la Grmpf són encara flèbils i no s'hi pot jugar. Cada dissabte, de tornada del cine o del restaurant, la deixa a la porta de casa i s'acomiaden amb un petó a la galta.

Fins que un dia el Toni coneix l'Anni. És allò que se'n diu amor a primera vista. S'enrotllen immediatament i el Toni deixa de veure la Grmpf. La Grmpf, molesta, decideix que el Toni ja no surt amb ella perquè l'únic que volia era anar-se-n'hi al llit i com que no se n'hi anaven deixa de voler sortir amb ella. Aquesta n'és la prova: com que no és una dona fàcil, acaba amb la hipocresia dels sopars, les sortides al cine i aquella frase que deia sempre: «No em fa res. Entenc que encara estiguis dolguda pel Xevi; no em molesta gens que no anem al llit. De debò.» Hipòcrita. Com a revenja, la Grmpf se'n va a un bar i es fica al llit amb el primer que troba, un escocès anomenat Eric, que acaba d'arribar d'Aberdeen i pensa quedar-se una setmana, per treure's del cap una noia anomenada Fiona.

LA INÒPIA

La professora universitària va a dinar a casa del professor universitari. Van treballar junts deu fer dotze anys i de tant en tant (cada any o cada dos anys) dinen plegats i s'expliquen com els han anat les coses des de l'últim cop que es van veure. Aquest cop fa gairebé tres anys que no es veien: des d'abans que ella es divorciés.

Tota l'estona, la professora universitària parla únicament de si la gent està bona o no. «¿Tu trobes que Kim Basinger està bona?», pregunta. «A Mickey Rourke no el trobo gaire bo». «Bruce Willis sí que està bo». «A la meva facultat hi ha un professor que està molt bo». «¿Tu creus que l'Andreu està bo?»

És la caricatura, en negatiu, d'un determinat tipus d'homes, quan parlen de dones. Però amb uns detalls que ho fan ridícul. Els homes que ella inconscientment caricaturitza mai no preguntarien si tal o tal altra dona estan bones. Ho sabrien des del primer moment que les haguessin vist, fos al cine, en una revista o a la facultat. Tampoc no dirien sempre «està bona» com a única frase del repertori, i tindrien cinquanta altres frases, de poètiques a grolleres, per descriure'n tots i cadascun dels detalls anatòmics o el potencial lasciu que hi intueixen.

Després d'anys i anys d'estar absolutament casada, ara (després del divorci) ha descobert el Mediterrani. Però tants anys de no practicar han fet que s'hagi oblidat de nedar, o que ho faci amb tan poca traça que no podrà allunyar-se gaires metres mar endins.

No s'està quieta a la cadira. Encén un cigarret darrere l'altre i els xucla amb avidesa. Porta els llavis pintats d'un vermell intens. Abans del divorci no se'ls pintava. No es maquillava gens. Ara, en canvi, porta la cara com un cromo. Quan somriu (somriu tota l'estona) a les comissures dels llavis el maquillatge li fa un plec com de cartró. I els cabells els porta perfectament tallats, tenyits d'un castany vermellós que es torna d'un coure grisós als cabells blancs.

Mentre prenen cafè, el professor universitari l'escolta i l'observa. ¿Es deu retreure tots els anys perduts en la fe monogàmica? ¿Deu passar llista de la quantitat d'homes que s'hauria pogut tirar i no s'ha tirat? ¿Deu ser conscient que, fidel a la fidelitat, la carn se li ha afluixat, li han sortit arrugues, i gent que fa deu anys hauria volgut cardar amb ella ara ni ho considera?

—¿Per què em mires tan fixament?—diu ella, de cop—. ¿No te'm deus pas voler insinuar?

LA FE

—Potser és que no m'estimes.

—T'estimo.

—¿Com ho saps?

—No ho sé. Ho sento. Ho noto.

—¿Com pots estar segur que el que notes és que m'estimes i no una altra cosa?

—T'estimo perquè ets diferent de totes les dones que he conegut a la vida. T'estimo com no he estimat mai ningú, i com no podré mai estimar. T'estimo més que a mi mateix. Per tu donaria la vida, em deixaria escorxar de viu en viu, que juguessin amb els meus ulls com si fossin bales. Que em llancessin en un mar de salfumant. T'estimo. Estimo cada plec del teu cos. Sóc feliç només de mirar-te als ulls. Dins de les teves nines m'hi veig jo, petitet.

Ella mou el cap, neguitosa.

—¿Ho dius de debò? Oh, Raül, si sabés que de debò m'estimes, que puc creure't, que no t'enganyes a tu mateix i, doncs, a mi... ¿De debò m'estimes?

—Sí. T'estimo com mai ningú no ha estat capaç d'estimar. T'estimaria encara que em rebutgessis, encara que no volguessis ni veure'm. T'estimaria en silenci, d'amagat. M'esperaria que sortissis de la feina només per veure't de lluny. ¿Com pots dubtar que t'estimo?

—¿Com vols que no en dubti? ¿Quina prova tinc, real, que m'estimes? Dius que m'estimes, sí. Però són paraules, i les paraules són convencions. Jo sé que t'estimo molt, a tu. Però ¿com puc tenir la certesa que tu m'estimes?

—Mirant-me als ulls. ¿No ets capaç de llegir-hi que t'estimo de veritat? Mira'm als ulls. ¿Creus que podrien enganyar-te? Em deceps.

—¿Et decebo? Poc m'estimes, si tan poca cosa fa que et decebi. ¿I encara em preguntes com és que dubto del teu amor?

L'home la mira als ulls i li agafa les mans.

—T'estimo. ¿M'escoltes bé? T'es ti mo.

—Oh, «t'estimo», «t'estimo»... És molt fàcil dir «t'estimo».

—¿Què vols que faci? ¿Que em mati per demostrar-t'ho?

—No siguis melodramàtic. No m'agrada gens, aquest to. De seguida perds la paciència. Si de debò m'estimessis no la perdries tan fàcilment.

—Jo no perdo res. Només et pregunto una cosa: ¿què et demostraria que t'estimo?

—No sóc jo qui ho ha de dir. Ha de sortir de tu. Les coses no són tan fàcils com sembla. —Fa una pausa. Contempla el Raül i sospira, resignada. —Potser sí que t'he de creure.

—És clar que m'has de creure!

—Però ¿per què? ¿Què m'assegura que no m'enganyes o fins i tot que tu mateix t'ho creus, que m'estimes, i per això m'ho dius, encara que en el fons del fons, sense tu saber-ho, no m'estimes de debò? Pot molt ben ser que t'equivoquis. No crec que vagis amb mala fe. Crec que quan em dius que m'estimes és perquè ho creus. Però ¿i si t'equivoques? ¿I si el que sents per mi no és amor sinó afecte, o alguna cosa semblant? ¿Com ho saps, que és amor de debò?

—M'atabales.

—Perdona.

—Només sé que t'estimo i tu em destarotes amb preguntes. M'atipes.

—Potser és que no m'estimes.

PIGMALIÓ

És una adolescent tan bella que, només conèixer-la, Pigmalió vol fer-ne una escultura. La du a l'estudi i s'hi passa hores (dibuixant-la primer, pintant-la després), abans de fer la primera prova en fang. Contràriament a la pel·lícula, la noia ni és ignorant ni parla xava. Quan acaba l'escultura s'han enamorat l'un de l'altre.

Al llit, Pigmalió descobreix que és tan bella i educada com inexperta. Conscient del seu paper a la història, li ensenya tot el que sap, sorprès de la facilitat amb què la noia aprèn. Fins que la converteix en l'amant perfecta, conscient de ser-ho: la que sempre havia somiat. S'emmotlla a qualsevol joc a què la sotmeti, fins que l'ha sotmès a tots els que sap. Esperonat per la receptivitat de la noia, furga en el sac de les fantasies que mai no ha dut a la pràctica. Fins que ja no és només ell qui proposa, sinó que són tots dos a bastir un crescendo d'excitacions. Ara la noia és als seus peus, amb la boca oberta i els ulls encesos. Amb una cullera, Pigmalió recull la barreja de semen i llàgrimes que regalima per la cara de la noia i l'hi dóna a la boca, peixant-la com a un bebè. Pigmalió mira, encisat i neguitós, com la noia llepa la cullera. ¿Què més pot fer-li? La noia li implora que li faci el que vulgui.

—Només cal que m'ho diguis i m'arrossegaré pels carrers; si vols duré homes a casa, perquè vegis com se'm follen. Digue'm «puta»; tu m'has fet així.

És veritat. Sap que, només que l'hi ordeni, s'arrossegarà pels carrers. Però també sap que, encara que no l'hi ordeni, ho farà igualment. Només cal mirar-la. Qualsevol que la miri als ulls hi ha de veure un volcà de lascívia. Que no tan sols no es negarà mai a res, sinó que aprofitarà la primera possibilitat de trair-lo per gaudir del plaer d'enganyar qui ha estat el seu mestre. ¿I si ja ha començat a trair-lo i, sabent que a ell li agradaria saber-ho i coneixe'n tots els detalls, per pura perversió no l'hi diu? El fa tornar boig la possibilitat que un altre home l'hi clavi sense ell ser-hi davant, i perdre-s'ho. La mira amb ràbia i passió. Llença la cullera a un costat, es posa dret; quan la torna a mirar el cor li batega desmesuradament. Amb un rampell recull les quatre coses que la noia té a l'estudi (un raspall pels cabells, unes arracades, un pintallavis, un llibre), les fica en una bossa, agafa la noia per un canell, li entafora la bossa a l'aixella, obre la porta, la fa fora i tanca d'una revolada.

—Puta!

LA IMMOLACIÓ

Marit i muller contemplen la silueta de la torre. La muller se sent especialment tendra i abraça el marit.

—Tenia moltes ganes de fer aquest viatge.

Es besen. El marit acaricia els cabells de la dona. Tornen a mirar cap a la torre.

—¿A quina hora hem de ser a Florència?—diu la muller.

—Al vespre. ¿Tens gana, ara? ¿Agafem el cotxe i anem a dinar a algun lloc per aquí a prop?

—Sí. Però primer pugem a la torre.

—¿A la torre? Ni parlar-ne.

—¿Com que no? A veure si haurem vingut a Pisa i ens n'anirem sense pujar a la torre.

—I tant que no. Jo, com a mínim, no hi pujo.

—¿Per què?

—No és segura. No em faria cap gràcia que caigués just quan hi pugem a fer la visita turística.

—¿Com vols que caigui? Fa segles que s'aguanta així. No deus pas creure que s'hagi d'ensorrar precisament quan hi pugem nosaltres.

—Fa segles que està inclinada. Però no és veritat que faci segles que està tan inclinada. Cada cop ho està més. I algun dia s'ha d'ensorrar. Tothom dirà: «Ves, ha estat avui, ¿qui ho havia de dir?» Però jo no vull pas trobar-m'hi dins, el dia que passi.

—¿No veus que l'han tingut tancada durant anys, fins que s'han assegurat que no passava res, fins que un comitè de geòlegs, d'arquitectes i de no sé què ha decidit que no hi havia perill?

—Que l'hagin tingut tancada durant anys vol dir, precisament, que és perillosa. Un cop s'ensorri ja no hi haurà perill. Ja no hi podrà pujar ningú. El problema és mentre no s'ensorra. A més, l'únic que han fet és faixar la torre amb anells d'acer, ancorar-la a una plataforma de ciment i fer-hi un contrapès de plom. I que només hi puguin pujar, cada vegada, un nombre determinat i reduït de persones confirma que no ho han solucionat.

—No. El que confirma és que han pres les mesures de seguretat necessàries. Ara ja no pot passar res.

—Al contrari. Ara poden passar més coses que no pas abans. Abans, amb el pas del temps, la torre havia anat estabilitzant-se. Ara, amb tots aquests anells d'acer i aquests pegats li han fet perdre fins i tot aquesta relativa estabilitat. Ara és quan més pot caure. En qualsevol moment.

—Em deixes parada. ¿De debò no vols pujar-hi? ¿Hem vingut a Pisa i no pujaràs a la torre amb mi?

—És un risc innecessari.

—Tot és un risc innecessari. Pujar als avions. Anar amb cotxe. Fumar. Fins estar-te a casa. Pot ser que la veïna de baix no hagi tancat bé el gas, algú encengui un misto i esclati tot l'edifici.

—Ets una paparra.

—Jo hi pujo. Si vols, m'esperes aquí.

El vent bufa d'una manera paorosa. El mocador que la muller du al coll se li encasta a la cara. L'aparta amb una mà; mira el marit amb un rictus ofès. El marit veu que negar-s'hi seria la primera esquerda en el mur que els uneix, un mur que han anat bastint a còpia d'anys. Com que faria qualsevol cosa perquè aquell mur no s'esquerdés, accepta.

—Va, som-hi—diu.

La dona somriu, l'agafa per la cintura, van cap a la torre, comencen a pujar-hi i no té temps ni d'adonar-se d'aquesta prova d'amor.

L'ENTENIMENT

Cada cop que la dona entenimentada se'n va al llit amb algú li diu al nòvio que ho ha fet, no pas per un atac circumstancial de lubricitat, sinó perquè s'ha enamorat. No és que s'hagi de sentir culpable de res (la dona i el seu nòvio tenen un pacte ben clar i elàstic, pel que fa a això), però és com si se sentís més neta si, quan se'n va al llit amb algú, remarca que ho fa enamorada. En canvi, cada cop que el seu nòvio s'enrotlla amb algú, la dona considera que ho fa mogut només per la lubricitat, i això la irrita. No és que es posi gelosa. No. No és en absolut gelosa. Simplement la molesta que el nòvio sigui tan vulgar, tan carnal. El nòvio sí que es posa gelós quan sap que ella se'n va al llit amb un altre. Però és una gelosia comprensible: perquè ella s'enamora. I si la persona amb qui (més o menys elàstic) tens un pacte de convivència s'enamora d'un altre, la gelosia és lògica.

¿Quina escala hi aplica, la dona, per decidir que els seus afers de llit són producte de l'amor i els del nòvio de la luxúria? El nòvio diu que una escala molt senzilla: que ella és ella mateixa (i per tant s'ho justifica tot) i ell no tan sols no és ella, sinó que és home, amb la càrrega històrica que això comporta. La dona ho nega, tot i que els anys li han ensenyat que, efectivament, en general es comporten de manera diferent, homes i dones. Però no ho diu perquè, tot i que és una creença sobre la qual cada cop té menys dubtes, és generalitzadora. I sempre hi ha excepcions, encara que mai a la vida no s'ha vist tan a prop de reconèixer que la frase feta que assegura que tots els homes són iguals, tot i ser tòpica (i per tant repugnant), és, si més no parcialment, certa: potser tots no, però la immensa majoria dels homes sí que són iguals. La dona entenimentada sap de què parla: s'ha enamorat de molts, i tots, indefectiblement i encara que ho adornin, en el fons lliguen amb ella moguts per la lubricitat. Lubricitat a la qual ella cedeix sovint perquè (ho ha de reconèixer) des de ben petita ha estat enamoradissa de mena i l'amor l'embriaga de tal manera que, de seguida que un home li passa el braç per l'espatlla, li besa el lòbul de l'orella i li posa la mà entre les cames, encara que obri la boca per dir que no, mai no li surt el no i sempre diu que sí.

EL DETERMINI

Al vespre, la dona fatal i l'home irresistible es troben en un cafè amb les parets de color ocre. Es miren als ulls; saben que aquest cop serà l'últim. Tant a l'un com a l'altre, des de fa setmanes se'ls ha anat fent evident la fragilitat del fil que els havia unit d'ençà de tres anys i que els feia trucar-se a totes hores, viure l'un per l'altre; un desfici tal que ni les tardes dc diumenge no eren avorrides. Ara el fil està a punt de trencar-se. Ha arribat el moment de posar en dubte l'amor que es tenen i, doncs, plegar.

Abans es veien gairebé cada dia, i el dia que no es veien es telefonaven, encara que fos enmig d'un congrés a Nova Escòcia. En les últimes setmanes a penes s'han vist tres cops, i no han estat trobades alegres. Sense haver-s'ho dit, tots dos saben que la trobada d'avui és per acomiadar-se irremissiblement. Han arribat a un punt tal de compenetració que a cap dels dos no li cal explicitar que s'avorreixen perquè tots dos se n'adonen simultàniament. S'agafen de la mà i recorden (cadascun per ell, en silenci) la perfecció fornicària a què han arribat últimament: ells mateixos se'n meravellen. No és gens estrany que, al costat d'acrobàcies així, la resta de les seves vides els sembli ensopida. Fan el cafè, es diuen adéu i se'n van cadascun pel seu costat. Ella ha quedat per sopar amb un home; ell ha quedat per sopar amb una dona.

Després de les postres, la dona fatal triga hora i mitja a ficar-se al llit amb l'home amb qui ha quedat. L'home irresistible en triga tres, a ficar-se al llit amb la seva acompanyant. Tots dos es troben fent-ho de manera tan maldestra que s'emocionen. Quina passivitat! Quina imperícia! Quanta ansietat! Quanta impaciència! Els queda per recórrer un camí ben llarg, fins a arribar amb els nous amants a la perfecció a què acaben de dir adéu aquest vespre, amb un cafè.

L'ADMIRACIÓ

La noia escolta bocabadada com el novel·lista críptic llegeix un capítol de la seva última novel·la. Quan acaba, mentre la gent aplaudeix ella aprofita per situar-se en una posició estratègica i, quan el novel·lista surt de la sala, xerrant ara amb un ara amb un altre i encaixant alguna mà, l'aborda. Li diu que està molt interessada en el que fa i que, si fos possible, voldria coneixe'l més a fons. La noia és bonica i al novel·lista li agraden les noies boniques. La mira, la noia aguanta la mirada i li somriu. El novel·lista accepta; es desfà dels organitzadors i van a sopar a un restaurant.

És un restaurant senzill, perquè el novel·lista, tot i ser molt bo (o precisament perquè ho és), no té prou èxit econòmic per permetre's restaurants de luxe. Això a ella li és ben igual. N'està (se n'adona mentre el mira als ulls) absolutament enamorada. Ell xerra i xerra sense parar, i a ella li agrada el que explica. Riu molt i surten del restaurant abraçats. Van a casa d'ell, que viu en un últim pis sense ascensor («Com a les pel·lícules!», s'entusiasma ella) i hi passen la nit. L'endemà tornen a veure's.

Acaben anant a viure junts. Al cap de quatre mesos, ella queda embarassada. Tenen una nena. El pis se'ls fa no tan sols petit, sinó massa incòmode per pujar-hi una criatura. Un vespre, el novel·lista críptic pren una decisió: com sigui, ha d'augmentar els ingressos. Les novel·les críptiques amb prou feines donen res. I la suma del que ell cobra per fer ressenyes d'escacs al diari i del que ella cobra de dependenta en una perfumeria és una misèria.

Afortunadament, un amic (que anys abans havia publicat un parell de llibres de poesia i ara és muntador d'espots) li troba un lloc en una agència de publicitat. Hi entra de redactor de textos. D'enginy no n'hi ha faltat mai, i d'escriure en sap prou. Tant, que els directius el valoren de seguida. Les coses milloren, econòmicament i professionalment.

A la fi poden canviar de pis. Ella torna a quedar embarassada. De tant en tant ell recorda l'època en què escrivia novel·les críptiques. És una època cada cop més llunyana. És una etapa acabada, i de vegades fins li sembla impossible haver-s'hi dedicat mai, a la novel·la críptica. No hi tornaria per res del món. La literatura li sembla ara una cosa arnada, un art de segles pretèrits. El futur, el present, no està als llibres, que ja no llegeix ningú, sinó als diaris, a la televisió, a la ràdio. I la publicitat, perquè es prostitueix conscientment, n'és l'art més excels. I ell hi està triomfant, en aquest art més excels. Fins al punt que tres anys més tard ja té agència pròpia, i cada dia arriba a casa totalment baldat, amb el temps just de fer un petó a les dues nenes, abans d'estirar-se al sofà, esbufegar i explicar-li a la dona, a ritme de metralladora, els mil tràfecs del dia.

La dona el mira amb llàstima. Sap que ell no troba a faltar l'època en què escrivia novel·les críptiques. Sap que cada dia lluita de sol a sol per tirar la casa endavant, que ho fa amb alegria i que, a més, hi ha reeixit, i això el fa content. Segur que ell no entendria que ella sentís llàstima, però és el que sent. Per això, quan se'n van al llit i ell s'adorm de seguida, ella continua amb el llum encès, llegint una novel·la. És una novel·la enrevessada (és la nova tendència; les novel·les críptiques ja no es porten) que ha sortit fa dues setmanes i que en només aquestes dues setmanes s'ha convertit en un èxit, un gran èxit dins del món residual de la literatura. La troba apassionant, tant, que no es pensa perdre la conferència que el novel·lista farà, l'endemà a la tarda, en un prestigiós institut de cultura de la ciutat.

¿PER QUÈ LES BUSQUES DELS RELLOTGES GIREN EN EL SENTIT DE LES BUSQUES DELS RELLOTGES?

L'home blau s'està al cafè, fent anar la cullereta dins d'una tassa de poniol. Se li acosta un home magenta, amb aspecte neguitós.

—He de parlar amb vostè. ¿Puc seure?

—Segui.

—No sé per on començar.

—Pel començament.

—El mes passat vaig seduir la seva dona.

—¿La meva dona?

—Sí.

L'home blau triga quatre segons a contestar.

—¿Per què m'ho ve a explicar?

—Perquè des d'aleshores no visc.

—¿Per què? ¿L'estima tant que vol viure amb ella? ¿Ella no l'estima i això el neguiteja?

—No.

—¿És el remordiment, potser?

—No. El que passa és que no em deixa viure. Em truca de dia i de nit. I si no contesto ve a casa. I si no hi sóc em busca pertot. Em ve a veure a la feina, diu que no pot viure sense mi.

—¿I?

—He perdut la tranquil·litat. Des que la vaig conèixer no me l'he pogut treure del damunt ni un sol dia. ¿Vostè no s'ha adonat de res?

—¿Quan la va conèixer?

—Fa un mes i mig. Vostè era a Roma.

Efectivament, l'home blau va ser a Roma fa un mes i mig.

—¿Com ho sap, vostè, que jo era a Roma?

—¿Que no em creu? M'ho va dir ella, quan la vaig conèixer. La vaig conèixer en un curset d'informàtica.

Efectivament, la dona va fer un curset d'informàtica aprofitant que l'home blau era a Roma.

—¿Què vol, doncs?—diu el blau.

—Que m'ajudi a sortir-me'n. No és que no m'agradi, la seva dona. És extraordinària, intel·ligent, sensual. ¿Què li he de dir? Però...

—És molt absorbent.

—¿Oi que sí?—diu, content, l'home magenta, veient que l'home blau el comprèn.

—Té ganes de treure-se-la del damunt.

—Sí, francament.

—No el deixa tranquil ni un moment, ¿oi? Si el veu tot sol, fumant, prenent la fresca, llegint el diari, estudiant, mirant el programa de televisió que més li agrada, el que sigui, immediatament se li estira al damunt i comença a fer-li magarrufes.

—A més, si no estàs del tot per ella es pensa que fa nosa i es posa d'aquella manera que es posa. Per això, tot i que sé que no hi tinc cap dret, vull demanar-li un favor: parli amb ella, munti-li una escena de gelosia, amenaci-la. El que sigui. Qualsevol cosa perquè no ens vegem mai més.

—¿De debò vol treure-se-la del damunt?

—Sí, sisplau.

—Res més fàcil. Faci com jo. Deixi de defugir-la, no s'amagui, sigui amable, tendre, considerat. Estigui més per ella que no pas ella per vostè. Truqui-li, digui-li que l'estima com mai no ha estimat. Prometi-li que li dedicarà la vida sencera. Casi-s'hi.

LA GELOSIA

Tamar hi passa la llengua un cop més i, molt lentament, aixeca els ulls fins a trobar-se amb els d'Onan.

—M'agrada molt, la teva cigala.

Està extenuada. Clou les parpelles. Al cap d'una estona s'ha adormit, amb el cap sobre el pubis de l'home, que no para de pensar-hi. «M'agrada molt, la teva cigala.» «M'agrada molt, la teva cigala»... ¿Per què sempre li diu el mateix? Des que s'han conegut, ¿quantes vegades l'hi ha dit, mentre reposen? Innombrables. En canvi, mai no li diu que li agrada molt el seu braç dret, o els omòplats. Sempre el mateix: la cigala. De vegades, Tamar la sosté al palmell de la mà i la frase és diferent:

—Tens una cigala preciosa.

Ara ella dorm i l'home s'ha girat de costat. Per fer-ho, li ha hagut d'apartar el cap. Endormiscada i tot, encara s'hi aferra. Quina mania amb la cigala. ¿Que només li agrada la cigala, d'ell? I ell, ¿li agrada? No l'hi diu mai, que li agrada. Al principi li havia fet gràcia, aquella dedicació. Era tendra i excitant. Com quan ell li deia: «M'agrada molt, estar dins del teu cony.» Però a poc a poc la cosa va anar prenent un caire obsessiu. És de debò que li agrada molt la seva cigala. Ho nota pels ulls, per com l'observa, pel ritme de les frases, per la manera d'emfasitzar la paraula «molt»: «mooolt».

L'endemà el desperta la boca de Tamar, acariciant-l'hi. Onan s'aparta, com ferit.

—¿Què fas?

—M'agrada molt.

—¿T'agrada molt?

—Sí. —Hi ha un instant de pausa. —M'agrada molt, la teva cigala.

Ja hi tornen a ser.

—Si no tingués cigala, ¿m'estimaries igual?

El mira de biaix.

—¿Què t'agafa?

—¿Què vols que m'agafi? No fas més que parlarme de la cigala.

—De la *teva* cigala.

—A mi no m'ho dius mai, que t'agrado.

D'un cop sec, li enretira la mà. Tamar s'aixeca. Està preciosa i indignada.

—T'has tornat boig.

—Boig no. Però jo també existeixo. —I afegeix en un to agut, a posta perquè soni ridícul:— ¿No et sembla?

Tamar s'afanya a vestir-se. Tanca la porta d'una revolada. Les passes de la dona ressonen escales avall, cada cop més lluny. Onan s'asseu al llit, es posa la mà dreta sota el membre, flàccid, l'alça una mica i el contempla, entre furiós i encuriosit.

AMB EL COR A LA MÀ

Es comprometen per Cap d'Any, just a mitjanit, mentre a la ciutat esclaten els castells de focs i la gent s'abraça: a les cases, als carrers, a les sales de festa. Per tots dos s'acaba l'època d'amistat i comença el prometatge que els ha de dur al matrimoni. ¿Quan es casaran? Ho decidiran més endavant; ara l'emoció és massa forta. Es miren l'un en els ulls de l'altre i es juren amor i fidelitat eterns. Decideixen esbandir els afers més o menys amorosos que cada un tenia fins ara. Es prometen també ser del tot sincers l'un amb l'altre; no mentir-se mai.

—Serem del tot sincers l'un amb l'altre. Mai no ens mentirem, sota cap concepte ni amb cap excusa.

—Una sola mentida seria la mort del nostre amor.

Aquestes promeses els emocionen encara més. A les dues de la matinada s'adormen al sofà, cansats, l'un en braços de l'altre.

Es lleven al migdia, amb ressaca. Es dutxen, es vesteixen, surten al carrer amb ulleres de sol.

—¿Anem a dinar?—diu ell.

—Sí. Per mi poca cosa. Amb un parell de tapes ja en tinc prou. Però tu deus tenir molta gana.

Ell està a punt de dir que no, que qualsevol cosa li va bé, però recorda la promesa.

—Sí. Tinc gana. Però em conformo amb unes tapes. Tu en menges un parell i jo en menjo més.

—No. Tu deus voler entaular-te. ¿No t'estimes més que anem a un restaurant?

Han promès ser del tot sincers l'un amb l'altre. No li pot dir, doncs, el que li hauria dit si no: que ja li va bé fer tapes en un bar. Ara ha de reconèixer que realment s'estima més anar a un restaurant i entaular-se.

—Doncs anem-hi—diu ella—. ¿Anem a aquell restaurant japonès que vam anar fa una setmana i que et va agradar tant?

Una setmana abans encara no s'havien promès ser del tot sincers l'un amb l'altre. A més, ell no li va dir mai que li hagués agradat el restaurant japonès. Ho recorda amb claredat: a preguntes d'ella, ell havia dit que el restaurant li havia semblat bé, fórmula que no expressava l'entusiasme que ella posa ara en boca seva.

—Et vaig dir que m'havia semblat bé, no que m'hagués agradat.

—És a dir: que no et va agradar.

L'hi ha de dir:

—Odio el menjar japonès.

Ella el mira als ulls, sorruda.

—Saps que a mi m'agrada molt.

—Ho sé.

Dubta si la promesa ho exigeix o no, però com que s'estima més trair-la per excés que no pas per defecte declara la resta del que pensa: que precisament una de les coses que li desagraden d'ella (i que lliga amb una certa actitud que ella creu esnob però que en el fons és xarona i prou) és l'afició a anar sempre a restaurants d'aquells que substitueixen la bona cuina per les relacions públiques. Ella li diu que és un imbècil. Ell es veu obligat a dir-li que no se sent gens imbècil i que està convençut que, si s'hagués de provar qui posseeix un cervell més potent, el d'ella no seria el guanyador. Aquestes paraules acaben d'ofendre la dona, que el bufeteja, irada, mentre li torna a dir que és un imbècil, un imbècil crònic, que ho serà tota la vida i que no el vol tornar a veure mai més, proposta amb la qual ell està de seguida d'acord.

LA INESTABILITAT

Tip que li arrenquessin la ràdio del cotxe un cop i un altre, el senyor Trujillo se n'hi va fer instal·lar una que es podia treure i posar. Així no l'hi pendrien mai més.

Va sortir del taller de reparacions al volant del cotxe i escoltant una emissora. Era una bona ràdio. Sempre, quan arribés a casa i deixés el cotxe a l'aparcament comunitari, trauria la ràdio, se la ficaria sota el braç i pujaria cap a casa. Quan anés a l'oficina faria el mateix. El cas és, doncs, que duria la ràdio sota el braç ben poca estona. De l'aparcament comunitari al seu pis i de l'aparcament de l'oficina a l'oficina: en tots dos casos viatges amb ascensor, curts. Per això no l'amoïnava gaire haver-la de dur sota el braç. Si l'hagués hagut de dur pel carrer s'hi hauria repensat. Sempre havia menyspreat els que van pertot amb la ràdio del cotxe sota el braç. Li feien ràbia, quan els veia a les barres dels bars, amb l'aparell al costat de la copa. O a les botigues, arrossegant-lo de taulell en taulell, sense perdre'l mai de vista, encara que el dependent hi posés quinze camises al damunt.

Per això, una setmana i mitja més tard es va aturar de cop al mig del carrer i es va mirar l'aixella. ¿Què feia, ell, amb la ràdio sota el braç? ¿Com era possible que no hi hagués parat esment fins que s'havia allunyat quinze metres del cotxe? Havia anat al centre de la ciutat a comprar i, després d'una estona exasperant donant voltes i voltes sense trobar lloc on aparcar, quan finalment l'havia trobat havia tret la ràdio d'una manera mecànica. La tensió acumulada per la dificultat de trobar un espai on aparcar havia fet que (un instant) el cervell, autònom, considerés una ximpleria sense importància aquella reticència seva a anar pel carrer amb la ràdio sota el braç. Per això no se n'havia adonat fins quinze metres més endavant. Se sentia ridícul. Va tornar enrere, va obrir el cotxe, s'hi va asseure amb la ràdio a les mans. ¿On podia deixar-la? ¿Sota el seient? Potser el possible lladre la veuria, per la finestra del darrere. ¿A la guantera? Va mirar el carrer, per veure si algú l'observava. Ningú. Va obrir la guantera, va ficar la ràdio dins i la va tornar a tancar. Va sortir del cotxe. Es va assegurar que la porta era ben tancada i va fer cap a la primera botiga. Hi va comprar unes sabates verdes.

Quan, tres quarts més tard, va tornar carregat de bosses es va trobar que li havien trencat el vidre de la finestreta esquerra i li havien robat la ràdio.

L'endemà va tornar al taller de reparacions. Va fer que li tornessin a posar el vidre de la finestreta i una altra ràdio. A la tarda va passar a recollir el cotxe i va tornar a casa amb dubtes. ¿Què faria d'ara endavant? Si només havia d'anar a casa o a l'oficina, no passava res: duria la ràdio posada i, un cop arribat, la trauria i la pujaria a casa o a l'oficina. Però si anava a qualsevol altre lloc (a comprar, a un restaurant) no la deixaria al cotxe, perquè si l'hi deixava l'hi robarien.

Per això la nit següent es va trobar circulant amb cotxe sense ràdio. Cosa que odiava. Li agradava molt, sentir música mentre conduïa. A més, ¿per què s'hi havia fet posar una ràdio si al capdavall l'havia de deixar a casa? Va decidir que, mentre no resolgués el dilema, deixaria el cotxe a l'aparcament i aniria amb taxi.

Precisament dins d'un taxi, cinc dies més tard va arribar a la conclusió que era idiota gastar-se cada dia una fortuna en taxis mentre el cotxe s'estava a l'aparcament, acumulant pols. Va pensar a vendre-se'l, el cotxe. Però de seguida va bandejar la idea: era fruit tan sols de la indignació i, per tant, desmesurada. Hi havia d'haver una solució que potser el neguit li impedia trobar. De moment, faria una cosa: com que el rebentava agafar taxis tenint el cotxe a l'aparcament (per no haver d'agafar el cotxe sense la ràdio, ni amb la ràdio si després l'havia de portar al damunt), es quedaria a casa, sense sortir. A més, en cas de necessitat imperiosa li quedava la possibilitat d'anar a peu, al bar, a la botiga o al restaurant, on fos que volgués anar. Aquest determini, però, li limitava molt el camp d'acció; a menys que acceptés trigar tres hores per anar a un lloc i tres hores per tornar-ne.

Al vuitè dia de quedar-se cada vespre a casa,

avorrint-se, va treure la tele del quarto dels mals endreços, on l'havia ficada unes setmanes abans, quan va començar a sortir amb aquella noia que considerava que tornava a estar bé no mirar la televisió. Li va treure la pols. La va endollar. Hi feien una pel·lícula amb Jean-Louis Trintignant. Al cap d'un quart, la pantalla es va tornar magenta. Va apagar el televisor. El va desendollar, va tornar a deixar-lo al quarto dels mals endreços. Va agafar l'americana, va sortir al carrer, va caminar fins a un basar que hi havia tres carrers més enllà, va comprar un televisor (de pantalla rectangular, enorme), va tornar a casa acompanyat de l'instal·lador, el va connectar (el televisor) i va buscar el canal on feien la pel·lícula amb Jean-Louis Trintignant.

Quan es va acabar la pel·lícula van fer un telefilm el protagonista del qual era el fill d'un policia que, sense que son pare se n'adonés, l'ajudava a resoldre els casos. Després, les notícies. Després, un concurs d'endevinar paraules. Per participar-hi, prèviament havies d'enviar una etiqueta d'una coneguda marca de conserves vegetals dins d'un sobre amb el nom, l'adreça i el telèfon. D'una pila triaven un sobre. Si era el teu, et telefonaven i havies de respondre (en directe) una pregunta senzilleta. Si l'encertaves, podies participar en el joc i tractar d'endevinar, lletra a lletra, quina paraula formaven els quadrats en blanc que hi havia en un plafó. Cada quadrat, una lletra i una foto. Les fotos: de diverses quantitats de diners, d'un apartament a la costa, d'un lot d'electrodomèstics, d'un temple de Bangkok, d'una càmera de vídeo, d'una bicicleta, d'un cotxe i d'una platja caribenya. Cada una indicava el premi obtingut. Com més senzilla la lletra, més baix el premi. Com menys habitual, un premi més gros. Si el concursant optava per vocals o consonants fàcils, en trauria poca cosa. Si per aconseguir premis forts deia lletres poc habituals, probablement no les encertaria i es quedaria sense completar la paraula, cosa que li impediria aconseguir tots els premis possibles.

L'endemà mateix va comprar un pot de conserves vegetals de la marca requerida, en va retallar l'etiqueta i la va enviar. Una setmana més tard, va veure com triaven la seva carta. Immediatament li van telefonar. Li van fer la pregunta senzilleta. ¿De quin dels següents productes no en feia conserves la marca patrocinadora: de pèsols, de mongeta tendra, de tonyina o de pastanagues? Va respondre correctament: de tonyina. Van passar al plafó amb la paraula misteriosa. El senyor Trujillo va anar dient lletres. Va completar la paraula: «inestabilitat». A les as hi havia feixos de vint-i-cinc mil pessetes. A les is, feixos de cinquanta-mil. A les tes, feixos de cent mil. A la essa, un televisor amb teletext i, a la ena, un apartament a la costa.

L'apartament era en una casa de tres pisos, amb jardí comunitari. El veí del pis de sota era un holandès calb que es passava el dia cuidant les flors, un d'aquells jubilats nòrdics que decideixen passar els últims anys de vida en un país càlid i barat, on els diners de la jubilació s'allarguen amb facilitat. Els veïns del pis de dalt eren una parella. Se'ls trobava sovint a l'escala, o els sentia moure's pel pis. Hi anaven els dissabtes al matí i se'n tornaven els diumenges a la tarda. El senyor Trujillo hi anava cada cap de setmana. Sortia de la ciutat el divendres a la tarda (amb el cotxe i la ràdio engegada) i hi tornava el diumenge, quan es feia fosc.

Un dissabte, els veïns de dalt el van convidar a sopar. Va acceptar. Ella es deia Raquel. Ell, Bplzznt. Van sopar avocats amb gambes i salsa rosa i rosbif amb salsa marró. Van pendre dues ampolles de vi. Van posar música. El matrimoni va ballar. Després, mentre el Bplzznt preparava uns whiskies, la Raquel, rient, va obligar el senyor Trujillo a ballar amb ella. La proximitat de la dona el va excitar. Acabada la cançó, es va asseure al sofà. La parella també s'hi va asseure. Li van explicar en què treballaven, quant de temps feia que s'havien casat. Volien tenir molts nens. El senyor Trujillo se'n va anar a la una de la matinada. Es va adormir escoltant com la parella xerrava durant força estona.

L'endemà al migdia van trucar a la porta. Eren la Raquel i el Bplzznt, que se n'anaven a la platja. El van convidar a afegir-s'hi. Com que no tenia res a fer, va acceptar. Van anar a una cala que la Raquel i el Bplzznt coneixien, amagada i amb tres roques grans dins de l'aigua, equidistants. No hi havia ningú més, a la cala. Van ajeure's a les tovalloles. La parella va anar a banyar-se. Es van allunyar fins a una de les roques, uns cent metres endins. El senyor Trujillo es va endormiscar. El van despertar uns crits. Es va aixecar. A pocs metres de la roca, la Raquel agitava els braços, demanant ajut. El senyor Trujillo es va llançar a l'aigua. No era gaire bon nedador. Quan va arribar-hi se sentia esgotat, però es va afegir als esforços de la Raquel per trobar el Bplzznt. Infructuosos. De tornada a la platja, la Raquel li va explicar entre plors que el Bplzznt havia començat a nedar cap a una altra roca i, a mig camí, havia començat a demanar ajut. Segurament, una rampa.

La policia va trobar el cadàver unes hores més tard. El van enterrar dos dies després. Durant tres caps de setmana, la dona no va anar a l'apartament. El quart, sí. Quan el senyor Trujillo va sentir passes al pis de dalt, va pujar-hi. La dona se li va llançar als braços i va arrencar a plorar. La proximitat de la dona l'excitava. De les carícies als cabells per consolar-la van passar als petons. Es van asseure al sofà agafats de les mans. De tant en tant, ara l'un ara l'altre deixava anar una de les mans, agafava el mocador i s'eixugava les llàgrimes. Aquell mateix vespre van decidir casar-se. Es van casar el divendres següent. Un cop casats, van decidir vendre un dels dos apartaments. Van desfer-se del del senyor Trujillo, perquè si es desfeien del de la Raquel per ocupar el del senyor Trujillo podia passar que els nous veïns del pis de dalt fossin sorollosos. Amb els diners que en van treure van condicionar el pis que el senyor

Trujillo tenia a la ciutat. Dos anys més tard van tenir un nen. Li van posar Bplzznt, en memòria del marit mort. Al cap d'un any van tenir una nena. La parelleta! Li van posar Clara, que era el nom de la mare del senyor Trujillo. El tercer fill (dos anys després) també va ser nena. Li van posar Chachachà.

Cada matí de dia feiner, abans d'anar a l'oficina el senyor Trujillo agafa la cartera i el nen amb una mà i les nenes amb l'altra i els porta a escola. Ara, el Bplzznt ja té sis anys, la Clara cinc i la Chachachà tres. Primer deixa el nen a primer. Després, la nena gran al parvulari i la petita a la guarderia. Tot seguit, el senyor Trujillo baixa l'escala, saluda algun pare o alguna mare que es troba pel camí, fa pessigolles al cap d'algun nen conegut, i se'n va cap a l'aparcament. S'asseu al cotxe i treu la ràdio de la cartera: se l'ha comprada, la cartera, per poder-hi dur la ràdio amagada, quan porta els nens a escola. Encaixa la ràdio a lloc, l'engega, sintonitza una emissora, es cobreix la cara amb les dues mans i, amb totes les forces de què és capaç, intenta plorar, però no se'n surt mai.

SANT VALENTÍ

L'home que no s'enamora mai surt del museu i s'asseu en un banc de la plaça que hi ha al davant. Al museu, mirant un dibuix de Manolo Hugué ha conegut una dona d'ulls nets, profunds i amb una punta de malícia, i ha pensat que potser d'aquesta dona sí que se'n podria enamorar. Ha pensat també que no són només els ulls nets i la punta de malícia, el que li agrada d'ella. És també la manera de parlar. En tota l'estona que hi han parlat, al museu, no ha dit ni una obvietat ni ha recitat cap dogma après de memòria. Per això, després d'haver-se dit adéu l'ha seguit, a distància, fins que l'ha vist entrar en un portal; ara s'espera.

De ben petit, l'home que no s'enamora mai havia intuït que trobar la dona somiada no seria cosa fàcil. Ja de bebè mirava amb desig les cames amb mitjons blancs de la cangur, i dins seu alguna cosa li deia que aquell seria un camí agrest. Sobretot perquè no tenia idea clara de com havia de ser, aquesta seva dona somiada, ni si (de fet) n'hi hauria. No tenia preferències. No la imaginava ni alta ni baixa, ni rossa ni morena. Tampoc no es delia perquè fos especialment intel·ligent, ni babaia, com volen alguns. Als cinc anys es va enamorar de la filla dels llibreters de prop de casa, on comprava els llapis, les gomes, les plomes, els tremps, la tinta i les llibretes amb espiral. Evidentment, no li va dir res. Va ser un amor secret, que li feia passar les nits en vetlla, regirant-se al llit, i amb la imatge de la llibretera a la retina: aquells ulls nets, amb una punta de malícia. Encara ara, quan pensa en la dona de qui es podria enamorar, pensa en aquells ulls nets i amb una punta de malícia. Un dia, però, els llibreters es van vendre la botiga, se'n van anar de la ciutat i no en va saber mai més res. L'enyorava. Fins al punt de lamentar més no saber-ne res que tenir-la al davant i no gosar declarar-se-li. No es va tornar a enamorar fins als vuit anys. Ell ho ignorava, però seria l'última vegada que s'enamorés. Es va enamorar d'una amiga de la seva germana gran, que venia sovint a casa, a jugar. Se sentia culpable d'haver-se'n enamorat: li semblava una traïció a la llibretera. L'amiga de sa germana devia tenir dotze anys i ell, un nen de vuit, no hi tenia res a fer. Potser quan es fes gran i les distàncies que ara semblaven abismals es relativitzessin... Després, els anys han passat a cent per hora, cada cop més de pressa. Ara ja té dinou anys. És major d'edat des de fa un any. Un any més i en tindrà vint. Vint! Mai no hauria pensat que hi havia d'arribar, ell, que entre els dotze i els catorze n'havia fet una mística, del morir abans dels vint: en accident de cotxe o de moto, o si més no suïcidat. El dubte és: ¿mai més no es tornarà a enamorar? Fa dos lustres que no s'enamora de ningú i comença a enyorar-se de les nits en blanc, regirant-se al llit, amb el record de l'estimada a la retina. Potser fer-se adult és precisament això. Al capdavall, cavil·la, enamorar-se és una mostra d'immaduresa, un senyal que no s'és prou independent. El que no entén és com troba a faltar una cosa racionalment tan nefasta. ¿Com és que se sent buit? ¿Per què no s'ha enamorat de la Marta, aquella noia que va conèixer a classe de dibuix? De virtuts no n'hi falten. Tampoc defectes. Són defectes perdonables. Com tots els defectes: tots els defectes es poden perdonar, fet i fet. És el que va pensar quan va haver decidit trencar-hi. Però ¿per què perdonar els de la Marta i no els de qualsevol altra? Si ha d'estimar algú, si estimar vol dir realment el que suposa, no el poden irritar defectes nimis. I els defectes de la Marta l'irriten. És arrogant i obsessiva. És clar que és càlida, comprensiva, acollidora. Però també és càlida, comprensiva i acollidora la Neus. La Neus, en canvi, té la pega de ser massa banal, de no haver tingut mai cap pensament original. Aquesta pega la completa amb la de (per inseguretat) mostrar-se agressiva. Amb aquella mena d'agressivitat típica de la gent que freqüenta discoteques i que, en poc temps i amb la música a tot volum, ha de demostrar que és *interessant*. La imatge d'*interessant* la munten a base de frases tallants, prefabricades, sempre a punt per ser col·locades a qualsevol lloc. ¿I la Tessa? La Tessa és intel·ligent, enginyosa, divertida. I es compenetren. Només de mirar-se de banda a banda de la taula d'un restaurant, saben, sense dir-se res, per la lluïssor dels ulls, què pensen, de qui se'n foten. Al llit, a més, s'entenen de meravella. Però, en canvi, és una nena aviciada, que arrufa els llavis quan se li nega un capritx. A més, és mandrosa i es passa el dia ajaguda al sofà, fumant lànguidament un cigarret que no s'acaba mai. Ben al contrari de l'Anna, que sempre està fent alguna cosa. És una dinamo que encomana ganes de viure. Però ¿quin és el defecte de l'Anna? Que és possessiva com cap dona que hagi conegut mai, que els mesos que han sortit l'ha controlat dia i nit, i que sempre posava en dubte que ell l'estimés tant com ella a ell. I és veritat. Perquè ell no ha aconseguit estimar-la per més que ho ha intentat. L'aprecia, li agrada. Però estimar-la, estimar-la... I no és que busqui ideals inabastables. No és tan imbècil per creure que trobarà algú sense defectes. Si de debò s'estima algú, els defectes es desen en un calaix i no es retreuen constantment. Ha intentat estimar-la. Igual que ha intentat estimar la Tessa, la Neus i la Marta. Donaria la vida per enamorar-se de qualsevol d'elles. Perquè de qualsevol d'elles valdria la pena enamorar-se; si no fos que, per més que ho intenta, no ho aconsegueix. ¿Per què no pot ser com tothom i enamorar-se? La Sefa (una altra noia digna de despertar l'amor de qualsevol amb dos dits de front) li diu que segur que és un trauma d'infantesa. Que ni sa mare ni son pare no li devien demostrar prou amor i per això ell és com és. Una altra opinió original és la de la Cuqui, que li va dir l'últim dia, abans de l'adéu final, que el que li passa és que no pot estimar ningú perquè només s'estima a ell mateix. Perquè és un egoista indigne de l'amor de les dones que se n'enamoren. Ah, quina gran conclusió, si fos certa! I aquesta n'és una altra: moltes dones se n'enamoren. No ho acaba d'entendre. ¿Per què totes se n'enamoren amb aquesta passió desmesurada? ¿Per què ell és incapaç d'enamorar-se, en justa correspondència, de cap d'elles?

Mentre medita això, l'home que no s'enamora mai veu que la noia que ha conegut al museu surt del portal i tomba per un carrer. Ell s'aixeca d'un bot. La segueix. A poc a poc va escurçant la distància. Com més la mira, caminant davant seu, més li agrada, i pel que ha notat al museu ell no li desagrada, a ella. ¿I si aquest cop anés de veres? Ja és just darrere d'ella; la té a l'abast de la mà. N'hi hauria prou de tocar-li l'espatlla perquè es girés.

L'EUFÒRIA DELS TROIANS

L'home que durant la infantesa havia tingut una certa fe religiosa no és mandrós. Li costa poc desenganxar-se dels llençols, estirar-se, fer un bot i sortir corrents pel passadís, cap al lavabo, aixecant els genolls exageradament, com fan els futbolistes quan s'entrenen. S'afaita. L'olor de l'aftershave li referma la fe en la vida. Es vesteix, tanca la porta de casa, entra a l'ascensor xiulant, surt a la planta baixa, pel carrer esquiva la gent, i entra a l'estació de metro que té a dues passes de casa. Fica la targeta en una de les boques del cancel·lador, la recull a l'altra boca, passa pel torniquet; mentre baixa les escales sent que el metro arrenca i una glopada de gent inunda les escales ascendents: tant les mecàniques com les immòbils. Aprofita per, a l'andana, mirar els cartells de cine. Arriba el nou metro. S'obren les portes, hi entra, s'aferra a la barra i observa la cara d'un home amb les parpelles botides i tancades. N'aparta la vista i la fixa en un nen que l'observa a ell, tot seriós.

L'home que a la infantesa havia tingut una certa fe religiosa somriu al nen. El nen li treu la llengua.

L'home, que a més d'una certa fe religiosa a la infantesa havia tingut interès per la matemàtica, riu. Apareix el revisor, demanant els bitllets. L'home que a la infantesa s'havia interessat per la matemàtica se sorprèn que encara hi hagi revisors. Feia anys que no en veia cap. Ho pensa mentre es regira les butxaques, buscant la targeta que ha marcat. No la troba. Ni a la butxaca interior de l'americana (que és on hauria de ser) ni a les exteriors, ni a les dels pantalons. No és enlloc; el revisor s'impacienta.

L'home que a la infantesa s'havia interessat tant per la matemàtica com per la religió es treu la cartera de la butxaca i l'obre, encara que no recorda haver-hi ficat la targeta. Efectivament, no hi és. La deu haver perdut. És això el que li diu al revisor: «La dec haver perdut.» El revisor el multa. L'home que, a més d'interessar-se per la religió i la matemàtica, a la infantesa havia tingut problemes d'inadaptació paga la multa, surt al carrer, puja a l'oficina. Es treu l'americana, s'asseu a l'escriptori pensant encara en el revisor i en la nostàlgia (agradable) que li ha produït comprovar que encara n'hi ha. Mira la pila de carpetes que s'amunteguen al seu davant. Obre la primera i s'aboca a la feina.

Vuit hores més tard aixeca el cap, s'alça de la cadira, es posa l'americana, surt al carrer i torna al metro. Arriba a casa; el surt a rebre el fill petit, plorant. Se li abraça a la cintura. El gos s'ha mort; al nen les llàgrimes li inunden les galtes. L'home que a la infantesa va tenir certs problemes d'inadaptació s'ajup, abraça el fill i mira de consolar-lo. Li diu que el gos era molt vell, que en compraran un altre, tan maco com el que s'ha mort. Quan la filla arriba de classe d'anglès, mira de donar-li la notícia de la manera més suau possible. Quan tots dos fills són al llit i ell i la dona seuen al sofà, davant de la tele, agafa la mà de la dona i li diu que és amb aquestes petites desgràcies que es van fent adults, els nens.

La dona beu una ginebra doble. A l'home que, a més de certs problemes d'inadaptació, va tenir de noi una caçadora de pell que encara recorda li entren ganes de sortir a fer una copa, quan veu la dona fent una ginebra doble. Li proposa cridar la cangur i sortir tots dos. La dona torna a omplir el got de ginebra i li diu que hi vagi ell; ella no té ganes de sortir.

Surt, doncs. Va al bar de sempre. S'hi està dues hores, bevent, parlant, flirtejant. Se'n va quan tanquen. Una dona coneguda surt al mateix moment que ell. L'home que havia tingut una caçadora de la qual encara es recorda li diu si vol que la porti. Ella li diu que no perquè porta cotxe. Cadascun es fica al seu i engeguen. Un parell de carrers més enllà es troben davant d'un semàfor en vermell, l'un al costat de l'altre. Es miren per la finestra. Somriuen. El semàfor es posa verd. Tornen a avançar. A cada semàfor en vermell es retroben i se somriuen.

L'home que de noi havia tingut una caçadora de la qual encara es recorda mira amb falsos ulls enamorats la dona. És una tècnica que, diu, li dóna bons resultats. Però en un dels semàfors en vermell bada quan la mira, no frena prou bé i xoca amb el cotxe del davant, el conductor del qual surt, indignat i agitant els braços. L'home que de noi, a més d'haver tingut una caçadora que encara recorda, va anar a Mallorca de viatge de fi de curs l'últim any de batxillerat baixa també del cotxe, amb un somrís conciliador als llavis, mentre veu com la dona s'allunya, rient i dient-li adéu amb la mà.

La topada ha estat petita. Els cotxes estan una mica abonyegats i prou. Hauria pogut ser pitjor. Omplen el comunicat per l'asseguradora i s'intercanvien noms i telèfons. L'endemà, l'home que havia anat de viatge de fi de curs a Mallorca l'últim any de batxillerat s'afanya a dur el cotxe al mecànic. Només falta una setmana per vacances i l'ha de tenir a punt. Li diuen que el passi a recollir dos dies més tard. Dos dies més tard truca al mecànic: a veure si el té a punt. El mecànic li diu que ha de parlar amb ell personalment. Que hi passi. Hi passa: el taller s'ha incendiat i els tres cotxes que hi havia dins s'han cremat. El seu és un d'aquells tres.

Surt del taller perplex. Pensa llogar un cotxe per anar-se'n de vacances. Però la dona no hi està d'acord: hi veu una malastrugança. El cor li diu que si lloguen un cotxe tindran un accident mortal. Però també li diu que igualment el tindran si viatgen amb avió, amb tren o amb autobús. L'home que va fer un viatge de fi de curs a Mallorca hi creu relativament, en les sensacions premonitòries de la dona, però no té ganes de discutir. Decideixen no anar de vacances, aquell any, per defugir les premonicions. Tot un mes tancats al pis, sense anar enlloc i amb els dos nens, se'ls fa claustrofòbic; les tensions que des de fa temps hi ha entre tots dos esclaten. De cop i volta tot és un enuig; discuteixen per minúcies. Els pren la ira. Un dia, la dona aixeca la mà i bufeteja l'home. L'home s'hi torna. Immediatament s'asserenen. Es posen d'acord que així no poden continuar. Decideixen separar-se.

Se separen a l'inici de la tardor. Ell fa les maletes i se'n va a un pis (petit) que ha llogat. El mobla de seguida. Demana un crèdit pel sofà, pel televisor, pel vídeo, per la nevera, per les taules, per les cadires, pels llits. Està content: l'auto (li han dit que probablement els de l'asseguradora no el donaran com a sinistre total i l'hi podran arreglar) se l'ha quedat ell. L'home que, a més de fer el viatge de fi de curs de l'últim any de batxillerat a Mallorca, d'adolescent s'emprovava davant del mirall de l'armari els sostenidors de sa mare no se'n sap avenir, de l'encert d'haver-se separat. El meravella que (tot i les evidències en contra) perseveri al llarg dels segles aquest funest costum humà d'aparellar-se i conviure.

Tot això ho pensa mentre puja les escales d'uns grans magatzems on ha anat a comprar-se roba. A la secció de camises coneix una noia francament atractiva. Se senten immediatament atrets l'un per l'altre. Tres hores més tard, en una cafeteria de la Diagonal, l'home que d'adolescent s'emprovava els sostenidors de sa mare li diu d'anar a casa seva (d'ell). Hi van. La noia s'ofereix a preparar ella mateixa els whiskies. Carden. Acaben de seguida. L'home troba que no ha estat cap cardada especialment meravellosa. Però ja se sap que sovint les primeres no són del tot reeixides; per això cal deixar oberta la porta a l'esperança. S'adorm. Quan es desperta, l'endemà a mig matí, la casa és buida: s'han emportat (ella sola no s'ho ha pas pogut emportar) els diners, les targetes de crèdit, el televisor, el vídeo, el sofà, les cadires, les taules, la nevera i fins les ampolles de whisky.

Una setmana més tard, mentre es dutxa es descobreix al gland un gra enorme, d'un blanc groguenc. Va al metge, que li recepta abstinència durant un temps prudencial que pot oscil·lar entre quatre mesos i un any, unes injeccions i una pomada. S'està a casa, al lavabo, posant-se la pomada; sona el telèfon. Truquen de l'asseguradora del cotxe: fetes les valoracions necessàries, han decidit que el sinistre ha estat total i per aquest motiu li donaran el vuitanta per cent del valor venal, una misèria amb la qual dóna l'entrada d'un cotxe de segona mà, que acabarà de pagar amb lletres mensuals, durant tres anys, i amb el qual dos dies més tard té un accident a l'autopista. L'ingressen a l'hospital, l'operen de seguida, li amputen el braç dret. L'home que, a més d'emprovar-se davant del mirall de l'armari els sostenidors de sa mare, va tenir la primera nòvia als quinze anys es ven el cotxe a un preu ridícul per treure els diners necessaris per posar-se una pròtesi. Un cop venut el cotxe i fetes les proves pertinents, els diners que n'ha tret serveixen a penes per pagar les proves necessàries per decidir quin braç ortopèdic li va bé, braç que queda, doncs, fora del seu abast econòmic.

A partir d'aquest moment, els fets es precipiten. Quan torna a la feina es troba que hi ha un reajustament de plantilla, provocat per la crisi econòmica que s'arrossega des de fa anys però que d'un any ençà ha anat manifestant-se cada cop amb més claredat. L'acomiaden; li asseguren que l'acomiadament no té res a veure amb la pèrdua del braç, però fins i tot ell (que donaria l'altre braç perquè fos veritat) s'adona que no l'hi diuen gaire convençuts. L'home que va tenir la primera nòvia als quinze anys tracta de veure la cara bona de la situació: durant uns mesos cobrarà l'atur. No se n'alegra perquè podrà fer el manta. Se n'alegra perquè així tindrà el temps necessari per intentar refer la vida.

Truca a la dona. Ara que té temps lliure voldria veure més els fills (la nena i el petit), als quals francament no ha dedicat tant de temps com hauria estat desitjable. Els telefona. S'hi posa la filla, que li diu que no el vol veure mai més, que el repudia. L'home que va tenir la primera nòvia als quinze anys i va cobrar el primer sou als setze penja el telèfon; galta avall li llisca una llàgrima. L'home mira per la finestra: hi ha un grup de policies que carreguen contra un grup de manifestants.

El segon cop que va a cobrar l'atur li diuen que s'ha acabat, l'atur. La situació econòmica i política no permet la beneficència pública. L'home que va cobrar el primer sou als setze anys es troba que no pot pagar el lloguer del pis i ha d'abandonar-lo. Viu del que li dóna la gent, al metro. Escull sempre els vagons més plens. Hi entra i, amb dignitat, es treu la boina (n'ha aconseguit una; és imprescindible) i recita: «Senyores i senyors, perdonin que els molesti un instant. Sóc manco, pare de família, amb dona i dos fills: una nena i un nen petit. Acabo de sortir de la presó i els demano caritat per no haver de tornar a robar. Si és trist haver de demanar, encara ho és més haver de robar el que els altres han guanyat amb el dur treball de cada dia. Qualsevol cosa em va bé, gràcies.» Allarga la boina i va passant per davant dels viatgers. Fins que un dia en troba un que, commogut, li parla d'una associació d'invàlids que es dedica a vendre una loteria. Ell n'és un dels impulsors principals i farà les gestions necessàries perquè hi pugui entrar. Això passa al matí. A la tarda ja hi ha entrat.

A l'home que va cobrar el primer sou als setze anys li assignen paradeta en un carrer, prop d'un xamfrà, per on passen molts cotxes i poca gent. Per això se les empesca per (a la manera d'alguns restaurants de menjar ràpid, que serveixen els clients sense que hagin de baixar del cotxe) orientar la paradeta cap als conductors, i vendre'ls cupons sense que hagin de baixar del cotxe. Els automobilistes s'aturen a tocar de la vorera i, al volant mateix, compren el cupó. L'èxit és total. Ell s'està just al caire de la vorera, entre dos contenidors d'escombraries i amb els cupons agafats a la camisa amb pinces d'estendre la roba. Els autos li passen a frec. Alguns s'aturen. N'hi ha que es queixen perquè el lloc on és fa que els cotxes s'aturin en un carril on no és permès. Però com que de seguida racionen la benzina, aviat circulen molts menys autos i els que circulen tampoc no tenen ganes de buscar raons.

Aviat no en circula cap; només tancs. L'home que, a més d'haver tingut la primera nòvia als quinze anys i haver cobrat el primer sou als setze, no va acabar un màster d'empresarials continua amb la paradeta, esperançat, fins que un tanc conduït per un soldat aficionat a les bromes l'hi aixafa. Ara sí que l'home que no va acabar un màster s'indigna, però el seny fa que decideixi dissimular-ho quan s'assabenta (per una dona que passa, corrent i arrambada a la paret) que a dos quarts de nou del matí ha esclatat la guerra. La guerra!

Com que és manco no el recluten. Això sí: viu en la indigència, menja les deixalles comestibles que troba als contenidors d'escombraries dels barris alts (si té sort que cap altre en la seva mateixa situació no hi hagi passat abans) i dorm a les boques del metro. Al metro, ara és inútil demanar caritat perquè tothom està igual i ningú no en dóna. Passen els mesos com si fossin anys i, un dia (gairebé com per demostrar la veracitat d'aquells que diuen que el moment més fosc precedeix sempre l'albada), s'acaba la guerra. Com sempre, guanyen els altres, que evidentment ocupen el país i imposen costums nous. L'home que no va acabar un màster d'empresarials i que, a més, durant tres anys va jugar regularment a futbol sala amb els companys de feina, se n'alegra. S'ha acabat la guerra i, hagi guanyat qui hagi guanyat, és la millor notícia possible.

Molts dels seus conciutadans, però, no pensen com ell. Abans, diuen, com a mínim hi havia l'esperança que algun dia s'acabés la guerra. Ara, com que ja s'ha acabat, ni aquesta esperança, no els queda. La desesperació és tan gran que els suïcidis sovintegen.

Dels terrats i dels balcons de les cases es llancen homes al carrer, vestits i amb barret. Sota les rodes dels trens i dels tramvies es llancen les mares amb les filles agafades de la mà. Els vells trien el gas per morir. Els tímids es lliguen una pedra ben grossa al coll i es llancen al mar. Els estudiants d'institut fiquen els dits als endolls, tractant d'electrocutar-se. L'home que durant tres anys va jugar regularment amb els companys de feina pateix cada vegada que s'entrebanca amb un suïcida, o veu que s'obre un balcó i algú es llança. Si pogués córrer i salvar-los... Però els cossos cauen a gran velocitat i quan hi arriba ja han rebentat contra el terra. Si els pogués dir que és qüestió de no decebre's, de no deixar-se vèncer per l'adversitat... Si es planta cara a l'infortuni, el vent bufa sempre a favor.

Per això, quan l'home que, a més d'haver jugat regularment a futbol sala durant tres anys amb els companys de feina, se saltava sempre les pàgines d'economia dels diaris es troba amb la possibilitat de salvar un suïcida no ho dubta ni un moment. Com dotzenes de vegades abans, sent els xiscles que la gent fa quan algú es llança o és a punt de llançar-se des d'una finestra. Però aquest cop la finestra no és lluny, sinó al mateix edifici al costat del qual guarda les pertinences en una caixa de cartró. Aixeca els ulls al cel i veu una dona que abandona l'ampit de la finestra del pis vint-i-setè. Sense pensar-s'ho ni un instant, calcula la vertical de caiguda i s'hi posa a sota, amb els braços (el braç esquerre i el monyó del dret, de fet) oberts per recollir-la. De l'impacte, l'home que se saltava sempre les pàgines d'economia dels diaris queda esclafat a terra, com un xiclet sangonós. La dona, que s'ha salvat contra la seva voluntat, el maleeix i, embogida de ràbia i de frustració, bota sobre el cadàver, la qual cosa fa que l'ànima immortal de l'home que, a més de saltar-se les pàgines d'economia dels diaris, abans de casar-se es gastava cada setmana dues mil o tres mil pessetes en loteria s'afanyi a abandonar el cos mortal i s'enlairi, travessi la capa de cirrocúmulus que cobreix la ciutat, travessi l'estratosfera, la ionosfera i l'exosfera, arribi a l'espai exterior, surti del sistema solar, de la galàxia, i uns quants anys llum més enllà s'aturi i, mentre esquiva meteorits, busqui infructuosament un lloc on reposar.

QUARTS D'UNA

L'home fa una pipada i despenja l'auricular.

—¿Digui'm?

—Hola. —És una veu de dona. —Sóc jo.

L'home dreça l'espinada. Aixafa el cigarret contra el cendrer que hi ha al costat del telèfon. Parla fluix:

—T'he dit mil vegades que no em truquis mai a casa.

—És que...

—T'he dit, sempre, que em truquis al despatx.

—¿Pots parlar?

—És clar que no. Ja t'ho pots imaginar.

—¿On és... ella?

—A l'habitació.

—¿Ens..., et sent?

—No. Però pot entrar en qualsevol moment.

—Perdona'm. Em sap greu. Però és que necessitava trucar-te ara. No podia esperar a demà, a la feina.

Hi ha una pausa. És l'home qui la desfà.

—¿Per què?

—Perquè aquesta situació em fa patir molt.

—¿Quina situació?

—La nostra. ¿Quina vols que sigui?

—Però... A veure si ens entenem...

—No! No. No diguis res. No cal. —Intenta ser irònica i no se'n surt gaire. —Podria sentir-te.

—No em sent, ara. Escolta...

—Crec que ha arribat el moment de pendre una decisió.

—¿Quina decisió?

—¿No te la imagines?

—No tinc ganes d'endevinalles, Maria.

—He de triar. Entre tu i ell.

—¿I?

—I, com que tu no em pots donar tot el que vull... No ens enganyem: per tu, jo mai no seré més que... —Respira profundament. Se sent una ambulància que passa, al lluny. —No vols deixar-la, ¿oi? No sé ni per què t'ho pregunto. Ja sé la resposta.

—¿Què és tot aquest soroll?

—Et truco des d'una cabina.

—N'hem parlat mil vegades. Sempre he estat sincer amb tu. No t'he amagat mai com estan les coses. Tu i jo ens caiem bé, ¿oi? Doncs...

—Però jo estic molt penjada de tu. Tu ja ho sé que no n'estàs gens, de mi.

—T'he dit sempre que no vull fer-te cap mal. Mai no t'he promès res. ¿T'he promès mai res?

—No.

—Has de ser tu qui decideixi què hem de fer.

—Sí.

—¿T'ho he dit sempre o no, que has de ser tu qui decideixi què hem de fer?

—Sí. Per això et truco. Perquè ja he pres una decisió.

—Sempre he jugat net, amb tu. —S'atura. —¿Quina decisió has pres?

—He decidit... deixar-te de veure.

La dona diu això i esclata a plorar. Plora durant força estona. A poc a poc, els sanglots minven. L'home ho aprofita per parlar.

—Em sap greu, però si realment és això el...

La dona el talla:

—Però ¿és que no ho entens, que no vull deixaaar-te de veeureee?!

Quan l'home deixa de sentir els plors, parla:

—Maria...

—No. —Es moca. —M'estimo més que no diguis res.

De cop, l'home apuja el to de veu:

—Home, jo triaria més aviat un auto que t'assegurés un rendiment més alt.

—¿Què?

—Sobretot si has de fer tanta carretera. —S'atura un moment. —Sí. —Fa una altra pausa. —Sí, ja ho entenc. Jo, és clar, en això no sé què aconsellar-te. Però em sembla que el que t'aniria bé és un auto amb molta més... amb molta més... —Fa com si busqués la paraula. —D'acord, sí. Però gasta massa benzina.

—¿No pots parlar?

—No, és clar.

—¿És a prop, ella?

—Sí.

—¿Davant teu?

—Sí. Però aquest model no té tanta diferència de preu respecte als japonesos. I els japonesos...

—La teva dona és davant teu i jo aquí, sense saber què fer. —Cada cop més indignada. —Sense decidir-me d'una vegada i acabar amb aquest neguit.

—L'ideal són quatre portes. Per vosaltres, quatre portes.

—¿Ho veus, com no hi ha cap altra solució? No podem continuar així. Ni una conversa civilitzada, no podem tenir.

—Però aquest gasta uns sis litres i mig.

—Tu parlant de cotxes, de litres de benzina, de si quatre portes, i jo sense decidir-me ni tan sols a penjar.

—Un moment. —L'home ha tapat l'auricular amb la mà. La dona sent una conversa esmorteïda. —Diu que... —Torna a tapar l'auricular amb la mà. Torna a treure la mà. —Digue-li a la Lluïsa, de part de l'Anna, que el pastís li va quedar perfecte.

—¿Amb qui es pensa que parles?

—En fi, ja ens veurem.

—¿Vols que pengi o...? Però, abans de penjar, digue'm si ens veurem demà.

—Sí.

—No tinc remei. Truco per dir-te que hem acabat i acabo preguntant-te si demà... ¿Quedem al lloc de sempre?

—Sí.

—¿A la mateixa hora de sempre?

—Exacte.

—I—ara parla amb veu melosa—¿farem com sempre? T'imagino de genolls, davant meu, apujant-me les faldilles... ¿Em lleparàs? ¿Em mossegaràs? ¿Em faràs molt de mal?

—Síí. —De cop torna a parlar fluix. —Hòstia, Maria! Per poc no se n'adona. Ara és a la cuina, però pot tornar en qualsevol moment. ¿I si m'hagués demanat l'auricular per parlar amb tu?

—¿Per què hauria de voler parlar amb mi?

—No vull dir amb tu: vull dir amb qui es pensava que parlava jo.

—No hi ha qui t'entengui. I no hi ha qui m'entengui. Ni jo mateixa no m'entenc. Estic que friso, decideixo acabar i, només sentir-te la veu, se'm desfan totes les decisions. M'agradaria molt estar ara amb tu. Vine. ¿No pots? És clar que no. No passa res. És quan no puc escoltar-te que m'angoixo. ¿M'estimes?

—És clar que sí.

—Val més que pengi. Adéu.

—¿On ets?

—En un bar; ja t'ho he dit.

—No. M'has dit que eres en una cabina.

—I, si sabies que era en una cabina, ¿per què ho tornes a preguntar?

—Però no ets en una cabina, sinó en un bar. Com a mínim això és el que dius ara.

—Un bar, una cabina: tant se val.

—Oh, «tant se val», «tant se val»...

—Escolta: prou!

—¿Què penses fer, ara?

—¿Ara? ¿Vols dir amb lo nostre?

—No. Vull dir: ara mateix. ¿Penses anar al cine? ¿Has dinat? ¿Has d'anar a classe d'actuació?
—Escolta: penjo.
—Espera un moment.
—És que...
—De vegades, Maria, penso que, només que volguéssim, només que ens ho proposéssim de debò, podríem fer que tot anés d'una altra manera, sense tantes tensions.
—Bé, doncs sí.
—Sí, ¿què?
—Sí.
—¿Què et passa? ¿No pots parlar? ¿Hi ha algú i per això no pots parlar?
—Mm... Sí.
—Has quedat amb ell en un bar i ja ha arribat. O ja era amb tu i ara s'ha acostat al telèfon. ¿Sí o no? ¿O què?
—Ja te'l tornaré, el llibre. Estigues tranquil·la.
—Ara em tractes en femení.
—Adéu, doncs. Truca'm. I recorda'm que et torni el llibre.
—Ah, no. Ara no pengis! Tu m'has fet suportar el neguit d'escoltar-te sense poder-te contestar més que burrades i ara...
—Aquest no el conec. ¿Com dius que es diu, el llibre?
—Perfecte. Ho estàs fent molt bé. Ara diràs el títol del llibre. ¿O no?
—Ja...

—Molt bé, aquest «ja». Dóna versemblança, fa real el diàleg amb aquesta noia amb qui se suposa que parles.

—¿*L'amor a la tarda,* dius que es diu?

—Aquest títol ¿és una invitació?

—Però molt millor que *L'amor a la tarda* era *Les cent creus*. Vaja, com a mínim per mi.

—Aquest, ¿veus?, no l'he llegit. ¿També és una novel·la?

—¿*Les cent creus,* avorrida?

De cop, l'home torna a parlar amb veu greu:

—Home, ja t'ho he dit. Gasta molta menys benzina que no pas l'altre.

—Però la protagonista de *L'amor a la tarda* és més versemblant.

—¿I com és que una casa com la Peugeot no ha previst un cas així?

—Però això era a *Ara tots dos estem igual*. ¿M'equivoco?

—En absolut.

—¿I doncs?

—Res.

Hi ha una pausa breu.

—¿Ho veus com no hi ha res a fer? Ara ja puc tornar a parlar. —Torna a haver-hi una pausa. —¿No dius res? ¿Se t'ha acabat la xerrera o vols deixar el ram de l'automòbil i passar a un altre?

—Jo també torno a estar sol.

—Doncs adéu.

—Tens raó. Val més que ens diguem adéu.

—Abans he de dir-te una cosa.

—Digues.

—Estic embarassada. —Ell no respon. —¿Que em sents? Estic embarassada. De tu.

—¿Com que de mi? ¿Com ho saps, que és de mi?

—Perquè des de l'última regla només he estat amb tu, imbècil!

—¿I aquest nòvio que et pot donar tot el que jo no puc donar-te? ¿És que no...? Perdona. ¿Què penses fer?

—¿Com que què penso fer? ¿És que tu no n'has de dir res?

—¿Jo? No.

—Ara. Ara veig ben clar com ets. Ara m'adono que, si mai em trobés en aquesta situació, te'n desentendries del tot.

—¿Què vol dir «si mai em trobés»?

—Vol dir que, evidentment, no estic embarassada. ¿Que et penses que sóc ximple? De cop se m'ha acudit, per veure com reaccionaries davant d'una situació així. ¿Potser et penses que si de debò hagués estat embarassada t'hauria demanat l'opinió sobre el que havia o no havia de fer?

La veu d'ell és irada:

—Escolta, Maria...!

La dona el repta:

—¿Què? ¿Què he d'escoltar?

—Saps que no tolero que em parlis així, en aquest to, ni que te'm toregis!

—Ah, ¿no?

—Et trencaré la cara!
—Ah, ¿sí?
—T'inflaré els morros a cops de puny.
—Sí...
—Fins que xisclis.
—Sí...
—Et lligaré a les potes del llit.
—Sí, sí...
—T'escopiré a la boca.
—Sí!
—I et bufetejaré la cara fins que te'n surti sang.
—Sí, sí!
—I t'obligaré a...
—¿A què? ¿A què?
—T'obligaré...
—¿A què?
—Te n'ompliré la boca. I t'obligaré a empassar-t'ho tot: no en deixaràs caure ni una gota.
—Ni una.
La dona respira agitadament. L'home està excitadíssim.
—He dit que ni una! Llepa't aquesta que et regalima pel llavi de sota.
—«Porca», digue'm «porca»...
—Porca. Agenolla't i obre la boca.
La dona esbufega.
—Prou. T'ho he de dir passi el que passi. És absurd intentar fer-ho durar més estona. —Calla un moment, com per agafar embranzida. —Escolta'm: no sóc la Maria.

—¿Què vol dir que no ets la Maria?

—Que no sóc la Maria: això és el que vol dir. La Maria és... La Maria m'ha demanat que et telefonés i et parlés com si fos ella.

—M'estàs prenent el pèl.

—Ha hagut d'anar-se'n. I volia que...

—¿D'anar-se'n on?

—Fora de la ciutat. Volia que creguessis que era aquí i no... És que... No puc continuar fent veure el que no és. Mira: la Maria i jo ens coneixem de classes d'actuació. Jo també estudio a l'institut del teatre. M'ha demanat que et truqués i m'ho fes venir de manera que ens barralléssim. Perquè demà us havíeu de veure i encara no haurà tornat. ¿Em sents?

—¿On és?

—Se n'ha anat una setmana. Amb un nòvio.

—¿Amb qui?

—Amb el Jaume.

—¿Amb el Jaume?

—Sí.

—¿Amb quin Jaume?

—El Jaume Ibarra.

—Però, escolta: si el Jaume Ibarra sóc jo. ¿Amb qui creies que parlaves? ¿A quin número has trucat?

—¿Tu ets el Jaume?

—Sí.

—Hòstia.

—¿Amb qui et pensaves que parlaves?

—Amb el Joan.

—¿Amb el Joan? És a dir: que la Maria i el Joan...

—Ara ho veig: he marcat un número per l'altre.

—¿I com és que tens el meu número de telèfon?

—És que la Maria em va anotar tots dos números, l'un just damunt de l'altre, i m'he equivocat: he marcat un per l'altre.

—¿Per què et va anotar el meu número, si no m'havies de trucar? ¿O també m'havies de trucar? Però si has dit que et pensaves que era amb mi que se n'havia anat...

—Si t'ho expliqués no t'ho creuries.

—Digue'm una cosa, ee... ¿Com et dius?

—Carme.

—Carme, digue'm una...

La dona el talla.

—Un moment. ¿De debò ets el Jaume? Però si el Jaume no viu amb ningú! Qui viu amb la dona és el Joan! ¿Per què m'has dit que la teva dona era davant teu?

—Tu tampoc no ets la veritat personificada.

—Si et pensaves que parlaves amb la Maria, ¿per què em volies fer creure que vivies amb una dona?

—És que, amb la Maria, de vegades (últimament no gaire, per cert, però de vegades) fem coses així. Com a joc.

—No m'ho havia dit mai.

—¿Per què t'ho hauria d'haver dit? ¿És que us ho expliqueu tot?

—Gairebé.

—Ah, ¿sí? ¿I què te'n diu, de mi?

—Ui.

—¿Què vol dir aquest «ui»?

—Vol dir que les coses interessants me les explica totes.

—¿Amb pèls i senyals?

—Amb pèls, senyals i el que faci falta.

—¿On ets?

—En un bar, ja t'ho he dit.

—També m'has dit que eres en una cabina.

—I vinga amb la cabina!

—¿Què fas, ara?

—Ja m'ho has preguntat abans.

—Quan eres la Maria. Ara que ets la Carme, podria ser que haguessis de fer alguna altra cosa. A més, quan eres la Maria tampoc no m'has contestat la pregunta. —L'home es mossega un llavi. —¿Per què no ens veiem?

—¿Quan?

—¿Avui?

—Haurà de ser al vespre. A la tarda tinc classe.

—Al vespre, doncs.

—¿On?

—¿Al bar del Ritz?

—Entesos.

—¿A les vuit?

—A les vuit surto de classe. Quedem a dos quarts de nou.

—¿Com et coneixeré?

—Duré la jaqueta de pell, aquella que li vas regalar un mes abans... Portaré la jaqueta de pell.

—Un mes abans ¿de què?—La dona calla. —La jaqueta: l'hi vaig regalar un mes abans ¿de què?

—T'ho he de dir, Jaume. Si no, rebento.

—Digue-m'ho, doncs.

—La Maria és morta. Tu li vas regalar la jaqueta un mes abans que es morís. Mira... Escolta... No hauria de... Ella... Jo sabia com us estimàveu. I quan es va morir vaig decidir, vam decidir, tota la classe...

—Ho trobo una broma de molt mal gust.

—Trobem-nos i en parlem. A dos quarts de nou. ¿D'acord? O, si vols, em salto la classe.

—La vaig veure la setmana passada.

—Fa cinc mesos que és morta.

—L'he vista molts cops, els últims cinc mesos. La setmana passada vaig estar amb ella. I estava ben viva, ben guapa. No era cap fantasma.

—Fa cinc mesos que surts amb una Maria que no és la Maria.

—I, segons tu, ¿qui ha fet de Maria tot aquest temps?

—Jo.

—Me n'hauria adonat.

—T'estic dient la veritat.

—Si ho fos, ¿per què hauries d'haver decidit que no volies venir a la cita, demà?

—N'estic tipa, de fer de Maria.

—En canvi, ara has acceptat que ens vegem.

—Perquè hi vaig fent de Carme, no de Maria. Jaume, sisplau, t'ho explicaré després.

—¿I com és que no t'has adonat que jo no era el Joan, sinó el Jaume?

—¿Et penses que no sabia a qui trucava? És clar que eres el Jaume. Et conec perfectament. T'he tingut de nòvio durant cinc mesos. I cinc mesos donen per molt. Fins i tot per saber que... —la veu de la dona es trenca—, que m'he enamorat de tu com una imbècil. I vull acabar amb aquesta farsa.

—No em crec res de tot això. ¿Com ho hauries pogut fer perquè no notés, totes les vegades que ens hem vist (que, segons tu, ens hem vist), que no eres la Maria?

—Pensa que estudio teatre.

—Per molt teatre que estudiïs! ¿Com vols fer-me creure que no me n'hauria adonat, de la diferència? Només em faltaria que em sortissis amb el qüento de la germana bess... Però, escolta: la Maria té, tenia, una germana bessona.

—Sóc jo.

—No l'he vista mai.

—I tant que l'has vista. Vull dir: i tant que m'has vist! Des de fa cinc mesos, un parell de cops per setmana. Algunes setmanes només un cop: precisament n'hauríem de parlar. Perquè vull veure't més sovint. ¿Quedem com hem quedat? ¿A dos quarts de nou?

—¿De debò et dius Carme?

—A dos quarts de nou, ¿entesos?

—Sí.

—T'estimo molt. Si mai deixés d'estimar-te em moriria.

L'AFANY DE SUPERACIÓ

La Dorotea seu davant del tocador. Es passa el raspall pels cabells, lentament, mentre observa, pel mirall, com el Tintín es treu el jersei amb desgana, com el llança al sofà amb desgana, com amb desgana es passa la mà per la barba, a contrapèl, i com se'n va cap a la dutxa. La Dorotea s'aixeca, es treu la bata, la deixa sobre el tamboret, es fica al llit i escolta com raja l'aigua. Considera la possibilitat d'agafar el llibre que llegia ahir i llegir ara una estona, però de fet no en té ganes. És millor deixar-lo on era, al damunt de la tauleta, i esperar que el marit surti de la dutxa. Podrien parlar una estona, el Tintín i ella. Quan el Tintín torna, eixugant-se encara, la Dorotea el veu tan cansat que pensa que no li vindrà gens de gust xerrar una estona. Li pregunta si està cansat. El Tintín diu que sí, es fica al llit, diu bona nit, apaga el llum i, set segons més tard (mentre la Dorotea el contempla dubtant si apagar també el seu llum o, tornant a la idea anterior, llegir una estona), deixa anar el primer ronc.

Fa temps que no és com al principi. ¿Quant fa que no carden? La Dorotea es tiba la pell del braç. És flonja.

S'acaricia els pits. Li pengen. Mai no han estat uns grans pits, però abans com a mínim eren tibants. Potser és per això. La seva amiga Carlota diu que aquestes coses passen sovint. Aparta el llençol, s'aixeca, apaga el llum de la tauleta de nit i va fins a la sala. Encén un cigarret i, mentre deixa anar circumferències de fum per la boca (ho va apendre del primer nòvio, als disset anys), es mira al vidre del balcó, que li reflecteix la imatge en pijama. Es passa la mà per la cara. Mai no s'ha tingut per guapa. Aquests llavis prims... Aquestes celles massa espesses... Aquest nas punxegut... ¿Com vol que el Tintín senti desig d'ella? Mentre s'és jove, una cara discreta queda compensada per la suavitat de la pell, per l'escalfor de la carn. Quan es passa dels quaranta, la cosa canvia.

Per això decideix anar a l'esthéticienne. Hi va l'endemà mateix. Es fa arreglar les celles. S'hi passa tot el matí i en surt encantada. Es mira al vidre de l'aparador d'una botiga de sabates. De seguida que la veu, la seva amiga Carlota l'hi diu: amb les celles menys espesses i, sobretot, separades, la cara li guanya molt. Arriba a casa amb una barreja d'il·lusió i por. Il·lusió perquè el Tintín la vegi, la trobi bellíssima i tornin a estar igual d'enamorats que al principi. I por que la vegi, no li agradi el canvi i la repudiï per frívola, per banal. O, pitjor encara, que se'n rigui.

Però el Tintín torna a casa i ni se n'adona.

Una setmana més tard, la Dorotea va a un cirurgià estètic. Li diu que no li agraden els llavis que té: prims, freds, sense gràcia. S'hi fa injectar silicona. Li queden uns llavis gruixuts, sensuals, àvids. La Carlota li diu que és un canvi excepcional i li pregunta si pensa fer-se'n cap altre. Tot i l'aprovació de l'amiga, l'experiència del dia de les celles fa que la Dorotea torni a casa sense gaires esperances. S'equivoca: aquest cop el Tintín ho nota de seguida. Després de mesos, copulen.

Confortada per l'èxit, la Dorotea torna al cirurgià. Es fa implantar coixins de silicona als pits. Li queden preciosos. Drets, tibants, d'una mida ideal. Aquest cop, la Carlota arrufa el nas. Li pregunta si està segura que no està anant massa lluny, si tot això, en certa mesura, no la fa deixar de ser ella mateixa per convertir-la en una dona de plàstic, com aquestes que surten a les pel·lícules i a les revistes que es compren els homes. ¿Continua sent ella mateixa, malgrat les celles, els llavis inflats i els pits amb silicona? ¿No té la sensació de ser una mica una androide?

La Dorotea s'ofèn; és clar que és ella mateixa. ¿Qui, si no? Decideix que potser el que passa és que la Carlota comença a tenir enveja de les seves millores. La Dorotea torna al cirurgià. A aquestes altures de la relació professional, ja hi ha el que en podríem dir confiança. Per això és el mateix cirurgià qui li diu que el pas següent ha de ser el nas. La Dorotea pensa si no hauria de molestar-se, per aquella manera de dir-li que té un nas horrorós; però recapacita: és una ximpleria, ofendre's. El metge té raó; ella ho sap, i sap que si l'hi diu és pel seu bé (d'ella). S'escurça el nas. El nasset arromangat torna a excitar la lubricitat del Tintín, d'una manera salvatge.

Però just després de la còpula la mira amb desconfiança:

—¿Per qui t'arregles tant? ¿Per complaure a qui, t'has fet arreglar els llavis, els pits, el nas? No m'enganyis, Dorotea.

La Dorotea acota el cap sobre el bíceps marital. No s'arregla per ningú, li diu. Només per ell, encara que li sembli mentida. I quan ho ha dit comença a fantasiejar. Potser ara, amb aquella cara nova i aquells pits turgents, encegarà tots els homes que vulgui. Però ¿és això el que vol?

No és això el que vol. El que vol és complaure cada cop més el seu marit. Per això tot seguit es fa un líf-ting. I després un canvi de malucs. L'hi ha recomanat el cirurgià. És una tècnica nova, inimaginable fa ben pocs anys, que permet canviar-li els malucs antics, amplíssims, per uns de nous, fets d'una matèria mig orgànica. Així s'oblidarà per sempre més de cel·lulitis i liposuccions. Abans, però, es fa canviar les cames (n'hi posen unes d'esveltíssimes), els braços, les artèries, el coll. Que tots aquests canvis són un èxit l'hi confirma el fet que un dia, mentre ella surt de la clínica, veu la Carlota que hi entra, s'atansa a recepció i demana hora. Tot i les prevencions en contra, ha acabat anant al cirurgià! A aquestes altures, la Dorotea ha canviat tant que es permet el luxe d'observar la Carlota sense que la reconegui.

L'endemà la Dorotea torna a la clínica. Per donar esveltesa als pòmuls li canvien el crani, i això fa que es trobi estranya durant uns dies. Sobretot pel petit circuit integrat que, implantat entre els dos hemisferis cerebrals, li permet fer escànners del que l'envolta, veure-hi en la foscor, analitzar com amb rajos X l'interior de les persones. Quan li treuen les benes fa un passeig pel passadís. Metges, pacients i visitants la repassen de dalt a baix. Si sabessin que les cames són prefabricades, els malucs d'una matèria mig orgànica i les celles i els pòmuls modificats, si sabessin que fins i tot té implantat un petit circuit integrat gràcies al qual pot llegir a la pantalleta que són els seus ulls les obscenitats que pensen quan la veuen. Tampoc no ho sap el Tintín; per això, quan aquell vespre la visita a la clínica (més tard del que havia dit) i dóna una excusa banal per justificar la tardança, a la pantalleta que són els seus ulls la Dorotea descobreix que al Tintín li ha costat molt decidir-se, però que finalment aquell vespre (d'aquí ve el retard) li ha dit a la Carlota que no es veurien més. La Dorotea abraça el marit i plora d'alegria.

EL JURAMENT HIPOCRÀTIC

A l'home sense entranyes li ha costat molt fer beure sense mesura el seu amic i, amb l'excusa de deixar-lo a casa seva dormint, accedir a escoltar les queixes de la seva dona, tipa d'un marit bevedor. L'home sense entranyes les escolta, les comprèn i en acabat convida la dona a una copa que es converteix en un seguit. Fins que, després d'haver-la fet beure sense mesura, són al llit; ella dient que se'n vol anar. És llavors quan, de cop, a l'home sense entranyes li esclata el fetge: en deu mil petits trossos que esquitxen la paret, el sostre, els llençols i la dona embriaga que està a punt de violentar i que es mig resisteix i repeteix: «¿Per què m'ho fas, això? ¿Per què m'ho fas?» Ni s'ha adonat que a l'home li ha esclatat el fetge i que en du el cos cobert. Horroritzat, l'home sense entranyes s'aixeca amb por de caure. Va cap al lavabo. Al mirall contempla el forat que té ara al costat dret del cos, sota el costellam. Allà on hi havia hagut el fetge hi ha un esvoranc enorme i fosc. Ha arribat, doncs, el moment que, any darrere any (des dels setze, exactament), li han anat anunciant profetes amb bata de metge. Per fi s'acompleixen els vaticinis i les dècades dedicades a l'alcohol produeixen el mal devastador que se'ls suposa.

La mort, doncs, és imminent. En qualsevol moment perdrà el coneixement i caurà a terra. Amb aquell forat al costat, ningú no pot sobreviure gaire. De fet, el que resulta estrany és que encara no hagi caigut a terra. ¿Com és que encara és viu? ¿Com és que encara pot raonar? ¿Com és que la resta del cos funciona sense ressentir-se'n, com si no hagués passat res? Acaba de perdre un dels òrgans indispensables i és viu, al lavabo i astorat. Potser perquè, tot i ser un òrgan indispensable, no és el més indispensable de tots. Siguem clars: no és el cor, el que li ha esclatat. Segur que si hagués estat el cor ja hauria mort fa estona. És evident que hi ha òrgans indispensables i òrgans indispensables però no del tot, amb la qual cosa deixen, de fet, de ser indispensables. En aquest grup d'indispensables no del tot indispensables hi entra, evidentment, el fetge, aquell fetge que ha passat a formar part de la decoració del dormitori. Des del qual li arriben els deliris de borratxa de la dona, que ja no pregunta per què l'hi fa, sinó on és: «¿On ets? ¿Per què m'has deixat sola?»

Torna al seu costat. Si ha de morir, res millor que morir en pla violent. Tot és posar-se a la feina que la dona torna a preguntar, un cop i un altre: «¿Per què m'ho fas?» Quan en té prou, l'home sense entranyes se'n va al lavabo, orina llargament, es felicita per l'estat òptim dels seus ronyons (sempre n'ha estat orgullós), es renta la cara, torna al dormitori, agafa la dona pel clatell, l'alça, l'asseu en una butaca, canvia els llençols esquitxats de fetge per uns de nets i s'ajeu al llit. Al cap d'una estona, la dona s'aixeca de la butaca i va cap al llit, fent tentines perquè no pot ni obrir els ulls. S'ajeu al costat de l'home i li pregunta si és el Frederic.

L'endemà, l'home sense entranyes es lleva amb el cap claríssim. ¿I la ressaca que hauria de tenir? Recorda l'esclat del fetge i no té ni temps de suposar que tot ha estat un somni perquè de seguida comprova que no: fica la mà a l'esvoranc que té al costat dret. És ample, cosa d'un pam, sangonós, però no tant com la nit abans. Pot tocar perfectament les costelles inferiors. S'eixuga la mà amb la vànova i s'adona que la dona dorm al seu costat. Torna a forçar-la. Aquest cop ella li demana: «No m'ho facis més. Sisplau, no m'ho facis més.»

L'home sense entranyes es dutxa, es vesteix i diu a la dona que es vesteixi. Mentre baixen les escales, la dona vomita dos cops. L'home sense entranyes, en canvi, està fresc. La fica al cotxe; per si no se'n recorda li fa memòria de l'estat en què el dia abans li va arribar el marit a casa i la deixa prop d'una boca de metro. Després va a una llibreria a fullejar llibres sobre malalties hepàtiques.

Arriba al bar més d'hora que de costum. Demana la primera copa amb por que no li vessi pel forat. No li vessa. L'esvoranc s'ha cicatritzat d'una manera repugnant però ràpida. Quan van arribant-hi els amics, l'home sense entranyes ja fa hores que beu. Durant tota la nit beu tant com vol i no té cap de les sensacions desagradables que es tenen sempre que es beu fora mesura. I l'endemà, gens de ressaca.

Beu tant com vol, sempre, i no nota cap dels efectes negatius. Ha arribat a la conclusió que el fetge és una mena d'alienígena instal·lat al cos dels humans. Ben al contrari del que diuen (que l'alcohol, l'excés, és el culpable dels mals del fetge), és el fetge el culpable dels mals del bevedor. I l'únic camí assenyat és incrementar el consum d'alcohol fins al màxim, no fer cas de les advertències dels profetes mèdics i esperar, anhelosament, l'esclat. L'esclat del fetge és un graó més, natural i lògic, del procés humà, igual que la caiguda de les dents de llet, les primeres pol·lucions nocturnes, la descalcificació dels ossos o la menopausa. El que passa és que, generalment, la gent, atemorida pels consells dels metges, un dia s'atura, deixa de beure o redueix les dosis. Vet aquí l'error: perquè bevent menys s'atura el procés cap a l'esclat desitjable i es malviu entre patiments i mala consciència. Que l'esclat és una cosa normal ho demostra el fet que l'esvoranc s'hagi cicatritzat de manera espontània, sense cap problema. Ben al contrari del que li hauria passat si hagués estat un metge qui li hagués arrencat el fetge en una operació quirúrgica, artificial.

L'home sense entranyes mira com cauen els amics, un darrere l'altre, cada nit, embriacs. Sempre arriba un dia que, atordits per les molèsties, van al metge i indefectiblement en segueixen els consells. Víctimes dels seus fetges, moderen el consum d'alcohol. Un vespre, l'home sense entranyes els aconsella que beguin molt més, cada cop més, fins que el fetge els esclati. Si ho aconsegueixen, l'alcohol ja no els serà problema mai més. Tots els metges ho saben, això, però s'han confabulat per no dir-ho mai. Els amics no se'l creuen, beuen una mica més i, embriacs, se'n van a casa, arrossegant-se. Mai més no els torna a aconsellar. Quan moren de cirrosi o d'hepatitis per no haver estat capaços de desfer-se del fetge, els du una corona de flors, acompanya les vídues al funeral i després, amb l'excusa d'ofegar la pena, les fa beure sense mesura.

LA MICOLOGIA

A punta d'alba el boletaire surt de casa, amb un bastó i un cistell. Agafa la carretera i, una estona més tard, un camí, fins que arriba a una pineda. De tant en tant s'atura. Amb el bastó aparta la pinassa i descobreix rovellons. S'ajup, els cull i els fica al cistell. Més enllà troba pinetells. Continua caminant i, en un alzinar, troba rossinyols, escarlets, cogomelles, surenys i trompetes.

Amb el cistell ple, va desfent el camí. De cop, veu el barret arrodonit, de color escarlata i jaspiat de blanc, del reig bord. Perquè ningú no l'agafi li venta puntada de peu. Enmig del núvol de pols que el bolet forma en l'aire quan es desintegra, plop, hi apareix un gnom, amb barretina verda, barba blanca i botes punxegudes amb picarols, que sura a mig metre de terra.

—Bon dia, bon home. Sóc el gnom de la sort que neix d'alguns rejos bords, quan es desintegren. Ets un home afortunat. Només en un de cada cent mil rejos bords hi ha un gnom de la sort. Digues un desig i te'l concediré.

El boletaire se'l mira esglaiat.

—Això només passa als contes.

—No—respon el gnom—. També passa a la realitat. Va, digues un desig i te'l concediré.

—No m'ho puc creure.

—T'ho creuràs. Digues un desig i veuràs que, demanis el que demanis, encara que sembli gros o inabastable, te'l concediré.

—¿Com puc demanar-te res, si no m'ho acabo de creure, que hi hagi gnoms que em puguin concedir qualsevol cosa que els demani?

—Tens al davant un homenet amb barba blanca, barretina verda, botes amb picarols a les puntes, que sura a mig metre de terra, ¿i no t'ho creus? Vinga, digues un desig.

Mai no s'hauria imaginat en una situació com aquella. ¿Què ha de demanar? ¿Riqueses? ¿Dones? ¿Salut? ¿Felicitat? El gnom li llegeix el pensament.

—Demana coses tangibles. Res d'abstraccions. Si vols riqueses, demana tal quantitat d'or, o un palau, o una empresa de tals i tals característiques. Si vols dones, digues quines en concret. Si, en acabat, el que demanes et fa realment feliç és cosa teva.

El boletaire dubta. ¿Coses tangibles? ¿Un Range Rover? ¿Una mansió? ¿Un iot? ¿Una companyia aèria? ¿Kelly McGillis? ¿Debora Caprioglio? ¿El tron d'un país dels Balcans? El gnom hi fa cara d'impaciència.

—No puc esperar eternament. Abans no t'ho he dit perquè em pensava que no trigaries tant, però tenies cinc minuts per decidir-te. Ja n'han passat tres.

Només n'hi queden dos, doncs. El boletaire comença a inquietar-se. Ha de decidir què vol i ho ha de decidir de seguida.

—Vull...

Ha dit «vull» sense haver decidit encara què demanarà, només perquè el gnom no s'exasperi.

—¿Què vols? Digues.

—És que triar així, a cuitacorrents, és una bestiesa. En una ocasió com aquesta, potser única a la vida, cal temps per decidir-se. No es pot demanar el primer que et passi pel cap.

—Et queda un minut i mig.

Potser, més que no pas coses, seria millor demanar diners: una xifra concreta. Mil bilions de pessetes, per exemple. Amb mil bilions de pessetes ho podria tenir tot. ¿I per què no deu mil, o cent mil bilions? O un trilió. No es decideix per cap xifra perquè, de fet, en una situació com aquesta, tan carregada de màgia, demanar diners li sembla vulgar, poc subtil, gens enginyós.

—Un minut.

La rapidesa amb què passa el temps li impedeix raonar amb fredor. És injust. ¿I si demanés poder?

—Trenta-tres segons.

Com més l'apressa el temps més li costa decidir-se.

—Quinze segons.

¿El trilió, doncs? ¿O un milió de trilions? ¿I un trilió de trilions?

—Quatre segons.

Renuncia definitivament als diners. Un desig excepcional com aquest ha de ser més sofisticat, més intel·ligent.

—Dos segons. Digues.

—Vull un altre gnom com tu.

S'acaba el temps. El gnom s'esfuma en l'aire i immediatament, plop, al lloc exacte que ocupava apareix un altre gnom, exactament igual a l'anterior. Per un moment, el boletaire dubta si és o no el mateix gnom d'abans, però no deu ser-ho perquè repeteix la mateixa cantarella que l'altre, i si fos el mateix, pensa, se l'estalviaria:

—Bon dia, bon home. Sóc el gnom de la sort que neix d'alguns rejos bords, quan es desintegren. Ets un home afortunat. Només en un de cada cent mil rejos bords hi ha un gnom de la sort. Digues un desig i te'l concediré.

Han començat a escolar-se els nous cinc minuts per decidir què vol. Sap que, si no en té prou, li queda la possibilitat de demanar un nou gnom igual a aquest, però això no el deslliura de l'angoixa.

EL GRIPAU

De color blau el príncep només hi du els pantalons, arrapats, que li marquen les natges, unes natges estretes i dures que fan que les noies i els pederastes girin els ulls quan passa i es mosseguin el llavi inferior. També du un gipó de coloraines, una capa curta i vermella, una gorra ampla, grisa i amb una ploma verda, i unes botes de mitja canya, per damunt dels pantalons blaus i arrapats.

Li agrada anar a cavall. Sovint hi munta quan neix el dia, havent esmorzat, i es perd pels boscos, que són tots de coníferes, densos i humits i amb bromes baixes. Molt de tant en tant, al bell mig d'una esplanada, al cim d'un turó o al costat d'un avet alt com cent vegades ell, el príncep atura el cavall, que renilla, i es posa a rumiar.

¿Què rumia, el príncep? Rumia què farà en el futur, quan hereti el regne, com governarà, quines innovacions introduirà i quina dona triarà perquè s'assegui al seu costat, al tron. El tron d'aquell regne és de dues places, folrat de vellut granat, molt semblant a un sofà o una chaise longue. No és que li calgui ser casat per heretar el regne. El seu avi, per exemple, el va heretar solter, i va continuar solter els primers vuit anys de regnat, fins que va conèixer una princesa digna i equilibrada, l'àvia del príncep.

No li cal, doncs, però vol deixar aquest punt resolt per, a partir del moment que sigui coronat rei, poder-se dedicar del tot a governar el país.

Però ho té difícil, això de trobar una dona prou digna i equilibrada. Surt poc. Els seus amics, prínceps com ell, surten cada nit, de taverna en taverna i de festa en festa, fins a les petites, de vegades sense amagar la condició principesca i de vegades disfressats de plebeus. S'atipen de conèixer princeses i plebees, a les festes i a les tavernes. Cada migdia, després de llevar-se, els prínceps es troben per fer el vermut, amb els ulls vermells amagats darrere d'ulleres de sol i el cap com una llosa. Comenten amb pèls i senyals quina o quines s'han fet, la nit abans, i com se les han fet. Sempre arriben a una mateixa conclusió: tant se val que siguin princeses com plebees; totes són unes verres. Aquesta concessió a l'igualitarisme és tan inhabitual com, amb grans riallades, celebrada per tots. Menys pel príncep de pantalons blaus. Al príncep li sap greu no únicament que comparin frívolament princeses i plebees, sinó que dictaminin que no hi ha cap dona que no sigui una verra.

Per això no surt mai amb els altres prínceps, que per convence'l li diuen que vagi una nit amb ells. Si hi accedís comprovaria que les coses són tal com diuen. Ell s'hi nega. No s'hi nega perquè no els cregui. S'hi nega perquè li fa por acompanyar-los i descobrir que, efectivament, tenen raó. I està convençut que, si no defalleix, trobarà la princesa pura que busca des de la pubertat. En canvi, si arriba a la convicció que, aristòcrates o plebees, totes són iguals, ja no la podrà trobar mai.

No ha confessat mai a ningú com espera trobar la seva princesa ideal. Perquè sap que se'n riurien. La trobarà encantada: en forma de gripau. N'està convençut. Per això precisament serà diferent de totes les altres, perquè s'haurà mantingut allunyada de la banalitat i la degradació dels humans. Ho ha llegit als contes, des de ben petit, i, encara que ja aleshores els altres prínceps (els mateixos que ara es troben cada migdia per fer el vermut) es burlessin d'aquelles històries, ell hi creia amb convicció. Convicció que el pas dels anys li ha anat refermant amb un fet curiós i simptomàtic: mai no ha aconseguit veure cap gripau. Des de petit n'ha buscat amb deler. Sap com són pels dibuixos i les fotografies dels llibres de ciències naturals però mai no n'ha trobat cap.

Per això, el matí que, havent galopat durant hores, s'atura a tocar d'un gorg perquè el cavall s'hi abeuri i veu un gripau sobre una roca arrebossada de molsa (un gripau lluent, gras, entre verdós i morat), descavalca amb el cor bategant-li a cent. Per fi ha trobat un gripau, cara a cara, en directe. El gripau el saluda:

—Groac.

És una bèstia encara més fastigosa que no s'havia imaginat a partir dels dibuixos i les fotos dels llibres. Però ni per un moment dubta que és a aquella bèstia a qui ha de fer un petó. És el primer gripau que aconsegueix veure, després d'anys de buscar-lo, i per això sap que no és un gripau i prou, sinó una princesa encantada, no malmesa per la vida mundana. Lliga les regnes del cavall a un pollancre i avança amb por. Por de la decepció que tindrà si, tot i el seu convenciment, resulta que el gripau no és més que un gripau, fa un bot i es fica al gorg. S'agenolla a tocar de la roca.

—Groac—fa la bèstia per segon cop.

El príncep doblega el cos i avança la cara. El gripau és just al seu davant. El pap se li infla i desinfla, sense parar. Ara que el veu de tan a prop l'envaeix el fàstic; però se'n desfà de seguida i acosta els llavis fins al morro del galàpet:

—Muà.

Durant menys d'una mil·lèsima de segon, i amb un soroll eixordador, el gripau es converteix en un prisma de cent mil colors, que multiplica infinitament les cares, fins que tots els colors i les cares es converteixen en una noia preciosa, amb cabells d'or. I una corona al damunt que demostra la noblesa del seu llinatge. Finalment el príncep ha trobat la dona que ha buscat sempre, aquella amb qui compartirà el tron i la vida.

—Per fi has arribat—diu ella—. Si sabessis com he esperat el príncep que m'havia de deslliurar de l'encanteri.

—Me'n faig càrrec. T'he buscat sempre, des de ben petit. I sempre he sabut que et trobaria.

Es miren als ulls, s'agafen de les mans. És per sempre, i tots dos en són conscients.

—Era com si no hagués d'arribar mai, aquest moment—diu ella.

—Doncs ja ha arribat.

—Sí.

—Que bé, ¿no?

—¿Estàs content?

—Sí. ¿I tu?

—Jo també.

El príncep mira el rellotge. ¿Què més li ha de dir? ¿De què han de parlar? ¿Li ha de proposar de seguida d'anar a casa o s'ho pendrà malament? De fet, no tenen cap pressa. Tenen tota la vida per davant.

—En fi...

—Sí.

—Ja veus...

—Tant esperar i, de cop i volta, plaf, ja està.

—Sí. Ja està.

LA BELLA DORMENT

Al mig d'una clariana, el cavaller veu el cos de la noia, que dorm sobre una llitera feta amb branques de roure i envoltada de flors de tots colors. Descavalca amb rapidesa i s'agenolla al seu costat. Li pren una mà. És freda. Té la cara blanca, com la d'una morta. I els llavis prims i morats. Conscient del seu paper en la història, el cavaller la besa dolçament. Immediatament, la noia obre els ulls, uns ulls grans, ametllats i foscos, i el mira: amb una mirada de sorpresa que de seguida (quan ha cavil·lat qui és i on és i per què hi és i qui deu ser aquell home que és al seu costat i que, suposa, la deu haver besat) es tenyeix de tendresa. Els llavis van perdent el to morat i, quan han reprès la vermellor de la vida, s'obren en un somriure. Té unes dents bellíssimes. Al cavaller no li sap gens de greu haver-s'hi de casar, tal com estipula la tradició. És més: ja s'hi veu, sempre de bracet amb ella, compartint-ho tot, tenint primer un nen, després una nena i en acabat un altre nen. Viuran una vida feliç i envelliran plegats.

Les galtes de la noia han perdut la blancor de la mort i ja són rosades, sensuals, per mossegar-les. Es posa dret i li allarga les mans, totes dues, perquè s'hi agafi i pugui posar-se dreta. I aleshores, mentre (sense deixar de mirar-lo als ulls, enamorada) la noia (feble d'haver passat tant de temps estirada) es posa dreta gràcies a la força dels braços masculins, el cavaller s'adona que (cosa de vint o trenta metres més enllà, molt abans que la clariana acabi per donar pas al bosc) hi ha una altra noia adormida, tan bella com la que acaba de despertar, igualment estirada en una llitera feta amb branques de roure i envoltada de flors de tots colors.

LA MONARQUIA

Tot gràcies a aquella sabata que va perdre quan va haver d'anar-se'n a cuitacorrents del ball perquè a les dotze s'acabava l'encanteri, el vestit tornava a la condició de parracs, la carrossa deixava de ser carrossa i tornava a ser carbassa, els cavalls ratolins, etcètera. Sempre l'ha meravellat que només a ella li vingués la sabata a la perfecció, perquè el seu peu (un 36) no és de cap manera inusual i altres noies de la població deuen tenir la mateixa talla. Encara recorda la cara d'astorament de les dues germanastres, quan van veure que era ella qui es casava amb el príncep i (uns anys després, quan els reis es van morir) es convertia en la nova reina.

El rei ha estat un marit atent i fogós. Ha estat una vida de somni fins al dia que ha descobert, a la camisa reial, una taca de pintallavis. El terra se li ha enfonsat sota els peus. Quin desfici! ¿Com ha de reaccionar, ella, que sempre ha actuat honestament i sense malícia, que és la virtut personificada?

Que el rei té una amant és segur. Una taca de pintallavis a la camisa sempre ha estat una prova clara d'adulteri. ¿Qui deu ser, l'amant del seu marit? ¿Ha de dir-li que ho ha descobert o bé dissimular, com sap que és tradicional en les reines, en casos així, per no posar en perill la institució monàrquica? ¿I per què ha buscat una amant, el rei? ¿És que ella no el satisfà prou? ¿Potser perquè es nega a pràctiques que considera perverses (sodomia i dutxa daurada, bàsicament) el seu marit les busca fora de casa?

Decideix callar. Calla també el dia que el rei no arriba a la cambra reial fins a les vuit del matí, amb ulleres de pam i flaire de dona. (¿On es veuen? ¿En un hotel, a casa d'ella, al mateix palau? Hi ha tantes habitacions, en aquest palau, que fàcilment podia permetre's tenir l'amant en qualsevol de les dependències que desconeix.) No diu res tampoc quan els contactes carnals que abans establien amb regularitat de metrònom (nit sí, nit no) es van espaiant fins que un dia s'adona que fa més de dos mesos des de l'últim cop.

Plora en silenci, a l'habitació reial, cada nit; perquè ara ja cap nit el rei no se'n va al llit amb ella. La solitud la corseca. Més s'hauria estimat no haver anat mai al ball, o que el peu d'alguna altra noia hagués encaixat amb la sabata abans que el d'ella. Així, acomplerta la feina, l'enviat del príncep no hauria arribat mai a casa seva. I, en cas d'haver-hi arribat, més s'hauria estimat, fins i tot, que alguna de les seves germanastres hagués calçat també el 36, per comptes del 40 i el 41, números massa grossos per una noia. Així, l'enviat no hauria fet la pregunta que ara, destrossada per la infidelitat del marit, li sembla fatídica: si hi havia cap altra noia a la casa, a més de la madrastra i les dues germanastres.

¿De què li serveix ser reina si no té l'amor del rei?

Ho donaria tot per ser la dona amb qui el rei copula extraconjugalment. Mil cops més s'estimaria protagonitzar les nits d'amor adúlter del monarca que jeure en la buidor del llit conjugal. Abans querida que reina.

L'antiga ventafocs decideix acomodar-se a la tradició i no dir al rei què ha descobert. Actuarà de manera sibil·lina. L'endemà al vespre, quan després de sopar el rei s'acomiada educadament, el segueix de manera dissimulada. El segueix per passadissos que desconeix, per ales ignorades del palau, cap a estances que ni tan sols s'imaginava que existissin. El rei la precedeix amb una torxa. Finalment es tanca en una habitació i ella es queda al passadís, a les fosques. De seguida sent veus que li arriben de dins. La del seu marit, segur. I el riure gallinaci d'una dona. Però superposat a aquest riure sent també la veu d'una altra dona. ¿Està amb dues? A poc a poc, procurant no fer soroll, obre una mica la porta. S'estira a terra perquè no la vegin des del llit; fica mig cos dins de l'habitació. A les parets, la llum dels canelobres projecta les ombres de tres cossos que s'acoblen. Hauria volgut alçar-se per veure qui hi ha al llit, perquè les rialles i els xiuxiuejos no li permeten identificar les dones. Des d'on és, estirada a terra, no pot veure gaire res més; només veu, als peus del llit, tirades de qualsevol manera, les sabates del seu marit i dos parells de sabates de dona, de taló altíssim, unes negres i del 40 i les altres vermelles i del 41.

LA FAUNA

El gat persegueix el ratolí per tota la casa i cau, una darrere l'altra, en les trampes que ell mateix prepara al rosegador. Cau dins del pot de brea, rellisca amb la pell de plàtan i va a parar dins de la picadora de carn, que el fa miques. Quan encara no s'ha refet, toca el pom de la porta sense saber que el ratolí l'ha connectat al corrent elèctric: tots els pèls se li posen de punta, passa del negre al blanc, al groc, al violeta, els ulls li surten de les conques i donen divuit voltes, la llengua se li plega i desplega en zigazaga, cau a terra socarrimat i es converteix en un munt de pólvores negres fumejants. Fins que arriba la mestressa amb una escombra i una pala, el recull i el fica a la galleda de les escombraries.

Però de seguida torna a estar a l'aguait. Ah! Ho donaria tot per desfer-se d'aquell ratolí miserable que no hauria de despertar les simpaties de ningú. ¿Per què no guanya mai, ell? ¿Per què és sempre la bestiola petita qui se'n surt? El gat sap, a més, que els ratolins desperten el fàstic d'una bona part de la humanitat. Molts homes, de totes les peripècies de la guerra, la que recorden amb més horror (més que les bombes, més que les bales dumdum, més que les nits sense dormir, més que els dies sense menjar i les travessies sense sabates, amb els peus embolicats en draps) són les rates. ¿Per què, doncs, alguns humans s'obliden d'aquest fàstic i es posen a favor del ratolí? ¿Només perquè és la bèstia més petita?

El gat torna a la càrrega. Jura, un cop més, que aquest cop el ratolí no se'n sortirà. Incendia la casa; tot es crema però el ratolí se salva. I l'amo, quan torna de la feina, apallissa el gat a cops d'escombra. El gat no desisteix. Torna a perseguir el ratolí. Finalment l'enxampa, el fica en una cimentera i, quan està a punt d'engegar-la, apareix el gos. Per una llei tan incomprensible com atàvica, el gos és sempre amic del ratolí. Aquest gos porta un mall desmesurat a la mà. El deixa caure sobre el cap del gat, que queda pla com un full de paper.

Però de seguida es refà, rep un paquet per correu i somriu. Omple amb pólvora el cau on s'amaga el ratolí i hi cala foc. Tot esclata, just a temps d'adonar-se que el ratolí no era dins, i que l'observa des de la porta de la casa, amb una rialla repugnant. Sempre passa igual.

Fins que un dia sorprenent, molts episodis més tard, el gat triomfa.

Després d'una corredissa pel passadís de la casa (una corredissa com tantes altres), el gat enxampa el ratolí. Ha passat tantes vegades, però... Tantes vegades el gat ha tingut, com ara, el ratolí al puny i se li ha escapat, que ni el mateix gat acaba de creure's que aquest cop va de veres. Enforca el ratolí amb una forquilla de tres puntes, i de cada una de les tres ferides en neix un raig de sang. El gat encén el foc. Hi posa una paella al damunt. Hi aboca oli. Quan l'oli és bullent, hi posa el ratolí, que es torra a poc a poc, entre esgarips tan frenètics que el mateix gat s'ha de tapar les orelles amb dos taps de suro. És aleshores quan comença a adonar-se que aquest cop passa alguna cosa estranya. Aquest cop és de debò. El cos del ratolí s'encartona, cada cop més negre i fumejant. El ratolí mira el gat amb uns ulls que aquest no oblidarà mai, i es mor. El gat continua torrant el cadàver. Després treu la paella i el crema directament sobre les flames, fins que és una pell negra i rebregada. El treu del foc, el mira de prop, el toca amb els dits: se li desfà en deu mil volves carbonitzades que el vent, arremolinat, dispersa als quatre punts cardinals. Per un instant se sent immensament feliç.

LA FORÇA DE VOLUNTAT

L'home porfidiós sap que es tracta tan sols de tenir (i mantenir durant l'estona necessària) la voluntat ferma d'aconseguir-ho. No hi ha més històries, ni enigmes de cap mena. S'agenolla, abaixa el tors fins que la cara li queda a un pam de la pedra (una pedra un xic allargada, arrodonida, grisa) i vocalitza amb claredat:

—Pa.

Durant una estona mira la pedra fixament, clavant els ulls en cada irregularitat, mirant de copsar-la del tot, d'establir-hi una comunicació absoluta, fins que la pedra es converteixi en una prolongació, a un pam de distància, d'ell mateix. És al pic del migdia; la brisa compensa l'esplendor del sol. Torna a obrir els llavis amb parsimònia:

—Pa.

Ha triat «pa» perquè sempre ha sentit a dir que és el primer que diuen els nens, l'esclat amb què sorprenen els pares, la síl·laba més fàcil per engegar a parlar.

—Pa.

La pedra continua en silenci. L'home porfidiós somriu. No es rendeix fàcilment davant de les adversitats. Ha pres el determini d'ensenyar a parlar la pedra sabent que no serà cap feina fàcil. Sap que, durant segles, els homes han menystingut les possibilitats verbals del regne mineral i això fa que, potser per primer cop en molts anys, un home sobri estigui cara a cara amb una pedra intentant fer-la parlar. Si a això hi afegim la desídia tradicional de l'alumnat, es fa clara la dificultat de l'empresa.

—Pa—insisteix l'home porfidiós.

La pedra calla. L'home llança el cap enrere un instant per, tot seguit, avançar-lo novament fins a deixar la cara a uns deu centímetres de la pedra:

—Pa pa pa pa pa pa. Pa!

Cap resposta. L'home torna a somriure, s'acaricia la barbeta, dreça el tors, es posa dret, es treu un paquet de tabac de la butxaca, del paquet en treu un cigarret i l'encén. Fuma observant la pedra. ¿Com ha d'establir-hi contacte? ¿Com ha de comunicar-s'hi? Amb els dits dispara el cigarret contra un arbre, i (talment un lluitador sobre el contrincant) s'abalança sobre la pedra cridant:

—PAAA!!!

L'aparent indiferència del mineral l'entendreix. L'acaricia amb els capcirons dels dits. Ara li parla amb veu seductora:

—Pedra. Hola, pedra. ¿Pedra? Pe dra. P e d r a. Pedra...

L'acaricia sense parar. Alterna la lentitud amb la rapidesa. Ara l'acaricia amb suavitat, adés frenèticament.

—Va, digues: pa.

La pedra no diu res. L'home porfidiós li fa un petó.

—Sé que pots, no sé si escoltar-me, però sí entendre'm. ¿M'entens? ¿Em captes? Sé que pots dir-ho. Sé que pots dir «pa». Sé que pots parlar, ni que sigui una mica. Sé també que per tu és difícil, perquè potser mai ningú no t'ha dit res ni t'ha demanat que li parlis, i aquestes coses costen, d'entrada, si no s'hi està acostumat. En sóc conscient, de tot això. Per això sóc comprensiu; no et demano res que no puguis fer amb una mica d'esforç. Ara ho repetiré una altra vegada. I tu, tot seguit, ho repetiràs amb mi. ¿Entesos? Va, vinga. No és fàcil, però tampoc impossible. Vinga, digues: pa. Pa. Pa.

Para l'orella contra la superfície de la pedra, a veure si els esforços d'aquesta es tradueixen ni que sigui en un xiuxiueig. Però no: silenci. El silenci més absolut. L'home porfidiós inspira profundament i torna a la càrrega. Ofereix nous arguments a la pedra, li explica per què li deu costar tant d'esforç parlar i com ho ha de fer per sortir-se'n. Quan es fa de nit, l'agafa amb les mans i li treu la terra que du adherida a la part de sota. Porta la pedra a casa. La posa sobre la taula del menjador, mira que estigui confortable. La deixa descansar tota la nit. L'endemà al matí li desitja bon dia, la renta amb cura, sota el raig de l'aixeta, amb aigua tèbia: ni massa freda ni massa calenta. Després la treu al balcó. Des del balcó es veu tota la vall, amb els xalets dels estiuejants escampats, una punta de l'estany i, al lluny, els llums de l'autopista. Deixa la pedra sobre la taula i s'asseu en una cadira.

—Va, digues: pa.

Tres dies més tard, l'home porfidiós fa veure que s'empipa:

—Molt bé. Si no vols no parlis. ¿Et penses que no m'adono del teu menyspreu tàcit? No cal dir res per fer evident el desdeny. Només et dic una cosa: de mi no se'n burla ningú.

L'home porfidiós agafa la pedra amb la mà dreta, l'estreny (tant que la cara acaba per posar-se-li vermella) i finalment la llança amb força. Al cel, la pedra descriu un arc: per damunt de la vall, dels xalets i de les piscines dels estiuejants, per damunt de l'home que fa anar el tallagespa, per damunt de la carretera en obres, per damunt de l'autopista bastant buida de cotxes, per damunt de la zona de desenvolupament industrial, per damunt del camp de futbol on un equip vestit amb samarreta verda i pantalons blancs i un altre vestit amb samarreta groga i pantalons blaus empaten, per damunt dels edificis de la ciutat provinciana; fins que cau al bell mig d'una plaça, als peus d'uns turistes alemanys que fotografien amb tanta atenció la catedral que no s'adonen de la caiguda de la pedra, que xoca amb les llambordes i, trencant-se, deixa anar un so sec bastant semblant a «pa!».

LA FISONOMIA

L'intel·lectualista és incapaç de recordar cap cara. Pel carrer, quan es troba algú que el saluda, mai no sap qui és ni de què el coneix. Potser alguna cara li sona, però no aconsegueix adjudicar-li cap nom, ni és capaç d'encertar d'on el coneix. Ha arribat a ferse tan expert a evitar els tràngols difícils que ineludiblement comporta aquesta mala memòria, que (perquè no descobreixin que no els coneix) saluda tothom que el saluda. Amb una impassivitat total, amb tanta naturalitat que ningú no s'adona que de fet no el reconeix. Fins és capaç de mantenir converses sobre temes generals (i no tan generals) i, quan finalment es diuen adéu, amb copets a l'esquena o encaixades de mans, el desconegut se'n va convençut que ni per un instant no ha dubtat de qui era. Sobretot cal demostrar, d'entrada, gran alegria. Que ni per un segon a l'altre li entri el dubte. D'entrada, quan es veu reconegut exclama ben fort: «¿Què tal? ¿Com va tot?» Res pitjor que fer cara de no saber què, o saludar amb veu fluixa, perquè el desconegut el miraria recelós i faria la pregunta fatídica: «No te'n recordes de mi, ¿oi?» Pregunta davant de la qual és inútil mentir, perquè vol dir que és del tot evident que l'interrogat no té ni la més mínima idea de qui té al davant.

Mai no ha recordat cap cara. Ni de petit. A escola deduïa qui era el mestre perquè era més alt i gros que la resta de persones que ocupaven la classe. I els companys de classe, com que tots eren baixets (si fa no fa de la mateixa alçada que ell), no els identificava. Cadascun amb una cara diferent; ¿com volien que les recordés totes i sabés quina era la de qui? A casa, afortunadament, sabia que son pare era son pare perquè era l'alt i gran de la casa. I, encara que s'afaités cada dia, li notava la barba, sobretot quan li feia un petó. Sa mare, en canvi, no tenia barba, i tenia la pell molt suau. Generalment anava amb faldilla, cosa que li facilitava encara més el reconeixement. Potser per això, quan la dona es posava pantalons ell es desconcertava momentàniament, fins que es fixava en l'esveltesa de les mans, en la suavitat de les galtes. A son germà l'identificava fàcilment: era l'altre nen, l'altre baixet de la casa. Si hi hagués hagut més adults, o més germans, haurien començat els problemes. I el mateix li passava cada matí, quan s'enfrontava al mirall i es trobava una cara que no reconeixia. Era la seva, evidentment, però si l'hagués vist entre altres cinc cares no hauria sabut reconèixer-la.

Per tot això es queda glaçat el dia que, mentre entra a l'estació de metro del costat de casa seva, veu una noia que en surt i la reconeix. No es coneixen de res, ni han intercanviat mai cap paraula, però recorda amb precisió que la va veure, només un instant, fa trenta-vuit anys, el matí que va anar a recollir el diploma de llicenciat. Ella sortia de la secretaria, vestida amb una rebeca blava, una brusa blanca i una faldilla grisa.

Per primer cop a la vida ha reconegut una cara, una cara que havia vist només una vegada, fa molts anys. Això l'admira. (¿Hauria d'haver-s'hi repensat? ¿Hauria d'haver fet mitja volta per anar darrere de la dona i explicar-li que l'ha recordada de fa anys, d'un dia que ella sortia de la secretaria de la facultat? No hauria tingut cap sentit. El més probable és que la noia s'ho hagués pres com una argúcia barata per intentar una aproximació i no li hagués fet cas.) No se'n sap avenir: l'única cara que ha reconegut fins ara, al llarg de la vida, és precisament la d'una dona que tan sols havia vist un cop, fa trenta-vuit anys. Això, dedueix, li hauria de fer suposar alguna cosa, sobre la seva personalitat, sobre la seva manera de ser, sobre els motius de la falta de facultats fisonòmiques que l'ha acompanyat al llarg de la vida. Està convençut que precisament en aquest enigma hi ha d'haver la clau que dóna sentit a la seva vida, una vida d'èxit però marcada de manera irreversible per la incapacitat de recordar cap rostre. De cap manera no pot ser per atzar que l'únic cop que ha tornat a veure aquella dona no hagi tingut cap problema per recordar-la i identificar-la immediatament. Per més que hi rumia, però, no sap veure-hi cap clau. Passen els dies, les setmanes, els anys. Durant la resta de la vida continua sense recordar cap rostre. Hi rumia sovint. Ella és la demostració que és capaç de recordar una cara: a ella sí que la va saber reconèixer, la vegada que la va veure sortint de l'estació del metro, pensa, esperançat; sense saber que viu des de sempre al seu mateix carrer (exactament a dues cases de casa seva) i l'ha vist centenars de cops, abans i després d'aquell dia que la va reconèixer al metro.

LA DIVINA PROVIDÈNCIA

L'erudit que, de manera pacient i ordenada, ha dedicat cinquanta dels seus seixanta-vuit anys de vida a escriure la Gran Obra (de la qual té enllestits fins ara setanta-dos volums) s'adona, un matí, que la tinta de les lletres de les primeres pàgines del primer volum comença a esvair-se. El negre deixa de ser intens i es fa grisós. Com que ha pres el costum de repassar sovint tots els volums escrits fins ara, quan s'adona de la desgràcia tan sols s'han malmès les dues primeres pàgines, les primeres que va escriure, fa cinquanta anys. I, a més, a la segona pàgina les lletres de les línies inferiors encara són una mica llegibles. S'afanya a refer les lletres esborrades, una per una. Amb tinta xinesa i paciència en ressegueix el traç fins a refer paraules, línies i paràgrafs. Però quan acaba s'adona que les paraules de les últimes línies de la pàgina 2 i tota la pàgina 3 (que quan havia començat la reparació unes estaven en bon estat i les altres en bon estat relatiu) ara també s'han esvaït. Això li confirma que la malaltia és progressiva.

Fa cinquanta anys, quan l'erudit va decidir dedicar la vida a escriure la Gran Obra, ja era conscient que hauria de prescindir de qualsevol altra activitat que li prengués ni que fos una mica de temps, que havia de viure cèlibe i sense televisor. La Gran Obra seria realment tan Gran que no podria perdre ni un minut en res de què es pogués estar. I de fet es podia estar de tot menys de la Gran Obra. Per això mateix va decidir no perdre ni un minut buscant editor. El futur l'hi trobaria. N'estava tan segur, de la validesa del que es proposava, que sabia que, indefectiblement, quan algú descobrís els volums de la Gran Obra, inèdits, l'un al costat de l'altre a la prestatgeria del passadís de casa seva, el primer editor que se n'assabentés (fos qui fos) s'adonaria de seguida de la importància del que tenia al davant. Però, si ara les lletres se li esborren, ¿què en quedarà, de la Gran Obra?

La degradació no s'atura. Tot just refetes les tres primeres pàgines, es troba que les lletres de les pàgines 4, 5 i 6 s'esvaeixen també. Quan ha refet les lletres de les pàgines 4, 5 i 6, es troba que s'han esborrat del tot les de les 7, 8, 9 i 10. Refetes la 7, la 8, la 9 i la 10, es troba que se li han esborrat des de la 11 fins a la 27.

No pot perdre el temps tractant de deduir per què s'esborren les lletres. S'afanya a refer el primer volum (els primers volums: aviat veu que la degradació també afecta els volums segon i tercer) i s'adona que el temps que hi dedica no li permet continuar la redacció dels últims volums. I sense el colofó que ha de donar sentit magnífic als volums ja escrits, els cinquanta anys de dedicació no hauran servit de res. Els volums inicials no són més que la bastida, necessària per situar les coses a lloc però no essencial, on ara ha de muntar les propostes autènticament innovadores: les dels últims volums. Sense aquestes, la Gran Obra no ho serà mai. Per això el dubte: ¿no val potser més la pena deixar que els primers volums es vagin esborrant i no perdre temps a refer-los? ¿No és millor afanyar-se a lluitar contra el temps i enllestir d'una vegada els últims volums (¿quants n'hi falten exactament: sis, set?) per així culminar l'Obra, encara que sigui a risc que s'esborrin per sempre alguns dels primers volums? Dels setanta-dos escrits fins ara, bé prou pot acceptar perdre'n els set o vuit primers, que, tot i que li han permès agafar embranzida, no aporten res d'essencialment nou. Vet aquí un altre dubte, però: quan hi hagi posat el punt final, ¿solament s'hauran esborrat els set o vuit primers volums? Decidit a no perdre ni un minut, es posa a la feina. De seguida s'atura. ¿Com no s'ha adonat fins ara que, si ell mor i aquell algú que ha de descobrir la Gran Obra i presentar-la a un editor triga gaire a descobrir-la, els volums malmesos no seran només set o vuit sinó tots? ¿Què ha de fer, doncs: aturar-se i començar a buscar ara mateix editor, per evitar aquest perill, encara que, sense els volums finals, resulti impossible demostrar-li que el que porta entre mans és autènticament important? Però, si dedica l'esforç i el temps a buscar l'editor, ni podrà dedicar el temps necessari a refer els volums a mesura que es vagin malmetent ni podrà dedicar-se a escriure els volums finals. ¿Què ha de fer? S'angoixa. ¿És possible que tota una vida de feina hagi estat en va? Ho és. ¿De què han servit tants esforços, la dedicació exclusiva, el celibat, els sacrificis? Ho troba una burla immensa. Sent néixer, dins seu, l'odi: odi cap a ell mateix per haver malversat la vida. I no poder recuperar el temps perdut no li fa tant de pànic com la certesa que a aquestes altures no serà a temps de saber com aprofitar el que li queda.

EL CONTE

A mitja tarda l'home s'asseu a l'escriptori, agafa un full de paper blanc, el fica a la màquina i comença a escriure. La frase inicial li surt de seguida. La segona també. Entre la segona i la tercera dubta uns segons.

Omple una pàgina, treu el full del carro de la màquina i el deixa a un costat, amb la cara en blanc cap a dalt. A aquest primer full n'hi afegeix un altre, i després un altre. De tant en tant rellegeix el que escriu, ratlla paraules, en canvia l'ordre dins de les frases, elimina paràgrafs, llença fulls sencers a la paperera. De cop, enretira la màquina, agafa tot el munt de fulls escrits, el gira del dret i amb un bolígraf ratlla, canvia, afegeix, suprimeix. Col·loca el munt de fulls corregits a la dreta, torna a acostar-se la màquina i reescriu la història de dalt a baix. En acabat, torna a corregir-la a mà i a reescriure-la a màquina. A nit ja entrada la rellegeix per enèsima vegada. És un conte. Li agrada molt. Tant, que plora d'alegria. És feliç. Potser és el millor conte que hagi escrit mai. El troba gairebé perfecte. Gairebé, perquè li falta el títol. Quan trobi el títol escaient serà un conte immillorable. Rumia quin posar-hi. Se n'hi acut un. L'escriu en un full de paper, a veure què li sembla. No funciona del tot. Ben mirat, no funciona gens. El ratlla. En pensa un altre. Quan el rellegeix també el ratlla.

Tots els títols que se li acuden li destrossen el conte: o són obvis o bé fan caure la història en un surrealisme que en trenca la senzillesa. O bé són atzagaiades que l'hi esguerren. Un moment, pensa a posar-li *Sense títol*, però això encara ho espatlla més. Pensa també en la possibilitat de realment no posar-ne, de títol, i deixar en blanc l'espai que s'hi reserva. Però aquesta solució és la pitjor de totes: potser hi ha algun conte que no necessiti títol, però no és pas aquest; aquest en necessita un de ben precís: el títol que faria que deixés de ser un conte gairebé perfecte per convertir-se en un conte perfecte del tot: el millor que hagi escrit mai.

A l'alba, es dóna per vençut: no hi ha cap títol prou perfecte per aquell conte tan perfecte que cap títol no li és prou bo, cosa que impedeix que sigui perfecte del tot. Resignat (i sabent que no pot fer altra cosa) agafa els fulls on ha escrit el conte, els estripa per la meitat i estripa aquesta meitat per la meitat; i així successivament fins a fer-ne miques.

GUADALAJARA

Ils commencèrent lentement, puis allèrent plus vite.
GUSTAVE FLAUBERT, *Madame Bovary*

I

VIDA FAMILIAR

L'Armand va entrar al taller corrent, fent el motor amb la boca i trepitjant els encenalls que hi havia per terra de manera que s'esqueixessin fent com més soroll millor. Va donar dues voltes al banc de fuster, va observar a la paret els xerracs, les gúbies, els serjants, els ribots, totes les eines perfectament endreçades, cadascuna al lloc que li corresponia (marcat per la silueta pertinent, pintada amb un traç més o menys matusser), i va enfilar el passadís, al fons del qual començava l'habitatge pròpiament dit. L'oncle Reguard tenia el taller al darrere de la casa i, encara que els grans sempre hi entraven pel davant, l'Armand s'estimava més entrar-hi pel taller. El fascinava que l'oncle tingués el lloc de feina just darrere l'habitatge. Ell, en canvi, vivia en un pis i el taller de fuster de son pare era en una planta baixa, a quatre carrers de casa seva. Als altres cosins els passava el mateix. De tota la família, només l'oncle Reguard tenia junts habitatge i taller; una habitació petita hi feia de separació i alhora de quarto dels mals endreços. Venint del taller, immediatament després hi havia la sala, amb la gran taula, el llum d'aranya, les butaques, els passadissos i les portes de les habitacions.

Quan l'Armand va arribar a la sala ja hi era tothom, fent-se petons, rient, xerrant amb veu cada cop més alta, per fer-se sentir: son pare, sa mare, els cosins, l'oncle, les ties, els altres oncles i aquells cosins més llunyans, que de fet no eren cosins i si en deia així era perquè pertanyien a branques de la família tan allunyades que no sabia en quina categoria exacta classificar-los.

Van dinar, un àpat que va durar hores, i tot seguit va començar la sobretaula, amb el fum dels cigars que ho va anar envaint tot. Les ampolles de xampany buides anaven acumulant-se a l'habitació entre l'habitatge i el taller, les ties no paraven de tallar pastissos i els cosins més grans posaven discos. L'aire era espès i amb gust de xocolata. Els cosins petits (l'Armand, la Guinovarda, la Gisela, el Guitard, el Llopart...) van demanar permís per aixecar-se de taula i van córrer cap a l'habitació de l'Eginard, a jugar amb les casetes de fusta, amb teulada i portes, i finestres pintades de tots colors. Amb la porta de l'habitació entreoberta, l'Armand podia contemplar, a l'angle del passadís, l'arpa. Era una arpa que l'oncle Reguard havia construït trenta anys enrere, i un dels orgulls de la família, perquè (deia sempre el pare de l'Armand) emparentava la feina de fuster amb la de luthier. Des que tenia memòria, l'Armand havia vist l'arpa a ca l'oncle Reguard, sempre al mateix lloc: al racó que feia el passadís quan girava. Li semblava més bonica que totes les altres arpes fotografiades o dibuixades que guardava a casa, en una carpeta blava, retallades de revistes: una arpa en mans d'un déu mitològic, una arpa sumèria acabada en un cap d'animal que no sabia identificar, un escut d'Irlanda, dues arpes noruegues (una acabada en un cap de drac i l'altra en un cap de dona amb els ulls embenats), i una arpa feta amb una branca d'arbre, amb Harpo Marx tocant-la.

El cosí Reguard va entrar a l'habitació plorós i somrient, envoltat i celebrat pels adults. A la mà dreta duia un gelat de xocolata i menta; l'esquerra la duia embolicada amb una bena. Era una escena que l'Armand havia vist, repetida, en cada una d'aquelles trobades en què la família es reunia, fos a casa seva, a casa dels cosins cosins, o dels altres cosins més distants, alguns dels quals vivien fins i tot en altres ciutats. Sempre apareixia un nen amb la mà esquerra embenada. La bena embolicava, sobretot, la zona del dit anular. L'Armand sabia que sota la bena el dit ja no hi era, i que, quan la bena caigués, no hi hauria sinó un monyó minúscul i perfectament cicatritzat. Un cop més, l'Armand va repassar les mans dels familiars. Com havia anat comprovant des de feia temps, a tots els més grans de nou anys els faltava l'anular de la mà esquerra.

L'Armand en tenia set quan per primer cop va ser conscient que no era casual que sempre, a cada festa, un dels nens acabés amb l'anular esquerre tallat. Fins aleshores no hi havia parat gaire esment.

Sí: veia que els nens més grans perdien el dit, però això era precisament la cosa normal. Sempre ho havia vist així. Li semblava sinònim de vida adulta. Tots els familiars adults perdien el dit, per un motiu que se li escapava i que no el preocupava gens ni mica; hi havia tantes coses que se li escapaven, que sabia que no entendria fins que fos gran, que no es preocupava per aquella fotesa, gens important comparada amb altres qüestions que aquells dies el preocupaven més: l'esperit de sacrifici dels gossos santbernat, l'origen de l'existència o el fora de joc posicional. Tal com ho veia, per passar a ser adolescent i abandonar el món dels nens petits, havies de perdre l'anular de la mà esquerra. Li semblava tan comprensible, normal i desitjable com perdre les dents de llet.

Quan havia començat a anar a escola l'havia sorprès veure que molts adults continuaven, de grans, tenint, amb tota normalitat, cinc dits a cada mà. Ho trobava sorprenent, estrany i un punt desagradable, i es va enorgullir de formar part d'una família lògica. Amb el pas dels mesos i la convivència amb altres nens, va començar a pensar que potser algun fet casual feia que tots els membres de la família tinguessin accidents a la mà esquerra i que aquests accidents provoquessin, sempre, la pèrdua de l'anular. El company de pupitre li va explicar que perdre dits era típic de fusters. El fuster de prop de casa seva (explicava) tenia tres dits tallats. Sa mare li havia dit que a molts fusters els passa el mateix perquè, un dia o altre, la fulla de la serra circular se'ls endú algun dit. L'Armand sabia que a la seva família no era ben bé així. Eren fusters, però els dits no els hi tallava la serra circular ni era cap fet accidental. Als nou anys, els nens no eren encara fusters i ni tan sols sabien si de grans ho serien; tot i que, des de temps immemorial, tots els membres de la família manifestaven una tirada innegable per aquella professió i, tret de casos excepcionals, acabaven fent de fuster.

L'Armand va passar nits rumiant-hi. ¿Hi havia cap consigna gremial que els obligués a tallar-se aquell dit? Va arribar a una conclusió que no sabia com confirmar: els tallaven aquell primer dit perquè s'hi anessin acostumant. Perdre aquell primer dit els feia perdre la por a perdre'n d'altres. Feia que s'adonessin que no era tan greu; els donava coratge i els ajudava a enfrontar-se a l'ofici amb valor. Una cosa li feia ballar el cap: havia conegut el pare d'un company d'escola, d'una altra classe, que també era fuster, i (s'hi fixava cada cop que anava a buscar el fill a la sortida d'escola) no tenia cap dit tallat.

Com que els grans no en feien gaire tragèdia i en el moment de la pèrdua del dit semblaven especialment feliços (sobretot els pares del nen a qui se li amputava), l'Armand no ho trobava gens tràgic. Fins aquella tarda de feia dos anys, quan per primer cop va ser conscient que, qualsevol dia de l'any que en feien nou, tots els membres de la família perdien el dit, i que ell també hi passaria; aquella tarda va sentir por. Era a l'habitació amb els cosins, jugant amb les casetes de fusta. L'Eginard, la Gisela i el Gimfreu ja tenien el dit tallat. El Llopart i ell mantenien tots cinc dits i això els feia encara nens. Un moment que l'Eginard es va aixecar del joc, l'Armand se li va acostar, es va empassar saliva i li va preguntar què era tot allò dels dits. El Llopart, la Gisela i el Gimfreu van girar el cap, un instant; tot seguit van continuar entrant i sortint de les casetes. Potser per guanyar temps i rumiar una resposta, l'Eginard es va fer repetir la pregunta. L'Armand l'hi va ampliar: que què passava amb els dits; al Reguard petit l'hi havien tallat avui; i a tots els tallaven el dit, un dia o altre, quan feien nou anys. El Llopart els mirava sense entendre res. L'Eginard es va aixecar, va acariciar el cap de l'Armand i, delicadament, el va arrossegar fora de l'habitació. L'Armand insistia: ¿com era que a tots els membres de la família els faltava el mateix dit de la mà esquerra i als que no eren de la família no? L'Armand observava el dit de l'Eginard, tallat arran del metacarp. Era una cicatriu neta, feta amb perfecció.

¿I per què l'anular de la mà esquerra i no el petit de la dreta o qualsevol dels índexs? ¿Responia a una necessitat higiènica el motiu de la qual, oblidat amb el pas dels segles, li resultava ara incomprensible? Que era un costum ancestral era evident, però

¿quin n'havia estat l'origen? ¿Feia gaires segles que es practicava? ¿O es tractava només de dècades? El dia que finalment va fer nou anys, son pare el va descobrir plorant, al llit.

—No vull que em tallin el dit.

—Quines coses de dir.

—Vull ser normal, com els altres nens de l'escola.

—Ser normal no és tenir un dit més o menys.

Li va eixugar les llàgrimes, li va explicar que la normalitat és un valor cultural i per tant relatiu; que hi ha qui es talla els cabells al zero i qui se'ls deixa llargs, que hi ha qui es deixa barba i bigoti, qui només bigoti, qui només barba i qui s'ho afaita tot; que hi ha pobles on es depilen els homes i les dones, i altres pobles on només es depilen les dones. Ens tallem les ungles i precisament això ens diferencia de les bèsties i els pobles primitius, que les porten llarguíssimes. L'Armand no estava d'acord amb aquestes comparacions: els cabells o les ungles tornen a créixer i els dits no. El sol entrava per la finestra; pare i fill miraven les ratlles que marcava a terra, càlides.

—No has de pendre cap decisió immediata.

—Ja l'he presa i no ho vull.

—¿Per què?

—Perquè no es pot tocar l'arpa amb un dit tallat.

Ell mateix se'n va sorpendre. Havia dit les paraules sense haver-les rumiat. Però, encara que ni ell ho sabés ni hi hagués pensat mai abans, de cara enfora, de cara a son pare, podia molt ben ser que realment volgués ser arpista, i s'hi va aferrar. Feia mesos havia vist per televisió un reportatge amb Nicanor Zabaleta tocant l'arpa, i era ben clar que li eren necessaris tots els dits. Un arpista els necessita tots. El pare el mirava amb cara seriosa. Mai no l'havia vist tan seriós.

—Si t'agrada la música, hi ha instruments molt diversos. No necessàriament ha de ser l'arpa.

—A mi m'agrada l'arpa.

—Hi estàs obsedit, per l'arpa de cal tiet. Però el món dels instruments no s'acaba amb l'arpa. Pensa que n'hi ha molts d'altres: la timbala..., el bombo..., els platerets..., el pandero..., el bongó..., el triangle... —L'Armand el mirava sense gaire apassionament. —Potser les maraques et semblaran poca cosa, però ¿i la bateria? La bateria és un instrument realment complex: bombo, tambor, tomtom, platerets, plat gran. ¿I què me'n dius, del vibràfon?

L'Armand va passar els mesos següents en un desfici. Des de sempre, a la família circulava la creença (dita sempre en to de broma) que, un dia, a un nen li tallarien el dit i, amb el pas dels mesos, li tornaria a créixer. N'hi havia que deien que seria un senyal que indicaria alguna cosa, però no acabaven mai de posar-se d'acord sobre quina cosa en concret. Altres deien que, efectivament, a un nen li tornaria a créixer el dit tallat però que no seria senyal de res. A l'Armand aquella història li plantejava un nou dubte: ¿i si s'oposava que li tallessin el dit i precisament ell era l'escollit a qui, un cop tallat, li havia de créixer? Quina situació més absurda! Oposant-s'hi impedia la possible realització d'aquell miracle.

Vivia obsessionat pels dits. S'adonava que alguna gent portava anell al dit anular de la mà esquerra. A la família, com que l'anular no hi era, l'anell el portaven sempre al dit petit i, als casaments, es reproduïa sempre la cara de circumstàncies del capellà, quan arribava el moment que nuvi i núvia s'havien de posar l'anell. Un cop, l'Armand va veure pel carrer un desconegut amb l'anular de la mà esquerra tallat i va passar dies investigant si es tractava d'un parent llunyà, tan llunyà que ni el coneixia. ¿Potser altres famílies seguien també aquell costum? O altres de similars: amputar-se altres dits, o altres parts del cos per... ¿Per què? ¿Quin sentit tenia? ¿I què en feien, dels anulars tallats? ¿Els enterraven? L'Armand els imaginava enterrant-los verticalment, com brots d'espàrrecs, en petits cementiris de dits. Potser els incineraven.

A poc a poc va anar observant els pares, i la resta de parents, amb una mirada nova. ¿Quina mena de tradició macabra era aquella, i com eren capaços de consentir-hi, sense cap mena de commiseració? Com que no se'n refiava, dormia amb la mà esquerra sota el coixí i, al damunt, el cap. Havia calculat que era de totes totes impossible que, per tallar-li el dit, li aixequessin el cap, apartessin el coixí i li agafessin la mà sense que es despertés. De vegades somiava que, tot i aquestes precaucions, els pares (amb cara beatífica) aconseguien alçar-li cap i coixí, treure-li la mà i, d'un cop sec amb una ganiveta de carnisser, tallar-li el dit.

Quan va saber que el diumenge següent hi hauria una nova trobada familiar li va entrar el pànic. Per primer cop ell era un dels candidats a perdre el dit. De tots els cosins, ell i el Guitard eren els que en tenien més probabilitats. Tots dos havien arribat als nou anys. Ell feia tres mesos; el Guitard en feia set. Si la cosa havia d'anar per ordre d'antiguitat, doncs, li tocava al Guitard. Però les amputacions no sempre es feien per ordre d'antiguitat, motiu pel qual podia molt ben ser que li toqués a ell.

Va arribar el diumenge i no els van tallar cap dit, ni a l'un ni a l'altre, sinó al Teodard, un cosí que encara no havia fet nou anys (li faltava un mes) i a qui, en principi, no li havia de tocar. El Guitard estava enrabiat. Era a ell a qui l'hi havien d'haver tallat i no a aquell cosí. Li van explicar que ho havien avançat per un motiu comprensible: la mare del Teodard estava embarassada i volien liquidar aquell assumpte ràpidament per, quan nasqués el nou fill, no haver de pensar en l'amputació del dit del germà gran. L'Armand estava fascinat per la indignació del Guitard. Li va preguntar si no li feia res que li tallessin el dit. ¿Com li havia de fer res? Al contrari, no sols no hi veia cap problema sinó que se sorprenia de la pregunta de l'Armand.

—No et tallen el coll. Només un dit, i no pas el més important.

El Guitard es delia per ser gran. Per això, a la següent trobada familiar, brandant orgullós la mà embenada va córrer cap a l'habitació on la resta de nens jugaven amb trens miniatura.

Quan va néixer el nou cosí (li van posar Abelard, de nom) tot va ser un rebombori, comentaris a mitja veu i silencis sobtats cada cop que un nen entrava a una habitació. Evidentment, aquest secretisme va despertar l'interès de l'Armand. Fins tres dies més tard, però, no va saber que l'Abelard havia nascut amb sis dits a la mà esquerra.

Tota la família estava esverada. ¿Què haurien de fer quan l'Abelard arribés als nou anys? Si li tallaven un dit en tindria deu, no pas nou com els altres. Segons uns, això podia ser considerat un greuge comparatiu i calia tallar-n'hi dos, per igualar-lo a la resta de familiars. Però a d'altres els semblava excessiu tallar-li dos dits, si a la resta de familiars n'hi tallaven només un. N'havien de tallar un, només. Això era el que s'havia fet sempre i no hi havia cap motiu per alterar el costum. Les discussions es van anar bifurcant, allargant, reconduint. Finalment es va arribar a la conclusió, del tot òbvia, que aquell era un cas excepcional i que, com a tal, calia trobar-hi una solució excepcional. A més, no calia córrer. Faltaven anys perquè l'Abelard arribés als nou, que seria quan s'hauria de pendre la decisió.

Aquesta conclusió tranquil·litzadora se'n va anar en orri, però, poques setmanes després, quan va néixer la cosina Gerarda: també amb un dit de més, i també a la mà esquerra. El cas deixava, doncs, de ser excepcional i apareixien els primers dubtes seriosos. Ajornar la decisió fins que l'Abelard i la Gerarda fessin nou anys ja no tenia sentit. Un tiet estenotipista i aficionat al jazz francès va gosar preguntar a què treia cap continuar amb aquella tradició. Era la provocació que calia. La família va reaccionar sense fissures. No es podia posar en qüestió una herència immemorial per només dos nens que, per pura casualitat, havien nascut amb sis dits a la mà. Al dissident se li va fer veure que aquella pregunta seva era innecessària i inconvenient i, amb autoritat i decisió, es va fixar la data per la següent reunió: un mes més tard, a començaments de desembre.

Al cap d'una setmana, però, va arribar la notícia que, a Barbastre, havia nascut el tercer cosí (més o menys llunyà) amb sis dits. Tot d'una va quedar clar que era del tot improcedent parlar de casualitats i que ajornar nou anys la decisió no resolia res. Alguns membres de la família al·legaven que no calia esverar-se: que el fet que a la família apareguessin nens amb mans de sis dits era producte d'una evolució lògica. El mateix tiet Reguard aventurava que tants segles (hi havia qui parlava de mil·lennis) tallant l'anular esquerre donava finalment com a resultat una mutació que, per compensar el dit que havien de perdre als nou anys, feia que nasquessin amb un dit de més. Aquesta opinió va ser considerada absurda per altres membres de la família, que es negaven a creure que hi pogués haver mutacions tan considerables en períodes de temps tan curts com segles o mil·lennis. De fet, però, tant se valia qui tenia raó. Per primer cop hi havia a la família una escissió profunda, capaç de trencar-ne la cohesió. A una banda, els que consideraven que als nens que a la mà esquerra hi tenien sis dits se'ls en havien de tallar dos (l'anular, com sempre, i aquest nou dit intermedi entre l'anular i el del mig i que no té nom) i que no calia esperar als nou anys sinó que s'havia de fer de manera immediata, com a mostra de força que ofegués les dissidències. A l'altra banda, els que consideraven que, si la tradició marcava tallar un dit, per moltes modificacions anatòmiques que es produïssin ells havien de continuar, fidels a la tradició, tallant un únic dit. Al fort del debat va aparèixer una tercera opinió, en principi minoritària, formada pel tiet estenotipista i dues cunyades, que denunciaven el costum com un acte bàrbar.

Que fossin les cunyades les que ho denunciessin era especialment greu perquè, des de sempre, els membres polítics de la família havien estat els més fervorosos defensors del costum, després d'haver-se'n convençut durant el festeig. Precisament, un dels moments culminants dels festejos (i motiu de broma habitual a les reunions familiars) era quan, si les relacions anaven pel camí de consolidar-se definitivament, el membre de la família s'adreçava al futur cònjuge per anunciar-li que, abans que el prometatge fos ferm, li havia d'explicar una cosa. Una cosa que, ben segur, en principi li semblaria estranya però que en el fons no ho era, i de la comprensió de la qual depenia el futur de tots dos com a matrimoni. I llavors ho explicava: «Arribats als nou anys, als nens de la família els tallem el dit anular de la mà esquerra.»

La notícia era sempre acollida primer amb reticència (com si es tractés d'una broma) i tot seguit (quan veien que no era cap broma) amb horror. Les objeccions eren sempre les mateixes: «¿Com és possible un costum tan bàrbar en aquest segle?», «¿Quin sentit té?», «Als nostres fills no els ho faràs!» Aleshores començava la feina de convenciment, les hores de conversa, d'argumentacions. Dies i dies matisant, aclarint, puntualitzant, fins que el futur cònjuge acabava entenent-ho. A partir d'aquell moment es convertien en els més ardits defensors de la mesura i (encara que, en principi, ningú no els ho demanava) oferien els propis anulars per, així, formar part de la família de manera plena. Eren també els primers a reclamar, quan el fill feia nou anys, que es complís immediatament el ritual, amb tots els ets i uts, i els que s'oferien voluntaris per immobilitzar la mà del nen.

Per això era greu que el revisionisme vingués d'aquella fracció de la família, la dels conversos, aparentment els més aferrats al costum. Però aquesta consideració va deixar a poc a poc de tenir importància; aviat ja no hi va haver distincions i al bloc inicial format per l'estenotipista i les dues cunyades s'hi afegia tothom. Va néixer un quart cosí amb sis dits. Tot estava ja en crisi: es produïen els primers distanciaments i la trobada que s'havia de celebrar a principis de desembre va quedar posposada sine die. «Fins que es prengui una decisió definitiva.» Però molts intuïen que aquella declaració era una fórmula per sortir del pas i que mai no hi hauria cap altra decisió definitiva, tret d'aquella, que aparentment no ho era.

A l'Armand li van comprar una arpa. El van matricular en un curset de música i arpa, cada dimarts i dijous, després de classe. Practicava el cap de setmana, amb assiduïtat i convicció no sempre recompensades pels resultats. A mesura que va anar quedant clar que aquell costum familiar de tallar dits havia passat a la història, la dèria de l'Armand per tocar l'arpa es va anar esllanguint a poc a poc i, el curs següent, l'arpa va quedar en un racó, acumulant pols fins que, uns anys més tard, l'Elisard, un dels cosins amb sis dits, s'hi va interessar. Cada cop que hi havia dinar familiar a ca l'Armand (ara amb prou feines s'hi aplegaven set o vuit familiars, quan abans sempre eren més de vint), l'Elisard s'instal·lava a l'habitació de l'Armand a jugar amb l'arpa. A cada trobada la tocava millor. Fins que al final ja hi tocava peces de Halffter, de Milhaud i de Ginastera, i (per complaure la família) cançons paraguaianes, i una de mexicana que repetia un cop i un altre, cada vegada amb més brio. Els pares de l'Armand van proposar regalar-li l'arpa. L'Armand s'ho va pendre com una indirecta (com un retret per, després d'haver defensat amb vehemència la seva vocació d'arpista, estar-hi ara tan poc interessat); per no donar-los el gust, els va dir que tant li era el que fessin amb l'arpa. Els pares van decidir que l'hi regalarien a l'Elisard la següent vegada que vingués.

Però l'Elisard ja no va tornar més a ca l'Armand. De manera accelerada, sense l'element cohesionador que suposava la cerimònia, les trobades familiars es van anar espaiant encara més; a les poques que feien cada cop hi anava menys gent i, aviat, tothom tenia una excusa per no anar-hi: a l'hivern, que havien d'anar a esquiar; a l'estiu, que havien d'anar a la platja; i, en qualsevol estació, que tenien un compromís impossible de cancel·lar. Al cap de pocs anys, les trobades familiars ja eren història i fins els parents més pròxims s'havien convertit en estranys amb els quals parlaven un cop l'any a tot estirar, i per telèfon.

L'Elisard era l'únic familiar de qui tothom va continuar tenint constantment notícia, perquè amb els anys (hi ha qui diu que la seva peculiaritat anatòmica hi va tenir a veure) es va convertir en un arpista excepcional, que va restituir a l'instrument el prestigi i la categoria perduda per l'ús simple que se n'havia fet durant les dècades anteriors. L'Armand opinava diferent. El considerava un nen prodigi que va tenir uns anys estel·lars però que, a mesura que s'havia anat fent gran, s'havia convertit en una figura patètica: ell, l'arpa i aquelles melodies amanerades. Ara, repenjat a la barra del bar, l'Armand veu un cop més l'Elisard a la tele que hi ha al costat dels rengles d'ampolles. Gira el cap, bufa de manera ostentosa, en diu fàstics en veu alta i advoca per la conveniència de reinstaurar el vell costum de tallar dits anulars, començant pel del prestigiós arpista. Els altres que hi ha a la barra ni el miren. Com que no l'escolten els explica la història de la família. Dos que a la fi hi paren atenció el prenen per boig o borratxo, o totes dues coses alhora. Només una noia l'observa amb un cert interès i, quan acaba de parlar, se li acosta. És guapa, amb un somriure brillant i un floc de cabells castanys que li tapa mitja cara, a l'estil dels que gasten algunes dones per dissimular un ull de vidre.

2

A LES PORTES DE TROIA

El cavall de fusta queda definitivament acabat, polit i envernissat, a primera hora del matí. Ha estat una feina dura, que ha ocupat dotzenes de soldats dirigits per tres mestres fusters. S'alça, majestuós i immòbil, al bell mig de la platja. El deixen assecar durant tot el dia. A la nit, vigilant que no els vegin des de la muralla, els guerrers escollits pugen per una escala de cànem, un darrere l'altre, ràpidament i sense fer soroll. Van armats, amb una petita bossa nuada al cinturó, amb carn en salmorra per agafar forces al matí i una porció d'aigua per calmar la set. Després que l'últim guerrer hagi pujat, recullen l'escala i tanquen la porta de manera que des de fora no es noti.

Seuen tots amb ordre i paciència, ben estrets, omplint la panxa de la bèstia. L'olor de vernís no ha desaparegut del tot i els embriaga. Dormen amb el neguit que dóna la certesa de la victòria imminent. Tal com havien quedat, quan arriba el matí, els del campament recullen les coses, calen foc a les tendes i pugen a les naus, fent veure que donen la guerra per perduda i que es retiren definitivament. Els guerrers escollits contemplen aquests moviments per les escletxes que hi ha entre els taulons del cavall. Quan les naus aquees desapareixen a l'horitzó, giren els ulls cap a les portes de la ciutat. Aviat s'obriran, els troians sortiran, pendran el cavall com un botí de guerra i l'entraran a la ciutat. Els guerrers aqueus aprofiten l'espera per menjar la carn que portaven.

Lentament passen les hores i de la ciutat no en surt ningú. Al primer que se n'estranya, Ulisses li ordena guardar silenci. Ningú no ha d'obrir la boca i tots han de fer el mínim soroll possible. Si cap troià sortís i sentís que dins del cavall hi ha homes que parlen, tota l'argúcia se n'aniria en orri.

A primera hora de la tarda acaben l'aigua que els quedava. Sota aquell sol implacable, la panxa del cavall és un forn. A la nit dormen sense fred. Són tants i estan tan estrets que no els cal cap manta. El problema són les miccions. Hi han passat tot el dia i la nit abans i, dissimuladament i incapaços d'aguantar-se més, alguns decideixen orinar pels racons. Però les necessitats d'Anticle no són menors sinó majors. Ulisses li ordena aguantar-se-les. Anticle diu que no pot (el ventre se li retorça, es veu incapaç de resistir ni un instant més), perd els nervis i es queixa que els troians ja haurien d'haver-se endut el cavall. No hi havien d'estar tantes hores, allà dins. Diu tot això cridant; per fer-lo callar, Ulisses l'escanya.

Amb l'arribada de l'alba reneixen les esperances. Avui sí que vindran els troians, pendran finalment el cavall i el duran dins. És lògic que ahir no ho fessin, perquè encara no se'n refiaven. Avui se'ls deu fer del tot evident que els aqueus han marxat de debò. Els ho confirma el fet que, a mig matí, senten música que els arriba de la ciutat, uns càntics estranys però innegablement alegres. Deuen celebrar la victòria. A la tarda, els troians obren finalment les portes de la ciutat. Els guerrers aqueus se n'alegren i observen (excitats, i immòbils per no fer cap soroll) com un grup de troians surt de la ciutat i s'acosta al cavall. Els aqueus s'aguanten la respiració. Els troians envolten la bèstia de fusta i la contemplen amb curiositat. Enraonen entre ells, però els aqueus, tot i que paren l'orella, no entenen què diuen. Els arriba una remor de paraules barrejades amb el so de les onades. Ara finalment pendran el cavall i el duran dins. Però per comptes d'això desfan el camí, tornen a la ciutat i tanquen les portes.

Als guerrers aqueus aquella nit els és més difícil dormir. La gana i la set es generalitzen. No els queda aigua ni menjar, ni tenen possibilitats d'aconseguir-ne, i això fa que hi hagi disputes freqüents, que Ulisses talla d'arrel: no vol sentir ni una paraula. Ni un ronc. Qualsevol soroll podria alertar de la trampa els troians. Arriba l'alba. Passa el dia sense que ningú vingui a buscar-los. Ulisses dissimula el nerviosisme. La resta de guerrers, no. Tenen gana i, cada cop que algú es queixa que allò no funciona com hauria de funcionar, Ulisses amenaça que escanyarà qui no calli.

Dos dies més tard n'hi ha dos que proposen sortir, sigui com sigui i encara que fer-ho descobreixi la trampa als troians. És evident, diuen, que l'argúcia no ha funcionat, i és de cretins tirar endavant un projecte que no funciona. Ulisses sufoca l'intent de motí tal com havia amenaçat de fer: escanyant-los també, igual que a Anticle. Com que fa dies que no mengen, els guerrers devoren tots dos cadàvers. Hi ha un guerrer, d'estómac massa delicat, que vomita al primer tast. Per no deshidratar-se, tots decideixen beure's la pròpia orina.

A la pudor d'orins i excrements s'hi afegeix ara la ferum del primer cadàver (el d'Anticle, que comença a descompondre's amb aquella calorada) i de les entranyes dels altres dos. N'hi ha un que proposa desfer-se'n obrint un instant la porta i llençant-los. Ulisses s'exaspera. ¿Com se'ls pot acudir una idea així? ¿Com podrien llençar-los fora sense despertar les sospites dels troians? Deixar als peus del cavall tres cadàvers (dos d'ells reduïts només a un munt d'ossos i vísceres) seria descobrir clarament la trampa. Un altre suggereix que podrien desfer-se'n de nit: baixar-los per l'escala i llençar-los al mar. Un altre opina que el més greu no és conviure amb la ferum dels cadàvers i dels excrements, sinó la incertesa del futur. Tots aquests dies, les naus aquees deuen haver anat enviant exploradors per veure si el cavall de fusta, tal com havien previst, era ja dins Troia. No aguantaran gaires dies més amagades abans de donar l'argúcia per fracassada i tornar a casa, acceptant definitivament la derrota. Això si no ho han fet ja. Ulisses s'hi llança al damunt, però ni ell té ja forces i, incapaços de barallar-se amb un mínim d'energia, cauen tots dos sobre els altres guerrers, que es fan a un costat, cada cop més prims i sense ni esma. N'hi ha que jeuen tan immòbils que es fa difícil saber si encara són vius. El mateix Ulisses se sent defallir, però no s'ho pot permetre. Els troians, repeteix cada cop amb menys convenciment, sortiran en qualsevol moment i s'enduran el cavall. Només és qüestió d'esperar. Quan això passi, ells (els millors guerrers, escollits entre la flor i nata de la joventut aquea) esperaran que arribi la nit, sortiran quan tothom dormi, saquejaran la ciutat i n'abatran les portes. Per les escletxes entre els taulons, observa amb avidesa les muralles de la ciutat; i es tapa les orelles per no sentir els gemecs agònics dels seus guerrers.

LES LLIBERTATS HELVÈTIQUES

Un cop més, el fill demana al pare que li torni a explicar la història de sempre: exactament, com l'avi li va posar la poma al cap, i com ell va ser capaç d'accedir-hi sense tremolar de por, i si és de debò que no en tenia gens ni mica. Gualter Tell ha escoltat moltes vegades la mateixa demanda de llavis del seu fill. Quan era petit i l'avi encara vivia, era el mateix avi Guillem qui l'hi explicava. Li explicava que, un dia, va anar a Aldorf amb el fill, Gualter, que a la plaça major es van trobar que el governador austríac, Gessler de Brunock, havia decretat que tothom que hi passés s'hauria d'inclinar reverencialment davant d'una estaca amb una gorra seva que hi havia col·locat (com a símbol d'ell i de la gran Àustria), que s'hi va negar, que els van detenir, que Gessler de Brunock va ordenar penjar-lo, que Gualter va lloar l'habilitat de son pare amb la ballesta i que Gessler de Brunock va tenir una idea: per demostrar aquella habilitat posaria una poma al cap del nen i Guillem Tell hauria d'encertar-la a vuitanta passes de distància. Si l'encertava, salvaria la vida. Si no l'encertava, moriria.

De petit, el nét es meravellava tant de l'habilitat de l'avi com del valor del pare per haver-se sotmès de grat a la prova. Per això, cada cop que li explicava la història, preguntava si (ni que fos durant una mil·lèsima de segon) havia tingut por que la fletxa sortís unes polzades massa baixa i se li clavés al front. S'imaginava la punta enfonsant-se en la carn, esberlant-li el crani, i tot seguit la cortina de sang amarant-li els ulls. Mai no imaginava altres possibilitats d'error: que la fletxa anés massa alta i es clavés a l'arbre, unes polzades més amunt de la poma. O que sortís per la dreta o per l'esquerra i ni tan sols encertés el tronc i es perdés més enllà. De totes les possibilitats d'error, la que li semblava més probable era la primera: per por de tocar el front del fill, Guillem Tell hauria tendit a alçar inconscientment el punt de mira. Tot i que hi havia també la possibilitat que, per corregir aquesta tendència que el podia fer fallar, s'obligués a abaixar-lo lleugerament.

En una situació semblant, el fill de Gualter Tell hauria dubtat si oferir-s'hi voluntari. No per falta de confiança en el pare sinó perquè ningú, ni el millor ballester, pot estar segur d'encertar-la amb tota aquella pressió ambiental. Gualter Tell li repetia que no havia tingut por en cap moment. ¿Com dubtar de son pare, l'home que, precisament per aquella proesa, va acabar convertint-se en l'heroi nacional? Gualter Tell acariciava el cap del seu fill i callava que, amb el pas dels anys, aquell fet heroic va acabar sent un trasbals. No en aquell moment, que era un nen. Per això no menteix quan diu que ni durant una mil·lèsima de segon va dubtar que son pare encertaria la poma. Va ser després, quan va créixer, que va anar reflexionant-hi, fent-se les mateixes preguntes que el seu fill li feia ara. En el moment dels fets ell era massa petit per adonar-se del perill real d'aquell repte, però son pare no era cap nen. ¿Com havia pogut posar en perill la seva vida sense estremir-se? Ni tan sols un lleuger tremolor del pols! I allò, que en el fons devia voler dir que estava segur d'encertar-la, a ell va acabar semblant-li una mostra de despreocupació. Si hagués tremolat, ni que fos lleugeríssimament, hauria volgut dir que, ni que fos lleugeríssimament, patia per si no l'encertava i, doncs, per ell. A còpia de donar-hi voltes va arribar a la conclusió que en el fons l'estimava ben poc. És clar que era el millor ballester, però no hauria calgut més que un error de polzades i la fletxa, per comptes de la poma, li hauria esberlat el cap. Amb el pas dels anys i la presa de consciència, Gualter Tell es va anar fent sorrut. La imatge de la fletxa acostant-se-li veloçment se li apareixia cada nit en somnis. Ell estava contra el tronc de l'arbre, amb el cap ben dret i immòbil, perquè la poma (una poma camosa, que desprenia una olor embriagadora) no caigués. Davant seu, una estesa de persones: Gessler de Brunock, uns quants soldats i, al mig de tot, son pare, apuntant-lo amb la ballesta. De cop (un cop i un altre, incansablement), la fletxa que surt disparada (primer petita i llunyana i de seguida, ja, enorme), gairebé pentinant-lo, l'scrmppf de la poma que s'esqueixa i l'scmmppm quan es clava al tronc de l'arbre. Però, de tant en tant, en el somni la fletxa no encertava la poma sinó a ell. Gualter es despertava, dreçava el tors i xisclava de terror. Sa mare corria a consolar-lo. «Ha estat un malson, Gualter, torna't a adormir.» Mentre sa mare l'abraçava, Gualter sentia els roncs de son pare al dormitori matrimonial.

De jove, durant uns anys Gualter Tell va formar part d'un grup anarquista que lluitava per l'abolició de l'estat suís. Llegien Bakunin, editaven una revista clandestina, cantaven cançons de països en vies de desenvolupament (sobretot llatinoamericans) i, ebris de cervesa, pintaven as encerclades a les parets de Friburg, on estudiava filologia romanxa i formava part de l'equip olímpic de ballesta. Anys després es va llicenciar, va tornar a casa, es va dedicar a viure de la renda familiar, i va acabar del tot dedicat a les seves autèntiques grans aficions: la ballesta i la cervesa. Es va casar amb la nòvia que tenia des de primer curs. Van tenir un fill. Per voluntat de la dona (profunda admiradora del sogre) al nen li van posar Guillem; van decidir educar-lo amb directrius pedagògiques no violentes.

El petit Guillem admirava pare i avi, i quan demanava que l'hi tornessin a explicar (com l'avi li va posar la poma al cap, exactament, i com ell va ser capaç d'accedir-hi sense tremolar de por, i si és veritat que no en tenia gens ni mica) ho feia il·lusionat de debò. Sentia una admiració profunda i neta pels seus progenitors. Però el pas dels anys i la natural rebel·lia cap a la figura paterna fan que ara, d'adolescent, amb veu de falset (per fotre-se'n) li demani: «Pare, torna'm a explicar com va ser, exactament, que l'avi et posés la poma al cap. ¿Com vas ser capaç de deixar-t'ho fer? ¿De debò no en tenies gens ni mica, de por?» Les paraules són gairebé les mateixes. Però ara el to és foteta, i el gasta sobretot davant dels companys d'escola perquè (a més d'admirar-lo pel fet de ser nét de Guillem Tell i fill del nen que no va tenir por que el fessin servir de blanc) l'admirin perquè no els idolatra. Per ell, aquelles figures heroiques no són més que un pare i un avi, com qualsevol pare i avi de qualsevol amic. Per això el falset que hi posa ara: «Pare, torna'm a explicar com va ser, exactament, que l'avi et posés la poma al cap. ¿Com vas ser capaç de deixar-t'ho fer? ¿De debò no en tenies gens ni mica, de por?»

Gualter Tell s'acaba la cervesa, agafa la ballesta i surt al jardí a practicar. És un bon ballester. Ha viscut sempre a l'ombra de la fama de son pare; però, arribat als quaranta, pot dir, sense caure en la presumpció, que és fins i tot més bo que ell a la mateixa edat. Si ara poguessin competir l'un al costat de l'altre, el guanyaria. Per això el molesta lleugerament la broma continuada del seu fill. No tant el fet que li retregui haver confiat en son pare (podria ser fins i tot una expressió d'enveja) com el dubte: en una situació semblant, el seu fill ¿confiaria en ell com ell va confiar en son pare? Avui, entre gerra i gerra de cervesa, torna a sentir la broma filial: «Pare, torna'm a explicar com va ser, exactament, que l'avi et posés la poma al cap. ¿Com vas ser capaç de deixar-t'ho fer? ¿De debò no en tenies gens ni mica, de por?»

Gualter l'observa durant llarga estona i li pregunta si vol provar-ho. Per saber com són exactament les coses, diu, no hi ha res com passar-hi, allò que en diuen l'experiència. Pel que t'expliquen pots fer-te una idea aproximada de les coses; però mai no saps com són de debò fins que no hi passes. Si es posa la poma al cap, ell dispararà la ballesta. No ha de tenir por: sap que és tan bo com l'avi.

El fill fa cara de sorpresa; somriu. El pare hi torna: sense cap raó encara té més mèrit. Mentre parla, camina a grans passes, al voltant del fill. Fer-ho davant del governador austríac, diu, tenia un contingut heroic, i el risc, doncs, no era del tot net, perquè a la llarga tota heroïcitat té premi. En canvi, entre ells dos sols, al jardí, no hi ha cap heroïcitat en perspectiva. Només es tracta d'una qüestió de confiança. Si en té o no. Li posarà la poma al cap, ell es repenjarà en aquell arbre i s'hi estarà quiet.

Vist des d'aquest punt, el jove Guillem Tell hi està clarament d'acord: acceptar el repte és més (si no heroic) meritori. Per innecessari. Perquè, de fet, si ho accepta és només per demostrar-li que totes aquelles bromes que li fa sovint no són més que això, bromes, i que si continua fent-n'hi, sabent que en el fons el fereixen, és per sentir-se més adult, més distanciat d'ell i del seu món d'herois de la pàtria. Però, en el fons del fons, ¿no desitja formar part també, ell, d'aquell món d'herois? Acceptar la proposta paterna és encara més intrèpid. D'una tacada els sobrepassa a tots dos, perquè el seu valor és anònim i no busca recompensa. Acceptar el repte el convertirà instantàniament en adult. Corre cap a la cuina, agafa una poma, torna al jardí, busca un arbre a vuitanta passes, es repenja contra el tronc i es col·loca la poma al cap mentre son pare tensa la ballesta.

GREGOR

Quan, un matí, l'escarabat va sortir de l'estat nimfal va trobar-se transformat en un noi fati. Jeia damunt l'esquena sorprenentment tova i desprotegida i, si aixecava una mica el cap, es veia la panxa, pàl·lida i inflada. El nombre d'extremitats s'havia reduït de manera dràstica i les poques que sentia (quatre, en comptaria més tard) eren dolorosament carnoses, i tan gruixudes i pesades que bellugar-les li resultava impossible.

¿Què li havia passat? Ara l'habitació li semblava petitíssima, i menys intensa l'olor de florit que hi trobava abans. A la paret hi havia suports per penjar-hi l'escombra i el pal de fregar. En un racó, dues galledes. Contra una altra paret, una prestatgeria amb bosses, caixes, pots, una aspiradora i, repenjada, la post de planxar. Que petites li semblaven ara totes aquelles coses que, abans, gairebé no podia abastar en la totalitat. Va moure el cap. Va intentar girar-se a la dreta, però aquell cos gegantí pesava massa i no se'n sortia. Ho va intentar un segon cop; i un altre. A la fi va haver de reposar, esgotat.

Va tornar a obrir els ulls amb frisança. ¿I la seva família? Va girar el cap a l'esquerra i els va veure, a una distància inconcreta, immòbils, observant-lo astorats i amb por. Li sabia greu que sentissin por;

si hagués pogut els hauria demanat disculpes per aquell trasbals pel qual els feia passar. Cada nou intent de moure's per anar cap a ells resultava grotesc. Intentar arrossegar-se d'esquena li era especialment difícil. L'instint li deia que potser si es girava fins a quedar de bocaterrosa els moviments li resultarien més fàcils, tot i que amb només quatre extremitats (i tan poc àgils) no sabia com s'ho faria per desplaçar-se. Per fortuna, no sentia fressa que l'induís a pensar que hi havia humans a la casa. L'habitació tenia una porta i una finestra. Sentia com repicaven les gotes de pluja contra l'ampit de zinc de la finestra. Va dubtar si anar primer cap a la porta o cap a la finestra i va decidir finalment anar cap a la finestra perquè des d'allà veuria on era exactament, encara que no sabia del cert de què li havia de servir veure on era exactament. Amb tota la força de què era capaç, va fer un intent de girar-se. De força en tenia, però era evident que no sabia com dominar-la i que cada un dels seus moviments era desmanegat i inconnex, sense relació amb els altres. Quan aprengués a fer servir les extremitats, les coses millorarien tan notablement que podria anar-se'n amb els seus. De cop es va adonar que pensava, i aquella evidència va fer que s'interrogués si abans també pensava. Ell hauria dit que sí, però comparat amb aquell seu pensament d'ara, l'anterior era molt feble.

Molts intents més tard va aconseguir fer passar el braç dret per damunt del tronc; així, va decantar el pes a l'esquerra i, amb un esforç final, va girar el cos, que va caure pesadament de bocaterrosa. La seva família va cuitar a apartar-se; es van quedar aturats a una certa distància, per por que si feia un altre moviment brusc els aixafés. Va sentir pena per ells, va dipositar la galta esquerra a terra i va quedar immòbil. Els familiars se li van acostar a mil·límetres dels ulls. En veia les antenes movent-se, les mandíbules tancades en un rictus de desconcert. Va tenir por de perdre'ls. ¿I si el rebutjaven? Com si hagués sentit què pensava, amb les antenes sa mare li va acariciar les pestanyes. És clar, va pensar ell, de mi és el que deu trobar-hi més semblant. Commogut (una llàgrima li va lliscar galta avall fins a formar un bassal al voltant de les potes de sa germana), va voler respondre a la carícia, va intentar moure el braç dret, el va alçar i, incapaç de controlar-lo un cop alçat, el va deixar caure pesadament, cosa que va provocar la desbandada dels familiars, que van buscar protecció darrere d'un pot de suavitzant. Son pare treia el cap, amb prevenció. Segur que entenien que no els volia fer cap mal, i entenien també que tots aquells moviments perillosos eren producte de la imperícia a dominar aquell cos monstruós. Li va quedar confirmat quan s'hi van tornar a acostar. Que petits que els veia! Petits i (li recava acceptar-ho) distants, com si les seves vides estiguessin a punt de bifurcar-se de manera irreversible. Hauria volgut dir-los que no el deixessin, que no se n'anessin fins que ell pogués acompanyar-los, però no sabia com fer-ho. Hauria volgut poder-los acariciar les antenes sense que la carícia els destrossés, però, com s'havia vist, els seus moviments maldestres comportaven un risc evident. De bocaterrosa, va iniciar el recorregut cap a la finestra. A poc a poc, ajudant-se amb les extremitats es va arrossegar per l'habitació (la família va quedar a l'aguait) fins a arribar a la finestra. Però la finestra era molt amunt, i no sabia com enfilar-s'hi. Va enyorar el seu cos d'abans, petit, àgil, dur i ple de potes, que li hauria permès desplaçar-se amb facilitat i velocitat, i li va tornar a lliscar una llàgrima, aquest cop d'impotència.

Amb el pas dels minuts va anar aprenent a moure les extremitats, a coordinar-les, a aplicar la força justa a cada braç. Va apendre a moure els dits i els va aferrar a l'ampit de la finestra. Uns quarts més tard, finalment va aconseguir aixecar el tronc. Allò li va semblar un triomf. Ara seia, amb les cames doblegades i l'espatlla esquerra repenjada al tros de paret que hi havia sota la finestra. La família el contemplava des d'un racó, amb una barreja d'admiració i pànic. Es va posar finalment de genolls i, amb les mans a l'ampit per no caure, va mirar per la finestra. A l'altra banda del carrer es retallava nítidament un sector de l'edifici del davant, un edifici molt llarg, de color fosc, amb finestres simètriques que tallaven la monotonia de la façana. Encara plovia, però ara queien unes gotes grosses, fàcils de distingir una per una, i que també arribaven a terra ben separadament. Amb un esforç final va aconseguir alçar-se i posar-se dret. Aquella verticalitat el meravellava i l'incomodava. Es va sentir marejat, es va haver de repenjar a la paret per no caure, aviat les cames li van flaquejar i, amb suavitat, es va anar ajupint fins a quedar novament de genolls. De genolls va avançar cap a la porta. Estava entreoberta. Per obrir-la, amb el braç hi va ventar un cop, amb tanta força (li costava calcular l'estrictament necessària per cada gest) que la va llançar contra la paret, va rebotar i va tornar gairebé a tancar-se. Va repetir el gest, aquesta vegada menys bruscament. Un cop va aconseguir que la porta quedés oberta, sempre de genolls va sortir al passadís.

¿Hi devia haver humans, en algun racó de la casa? Ara, però (va suposar), si en trobava cap no li farien mal: tenia l'aspecte d'ells. Aquesta idea el va fascinar. Ja no n'hauria de fugir per por que l'aixafessin! Era el primer aspecte positiu d'aquella transformació. Només hi veia una pega: li voldrien parlar i no sabria com contestar. Al passadís, ajudantse amb tots dos braços es va tornar a posar dret. Aquest cop no es marejava tant. A poc a poc (ara les cames li aguantaven millor el pes) va caminar pel passadís, cada cop amb més desimboltura. Al capdavall del passadís hi havia una porta. La va obrir. Hi havia el bany. El vàter, el bidet, la banyera, dues piques i un mirall al damunt de totes dues. No s'havia vist mai, però immediatament va saber que era ell, despullat, gras i tou. Per l'alçada a què li arribava la cara, en el mirall, va deduir que no era cap adult. ¿Era un nen? ¿Un adolescent? Veure's despullat el desconcertava, no entenia per què, perquè mai no l'havia molestat anar despullat. ¿Era la deformitat del seu cos, tots aquells quilos i quilos de carn, i aquella cara molsuda i amb acne? ¿Qui era? ¿A què es dedicava? Va caminar per la casa, cada cop amb més estabilitat. Va obrir l'habitació al costat del lavabo. Hi havia uns patins a tocar del llit. I tot de banderins per les parets. Hi havia també un escriptori, llibretes, llibres. I una prestatgeria amb tebeos, una pilota de futbol i fotos. Una foto d'ell (s'hi va reconèixer immediatament, igual que s'havia vist al lavabo: gras, amb acne i vestit de jugador de futbol sala, de color blau, amb una ratlla blanca a cada màniga). A l'armari hi va trobar roba. Va buscar uns calçotets, una samarreta, un polo, uns pantalons de xàndal, mitjons, unes vambes. Es va vestir.

A la porta del pis, va observar per l'espiera. Fora hi havia un replà, i tres portes més de pisos. Va tornar a la sala, va passar el dit pels lloms dels pocs llibres que hi havia als prestatges. Va acariciar una gerra de porcellana. Va pitjar el botó de la ràdio. La música era cridanera i la lletra li resultava incomprensible:

...colomitos inolvidables,
inolvidables como las tardes
en que la lluvia desde la loma
no nos dejaba ir a Zapooopan...

Va tornar a pitjar el botó. Silenci. Es va asseure al sofà. Va agafar el comandament. Va connectar la tele. Va anar canviant de canal, va apujar els colors fins al límit, va apujar el volum al màxim. El va abaixar al mínim. Era fàcil. Al sofà hi havia un llibre obert. El va agafar convençut que no hi entendria res i, en canvi, de seguida que hi va dipositar els ulls, hi va llegir sense gaires problemes: «M'he mudat. Abans vivia a l'hotel Duke, en una cantonada de la plaça Washington. La meva família hi ha viscut durant generacions, i quan dic generacions vull dir com a mínim dues-centes o tres-centes generacions.» El va tancar i, just quan el deixava on era, va recordar que l'havia trobat obert i no tancat. El va tornar a agafar i, mentre buscava la pàgina per on estava obert, va sentir soroll de claus al pany de la porta. Eren un home i una dona, clarament adults, aquests sí. L'home va dir: «Hola.» La dona se li va acostar, li va fer un petó a la galta, se'l va mirar de dalt a baix i li va preguntar: «¿Com és que t'has posat els pantalons al revés?» Ell es va mirar els pantalons del xàndal. ¿Com ho hauria d'haver sabut, que eren al revés? Va arronsar les espatlles. «¿Ja has fet els deures?», va dir l'home. Oh, no, deures! Va imaginar (com si recordés) un abans en què no hi havia deures ni pantalons al revés. «Afanya't!» Tornava a ser la dona. Es va aixecar amb mandra. Abans d'anar a l'habitació a fer-los va passar per la cuina, va obrir la nevera, va treure un pot de Diet Pepsi i, lluitant per obrir-lo (era toix amb les mans, encara), en va vessar la meitat per terra. Abans que el renyessin, va anar al quarto dels mals endreços i, mentre despenjava el pal de fregar, va veure, arrambats a la paret, tres escarabats que, després d'un instant d'immobilitat, van intentar fugir. Amb un cert fàstic hi va posar el peu dret al damunt i va fer pressió fins que va notar com s'aixafaven.

FAM I SET DE JUSTÍCIA

El fet d'haver nascut en una família aristocràtica no impedeix que Robin Hood odiï profundament la desigualtat social. Des de petit l'ha indignat contemplar com, mentre que els rics neden en l'excés, els pobres malviuen en la misèria. Aquest contrast, que deixa indiferents la resta dels seus familiars, a Robin Hood el revolta.

Convençut que l'autoritat està sempre al costat dels poderosos, com que no sap estar plegat de braços i assistir impassible a aquell espectacle degradant, un dia decideix posar-hi remei. Selecciona la família més rica de totes les famílies riques del comtat. Per dur a terme el pla que rumia no li cal ni espiar-ne els horaris. Els coneix tan bé a tots ells que en sap cadascun dels moviments habituals, què fan, on i quan, i en quin moment els pot agafar desprevinguts. Fixa, doncs, un dia per l'acció. Però s'ha de vestir a posta. No pot anar amb les seves robes habituals, perquè el reconeixerien. Del bagul que hi ha a les golfes, tria un antifaç de seda negra i un barret de caçador, amb ploma grisa i esvelta, que li va portar l'oncle Richard d'un viatge al Tirol. Agafa l'arc, el buirac i les fletxes i munta al seu millor cavall.

Des de lluny veu les finestres del castell il·luminades, i la música que en vessa. Tal com havia previst, estan en plena festa. Perfecte. Així els enxamparà a tots junts i el botí serà gros, perquè al dels rics triats s'hi afegirà el dels convidats. Irromp a la casa sense importar-li que les ferradures del cavall embrutin les catifes granat. Hi ha la crème de la crème: no sols els amfitrions (els rics més rics, amos del castell, principal objectiu de la seva incursió), sinó també els seus amics: marquesos, comtes, ducs, potser no tan rics però en qualsevol cas desmesuradament rics per la mitjana estadística de la població.

La collita és excepcional. Robin Hood els roba les diademes (de plata, d'or, de plata amb incrustacions de pedreria), els anells (cap de senzill: tots gruixuts com anelles de cadenes), les arracades (algunes, llargues i carregades fins a les espatlles), els nomeolvides (un de platí), els passadors (de qualitat molt més variada). En un sac fica tots els diners que porten al damunt, monedes i bitllets barrejats, i fa que els propietaris de la casa (els rics més rics del comtat) obrin la caixa de cabals i en buidin el contingut. Al mateix sac fica els canelobres i els coberts de plata. En una bossa de vellut blau fica tot el menjar que troba al rebost. (Hi ha tantes delícies que els necessitats no tasten mai!) Després, sense que cap dels presents l'hagi reconegut, a galop desapareix en la nit. Els rics més rics i els seus amics aristòcrates, excitats pel fet (que trenca la monotonia en què viuen), decideixen que, l'endemà, enviaran patges als amics que aquella nit no eren amb ells per explicar-los la notícia: que un emmascarat ha vingut i els ha robat joies, objectes de valor i diners. Per poder fer-los les explicacions amb tot detall els convidaran a casa i hi organitzaran una bacanal.

Robin Hood galopa bosc a través, d'oest a est, amb un destí clar. Durant dues setmanes ha seleccionat, d'entre tots els habitants de Sherwood, els més pobres. Són una família que viu en una cabana mísera, a tocar d'un abocador incontrolat. Des de lluny, la família mísera veu arribar Robin Hood i s'amaga. Sempre que algú s'hi ha acostat ha estat per treure'ls el poc que tenen. De vegades lladres amb antifaç i samarreta de ratlles horitzontals, de vegades recaptadors d'impostos amb corbata i americana de quadros, de vegades els senyors, necessitats de carn fresca per alguna festa. Robin Hood truca a la porta i els demana que obrin: ve en senyal de pau. Els pobres no contesten. Robin Hood insisteix: «Obriu, us porto el que he robat als rics!» No li fan cas. Es veu obligat a abatre la porta. En un racó de l'única peça de la cofurna (rebedor, menjador, cuina i dormitori, tot junt), els pobres, fent pinya, tremolen i imploren pietat. Robin Hood els explica que d'ell no n'han de tenir por i els repeteix que ve a donar-los el que ha robat als rics. Exactament aquesta és la idea, insisteix: robar els rics per donar-ho als pobres. Els ho repeteix diverses vegades, perquè a la primera no ho entenen. Es miren els uns als altres i el miren a ell, recelosos. Robin Hood els ho torna a explicar, encara una altra vegada. S'enorgulleix d'aquest seu sentit particular de la justícia. Com diuen alguns, «fa justícia pel seu compte». Però, atenció!, no ho fa en benefici propi sinó per fer el bé a d'altres. Roba els rics (això és, evidentment, un delicte, perquè el fet que algú sigui ric no dóna a ningú carta blanca per atemptar contra el dret inalienable a la propietat privada, com a mínim en una economia de mercat), però ho fa no pas per quedar-s'ho, com hauria fet un lladre vulgar i corrent, sinó per donar-ho als necessitats; ell no en toca ni un cèntim. Roba per donar-ho als pobres, i aquest és un acte de generositat que, n'està convençut, li perdona, als ulls de Déu, el delicte previ. ¿El fi justifica els mitjans? Per Robin Hood, sí, sense cap mena de dubte. Per això s'enfronta al xèrif, a les autoritats, als propietaris de terres, eclesiàstics o no. També per això procura tractar les dones, els pobres i la gent humil amb una cortesia especial.

Però els fruits del robatori desapareixen aviat. Una família pobra i nombrosa com l'escollida, amb gana endarrerida de segles, dilapida amb facilitat el menjar, els diners, les monedes, els canelobres, les arracades, els coberts de plata venuts a un preu indigne al mercat negre. Els pobres continuen sent pobres, i els rics no han trigat gaire a comprar nous canelobres, nous coberts de plata, noves arracades, nous anells. Potser els pobres han apaivagat una mica la gana i els rics han perdut quatre diners, però la diferència es manté abismal.

Robin Hood torna a buscar l'antifaç de seda negra i el barret amb ploma. Munta a cavall; per camins tortuosos que solquen el bosc com un laberint arriba novament al castell dels rics més rics, que, aquest cop, estan en ple ball de les debutants. Els rics se sorprenen. «¿Una altra vegada?» No ho troben tan excitant com el primer cop. Fins i tot n'hi ha un que es queixa: «A veure si això es convertirà en costum.» Robin Hood els pren les arracades (de maragdes, de perles), les diademes (una és grega, d'Empúries, heretada de mare a filla a través dels segles), els anells (de robins, simplement d'or, de lapislàtzuli), les polseres, els fermalls (n'hi ha un d'ivori, que Robin Hood troba bellíssim) i un collaret de perles. Una dona es lamenta perquè les arracades que Robin Hood li pren sense pietat les havia comprat per reemplaçar les que li havia robat l'altra vegada. Li sap greu sobretot perquè li ha costat trobar-ne unes d'iguals. Intenta convence'l que els seus motius per demanar clemència són del tot justificats: si ara l'hi torna a robar ja no trobarà unes altres arracades iguals, perquè aquestes eren les últimes que quedaven. Com si res, Robin Hood les hi arrenca sense contemplacions i les fica al sac, amb tota la resta. No hi ha canelobres, aquest cop. Robin Hood se'n sorprèn i pregunta que com pot ser. No han tingut temps d'anar-ne a comprar, encara, s'excusa l'amo de la casa. Per compensar, doncs, els roba els jocs de llit, el quadro de Poussin *La bacanal*, que tenen a la paret de la sala d'estar, i una calaixera estil Ricard II. Quan el sac és ben ple, Robin Hood travessa el bosc en direcció est i arriba a casa dels pobres, que el reben amb llàgrimes als ulls i els braços oberts. «Ja era hora», diu el pare, «estàvem a punt de defallir.»

La vegada següent Robin Hood troba els rics encara menys predisposats a acceptar-lo de bon grat. Hi ha queixes mentre fica al sac diners (de joies només en duia una dona, desprevinguda: un passador de plata amb dos robins), les catifes (tres de perses i una del Turcmenistan), una vitrina i dos llits. Fins i tot hi ha un duc que intenta oposar-hi resistència. D'una puntada de peu, Robin Hood el deixa fora de combat. La resta de presents xisclen. Robin Hood esperona el cavall i desapareix bosc endins. Els pobres el reben amb gran alegria, tot i que, quan veuen què els du, n'hi ha un que mig es queixa perquè el botí és més discret que els altres dos cops.

A part de la set de justícia, una de les virtuts de Robin Hood és la perseverança. Repeteix les incursions de manera metòdica. En el curs d'aquestes incursions s'emporta la vaixella, els coixins, els sofàs, les taules, les butaques. S'emporta els llibres, les prestatgeries, el paraigüer, una armadura (sencera: amb el bacinet, la visera, la bavera, la gola, la gorgera, les espatlleres, els plastrons, els guardabraços, les colzeres, el faldatge, els guantellets, l'ausberg, els cuixots, les genolleres, les gamberes, els sabatons, l'escut rodó i l'espasa). Despenja de la paret i s'emporta un escut rectangular quadrilong de tipus francès, d'atzur, amb un arbre d'or amb dos lleons al natural estantolats al tronc; la bordura d'or amb set sautorets de gules posats dos, dos, tres; timbrat d'un casc tancat i posat de cara amb els llambrequins d'atzur i d'argent; per cimera, un gallardet de gules sortint del casc. S'emporta els llits que queden, el tresillo, els fogons. Desmunta els armaris, arreplega els escriptoris, els bufets, les consoles, les lliteres, les vitrines, les papereres, els llums de peu, els pufs, les joguines dels nens, les piques, els tovallolers, les aigüeres, les banyeres, els bidets, les bàscules, les farmacioles, les cortines de la dutxa, les barres de les cortines de la dutxa, les torxes, les teies, els tamborets, els estors, les ampolles (de whisky, de conyac, de vi), les llars de foc.

Fins que un dia, molt de temps després, els rics, vestits amb parracs, s'agenollen davant de Robin Hood i se li adrecen amb veu implorant:

—Senyor Robin Hood, no dubtem de la vostra bondat, del vostre esperit noble i de la vostra llegendària generositat. Sabem que ho heu fet a fi de bé, per fer justícia entre els homes i compensar les desigualtats socials que el dret successori perpetua. Però adoneu-vos que les coses ja no són com abans, que res no ens queda sinó aquestes quatre parets. Hem de dormir a terra, perquè fins els llits us heu emportat. No tenim llençols per abrigar-nos, ni cassoles on escalfar aigua amb què enganyar la fam. Senyor Hood, ¿què més voleu pendre'ns? No ens podeu pendre res més: no ens queden sinó les parets, perquè fins les teules ens heu pres.

Robin Hood queda bocabadat. No li cal més que

una mirada al que en un temps no gaire llunyà va ser un castell esplèndid per comprovar que el que diuen és veritat. Les parets estan despullades, les estances buides i els antics rics dormen als racons, protegint-se de la pluja que entra pel que abans havien estat teulades. Els rics, doncs, pròpiament ja no ho són. És de tota evidència que són més pobres que els antics pobres, que s'han convertit ara en més rics que ells, en part per les riqueses que Robin Hood els ha donat i en part per una hàbil política d'inversions que les ha multiplicades. Però Robin Hood, generós, obsessiu i tenaç, ha continuat robant els rics ara francament pobres per donar-ho als pobres ja francament rics. La seva actitud generosa ha trasbalsat les coses fins a tal punt que ara (de cop se li fa evident) els rics viuen en la misèria i els pobres neden en l'abundància i el despilfarro, i han convertit l'antiga barraca en un conjunt de torres amb piscina, sauna i les últimes novetats en domòtica. Fa anys que al castell ja no se celebren festes, i en canvi a la urbanització dels antics pobres cada setmana hi ha, si no bacanals, barbacoes. ¿Com no se n'ha adonat abans? Mira amb nous ulls els rics que fins aleshores havia contemplat com a explotadors, i paral·lelament imagina el llibertinatge econòmic a què ara es lliuren els que fins fa pocs segons ha considerat pobres. La ira el pren. Des de petit l'ha indignat contemplar com, mentre els rics neden en l'excés, els pobres malviuen en la misèria. Es col·loca bé l'antifaç de seda negra, s'ajusta el barret de caçador, amb ploma grisa i esvelta, que li va portar l'oncle Richard d'un viatge al Tirol. Tiba les regnes del cavall, l'encara cap a l'est i, amb les mateixes regnes, fueteja el llom de la bèstia.

3

EL DIA DE CADA DIA

Fa una hora que el mentider compulsiu és a la terrassa, deixant-se escalfar pel sol. És una sensació agradable després d'un hivern fred, però arriba un moment que tant de sol el mareja, es cobreix els ulls amb la mà, s'aixeca de la gandula, entra a casa, es posa la camisa i l'americana i surt al carrer. Mentre travessa l'esplanada, contempla l'automòbil abandonat des de fa dos anys al costat del camp de futbol, ja sense rodes ni portes. ¿Per què no se l'enduen d'una vegada i en fan ferralla? Una garsa vola a tocar del cementiri. Gira a l'esquerra i pren el carrer llarg i costerut.

Passa per davant del bar que hi ha a mig carrer; a punt de deixar-lo enrere, s'atura. Dubta un moment si entrar-hi o no i finalment es decideix: empeny la porta i deixa anar un «bon dia» genèric, que tant serveix per l'amo com pels que juguen a dòmino en una taula. Es recolza a la barra i demana una cervesa. El cambrer l'hi serveix i, inevitablement, li pregunta com va tot. El mentider li contesta que bé i fa un gran glop de cervesa. El bigoti li queda blanc. Per la ràdio, lleugerament mal sintonitzada, se sent una melodia vibrant, puntejada d'expressions que habitualment se solen usar per manifestar dolor. Durant una estona observa la partida de dòmino.

Un dels que juguen li pregunta si vol afegir-se a la següent; ell nega amb la mà. Es gira, beu un altre glop i contempla l'ensaladilla russa, darrere del vidre protector. El color entre daurat i marronós de la maionesa li treu les ganes de demanar-ne. L'amo, que ha vist que la mirava, li pregunta si en vol. El mentider li diu que no perquè, si pren res, després no sopa i la dona el renya. L'amo somriu perquè aquella és una broma habitual: el mentider no té dona ni viu amb ningú, i sempre posa l'excusa de la dona imaginària; per exemple, quan vol anar-se'n i els altres insisteixen que prengui una copa més, o quan li diuen que diumenge vagi amb ells a jugar a futbol i a ell no li ve de gust. De vegades ho adorna amb fills: una nena, que segons el dia oscil·la entre els tres i els set anys, i un nen, que primer no existia i ara és fins i tot més gran que la nena. L'amo frega un got sota el raig d'aigua i està a punt de, com és ritual, complimentar la broma del mentider sobre la suposada dona dient-li que quina dona si no en té; però, abans que obri la boca, el mentider li pregunta, a ell però amb veu prou alta perquè tothom el senti, si ja ha vist el circ que estan muntant a l'esplanada. L'amo eixuga el got. Ningú no contesta. El mentider es gira cap als que juguen i insisteix: ja estan muntant l'envelat; hi ha dos camions, i un remolc enorme, com una gàbia. Un dels que juguen alça una cella, el mira i li diu que sí, segur. El mentider fingeix indignació: ¿què vol dir amb això que sí, segur? ¿Que no és veritat? Jura que a l'esplanada estan muntant un circ. Ha vist, a terra, les lletres fetes amb bombetes que aviat lluiran sobre l'envelat: CIRC RUS. L'envelat, diu ara, ja està gairebé muntat. Hi ha quatre camions. No, quatre no: cinc. I sis gàbies: amb lleons i tigres. I tres elefants, grans com cases. Els que jugaven a dòmino han acabat la partida i el miren embadalits: ¿com és possible que un altre cop intenti fer-los creure una mentida? ¿Com podrien, per molt bona voluntat que hi posessin, creure aquell home que menteix sempre, que menteix fins i tot quan no en té necessitat ni fer-ho li reporta cap benefici? Ni per un moment la incredulitat cedeix ni cedirà al dubte, però, com passa cada cop, el mentider parla amb tanta vehemència i s'inflama fins a tal punt que, també com sempre, comencen no pas a creure-se'l sinó a no poder evitar sentir-se fascinats per l'enardiment amb què explica i fa evolucionar la mentida: els elefants, per exemple, aviat són dotze per comptes de tres; l'envelat ja no és simple sinó triple; i els camions, aparcats els uns al costat dels altres, en rengles densos, de seguida ocupen l'espai d'un camp de futbol. Escoltant què diu, un dels homes que jugava a dòmino (han acabat la partida i no n'han començat cap altra) sent que li pampalluguegen els ulls. Fa més de trenta anys que cap circ no s'acosta al poble, i és segur que, tal com van les coses, mai més cap circ no tornarà a plantar l'envelat a l'esplanada. Cap d'ells no els troba a faltar (el mentider tampoc, tot i que arribat el cas asseguraria el contrari) i, si mai tornés un circ, no s'hi interessarien gens: el circ és cosa d'altres temps, i ja en aquells altres temps no els interessava gens. Aquest desinterès pel circ, però, no impedeix que tots escoltin amb il·lusió com desplega les veles, com munta envelats sobre els envelats ja muntats, com fa que redoblin els tambors i com multiplica els trapezistes amb una convicció admirable, tant més que ni remotament se li acut la possibilitat que cap dels que l'escolten el cregui, ni molt menys que, a còpia d'insistir-hi, ell mateix acabi creient-s'ho. Només un (que sordeja) pregunta amb veu innecessàriament alta si algú fa una nova partida. Però no li contesta ningú: ja un altre ha proposat anar immediatament a l'esplanada. No li cal animar la resta. S'arenguen els uns als altres, es posen abrics i bufandes i ja són al carrer, caminant al costat del mentider, que parla d'una piràmide de trenta-sis equilibristes muntats en vuit monocicles, i d'un cavall funambulista. L'últim a sortir és l'amo del bar, que es posa la jaqueta, fa fora el que sordeja, tanca la porta amb clau i engega a córrer fins que s'afegeix al grup d'homes que s'afanyen carrer avall.

LA VIDA ÉS TAN CURTA

L'home corre cap al tercer ascensor, que ja ha començat a tancar-se; aconsegueix ficar-hi el peu dret pel mig pam que encara queda obert i, d'aquesta manera, fer que les dues fulles de la porta corredissa s'obrin immediatament. Entra i saluda («Bon dia») la dona que hi ha dins: bellíssima, de cabellera en cascada i llavis color de castanya. L'home (cohibit perquè li ha semblat veure una espurna de censura en els ulls de la dona, per haver fet que l'ascensor es tornés a obrir i haver aturat així l'inici de l'ascensió) se situa contra una de les parets, observa la placa dels botons, veu que el 9 està encès, fa una passa endavant, pitja el 12, que s'encén, i torna a situar-se contra la paret. La porta triga a tancar-se; ell procura no observar gaire descaradament la dona. Però no pot evitar fer-ho de cua d'ull. Els ulls, la barbeta, les cames... La porta es tanca, l'ascensor comença a pujar. A l'indicador es van encenent els números: 1, 2... Al fil musical sona una melodia esterilitzada. L'home mira el rellotge que du al canell. S'ha aturat fa estona. El sacseja com si sacsejant-lo hagués de retornar-li la vida, però això passava als rellotges de corda, no pas als de piles. És un ascensor lent, i aquesta lentitud contribueix a confirmar la impressió de seguretat que causen les parets i les portes, gruixudes i sigil·loses. La netedat de la cabina també té a veure amb aquesta impressió de seguretat. Un ascensor brut fa sensació de deixat i, doncs, d'insegur. Aquest no: aquest és nou, net. A l'indicador s'ha encès ja el 5 i ara li toca el torn al 6. Quan s'encén el 6, l'ascensor s'atura, les portes s'obren i un vell amb ulleres i barret petit avança la cara.

—¿Que baixen?

L'home diu que no. El vell arrufa el nas i desapareix cap a la dreta amb l'índex estès i la intenció clara de demanar el segon ascensor sense saber que està espatllat i l'estan reparant a la planta baixa. La porta es torna a tancar. Un instant, la dona mira l'home i les mirades de tots dos s'encreuen. Ell somriu. Ella aparta la mirada. A l'indicador, veuen com s'encén el 7 i després el 8. És just entre el vuitè i el novè (a l'indicador encara hi ha encès el 8, i el 9 està apagat) que l'ascensor s'atura. L'home mira alternativament la dona, el plafó amb botons i la porta («Ja hi som!»). La dona se'l mira a ell, el plafó de botons i la porta. La dona és la primera a expressar el desconcert («¿I ara què?»), i l'home el primer a intentar fer com si no passés res («Sobretot, no hem de perdre la calma»). La dona pitja el botó del 9, el botó del 12, la planta baixa i, quan cap d'aquests botons no respon, pregunta a l'home si li sembla que toqui el botó de l'alarma, marcat amb una campana. L'home hi està d'acord. Pitgen, doncs, el botó de l'alarma, el timbre de la qual ressona clar, immediat, com si fos just més enllà de les parets de l'ascensor. ¿On deu ser, per cert? ¿A la planta baixa? ¿A la garita del conserge? ¿N'hi deu haver més d'un? De tant en tant deixen de pitjar el timbre i paren l'orella, a veure si senten fressa, algú que ja els hagi sentit i comenci les operacions de salvament o, com a mínim, s'acosti a on són i, a crits, intenti calmar-los. Però no se sent res, tret del fil musical, que continua, impassible, desgranant cançó rere cançó.

Uns minuts més tard, la dona es presenta («Ja que, segons sembla, haurem de conviure un temps...»), l'home també es presenta i, intentant afegir un toc d'humor a la situació, li pregunta si no deu pas patir claustrofòbia. La dona somriu. No en pateix. Ell tampoc («Podem considerar-nos afortunats. Si un dels dos en patís seria horrorós per tots dos»). Ella somriu encara, i a ell aquell somriure li sembla esperançador. És evident que, tancats com estan dins d'un ascensor aturat entre dos pisos, en el transcurs dels minuts que fa que són allà dins cadascun d'ells ha pensat, ni que sigui per un instant, en tota la mitologia diguem-ne popular que envolta aquesta situació (dues persones tancades en un ascensor que s'ha aturat entre dos pisos), paral·lela a la dels acudits amb un home i una dona en una illa deserta, absolutament sols i apartats del món qui sap per quant de temps. Ell reconeix que evidentment se sent atret per ella, però ella ¿se sent atreta per ell?

La dona li pregunta si era important o urgent el que l'ha dut a aquest edifici d'oficines, aquest matí.

Ell li diu que relativament important («Qüestions de feina») i que és curiós que ara que són allà dins (ja fa tres quarts) res no és, de fet, important. Ella troba suggeridor que coses tan urgents com les que l'han duta a aquell edifici puguin, de cop i volta, deixar de ser-ho per un imprevist com aquell. Fa una hora, li explica, anava amb el temps cronometrat, i no es podia permetre perdre ni un segon. Ara, de cop, ja pot donar el dia per perdut. Com a mínim, el matí. ¿Trigaran gaire a treure'ls d'allà dins? L'home s'atreveix a dir-li que sí que devia anar amb pressa, perquè, quan ell ha posat el peu entre les fulles de la porta corredissa, li ha semblat que la mirada d'ella era censora. La dona somriu i li reconeix que no suporta les persones que, quan les portes d'un ascensor comencen a tancar-se, hi col·loquen el peu sense pensar que, pels que hi ha dins (que volen començar a pujar o a baixar com més ràpid millor, i que de fet ja han començat el procés de pujar o baixar i per tant hi tenen tot el dret), el gest és del tot desconsiderat. L'home està a punt de dir que, com a mínim, haver col·locat el peu a la porta ha tingut una cosa bona: haver-se conegut. Però afortunadament és a temps d'empassar-se la cursilada. Ella esmenta una pel·lícula de Woody Allen en què un ascensor té un paper central. N'hi ha també una de Brian de Palma, amb aquella seva dona, tan guapa, ¿com es deia? Ell li explica que un cop va llegir una novel·la amb un ascensor que travessava el terrat i sortia cel enllà.

L'ascensor, explica ella, és el mitjà de transport més important de les últimes dècades, i tot i així molta gent no el considera un mitjà de transport. La relació dels ascensors amb l'alçada que han anat prenent els edificis és suggestiva. No és tant que els edificis hagin instal·lat ascensors perquè s'han fet cada cop més alts, sinó que s'han fet cada cop més alts perquè els ascensors cada cop han estat més eficients i segurs. Es treu les sabates de taló alt i les deixa, ben alineades, en un racó, sota la placa dels botons. De tant en tant, un dels dos toca el timbre d'alarma durant uns quants minuts. Quan se'n cansa el relleva l'altre, però finalment tots dos se n'atipen i seuen a terra, costat per costat («En algun moment ens han de venir a treure. No ens deixaran aquí per sempre.» «Potser acabarem com els nàufrags, devorant-nos l'un a l'altre per sobreviure.»). La dona pensa que és interessant que s'hagin assegut costat per costat.

Hi ha un moment en l'espera que perden la noció del temps. «No miris el rellotge», diu un dels dos. Els és relativament fàcil comptar, segon a segon, fins a trenta, i fer-ne el mig minut. Els és més difícil comptar, segon a segon, fins a cinc minuts o mitja hora. Si comptessin, segon a segon, durant unes hores, l'error s'accentuaria.

Més tard s'adormen. Es desperten al mateix temps («¿No has sentit un soroll?»), mig abraçats, un dels dos caps sobre l'espatlla de l'altre, tan a prop els ulls de tots dos que és inevitable que, quan un mussita una frase inintel·ligible, l'altre obri la boca per dir «¿Què?», i els llavis de l'un avancin lentament cap als llavis de l'altre, tot i que, de cop, aturen el gest (a sis mil·límetres de l'objectiu) perquè, just en aquell moment, l'ascensor engega, accelera ràpidament, s'atura i (finalment a sotragades) arriba a la planta baixa, on els esperen el conserge i un dels tècnics de reparacions («¿Estan bé?»). L'home i la dona es miren. Haurien de dir-se alguna cosa, quedar... Però a ella li sembla que ell, tot i mirar-la, no és prou ràpid a proposar-ho i a ell li sembla que ella, tot i mirar-lo, va directa cap al quart ascensor, el que hi ha al fons, gens interessada, diria. ¿Acabada la situació a l'ascensor, acabat tot? L'home s'adreça, doncs, cap al carrer, cavil·lant que no hauria hagut d'anar-se'n sense quedar amb ella, donar-se el telèfon com a mínim. Just en el moment que trepitja el carrer, es pregunta què hi fa, sortint, si havia d'anar al pis 12. Fa mitja volta, doncs, obre la porta de l'edifici, travessa el hall, i esquiva el tècnic i el conserge que contemplen com, enfilat sobre el sostre del nou ascensor espatllat i amb una lot enorme a la mà, un altre tècnic en revisa els cables de tracció i de control, i les guies. L'home corre cap al quart ascensor, que ja ha començat a tancar-se; aconsegueix ficar-hi el peu dret pel mig pam que encara queda obert i, d'aquesta manera, fer que les dues fulles de la porta corredissa s'obrin immediatament.

EL PODER DE LA PARAULA

L'home que hi ha a la barra del restaurant, esperant que li preparin una taula, parla sol. De petit havia sentit milers de cops que deien, referint-se a algú que parlava sol, que era boig: «Parla sol. És boig.» Ara se li fa clar que era mentida. Ell mateix és conscient que parlar sol no li impedeix sentir-se del tot assenyat. Parla en veu baixa. Mussita frases, una conversa animada i apassionant amb un altre, o amb diversos altres, invisibles tots, que són ell mateix. Ho fa ara, que és a la barra del bar, i també ho fa quan condueix el cotxe, i a casa, i a l'oficina. Parla sol fins i tot quan és amb algú. De vegades aquest algú, quan sent que mussita, es pensa que li ha dit alguna cosa i li pregunta què. Ell diu que res, perquè de fet no diu res (ell mateix no sap què diu exactament; més aviat és la remor el que li interessa, l'efecte sonor, el blablablà, l'aparença de conversa), i allò que diu no ho diu a aquell que li pregunta sinó a aquest altre (o aquests altres) amb qui manté conversa. No sap quan va començar a parlar sol i li seria difícil establir una frontera entre l'abans, quan encara parlava només amb altres, i el després. De vegades pensa que, d'una manera o d'una altra, sempre ha parlat sol, i que l'únic que ha fet és anar-se'n despreocupant cada cop més i, doncs, fent-ho lliurement, sense pensar-hi, no adonant-se'n i, en qualsevol cas, no reprimint-se'n. Segons com, es diu ell mateix de vegades, aquestes converses no són més que la prolongació d'aquelles converses imaginàries que mantenia, de petit, amb aquell seu amic inventat (el nom del qual curiosament no recorda) amb qui cada nit, quan es ficava al llit, vivia aventures plenes de palmeres i de lianes. Les converses amb aquests altres inexistents són tan interessants com les que manté, quan no li queda més remei, amb persones. ¿De què parla com si s'adrecés al got? De res en especial i de qualsevol cosa. Pot parlar de tennis i de les perspectives de la vida. Pot divagar, creure's que arriba a un punt de disquisició especialment elevat o a la futilitat. Molt sovint li passa això: fa estona que enraona sol i s'adona que tot el que diu a aquest altre ell amb qui parla és d'una futilitat absoluta. Aleshores, per no callar, canvia de tema.

En canvi, l'home que seu en aquella taula del restaurant, voltat de gent que conversa animadament, no diu res. Fa anys que es manté impertèrritament en silenci. L'opinió dels altres sobre aquest seu silenci és, a hores d'ara, comprensiva. Tots respecten que, en silenci, contempli com ells enraonen, discuteixen i matisen tot el que pugui ser susceptible de matís. Que l'home que calla considera banals els fets que discuteixen i matisen no ho saben, precisament perquè calla, però ho intueixen. En general, intueixen també que no té cap animadversió especial cap a ells, i que aquesta seva consideració de banal no és pejorativa sinó més aviat agnòstica. Agnòstica en relació als altres i a ell mateix. No hi està en contra; en passa. Ell mateix se sent absolutament banal i prescindible, i és precisament per això que calla. Malament podria, doncs, jutjar pejorativament els altres, per banals, si ell mateix hi cau, en la banalitat. Va començar a callar un dia que, enmig d'una conversa que va acabar derivant en una disquisició sobre el grau d'influència del fandango en l'origen del huapango, es va trobar sense saber què dir. No en sabia res, ni sobre el fandango ni sobre el huapango; eren assumptes que mai no li havien interessat i, en conseqüència, no hi tenia absolutament res a dir. ¿Què havia de fer, per ficar-hi cullerada i participar-hi, tal com s'esperava d'ell? ¿Inventar-se una opinió i defensar-la? Per comptes d'això, per primer cop a la vida es va estimar més callar. Fins aleshores havia participat, fins i tot amb interès no fingit i amb vehemència, en tota mena de converses i discussions. Tot i la cara de sorpresa dels altres, va trobar que no feia cap mal a ningú no dient res. I tampoc no era una posició tan desagradable, no dir res. Els altres tampoc no es mostraven exageradament hostils. Acostumat a sostenir punts de vista absolutament improvisats, de cop li era un alliberament insospitat permetre's el luxe de callar i no dir res. Veia com els altres continuaven discutint agitadament que si tal o que si tal altre, i que de tant en tant el miraven esperant a veure si canviava d'actitud i hi aportava l'opinió. Tampoc no és que els interessés gaire, la seva opinió. Els era necessària només com a part del ritual d'aquelles nits de converses. La prova és que podia contestar qualsevol cosa de manera protocol·lària, amb quatre paraules previsibles. Ho trobaven del tot natural! Perquè no esperaven d'ell cap resposta realment sincera o meditada: amb la més absolutament formulària n'hi havia ben bé prou i de sobres. El seu silenci d'ara, en canvi, posava en entredit la xerrera dels altres, i això era el que realment els molestava, més que el mateix silenci. Ell continuava callat, i cada segon que continuava sense dir res hi trobava més gust. Al final, uns quarts i algunes cares d'estranyesa més tard, algú se li va adreçar i li va preguntar si no hi tenia res a dir. L'home va fer que no amb el cap, un moviment lleuger. Els altres van continuar enraonant, considerant que un dia silenciós el té tothom. L'endemà, però, tampoc no va badar boca en cap conversa. Des d'aleshores no diu res, mai, enlloc. Sap que n'hi ha que ho consideren una mostra d'esnobisme, que li han pujat els fums, que és un insociable. Ell no ho considera així. No té absolutament res interessant a dir; per això no diu res i escolta com els altres xerren animadament.

Com, per exemple, aquest que, a l'altre cap de taula, xerra pels descosits. És el més xerraire de tots els que hi seuen, el que no deixa parlar els altres, el que s'afanya a parlar abans que ningú, perquè no diguin abans que ell els tòpics que cal dir sobre l'assumpte de què es parli en aquell moment precís. Perquè els temes de conversa varien, s'esfumen, es reconverteixen en altres temes de conversa, a una velocitat paorosa. De tot en té una opinió, i per res del món no permetria que, sobre l'afer que sigui, l'agafessin sense una opinió sòlidament formada. Sap (o fa veure que sap) d'economia i de pintura, de ramaderia i de bàsquet. No hi ha cap assumpte del qual no sigui capaç de dir quatre coses contundents, de vegades fins i tot brillants. Tenint en compte que la quantitat de temes sobre els quals es veu obligat a emetre l'opinió és considerable, les quatre coses han de ser, en general, intercanviables, polivalents, prou ambigües perquè serveixin tant per un assumpte com per un altre, i per diversos assumptes alhora. Seria inhumà pretendre que tingués una opinió original i diferent sobre cada un. És fàcil compendre que, com que s'han d'adaptar a totes les possibilitats, l'agudesa i la subtilesa d'aquestes quatre coses han de ser necessàriament escasses. El món és ple de converses on l'home que xerra pels descosits hi ha de dir la seva. Sempre ha d'estar a l'aguait, a punt per qualsevol possibilitat de dir el que sigui. Per això, de tant en tant, observa amb una barreja d'intriga i commiseració l'home que, a l'altre cap de taula, calla. ¿Com és possible dur aquella existència gairebé vegetal, veure passar la vida pel davant sense dir-hi constantment la seva? Tantes coses com hi ha a dir! No pot evitar, a més, pensar que si calla és per fer-se l'interessant, per demostrar fins a quin punt menysprea els que l'envolten. En canvi, a l'home que parla sol mentre s'asseu a la taula que ja li han preparat no el mira amb commiseració sinó amb una barreja d'enveja (per l'autosuficiència que demostra) i respecte, com un model de perfecció.

LA LITERATURA

Tecleja l'última frase amb una barreja d'excitació i desconcert. És la primera novel·la seva on hi ha, al final, una mort. El fet és remarcable perquè, precisament, l'absència de morts als seus llibres havia estat una constant volguda, un rebuig de la solució fàcil en què cauen tants escriptors quan no saben com fer pujar el to dramàtic. Ara, per primera vegada i empès per la lògica de la narració, s'ha vist obligat a alterar aquesta constant i matar el protagonista. Arrenca el full de la màquina, el col·loca darrere tots els altres i en rellegeix el principi: «Aquell migdia, mentre parava taula, l'home va tombar el saler sense voler i la sal va caure damunt les estovalles. Això el va aterrir.»

L'escriptor té un contracte amb una editorial per escriure una novel·la l'any. Fa disset anys que el va firmar i, metòdicament, cada mes de gener lliura la nova novel·la a l'editor. Ha publicat, doncs, setze novel·les. Escriure una novel·la no li sembla res d'especialment difícil i es burla per sistema dels escriptors que triguen deu anys a fer-ne una. De vegades en queda més satisfet; de vegades menys. De vegades la història li surt fluida, s'hi apassiona, l'escriu gairebé a raig i la corregeix amb plaer. Altres vegades la història és forçada, l'escriu com si fos un càstig (perquè, per contracte, ha d'acabar-la sigui com sigui abans que passi l'any) i la corregeix poc i sense ganes. Tant és: ningú no es queixa quan li surt fluixa. L'exigència de qualitat en aquest seu país és mínima, una cosa tan sabuda que els mateixos habitants se'n burlen. La constància, doncs, li permet viure, precàriament però sense haver-se de llevar a les vuit del matí. L'únic que prega a aquest Déu en qui no creu és no tenir mai un bloqueig davant del full en blanc. No s'ho podria permetre.

El dia de la presentació del llibre, l'editor li dóna una bona notícia: han de reeditar la seva primera novel·la en una col·lecció nova i, si vol, com que l'han de picar de cap i de nou, pot rellegir-la i introduir-hi canvis si creu que en necessita. La rellegeix. N'ha escrit tantes, de novel·les, que havia oblidat l'argument exacte d'aquella primera, i només en recordava, de manera boirosa, alguns personatges. Sabia que anava d'un escriptor que escriu una novel·la, té un cert èxit i això li permet publicar-ne una segona l'any següent i una tercera l'altre. Però quan la llegeix de dalt a baix es queda astorat. L'argument i els personatges presagien detalls concrets i exactes de la seva vida, succeïts mesos o anys després de la publicació. Al cap de setze anys, pot identificar exactament aquell personatge secundari del qual s'enamorava la dona del protagonista. Perquè, poc després d'haver publicat aquella primera novel·la, va conèixer un personatge igual, i la dona que se'n va enamorar va ser la seva. I la lluita del protagonista contra la pressió ambiental és la lluita que ell mateix va haver de mantenir contra la pressió ambiental que va rebre a partir d'aquell primer èxit.

Encuriosit, llegeix les altres seves novel·les, una rere l'altra, per ordre de redacció i publicació. Les prediccions es repeteixen. Hi reconeix persones, sensacions, alegries, fracassos, redactats sempre amb mesos d'antelació. Veu la seva vida, sencera, predita, llibre a llibre. Va presagiar els fets, les circumstàncies, les dones, els drames, les alegries. L'omnipotència del personatge d'*Estepa verda* presagia la seva omnipotència, poc més tard. L'angoixa del protagonista de *Pura terra mullada* és l'anunci de la que ell va patir poc després. I la consciència de fracàs del músic de *Tot el foc del seu gran sol* és la seva, al cap d'uns mesos. També hi reconeix persones concretes. La dona de *Poltres al clos* és la Lluïsa, que va conèixer just el dia que presentava el llibre. La Teresa surt retratada, amb precisió fotogràfica, a *L'ànima*, però en el moment d'escriure-la ni la coneixia. Sistemàticament, ha previst i escrit les coses que li havien de passar mesos més tard.

Quan finalment li arriba el torn a l'últim llibre, aquell que acaba de publicar fa uns dies, que el protagonista hi mori l'espanta. Desa el llibre damunt l'escriptori, va a la cuina, busca un pot d'estofat precuinat, l'obre, l'aboca en un recipient i el col·loca al microones. Al llibre no hi sap reconèixer ni personatges ni fets. Per una banda, és evident que encara no han passat prou mesos perquè el que hi ha escrit es faci realitat. Per altra banda, però, que no hi reconegui absolutament res li fa concebre esperances: si també ha de ser una predicció, algun dels fets narrats ja s'hauria d'haver produït. Que no sigui així pot indicar que potser amb aquella novel·la no passarà el mateix que amb les altres. Fet i fet, cap llei no certifica que la norma s'hagi de complir eternament. Pensa tot això mentre para taula; se n'adona i intenta evitar l'inevitable.

4

LA FORÇA CENTRÍPETA

Des de primera hora del matí l'home intenta sense èxit sortir del pis; cada cop que obre la porta li passa el mateix: no troba el replà sinó, novament, el rebedor del pis que en aquell precís instant tracta d'abandonar. Ho ha intentat dotzenes de vegades; ho intenta una més: obre la porta per sortir, fora tot és fosc, camina dues passes, palpa la paret buscant l'interruptor del llum de l'escala, que és a tocar de l'ascensor. No el troba. En canvi, hi troba el penjarobes. I, a sota, el paraigüer. Torna a ser, doncs, al rebedor del qual acaba de sortir. Allarga la mà cap a on, al rebedor, hi ha l'interruptor, el troba, l'encén i veu que torna a estar d'esquena a la porta de sortida. Fa mitja volta i s'encara un altre cop a la porta. L'obre del tot i mira fora. La foscor és densa i l'única claror és a terra: la que arriba precisament del seu rebedor per la porta entreoberta, massa poca claror per determinar si, enllà del llindar, hi ha el replà que hi havia hagut sempre, de mides generoses, com tots els d'edificis antics. Podria tornar a intentar sortir però no li serviria de res. Des de primera hora del matí ho intenta, un cop i un altre, sense èxit. Tanca la porta i s'hi repenja.

Va cap al menjador i, per la finestra, mira el carrer. Unes quantes persones van amunt, unes quantes més van avall. Intenta no posar-se nerviós. Ha de sortir de casa sigui com sigui. Despenja el telèfon, marca un número i truca a una amiga. És una amiga que coneix de fa poc i amb la qual no ha arribat encara a cap intimitat, cosa que li sap greu. ¿Per què no hi ha arribat? ¿Per timidesa? ¿Per falta de l'oportunitat necessària? Se li acut que potser és justament perquè no hi ha arribat encara a cap intimitat que és a ella a qui li demana aquest favor: que vingui de seguida a casa seva. L'amiga li pregunta per què. Ell posa veu greu i, sense explicar-li exactament què li passa (li fa por que si l'hi explica no el cregui o el prengui per boig i no hi vagi), li diu que es troba en una situació insòlita (no greu però sí insòlita), tan insòlita que si l'hi explica per telèfon no el creurà o el pendrà per boig; necessita que l'ajudi. Ella guarda silenci durant uns segons i finalment li diu que hi passarà a les tres, quan surti de la feina.

L'home passa les dues hores que falten fins a les tres mirant la porta i fumant un cigarret rere l'altre, fins que omple de puntes un tupí. Efectivament, quan passen tres minuts de les tres l'amiga arriba. Amb poques paraules, l'home li explica la situació tan bé com pot i, sense deixar-li temps per sorpendre's, li diu què faran:

—Farem el següent: sortirem plegats d'aquest pis. Si surto sol no puc mai arribar al replà. Per comptes de replà em torno a trobar el rebedor d'aquest pis, una altra vegada.

¿Què li fa pensar que sortint amb ella tot canviarà?, li pregunta la dona. Ell no contesta la pregunta, l'agafa de bracet, van fins a la porta, ell inspira profundament, gira el pom, obre la porta i surten; efectivament, tal com havia previst arriben al replà. L'home respira alleugerit. Ella se'l mira fotesta. Ell pitja el botó de l'ascensor. Ella li diu que no cal que pitgi perquè l'ascensor no funciona: ha hagut de pujar a peu. Baixen les escales. A la planta baixa, a la porta de l'ascensor hi ha un cartell: NO FUNCIONA.

Passegen, miren aparadors i les tires de bombetes que adornen els carrers, formant estrelles, avets, campanes. Ella compra dos regals de Reis. Un camió i un camió-cimentera, tots dos de plàstic, enormes, pels seus dos nebots. Acompanyats dels regals, sopen plegats, fan un te en una cafeteria i, finalment, ella mira el rellotge i li diu que se n'ha d'anar. Ell li agafa la mà dreta amb la seva esquerra.

—Vine a casa—li proposa—, no em deixis sol; si em deixes sol tornarà a passar.

La dona riu i reconeix que és una argúcia que ningú no li ha fet mai abans, però no prou enginyosa per aconseguir que vagi a casa seva a passar-hi la nit. N'han parlat moltes vegades. Ella sap que ell vol anar-se-n'hi al llit, però a ella de moment ja li està bé tal com estan les coses. Entén que ell es frustri, perquè sap que, d'habitud, els homes tenen tendència a no acceptar la possibilitat d'una amistat simple, sense sexe, amb una dona. Ell troba barata tota aquella dissertació i, picat, decideix que, fet i fet, millor que se'n vagi. Es fan petons a la galta; ella desapareix per la boca del metro. L'home reprèn el camí. Li fa mandra (no és por: és mandra) tornar a casa perquè sap que, tan bon punt hi torni, no en podrà sortir. Opta, doncs, per retardar-hi el regrés. Prop d'on és hi ha una cocteleria que li agrada especialment, amb el terra i el sostre de fusta, i vitrines amb ampolles que cobreixen del tot les parets. Hi fa cap. De lluny veu el llum allargat que il·lumina la placa daurada amb el nom. Empeny la porta gruixuda i pesada, aparta la cortina de vellut vermell i, plop!, entra al rebedor de casa. Fa mitja volta i torna a obrir la porta: cada passa que fa per sortir-ne és una passa que fa per entrar-hi. Torna a fer mitja volta, torna a obrir la porta, torna a sortir-ne i, doncs, a entrar-hi. Ja hi torna a ser.

Decideix provar-ho per la finestra. Hi acosta un tamboret, s'hi enfila, obre la finestra, s'ajup, surt fora. L'ampit és estret. Al carrer, els cotxes, petits. Efectivament, per la finestra ha aconseguit sortir de casa, i ara aguanta precàriament l'equilibri. Fa fred. S'hi està estona, calibrant què fer. Tampoc no és que hagi de fer res d'especial. S'hi està bé, fora. Si no fes tant de vent, encara s'hi estaria millor: ser fora vol dir, almenys, haver sortit de dins. Per no quedar-se quiet, camina a poc a poc pel relleix, d'esquena a la paret i de cara al buit, fins que arriba a l'altura de la finestra del pis del costat. Dins, la veïna ajuda el fill a fer els deures. Sempre l'ha entendrit veure escenes quotidianes a través de les finestres. Quan passeja pel carrer sempre està a l'aguait d'algun interior dels pisos més baixos. Un llum al sostre del menjador i dos caps en una taula, un tros de prestatgeria, un quadro, algú que seu en una butaca. Ni tan sols pren en consideració la possibilitat de trucar a la finestra de la veïna. Sap que, si truqués, la dona xisclaria, sorpresa i atemorida, encara que, quan el reconegués, li obrís la finestra. La dona el deixaria entrar, segur; no se li acut la possibilitat contrària: el coneix, sap que és el veí, no hi ha motiu perquè no pensi que si és a l'ampit de la finestra és per un motiu prou justificat. A més, és una xafardera que per res del món no es deixaria perdre una possibilitat com aquella. Però ¿què en trauria? Quan hi hagués entrat i decidís sortir del pis de la veïna, si ella no l'acompanyava, just sortir-ne entraria al seu pis sense que li calgués ni tan sols travessar el replà: només obrir la porta d'aquest pis obriria la del seu, i tornaria a estar igual. Opta per tornar enrere. Desfà el camí pel relleix, tan a poc a poc com l'ha fet. Aviat és a prop de la seva finestra. A punt de girar-se per entrar, s'adona que al carrer hi ha un grup de persones, petitíssimes, que el miren i l'assenyalen. S'esvera. Que el mirin així i l'assenyalin només pot voler dir una cosa: que pensen que vol suïcidar-se! O que intenta forçar la finestra d'algun pis, per robar-hi. És un raonament lògic. ¿Quins motius pot tenir algú per passejar-se pel relleix d'una casa? O robar o suïcidar-se. O fer fotos. Podria ser un detectiu que volgués fer fotos del cònjuge del seu client, in fraganti amb l'amant. S'hi està una estona més, observant-los. Ho troba divertit. Cada cop n'hi ha més, mirant-lo. L'emociona que pensin que vol suïcidar-se, o robar. Aviat el trànsit queda col·lapsat. Els cotxes fan sonar els clàxons, arriben policies municipals, se'l miren un instant i, tot seguit, a cops de xiulet intenten posar-hi ordre. La gernació augmenta. Poc després, fent sonar la sirena i amb el llum giratori a tota velocitat, arriba un camió de bombers. En baixen set homes. Entre tots set tiben una lona de salvament perquè s'hi tiri. L'home s'esvera encara més (és de debò que creuen que intenta suïcidar-se!), es gira definitivament, s'ajup, entra per la finestra i torna dins del pis. Tanca la finestra i respira profundament. Gira el cap i torna a mirar cap al carrer. La gernació encara hi és. Se serveix un got d'aigua. S'asseu al sofà. Sua. Engega la tele.

Pocs minuts més tard, truquen a la porta. S'aixeca del sofà. Va a obrir. Són dos bombers, un d'ells extremament gras, la qual cosa fa que l'altre, per comparació, sembli prim tot i no ser-ho. Esbufeguen. L'extremament gras s'eixuga la suor del front amb un mocador, el plega, esbufega un cop més i diu, com si renyés l'inquilí:

—L'ascensor està espatllat.

L'altre bomber avança una passa.

—Bona nit. ¿Vuitè segona?—L'home assenteix. —Hem de fer un informe de justificació de desplaçament. Fa una estona hi havia una persona a la finestra, a punt de saltar. ¿Qui era?

—No. No estava a punt de saltar. L'hi explicaré.

Ara que hi ha els bombers, hi ha el replà. Sempre passa el mateix: si hi ha algú amb ell, el replà hi és; si és ell tot sol que vol sortir-hi, el replà no hi és i, en lloc seu, troba el seu mateix rebedor. A l'altra banda del replà hi ha la porta del pis de la veïna (que s'ocupa a posar drets uns quadros que té al rebedor), entreoberta just uns centímetres per poder mirar i escoltar millor. L'home convida els bombers a passar dins i, mentre tanca la porta, veu com la veïna la tanca també. ¿I si ara, amb els bombers dins, sortís del pis? ¿Tornaria a entrar-hi o finalment hi trobaria el replà? Per comprovar-ho, s'excusa, deixa els bombers a la sala d'estar, va al rebedor, obre la porta i, efectivament, tal com surt entra altre cop al rebedor i tanca la porta amb un cop sec. Però en aquest nou seu rebedor els bombers no hi són. Treu el cap per la porta que dóna al menjador: tampoc no hi són. Obre el moble bar i es prepara una copa; s'asseu i torna a mirar la tele.

Vint minuts més tard, truquen a la porta. Són tres bombers més.

—Bona nit. Perdoni que el molestem. Dos companys nostres han pujat a aquest pis, fa estona, a omplir un informe i no han tornat a baixar.

—Fa estona que se n'han anat.

—Els esperàvem a baix i no han tornat. —El bomber que parla, de bigoti exageradament gros, desplega una carpeta per fer, ell també, un informe.

L'home els convida a passar i veu la porta de la

veïna entreoberta. A mesura que van entrant-hi, els bombers es treuen els cascos. ¿Els d'abans també ho han fet? No s'hi ha fixat. El de bigoti exageradament gros li pregunta si eren dos, els bombers que l'han visitat. L'home assenteix. Li demana que els hi descrigui. L'home no sap ben bé com descriure'ls. No s'hi ha fixat gaire.

—És una pregunta formulària. Hem de saber si la descripció física de les persones que l'han visitat coincideix amb la dels nostres companys.

Amb la porta entreoberta, l'home veu que la veïna encara el mira des de la seva, fent ara com si negegés l'espiera daurada. Amb un senyal de la mà, l'home li demana que no tanqui. S'adreça als bombers:

—Permetin-me un moment; de seguida torno.

Surt del pis, tanca suaument la porta i, protegit (intueix) per la mirada de la veïna, que impedeix que el replà es transformi en rebedor, el travessa. La veïna obre la porta. L'home li pregunta si li permetria fer una comprovació. La dona el convida a entrar. Hi entra. ¿El deixaria sortir un instant per la finestra? La veïna, il·lusionadíssima, li diu que el que vulgui.

—Veig que té tot de bombers a casa—li anuncia mentre li porta una escaleta de tres graons. El fill de la veïna deixa immediatament de fer els deures, mossega el llapis i els observa. L'home somriu, assenteix amb el cap i surt per la finestra. Arrambat al mur, camina pel relleix a poc a poc, fins a la finestra de casa seva. Al carrer, la gernació torna a assenyalar-lo. Prop de la finestra del seu pis, avança el cap, mira dins i veu els bombers amb els cascos a la mà, mirant-se els uns als altres i mirant, de tant en tant, cap a la porta, a veure si torna. Al carrer, la gernació, que des de la seva última aparició havia anat minvant, torna a créixer. La veïna treu el cap per la finestra. L'home torna lentament cap enrere.

—Tot correcte.

S'ajup. Salta cap a dins, dóna les gràcies a la dona, van cap al rebedor. Al replà (la cosa es confirma: sempre que és amb algú, el replà no es converteix en rebedor), torna a donar-li les gràcies i, abans que tanqui la porta, per comptes d'entrar al seu pis, baixa les escales corrent. Arriba a la planta baixa, surt al carrer. Bufa un vent fred, que arremolina els fulls de diari, que volen arran de terra fins a encastar-se als bancs, les papereres i les cames dels vianants. Arriba fins a la gernació que mira cap al seu pis. S'hi afegeix.

Mitja hora més tard, els bombers que han pujat no han baixat encara. Un dels dos bombers que queden al camió puja a buscar-los. Passen els minuts. El llum intermitent gira en silenci, dalt del camió. El bomber que s'hi ha quedat sol sembla cansat. Li agradaria ser a casa. Avui, per sopar, hi ha verdura i peix arrebossat. Es posaria les sabatilles i el jersei granat, i després de sopar discutiria amb la seva dona què podrien fer per distreure's. Deu minuts més tard, els tres bombers que han pujat a buscar els dos primers apareixen a la porta de l'edifici, acompanyats pel bomber que ha pujat en últim lloc. Dels dos primers, però, ni rastre. Abans que arribin al camió, per por que el reconeguin l'home s'allunya discretament i amb una sensació de culpabilitat que troba del tot injustificada.

El bomber extremament gras tanca el llibre, esbufega, deixa el llibre sobre la taula baixa que hi ha davant del sofà i hi repenja els peus. El per comparació prim torna a arranjar les flors d'un gerro que hi ha sobre el moble bar. S'allunya un parell de passes, les contempla, torna a acostar-s'hi i a arranjar-les.

—Aquest paio no torna. Jo me n'aniria.

—No hi ha pressa. Com a mínim descansem. M'estimo més ser aquí que tornar a la caserna per sortir-ne corrent una altra vegada cinc minuts després. Prepara'm un altre whisky.

—Si en prenem més es notarà.

—¿I què? Deu fer més de tres quarts que ha desaparegut. Que ens convidi a whisky. És el mínim que pot fer. Vaig a la cuina a buscar més gel.

El bomber extremament gras s'aixeca i va cap a la cuina.

—De debò que hauríem d'anar baixant. Tant se me'n fot on s'hagi ficat—diu el prim—. Fem l'informe i baixem.

—Com més esperem, més probabilitats hi ha que

hagin arreglat l'ascensor. Això és un vuitè, més principal. —El gras torna de la cuina amb dos gots plens de gel. El prim està a punt d'insinuar que definitivament haurien de baixar, quan, per la finestra, veu com el camió de bombers engega el motor i comença a maniobrar.

—Se'n van!

El gras corre cap a la finestra. Tots dos observen com, en efecte, amb el llum intermitent girant sense parar, el camió enfila carrer avall. La gernació que mirava enlaire comença a dispersar-se. Tots dos bombers agafen els cascos a correcuita i surten del pis. Pitgen el botó de l'ascensor per si, durant aquell temps, l'haguessin reparat. Comproven que no i comencen a baixar les escales.

Quan fa cinc minuts que baixen, el per comparació prim es fixa en la placa de la paret: tot just són al sisè pis. S'aturen. No pot ser. Amb el temps que porten baixant escales, fa estona que haurien de ser a la planta baixa. Com a mínim han baixat catorze o quinze pisos ¿i encara són al sisè? Baixen un pis més: la placa diu CINQUÈ. Però, sota el cinquè, el pis no té placa. Continuen baixant: un, dos, tres, quatre pisos més. En cap d'ells no hi ha placa. És a dir: hi ha la marca de les plaques, un rectangle més clar que la resta de la paret, i els forats amb els tacs on devien estar collades. Al pis següent torna a haver-hi placa: QUART. El pis sota el quart torna a no tenir-ne. Sota aquest, un altre pis sense placa. I un altre. Sota aquest altre, torna a haver-hi placa:

QUART, novament. Continuen baixant. Durant estona, a cada pis que baixen es repeteix la mateixa placa: QUART. Descansen un moment. L'extremament gras proposa trucar a una de les portes i demanar permís per telefonar a la caserna. El per comparació prim assenyala les plaques amb un gest teatral que intenta insinuar la inutilitat de l'esforç. Però l'altre no li entén el gest.

A cada replà hi ha dues portes. Paren l'orella a la que hi ha més a prop. La que té un 2 al damunt: el quart segona. Però no hi senten res. Corren cap al quart primera. Hi senten un televisor. Es miren. Sense necessitat de dir-s'ho, tots dos pensen que és ridícul que dos bombers truquin a una porta demanant permís per telefonar als bombers que vinguin a treure'ls. Baixen un pis més. Torna a ser el quart. Paren l'orella a la porta de més a prop. En aquest quart segona se senten rialles de diverses veus. ¿Una família reunida? ¿Una festa? Al quart primera senten el soroll d'una màquina d'escriure. ¿Qui deu escriure a màquina, en aquests temps? Baixen un pis més. És un replà sense placa. A la segona porta se sent una baralla conjugal. Com més estona passa, més desconcertats se senten, els bombers. El camió no se n'hauria hagut d'anar sense ells. Haurien d'haver-los pujat a buscar. Quan arribin a la caserna, ¿quina excusa els donaran per haver-los abandonat? ¿Que com que trigaven a baixar se n'han anat i llestos? D'un pis llunyà se sent algú que toca el piano. Tots dos coincideixen a imaginar-s'hi una dona. Toca de manera maldestra una melodia alegre: la, la, la, do, mi, mi, re, do, re, do, si bemoll, re, do, do, do... Intenten identificar-la sense èxit.

El bomber extremament gras baixa les escales seguit pel per comparació prim. Posats a trucar a una porta, decideixen fer-ho a la de la pianista. Amb l'orella parada intenten deduir de quin pis exactament surt la música de piano. Cada cop la senten més nítida. Fins que arriben davant d'una porta, de darrere de la qual arriba la música. No sols se sent amb tota claredat sinó que, a més, algunes corxeres s'escapen per sota de la porta. El bomber extremament gras mira el prim, que assenteix, i truca. El piano continua sonant. El bomber torna a trucar, amb més insistència. Ara el piano calla. ¿Se senten passes? Tots dos són a la porta, amb l'orella parada. Si el piano ha callat és que els han sentit. Però ningú no s'acosta a obrir. Tornen a trucar. De cop, s'obre la porta. Per l'espai que la cadena de seguretat deixa obert, treu el cap una dona de mitjana edat que els mira del casc a les botes. ¿La pianista, potser? Tots dos l'havien imaginada força més jove. Els bombers la saluden i li expliquen que haurien de trucar a la caserna perquè els vinguessin a recollir. La dona els torna a mirar, aquest cop de les botes al casc. Se senten ridículs. La dona tanca la porta un instant, treu la cadena de seguretat, torna a obrir, ja de bat a bat, i els convida a entrar. Entren. La dona tanca la porta i els assenyala el telèfon. El bomber més prim agafa l'auricular, se l'acosta a l'orella i marca.

—Comuniquen—diu el bomber més prim al bomber més gras, però també a la pianista. És evident que, en efecte, és la pianista: hi ha el piano, enorme, ocupant gairebé tota la sala. —¿Com és possible que el telèfon dels bombers comuniqui?

La pianista els mira, mosca, abraçant-se ella mateixa i fregant-se els braços de fred. El bomber prim li explica:

—Si li digués què ens ha passat, no em creuria.

El bomber gras dubta que el bomber prim hagi marcat el número correcte. Pren l'auricular i marca ell. Efectivament, comuniquen. Penja. Mira l'altre bomber. La pianista els mira, alternativament, ara l'un ara l'altre. De cop, se sent un xiscle a l'escala.

El xiscle es repeteix. Se sent una porta que s'obre, un altre xiscle, més fort i més clar, i diverses altres portes que s'obren. La pianista va cap a la porta i l'obre. Al replà de dalt, una veïna, amb bata de boatiné, explica, entretallada pels sanglots, que acaba de trobar el marit, mort, al rebedor. Han forçat la porta del pis i l'han mort.

La pianista es gira cap als bombers amb mirada interrogadora. Abans que els faci cap pregunta, a l'uníson tots dos neguen amb el cap i de paraula:

—No hi tenim res a veure.

La pianista obre de bat a bat la boca (una boca enorme, amb els llavis sense maquillar, plena de dents i amb les amígdales ben visibles) i xiscla. Els veïns treuen el cap pel forat de l'escala. Són centenars, baixen immediatament i envolten els bombers sospitosos, que es defensen repetint, un cop i un altre, que no hi tenen res a veure.

—Quina vergonya pel cos de bombers!—diu el veí que ha trucat ja a la policia. En qüestió de segons se senten les sirenes i, poc després, maleint l'ascensor que no funciona, arriben dos policies, emmanillen els bombers i se'ls enduen escales avall, fins a la planta baixa, fins al carrer, fins al furgó policial. Tret de la comprensible irritació que els produeix que els prenguin per assassins, els bombers (erròniament convençuts que s'aclarirà la seva innocència) se senten alleugerits quan arriben, efectivament, a la planta baixa.

La veïna que portava bata de boatiné du ara un vestit negre i seu davant del taüt que acull les despulles del marit. De tant en tant es posa el mocador als ulls i s'eixuga una llàgrima. L'acompanyen els parents: el cunyat (el germà del marit), les dues germanes, el fill i la nòvia del fill. A poca distància, els veïns, entre els quals ocupa un lloc preferent la pianista, a qui (com a mínim ella així ho pensa) el fet d'haver detingut els bombers a casa seva li atorga un cert dret, una mena de superioritat sobre els altres veïns i fins i tot sobre alguns dels parents, especialment els més distants. La viuda, però, és lògicament el centre d'atenció i, de manera metòdica, rep abraçades de cadascun dels presents.

Quan arriben els empleats de l'empresa funerària, tots els circumstants deixen un espai lliure al voltant del taüt, enretirant-se cap a les parets. Quan els empleats el tanquen, la viuda arrenca a plorar amb més intensitat: mai més no tornarà a veure el seu marit, ni viu ni cadàver. El fill l'abraça, els empleats de la funerària segellen el taüt i, enmig del crescendo de plors, se'l carreguen a les espatlles. Coincidint amb la sortida del taüt per la porta del pis, la viuda apuja encara més el volum dels plors. Tots són ja a l'escala. Una de les germanes de la viuda tanca la porta i guarda la clau al moneder. Els de la funerària enfilen les escales i comencen a baixar el taüt, a poc a poc. Són molts graons i el procés per no tombar-lo és lent i enutjós. Finalment, però, arriben a la planta baixa, obren la porta del carrer i surten. L'aire és fresc i ventós. Davant de la porta els espera el cotxe funerari, carregat de corones de flors. N'hi ha tantes que algunes han quedat a terra perquè no hi havia manera de col·locar-les totes sense que sobresortissin fins al punt d'infringir el codi de circulació. Amb un últim esforç, els empleats fiquen el taüt dins. Els de la funerària s'espolsen les americanes i entren al cotxe. Els parents es distribueixen en els altres dos cotxes, impecablement nets per l'ocasió. La pianista puja al tercer cotxe. És l'única persona admesa que no és parenta, n'està francament orgullosa i observa, amb un mig somriure de desdeny, la resta de veïns, que es queden a la porta de la casa. Algunes dones duen mocadors a la mà i s'eixuguen les llàgrimes i els mocs.

Per arribar a l'autopista que els ha de dur al cementiri han de travessar la ciutat. Van en caravana: el primer de tots tres cotxes és el funerari. Just al darrere hi van els altres dos, en estricta fila índia. Respecten escrupolosament els semàfors i circulen a poca velocitat. Prenen la gran via que els ha de dur a l'avinguda que porta a l'autopista. Hi ha força trànsit i, inevitablement, alguns dels passatgers dels cotxes que els passen pel costat es giren per mirar-los. Si són nens, baden les boques amb por. Molts és la primera vegada que veuen un cotxe de morts i miren el taüt amb pànic: allà dins hi ha un mort. Finalment arriben a l'avinguda. Aquí el trànsit és molt més fluid i, com més avancen, menys cotxes hi ha. Circulen així durant uns minuts fins que, de cop, unes obres els obliguen a desviar-se. El conductor del cotxe funerari segueix els plafons que assenyalen la ruta de desviació, fins que, a poc a poc, cada cop hi ha menys plafons; al final desapareixen. El conductor es veu obligat a fer servir la intuïció. Agafa amb decisió un carrer però es troba que no té sortida. Hauria de fer marxa enrere, però els dos cotxes que el segueixen van massa amorrats a ell i no pot recular. Baixa del cotxe, els demana que facin marxa enrere per tal de pendre un dels carrers laterals que acaben de deixar i intentar així tornar a l'avinguda que els havia de dur a l'autopista, o com a mínim als plafons indicatius. Fan marxa enrere: primer l'últim cotxe, després el segon i finalment el cotxe funerari, que, un cop sortit de l'embús, accelera de manera ostentosa, fet que provoca una impressió negativa tant en els parents com en la pianista. Els altres dos cotxes, però, el segueixen immediatament, fent xisclar els pneumàtics. Són en una zona de la ciutat plena de magatzems. Són illes i illes de naus industrials i camions (enormes) aparcats. Els carrers tenen noms desconeguts per la majoria de ciutadans, ells inclosos.

Que no hi hagi trànsit no els és cap ajut. Ben al contrari: si n'hi hagués, si circulés gent pels carrers, podrien preguntar a algú la manera de sortir-ne. De cop es veuen obligats a tombar cap a la dreta i van a parar davant de la platja, paral·lel a la qual hi ha un carrer. Per pura lògica caldria pendre'l cap a l'esquerra, però quan el conductor del cotxe funerari posa l'intermitent per indicar la virada que pensa fer, el conductor del cotxe que el segueix immediatament toca el clàxon. Abaixa el vidre de la finestreta i li diu que per aquella banda no hi ha sortida. Haurien de girar cap a la dreta o bé tornar enrere, pel carrer per on venien ara. Encara que sigui contra direcció, és l'única manera de tornar a la zona on hi ha plafons indicatius. El conductor del cotxe funerari reconeix que no sap on són, però dedueix que, com que el cementiri metropolità és més o menys cap al nord, més enllà del primer cinturó de ciutats dormitori, haurien de pendre el carrer en direcció nord: és a dir, cap a l'esquerra. Els pocs ocupants dels tres cotxes que a aquestes altures encara no han sortit a donar l'opinió, surten finalment; tanquen les portes amb cops secs. El fill, la nòvia del fill, el cunyat, el pare, el sogre, la sogra i la pianista tenen idees clares del que cal fer; tot i que les dels uns no coincideixen amb les dels altres. La viuda torna a plorar. Finalment opten per fer cas de la proposta del conductor del cotxe funerari, més que res perquè el consideren un expert: dels tres que condueixen és l'únic que ho fa professionalment. Tornen als cotxes. Engeguen. Com ell volia, tiren cap a l'esquerra d'aquell carrer paral·lel a la platja. Continuen així potser un quilòmetre o dos, fins que el carrer s'acaba just contra la façana d'un club de natació. L'única sortida asfaltada és cap a l'esquerra, un carrer encara més estret que aquell del qual vénen. El segueixen. Aviat aquell carrer estret s'integra en tota una quadrícula de carrers igualment estrets però habitats. Són cases senzilles, de fa un segle, amb planta baixa i un únic pis amb balcó i persiana de fusta verda. Totes pintades de blanc. A la planta baixa, les portes són de fusta i vidre. S'hi veu la gent que hi ha dins: un home mira la tele, una noia estudia, un home repara una ràdio, una noia cus a màquina. Al carrer, els nens juguen a pilota. El conductor del cotxe funerari s'atura, baixa i s'adreça a dues dones que s'estan a la porta de casa, assegudes en cadires i cosint. Els pregunta quin carrer han d'agafar per sortir d'allà i arribar a l'autopista. Les dones alcen els braços amb l'índex estès, assenyalant el carrer pel qual vénen. El conductor els diu que precisament vénen d'allà i que no se n'han sabut sortir. Els parents del difunt tornen a sortir dels cotxes. El fill del difunt proposa tornar a travessar la ciutat, sortir pel sud i, per l'altra autopista, la que circumval·la la ciutat, arribar al nord, al poble on hi ha el cementiri. El germà del difunt no hi està d'acord. Són al nord de la ciutat. És absurd tornar-la a travessar per, simplement, donar-hi la volta per fora i tornar prop d'on ara són. El que han de fer és no posar-se nerviosos i buscar l'avinguda que du a l'autopista. Ha de ser allà mateix, ben a prop: algun carrer hi ha de portar, per força. El conductor torna a entrar al cotxe funerari, els altres l'imiten, van fins al carrer següent, l'agafen cap a l'esquerra, i el següent també cap a l'esquerra, intentant trobar aquell carrer més ample que anava a desembocar al club de natació i a la platja. Però no hi ha manera d'arribar-hi i es troben, de cop, en una plaça quadrada. És una plaça que du el nom d'un general de fa un parell de segles, amb un gran arbre de tronc retorçat al bell mig, al damunt del qual dos nens juguen a fer caure l'altre, i on no va a parar cap carrer tret d'aquell del qual vénen.

5

ESTRATÈGIES

I

De seguida que l'examinador obre la porta, l'examinand de pell especialment pàl·lida entra a l'aula esquitllant-se entre el núvol d'examinands que s'embussen a la porta. Camina amb agilitat; s'asseu al primer pupitre buit que troba. Els pupitres són de fòrmica verda clara, amb les vores de fusta. A la superfície hi ha guixots fets amb bolígraf i incisions amb navalla, dues de les quals són obscenes. La fressa (que formen els grinyols de pupitres i cadires, i els comentaris) augmenta a mesura que entren més examinands; l'examinador els demana que sisplau (és un «si us plau» lent i imperatiu) s'asseguin sense fer soroll. Els examinands en fan cas fugaçment: el soroll minva durant uns segons però aviat torna a la intensitat anterior. L'examinador els dóna ara l'esquena: esborra de la pissarra algunes frases de la classe anterior, es gira (la fressa minva novament) i, quan tots són a lloc, baixa de la tarima, va cap a la porta de l'aula, la tanca, s'espolsa el guix que l'esborrador li ha deixat a les mans (gest que apaga els últims murmuris), i pronuncia dos cognoms. Dos dels examinands s'aixequen dels pupitres i hi van. A cada un li dóna un munt de plecs de fulls grapats; comencen a repartir-los. A mesura que avancen deixant un plec a cada pupitre, els alumnes forcen la vista per intentar llegir les preguntes, escrites amb lletra molt menuda, però cap no fa ni l'intent d'acostar-se el plec o aixecar discretament el primer full. No els toquen fins que, un cop repartits tots, l'examinador anuncia que poden començar. A l'uníson, gairebé cinquanta fulls ressonen a la sala. L'examinand de pell especialment pàl·lida inspira profundament, pren el seu plec, se l'acosta fins a tenir-lo just davant i, amb calma, comença a llegir. S'ha passat el cap de setmana amb els colzes a la taula, i ara que finalment l'examen ha començat se sent entre el defalliment i el desinterès. S'ha passat setmanes preparant aquest examen del qual, un cop més, depèn la continuïtat. Anys enrere hauria dit que era un examen crucial, però amb el temps ha après que tots els exàmens són crucials, fins al punt que un examen que no fos crucial no li semblaria, no seria, un autèntic examen. Acaba de llegir les cinc preguntes i respira tranquil. De les cinc, en sap quatre a la perfecció. Per tant, ja pot considerar-se aprovat, com a mínim. De cop es fixa que fa estona que tamborina al pupitre amb els dits de la mà dreta: tatatatatta tatatatatta tatatatatta... Gira els ulls cap als altres examinands i veu com tots estan neguitosos. La majoria escriuen de pressa; com si se'ls anés a acabar el temps, omplen un full rere l'altre, amb cara impàvida. N'hi ha dos que pensen intensament. Es nota perquè miren cap al sostre, amb el front corrugat; un d'ells mossega, a més, la punta del bolígraf. Un altre ha acotat el cap per amagar-se de la vista de l'examinador i adreçar-se al del pupitre del costat: mou els llavis vocalitzant lentament una paraula, però el del pupitre del costat no l'entén; li respon tapant el llavi superior amb l'inferior i alçant les espatlles. El que vocalitza en silenci repeteix la paraula un cop i un altre. Continuen així fins que l'examinador comença a passejar-se pels passadissos que els tres rengles de pupitres deixen entre si. El que s'ajupia es dreça amb una serietat exagerada i delatora. Com si a ell també el poguessin agafar en falta, l'examinand de pell especialment pàl·lida es dreça també i decideix començar d'una vegada. Treu el caputxó del bolígraf i escriu el nom. Comença a contestar la primera pregunta, amb lletra clara i equilibrada, una paraula rere l'altra, en línies compactes i rectes. Quan acaba la primera pregunta comença amb la segona. Però al cap d'unes quantes línies se sent defallir novament i deixa d'escriure. Està cansat. Aquests últims dies d'estudi intens no el poden haver cansat tant; tal vegada el que l'esgota és ja el seguit d'exàmens que ha hagut d'anar superant des de la infantesa, un rere l'altre. Si com a mínim en divisés el final... Però després d'aquest examen n'hi haurà un altre i, després, un altre. Sap que preparar-se requereix esforç, que de fet mai no se sap prou, ni es demostra prou quant se sap, sigui prou o no. Aquest convenciment, però, no li impedeix preguntar-se si hi haurà mai un últim examen. Continua escrivint sense ganes. Sap que aprovarà, com sempre. Perquè tothom aprova sempre. No pas perquè els examinadors siguin bondadosos. Són severs, i malgrat això no coneix (ni ningú que ell conegui ha conegut mai) ningú que hagi suspès. Sempre, tothom aprova: perquè tothom es prepara a consciència. Que tothom hagi aprovat sempre converteix en curiós aquest pànic a suspendre. ¿Algú ha suspès mai? ¿I per què examinar-se, si tothom aprova sempre? ¿Només perquè si deixés d'haver-hi exàmens la gent deixaria de preparar-se amb l'eficàcia amb què es prepara actualment?

Torna a voltar-li pel cap la pregunta que l'acompanya des de fa uns quants exàmens: ¿i si decidís suspendre a posta? Cada cop està més convençut que no li passaria res d'especialment greu. Tornar a aprovar tan sols li servirà per, demà mateix, haver de tornar a començar: arraconar els llibres que ha estudiat ara, obrir-ne de nous, memoritzar-ne milers de pàgines. Té les parets de casa plenes de llibres. Primer els posava en prestatges. Quan ja no va quedar paret per posar-ne més, va començar a acumular-los sobre les taules, sota el llit, damunt del llit. Ara hi ha llibres pertot arreu. Desfer-se dels més antics per deixar espai als nous seria un error, perquè sovint els nous exàmens fan referència a explicacions que només pot trobar en llibres estudiats molts anys abans, de petit, quan es preparava pels primers. Fa quatre o cinc exàmens es va adonar que el primer examen de tots no el recordava; al primer examen que recorda, ja n'hi havia hagut un o dos d'anteriors.

¿Per què continua examinant-se? De fet, ¿de què li serveix i de què li servirà? ¿No seria millor deixar-ho ja, immediatament? Igual que no recorda els primers exàmens, ha oblidat també l'objectiu final que hi deu haver més enllà del de convertir-se, momentàniament, en examinador. Sap que els examinadors (que han hagut de superar la sèrie d'exàmens per la qual ell passa ara) s'examinen al seu torn, però no sap per què. ¿Per convertir-se (¿momentàniament també?) en examinadors dels examinadors? Ni tan sols és segur que convertint-se en examinador ho sàpiga. Igual que tampoc no sabia, quan va començar de petit, que el primer objectiu (aquest al qual creu acostar-se) és convertir-se en examinador. Va començar, creu recordar, perquè els seus pares (com absolutament tots els pares) volien que estudiés. Però els pares van morir fa anys, en un accident d'avioneta, una tarda mentre ell s'examinava. Intenta recompondre els esqueixos d'infantesa i d'adolescència que recorda. ¿En cap moment li ha interessat res del que ha estudiat?

L'avorreix aprovar una altra vegada. Fa lustres que s'examina i aprova sempre, indefectiblement. ¿Quina necessitat té de demostrar-li a l'examinador que és capaç de respondre quatre de les cinc preguntes? I l'examinador ¿quants més exàmens que ell ha hagut de superar per ser-ho? Pel fet que hi ha examinadors caldria deduir que efectivament hi ha un últim examen. ¿Realment és així, però? ¿O potser les coses són de mena més complicada (o més simple) del que s'imagina? ¿És a prop d'aquest últim examen, ell, o encara li falten anys? ¿Per què pensa, cada cop amb més convicció, que l'única manera de trencar la cadena és plantar-hi cara? I l'única manera que se li acut de plantar cara a aquest seguit d'aprovats és suspendre. Des de fa alguns exàmens sospita que molts dels que s'examinen amb ell, en aquesta mateixa aula, tenen o han tingut algun cop la idea que li volta pel cap últimament: respondre de manera incorrecta. És impossible que sigui ell l'únic que trobi estúpid aprovar (¿eternament?) un examen rere l'altre. Al principi li tremola el pols, però aviat pren confiança: una per una, respon les preguntes, amb lletra clara i equilibrada, una paraula rere l'altra, en línies compactes i rectes i, de manera deliberada, malament. Quan acabi s'aixecarà del pupitre, lliurarà el plec a l'examinador i (això és el que ell es pensa) suspendrà.

2

Independentment de l'hora en què finalment es fiqui al llit, el vespre abans de la jornada electoral el candidat posa a punt un despertador com a mínim, i dos o més si té el son pesat o si té por que el despertador habitual falli precisament aquell dia. El candidat ha d'estar segur de despertar-se prou d'hora, encara que de fet s'hagi acabat la campanya electoral i en teoria pugui permetre's descansar després de setmanes d'anar de míting en míting i de no dormir més de dues o tres hores cada nit. S'ha de llevar d'hora perquè sap que, a la recta final, poques coses fan més mal efecte que un candidat que arriba tard al col·legi electoral, amb aspecte desendreçat o somnolent. Un candidat que es presenta a votar a les dotze del migdia és un inconscient a qui els electors titllen de mandrós: se li enganxen els llençols fins i tot el dia que es juga el seu futur immediat i, suposadament, el de la ciutat. La reflexió és clara: si ara que no és alcalde ja es deixa dur per la mandra, ¿què no farà quan ho sigui?

Tot això no tindria més importància si la mandra es veiés a posteriori: aquesta nit, o demà, un cop hagués passat la jornada electoral. Però els reportatges amb els candidats votant als respectius col·legis electorals sortiran als noticiaris televisius del migdia. I al migdia encara faltaran hores perquè es tanquin els col·legis, la qual cosa converteix de fet aquests reportatges en l'últim acte de propaganda de la campanya, encara que oficialment no sigui així. La llei estableix que la propaganda es va acabar la mitjanit del dia abans d'ahir. Però molts possibles votants (els que sempre ho deixen tot per l'últim moment: els que compren el sopar al supermercat quan estan a punt de tancar les portes, els que arriben al cine quan la pel·lícula ja ha començat) veuran aquests reportatges al migdia, i el comportament del candidat mentre emet el vot pot fer que finalment es decideixin a aixecar-se del sofà i anar a votar. I fins i tot (i això és per ell el més important) votar-lo a ell. Per això és cabdal la seva actitud a l'arribada al col·legi electoral, durant les encaixades amb els membres de la mesa, durant la votació i durant la posterior sortida al carrer. Una cara seriosa i impecable pot resultar positiva per aquells indecisos que consideren que durant la campanya el candidat ha gastat un to bromista i prepotent. Però aquesta actitud seriosa ¿no donarà peu perquè alguns altres, d'aquesta seriositat sobtada, n'infereixin por d'un possible fracàs, inferència que frenaria la intenció de votar-lo? I, al contrari, una actitud frívola i faceciosa, que podria resultar positiva de cara als que l'han trobat massa fred durant la campanya, ¿no serà contraproduent si en col·legeixen la supèrbia de qui ja està convençut de la victòria? Res més inoportú que arribar al col·legi xiulant. Malament si plores i malament si rius; i si no plores ni rius, també malament.

Per compensar el viacrucis cap al consistori, el candidat té un avantatge final: és el ciutadà que, en teoria, menys dubtes ha de tenir a l'hora de dipositar el vot. Fins i tot els seus parents i col·laboradors podrien (per cansament conjugal, per enveja, per intrigues internes) votar-ne un altre: per putejar-lo o per, en el més íntim, sentir-se encara batxillers gamberrets. Però ell no pot dubtar. És llei no escrita. La possibilitat de saltar-se-la bull des de fa una estona al cervell del candidat mentre, efectivament, arriba al col·legi electoral, baixa del cotxe, somriu als flaixos dels fotògrafs, entra a la sala de votacions i avança entre la massa d'electors. ¿I si no es votés a ell mateix? Diuen que, si de debò és honest i creu en el programa que presenta, tot candidat té l'obligació de votar-se a ell mateix. Si hi pensa amb calma, però, aquest vot cap a un mateix, ¿no és en certa mesura un sortilegi, un ritual de màgia propiciatòria? Recorda la primera vegada que va poder votar (molt abans que acabés dedicant-se a la política), l'emoció que l'omplia, els dubtes sobre qui votar i qui no, les anàlisis exhaustives dels programes electorals de cada un dels candidats, la fe. Pren una papereta de cada partit, entra a la cabina electoral i corre la cortina. Els periodistes somriuen i pensen que és una broma. Precisament ell no cal que agafi una papereta de cada partit ni que s'amagui a la cabina per decidir el vot. Tothom sap què votarà i no ha de mantenir cap secret.

Sol, a la cabina, el candidat repassa les paperetes i pensa que potser es podria formular la proposta contrària: que un candidat tan segur de la seva honestedat i del valor del programa que presenta en cap moment no ha de sentir-se pres a les grapes de la superstició. Ben al contrari: segur d'ell mateix i dels seus arguments, pot permetre's regalar el seu vot al rival perquè els seus arguments són tan evidentment encertats que han d'apassionar la majoria i decantarla per ell. Malament si la victòria ha de dependre del seu misèrrim vot. Tanca el sobre, descorre la cortina, surt de la cabina amb el somriure als llavis i brandant el sobre amb el vot dins. ¿Hi deu haver hagut, en la història de la humanitat, cap altre candidat que (per un accés de sinceritat, o d'esquizofrènia) emparat pel sobre tancat hagi votat mai el rival?

3

S'alça el teló. L'escena representa un menjador. Les parets estan empaperades amb flors blaves i verdes. Al centre, una gran taula de fusta vermellosa, al damunt de la qual hi ha un gerro amb flors i un munt de partitures (que el públic, que les contempla des de platea, veu com una pila de papers i prou). A la dreta, un bufet; a l'esquerra, una llar de foc amb un tronc de plàstic que figura que crema. Sobre la llar, un quadro d'una dona lletja amb diadema. Entra l'actor amb passes fermes i avança cap a la taula, però a meitat de camí s'atura. Com si hagués canviat d'opinió, toca l'ase i torna enrere, però novament s'atura, torna a tocar l'ase i va de nou cap a la taula. Intenta així transmetre la idea d'atordiment, d'indecisió, de greus preocupacions. Posa la mà dreta a la taula i, finalment, després d'esperar els segons reglamentaris, comença a dir el monòleg. El diu sense pressa, amb veu buida i clara i un ritme emocionat. És un monòleg llarg, que l'autor va escriure perquè el personatge reflexionés sobre com és d'inhòspita l'existència, la vida dubtosa que ha portat fins aleshores i l'amargor d'adonar-se tant dels errors comesos com del temps malaguanyat. Totes aquestes consideracions fan que, inevitablement, cada dia, l'actor (mentre continua dient el paper) pensi que, en efecte, és amarg adonar-se dels errors i (mentre enumera els del personatge) repassi paral·lelament els que ell ha comès al llarg de la vida, l'últim dels quals és, precisament, aquest paper en una obra de teatre que cada cop li resulta més penosa. No li és fàcil, tot i ser un actor experimentat, mantenir el fil del que narra i, a la vegada, permetre's divagar. De fet, hauria de concentrar-se exclusivament en el que diu i deixar les meditacions per més tard. Però li resulta impossible. Cada cop s'avorreix més, cada cop suporta menys l'obra; mai un paper no se li havia fet tan pesat. De res no li serveix l'acceptació del públic. Ell sap que l'obra és un bluf. Al principi, no sols no ho sabia sinó que hi creia amb convicció. Estava encantat amb el paper! Recorda el dia que l'hi van proposar, la tarda que va llegir l'obra, de dalt a baix d'una tirada, la trucada al director aquella mateixa nit, acceptant entusiasmat. Però ara a cada representació s'adona que darrere les paraules brillants no hi ha gaire res. Per molt que els crítics l'hagin analitzat del dret i del revés i (amb rara unanimitat) tot hagin estat lloances, per molt que el públic ompli cada dia la sala i hi hagi hagut una allau de propostes de portar-la a l'estranger, l'obra se li desinfla a les mans. Ningú no la coneix com ell. Sense comptar-hi els assajos (que van durar mesos), l'ha representada nou-centes vint-i-tres vegades. La d'avui és la representació nou-centes vint-i-quatre. I amb nou-centes vint-i-quatre representacions se sap tot d'una obra. Se sap que, si fos bona, hauria arribat a aquesta xifra sense cap problema: a la nou-centes vint-i-quatre o a la quinze mil set-centes tretze, i cada dia hauria anat descobrint-hi vetes noves. Amb les obres dolentes, en canvi, cada representació és una esquerda. Després de nou-centes vint-i-quatre representacions, les esquerdes guanyen i l'obra cau a terra. Tant se val que, tret d'ell, ningú no se n'adoni. Com aquests que riuen ara, obedients, just en el silenci que ha marcat precisament perquè riguin. Tan bon punt s'aturen les rialles, torna al monòleg i, sense deixar de dir, s'asseu en una cadira, posa els colzes a la taula i el cap entre les mans. Ha repetit aquesta acció tantes vegades... ¿Per què, una nit, per comptes d'asseure's i de posar el cap entre les mans, no va cap a la cortina i l'ensuma, o aixeca el peu i es mira la sola de la sabata? És tot tan repetit que podria representar l'obra (des de la primera escena fins a l'última) totalment a les fosques, amb l'escenari ple de mines. Un escenari convenientment minat no seria cap problema per un actor metòdic: podria passejar-s'hi sense por, segur de no trepitjar cap mina: perquè tindria tots els moviments gravats al cervell, al mil·límetre. En canvi, aquests actors d'avui, sense disciplina, que d'una representació a l'altra modifiquen els moviments, no per millorar-los (si fos per millorar-los, res a dir-hi!) sinó per falta de sistematització, aquests actors volarien a les dues passes. Ha! Fingeix un atac de tos, diu de manera entretallada les últimes frases del monòleg, copeja amb el puny (suaument, tot i que els cops ressonin per tota la sala) la paret empaperada amb flors blaves i verdes i torna a asseure's. Quan acabi el monòleg amb la frase «Sense la qual cosa, tot hauria estat debades!», entrarà l'actriu (que està encantada amb l'obra i mai, per anys que passin, no s'adonarà que és buida), fingirà sorpresa i dirà: «Hola, Lluc. No esperava trobar-t'hi.» L'actor sent passes, fingeix gran sorpresa, s'aixeca de la cadira i acaba: «Sense la qual cosa, tot hauria estat debades!» Immediatament, entra l'actriu, diu: «Hola, Lluc. No esperava trobar-t'hi», l'actor se li acosta amb passes gairebé de ballarí, l'abraça, ella el rebutja amb un gest histriònic, ell retrocedeix fins al bufet i decideix que hauria de deixar-ho: anunciar avui mateix, de seguida que acabi aquesta representació, que l'obra ja no el satisfà, que necessita aires nous, i llestos. Però ¿amb quina excusa? No pot declarar, sense més explicacions, que deixa l'obra que ha representat ininterrompudament durant anys, l'obra amb la qual ha aconseguit, finalment, després de dècades d'esforços, la fama i el reconeixement. No pot confessar que ha anat descobrint, a poc a poc, que l'obra que s'enorgulleix d'haver representat nou-centes vint-i-quatre vegades és una falòrnia. Si fingís una malaltia (ara actor i actriu es besen apassionadament) suspendrien les representacions. Però ¿quant de temps podria fingir-se malalt sense que l'empresari sospités? ¿Quinze dies? ¿Un mes? Si la falsa malaltia durés més, l'empresari (malgrat ell, tot i que no sospités l'engany) buscaria un substitut. L'obra està en el moment culminant. No es pot suspendre sense més ni més. Ostentosament, després del petó l'actriu es neteja els llavis amb el dors de la mà i l'increpa; ell la insulta, imagina el seu substitut interpretant (ni per un moment li passa pel cap la possibilitat que fins i tot millor) el paper que ell ha convertit en un èxit; la imatge l'esgarrifa. També l'esgarrifa pensar que és només per això que no abandona, continua les representacions dia rere dia i, quan cau el teló i sent els aplaudiments del públic, saluda mecànicament i ple d'orgull.

VIDA DELS PROFETES

I

L'home es lleva amb els ulls il·luminats, respirant agitadament i amb una resolució: revelar al món el que li acaba de ser revelat. Es frega els ulls; la revelació continua nítida, davant seu. Fins aquell moment li hauria estat difícil acceptar que pogués, de cop i volta, convertir-se en profeta. Ara, en canvi, es troba assumint-ho amb la fe i la fredor que hi escau. Amb les trompetes encara ressonant-li al cap, baixa les escales a correcuita i en pijama (la seva missió és massa gran per detalls fútils com buscar uns pantalons, una camisa, una jaqueta) i, d'esquitllada, veu la dona a la cuina, preparant l'esmorzar, i el nen al bressol, plorant a brams. La dona se sorprèn que s'hagi llevat tan d'hora. L'hi diu, però ell ja no pot sentir-la perquè està obrint la porta i sortint al carrer, decidit a anunciar el que li ha estat revelat. Arriba a la plaça, veu un Volkswagen Passat verd aparcat al costat del forn i s'hi enfila. Serà el púlpit perfecte. Les quatre persones que han sortit de casa a buscar pa, coca o llet per esmorzar (ben abrigades, amb bufanda i barrets calats) se'l miren entre lleganyes. El pijama que du és blau cel, amb ratlletes grises; el vent l'hi arrapa a la pell i li glaça els ossos. Sense perdre temps inspira profundament, branda un dit, obre la boca, es fixa en les cares emmandrides de les quatre persones que se'l miren (hi ha un home que rosega un crostó de la barra de pa que du sota el braç) i es queda en blanc. ¿Què havia de profetitzar? No se'n recorda.

Com més es neguiteja perquè no se'n recorda, més en blanc li queda el cervell. El temps s'accelera. La gent el mira, immòbil, i això encara el neguiteja més. El que ha de profetitzar ¿és bo o dolent? Corprenedor, segur: en recorda la sensació. Però la sensació ¿era corprenedora per bé o per mal? ¿I, en certa mesura, no li resultava xocant? ¿Potser ha de profetitzar una fi del món espaordidora? No, no era res d'això. ¿O, ben al contrari, una albada d'esperança? Massa grandiloqüent. No tenia gens l'aspecte d'una profecia colossal. Potser es tracta d'una profecia discreta. Però ¿quina? D'una finestra pròxima se sent un televisor. Una orquestrina amenitza el programa matinal. Intenta concentrar-se i, definitivament, recordar-se'n. Però no se'n surt. Passen els segons com si fossin minuts, les quatre persones que se'l miraven se'n van (ara l'una, ara l'altra) i ell continua amb el dit enlaire, la boca oberta i sense dir res. Fins que arriba l'amo del Volkswagen Passat, se sorprèn de veure'l enfilat dalt del seu cotxe, s'indigna, el fa baixar a crits, l'agafa per les solapes i el rebat contra la paret, mentre el profeta (infructuosament) intenta recordar si potser era allò, aquells cops contra la paret, aquella incertesa, o la impossibilitat de recordar-se'n, el que havia de profetitzar.

Hi rumia durant dies. Una cosa la té clara: de cap manera no s'ha enganyat i ha cregut que tenia alguna cosa per profetitzar quan, en realitat, no en tenia. El sentiment era cert. Havia d'anunciar un fet excepcional. Però ¿excepcional pel món?, ¿excepcional només per ell? Per això havia baixat corrent les escales fins al carrer, per fer-ho avinent. Però ¿se'n recordava encara mentre baixava les escales o, meravellat pel fet, ja les baixava sense recordar-se'n i obsessionat per explicar-ho a tothom?

¿Com es pot oblidar una revelació? Es pot oblidar una cosa habitual, que qualsevol mortal pot saber o haver obtingut amb el simple coneixement o uns diners al comptat: un nom, l'argument d'una pel·lícula, el paraigua. Però una profecia, no. Això li fa veure fins a quin punt la memòria és traïdora i l'obliga a considerar la possibilitat que hagués estat no tant una profecia com un somni. Un somni amb una versemblança tal que l'hagués pres per una profecia. Però sap que no va ser un somni. I sap també que si no aconsegueix recordar-se'n viurà mortificat. La dona l'hi retreu sempre que pot:

—¿Quina mena de profeta ets? Si no te'n recordes, no hi ha profecia. Ezequiel i Isaïes no haurien estat profetes si haguessin oblidat el que havien de profetitzar. Quin tip de riure, per cert. ¿Te'ls imagines, dient que no se'n recordaven?

—¿I si el profeta té mala memòria? No és pas culpa seva. Puc fins i tot acceptar que sóc un mal profeta, un profeta incapaç o un profeta mediocre. Però en qualsevol cas sóc un profeta. M'ha estat revelada una veritat. Ho sé i no m'enganyo. Que ara no la recordi no nega en cap cas aquest fet. Puc tornar-me'n a recordar. Però fins i tot si no és així no passa res. Que al llarg de la història de la humanitat no hi hagi hagut cap profeta desmemoriat no me'n treu la condició. Tampoc cap profeta no havia sortit volant en un carro de foc fins que n'hi va haver un que ho va fer.

L'estat profètic pot tenir lloc espontàniament o induït per tècniques diverses: amb meditació, amb fórmules màgiques o místiques, amb gestos, amb càstig corporal. També amb música, sobretot percussió. O amb la dansa, o ingerint narcòtics. Potser, pensa el profeta desmemoriat, hauria d'estimular-se amb algun d'aquests recursos. Cada cop se li fa més evident que el més greu no és haver oblidat què havia de profetitzar, sinó no ser capaç de sortir-se'n. Això encara l'exaspera més, l'enfonsa en el neguit i fa que arribi a sospitar que la revelació que el va fer llevar-se amb els ulls il·luminats i respirant de manera agitada va ser precisament que, després de l'alegria inicial, quan arribés al carrer no seria capaç de recordar-se'n.

Al cap d'uns anys, d'improvís, una matinada el profeta sent novament la revelació. Les trompetes, l'esclat de claror, les paraules nítides, lentes i amb una veu greu. Ja ho ha llegit, que les revelacions es repeteixen, sobretot en profetes refractaris a acceptar el seu paper. Perquè no se li escapi la revelació, encén el llum de la tauleta de nit i, al calaix, busca llapis i paper. No n'hi ha. S'aixeca immediatament. No n'hi ha en tot el dormitori. Corre cap a la cuina; allà hi ha un bloc per pendre notes, penjat a la paret, en forma de cuiner amb barret i un bloc per davantal. Però quan hi arriba veu que el bloc s'ha acabat i ara el cuiner mostra, per comptes del davantal de fulls de paper, un forat obscè. No se'n recordava. Fa dies que el bloc de pendre notes es va acabar i precisament no es va recordar de comprar-ne cap de nou perquè, com que no hi havia bloc on anotar que calia comprar-ne, no en va pendre nota. Aquesta és una incongruència que irrita el profeta. Els blocs de notes ¿no haurien de tenir, potser, un full de torna per, quan s'acaben, anotar-hi que cal comprar-ne un altre? És veritat que, en certa mesura, l'últim full del bloc de notes hauria de complir aquesta missió. Però ¿com podem saber que estem escrivint a l'últim full si res no l'identifica com a tal? Podria molt ben ser que n'hi hagués un altre a sota. Per saber del cert que és l'últim, per identificar-lo de cop, només mirar-lo, la solució seria que fos d'un altre color: groc, verd pàl·lid, blavós, prou clar perquè s'hi pogués escriure amb els llapis i els bolígrafs habituals però prou diferenciat del blanc per, just arrencat l'últim full blanc, adonar-se que aquell full és la torna per anotar-hi: «Comprar un altre bloc.» Fins i tot podria dur-ho ja imprès, com certs calendaris que, a mitjan desembre, inclouen l'anotació: «Comprar el nou calendari Tal», entenent com a Tal la marca del calendari en qüestió. És clar que aquest últim full encariria (bé pel color diferent, bé per la impressió) el preu final del producte, però en un percentatge ridícul davant de l'avantatge que suposaria. Aquest últim full seria, en certa mesura, l'equivalent del full que hi ha a les xequeres abans dels últims cinc xecs, i que indica que aviat s'hauran acabat i que s'ha de demanar al banc una xequera nova.

Tot això ho pensa el profeta mentre, desficiós, intenta trobar un paper per anotar-hi la revelació. Però fins i tot abans de trobar-lo (a la cartera del seu fill; hi troba una llibreta i n'arrenca un full) sap que quan finalment tingui el full al davant, i el bolígraf (el treu del plumier de la mateixa cartera) haurà passat tanta estona i s'haurà neguitejat tant que haurà tornat a oblidar-se'n. Efectivament, quan té el full al davant i el bolígraf a punt, no recorda la revelació. Li queden, això sí, esqueixos, fragments, idees vagues. Però és impossible reconstruir-la. I, a més, l'assalta un dubte. ¿Aquesta revelació era la mateixa de l'altra vegada o són dues revelacions diferents? ¿Déu li ha repetit el missatge que no va ser capaç de recordar l'altre cop, o ja dóna aquell per perdut i ara n'hi envia un de nou?

L'endemà decideix col·locar una llibreta i un bolígraf a la tauleta de nit, per si la revelació es torna a repetir. Haver-se'n oblidat novament li sap greu, és clar, però haver tornat a tenir una revelació l'alegra sobre manera; podríem dir que des de la primera revelació no havia estat mai tan optimista com avui. Perquè haver-ne tingut una segona li confirma que és un autèntic profeta. Amb l'única peculiaritat de tenir mala memòria. Un altre motiu d'esperança: si la revelació s'ha repetit un cop, pot repetir-se un altre.

En una botiga d'electrodomèstics compra un casset petit; el porta sempre al damunt i de nit el deixa a la tauleta, a punt per engegar-lo de seguida que es torni a produir la revelació i, si veu que se li ha de tornar a escapar, enregistrar-la de viva veu per comptes d'escriure-la. Amb tot, manté la llibreta i el llapis, per si de cas en el moment oportú el casset no s'engegués, o s'haguessin acabat les piles inopinadament, tot i que cada setmana les comprova i, molt abans que caduquin, les llença i en col·loca de noves.

Els anys passen, però, sense que totes aquelles previsions serveixin de res. No hi torna a haver cap revelació. Aquell fill que era al bressol quan es va esdevenir la primera ara té ja vint-i-vuit anys. Ha crescut ensinistrat pel pare: a la vida, en qualsevol moment es pot rebre una sorpresa i s'ha d'estar sempre a l'aguait. Quan ell tenia set anys la mare va morir; pare i fill van cavil·lar durant dies si potser la profecia era aquella: que la mare moriria i ell quedaria mig orfe. Però al pare no li sonava. Amb tot, aquelles cavil·lacions es van anar repetint. Cada cop que al món esclatava una guerra o es produïa un cataclisme, pare i fill sospitaven si no era allò el que li havia estat anunciat.

Ara el pare és al llit de mort i crida el fill. El fill és fora, assegut en una cadira, amb el cap cot. Al dormitori hi ha el metge, que surt, l'avisa i li diu que, sobretot, no el cansi. El fill entra a l'habitació emocionat. Els ulls del profeta s'il·luminen, intenta parlar, però es cansa. Intenta dir-li alguna cosa, perd l'alè, respira profundament, tanca els ulls un instant, com si li costés mantenir-los oberts, però a l'acte els torna a obrir. Diu: «Fill...» El fill s'acosta al pare, li agafa la mà dreta entre les seves dues mans. «Abans de morir...», mussita el profeta. Però tot seguit torna a callar. Ara aparta la vista i la fixa en la paret del davant. El fill mira cap a on mira son pare, per si a la paret hi hagués cap senyal d'interès especial, res que li indiqués què vol dir-li amb aquell discurs entretallat que, és evident, és l'últim que li adreça, el comiat definitiu. El fill estreny encara més la mà de son pare. «No diguis res, reposa.» De cop el profeta sent un alè d'energia: «Vull dir-te que...» S'obre la porta i hi entra la infermera fent repicar els talons. La veu del moribund es perd entre la fressa. El fill acosta l'orella a la boca del pare, amb l'esperança que ho repeteixi. La infermera canvia el flascó de perfusió, del qual surt un tub que s'injecta en una de les venes del moribund. El fill és ara literalment damunt del pare. Un cop canviat el flascó, la infermera se'n va intentant que les sabates no repiquin tant com quan ha entrat. El profeta obre novament els ulls. Quan bada la boca, a les comissures se li marca un plec grisós. «Per això...» «No t'esforcis...» «...no sabia com...»

El vell tanca els ulls i respira amb dificultat. ¿Què deu voler dir-li? ¿No deu pas haver recordat la profecia, just al llit de mort? «I ara vull dir-te que...» El moribund obre els ulls del tot, esbatana la boca i queda immòbil. El fill sanglota. Surt de l'habitació, busca el metge. El metge en certifica la mort. Amb els capcirons li abaixa les parpelles. El fill surt del dormitori. Al menjador hi ha altres parents, que l'aturen i l'abracen. Les escenes de dolor se succeeixen. Rep condols, abraça esquenes, encaixa mans, eixuga llàgrimes, seves i alienes. Al llarg de la vida, de la condició de profeta de son pare no se n'ha parlat mai gaire, en família, i ara mateix el fill només endevina, en alguna mirada espurnejant, un interès vague, una incerta curiositat per si a l'últim moment ha recordat alguna d'aquelles revelacions. A la cuina algú ha preparat cafè. El fill se'n serveix una tassa. En pren glops curts perquè crema. La parentela continua abraçant-se-li. Busca un racó on estar sol. Decideix amagar-se al rebedor. Allà, en la foscor, ningú no el veurà i podrà estar sol durant uns instants. Mentre hi va, un cosí el veu de lluny, s'hi acosta, l'abraça i s'interessa pel seu estat d'ànim. Quan el cosí torna cap a dins, el fill obre la porta que dóna al replà, surt i la tanca procurant no fer cap soroll que alerti els altres. Baixa les escales, arriba al carrer.

2

Troba feina en una altra ciutat. Viure en una altra ciutat li anirà bé. Ven la casa paterna i se n'hi va. Passats uns mesos, amb dos companys de feina munta empresa pròpia. Viu discretament bé, és relativament feliç i els divendres a la tarda juga a cartes amb uns amics.

Una matinada d'hivern freda es desperta amb la visió d'una ciutat en flames, amb els edificis en ruïnes, els carrers oberts en una rasa abismal i la gent fugint espaordida. Les imatges se li succeeixen a una velocitat inaudita i amb acompanyament de trompetes. És una visió intensíssima i curta, i s'esforça per retenir el que hi ha escrit, en blanc, a la placa blava i verda: PLACE LACHAMBEAUDIE. La placa té la forma i la distribució de colors de les dels carrers de París. Si en tingués una guia, certificaria si a París hi ha cap plaça anomenada Lachambeaudie.

L'endemà va a una llibreria i compra una guia de carrers de París: *Guide général de Paris. Répertoire des rues. Éditions L'Indispensable.* Mentre a la porta de la llibreria treu la guia de la bossa i busca Lachambeaudie al llistat per ordre alfabètic, sent la paraula «terratrèmol» en boca d'una de les dues noies que en aquell moment hi entren. Torna enrere, se'ls acosta, els demana disculpes per la ingerència i els pregunta de quin terratrèmol parlen. Una de les noies li diu que del terratrèmol de París, el que hi ha hagut fa dues hores. El fill del profeta arrenca a córrer. Davant d'una botiga d'electrodomèstics contempla, repetides en una dotzena de televisors, les imatges de París, víctima d'un terratrèmol que ni els detectors havien previst.

Se sent culpable de no haver dit res. A mil quilòmetres de distància observa com enretiren els cadàvers i pensa que ha comès un greu error callant, no avisant cap autoritat, perdent el temps de manera lamentable buscant una guia de carrers per certificar si a París hi ha cap plaça que es digui Lachambeaudie. Només el tranquil·litza pensar que si ho hagués dit no l'haurien cregut i tota aquella gent hauria mort igualment.

Any i mig més tard, també en plena matinada veu (durant dècimes de segon i també amb trompeteria) com una epidèmia atroç devasta en poques setmanes un país (li sembla que asiàtic) que no pot determinar. Immediatament, perquè no es repeteixi la negligència que va cometre amb la visió del terratrèmol de París, parla amb les autoritats sanitàries. Els explica el precedent patern, com ell mateix va preveure el terratrèmol de París i com, per no haver-ne dit res, hi va haver aquella tragèdia. Li diuen que moltes gràcies i que en prenen nota, però sap que el que fan és treure-se'l del damunt perquè en el fons no se'l creuen.

Una setmana després, els diaris no parlen d'altra cosa que de la mortaldat a Laos i a Cambodja. El 98 per cent de la població de Laos i el 20 per cent de la de Cambodja ja han mort. Quan, mesos després, l'epidèmia queda controlada, Laos, Cambodja i mig Tailàndia estan arrasades.

Al cap d'un any, una matinada es desperta i (durant les mateixes escasses dècimes de segon i amb la trompeteria habitual) veu com un autobús escolar s'estimba. Sap de quina escola es tracta perquè el nom estava inscrit amb lletres de pal sec a la part de dalt del parabrisa. Corre a parlar amb el director de l'escola. Li explica la visió: l'autobús, la carretera, el revolt amb el barranc. El director es mostra impressionat perquè, efectivament, l'autobús circula sempre per la carretera que ha somiat i passa pel revolt amb barranc que diu. Fa cridar el conductor, per explicar-l'hi. Quan el veu, el fill del profeta (profeta ja, de fet, per mèrits propis) xiscla. Aquell home és, precisament, qui condueix l'autobús quan s'estimba. El director se sent realment impressionat, i molt agraït. Però ¿quin dia era que això passava? El profeta no ho pot dir del cert. El director pren un determini: durant un temps, l'autobús farà una ruta alternativa i el conductor habitual serà substituït per un altre.

Dos mesos després, com que no ha passat la desgràcia anunciada, el conductor torna a fer-se càrrec del l'autobús, però, per prevenció, continua fent el viatge per la ruta alternativa. Passat mig any, davant la impossibilitat de mantenir per sempre una ruta molt més llarga i costosa, torna a la ruta clàssica. Quan s'acosta al revolt del barranc, el conductor extrema sempre les mesures de prudència. Passen les setmanes i els mesos sense cap problema. Just a principis de juny, l'autobús s'estimba.

Alguna gent el mira amb mals ulls, com si en fos el culpable. Un vespre, la policia ha d'evitar un intent de linxament per part de familiars dels escolars morts. El profeta ho explica un cop i un altre: confonen profetitzar un esdeveniment amb ser-ne el causant. El director està d'acord amb ell. I se sent boirosament i injustificadament culpable. ¿Què hauria d'haver fet? ¿Canviar definitivament de ruta? ¿Acomiadar injustificadament el xofer? Res concret no li indicava que l'accident hagués de succeir de manera inevitable.

El profeta es retreu. Quan, mesos després, una matinada les trompetes i l'esclat de llum li anuncien que s'estimbarà l'avió del vol 5397 de la British Airways, que va de Barcelona a Birmingham, decideix no dir-ne res. Per molt que intentin evitar-ho, l'accident acabarà produint-se. Si ho anuncia, quan es produeixi el consideraran en certa mesura responsable. Si no en diu res, ningú no l'acusarà de res. Però li costa saber-ho i callar. En aquest cas, a més, la solució li sembla prou simple. Si el vol Barcelona-Birmingham que ha d'estavellar-se és el 5397, només de canviar de número el 5397 i atorgar-n'hi un que ningú faci servir (per exemple, el 7612) n'hi ha d'haver prou. ¿És possible avortar una predicció, però? No pot dormir sabent que potser s'evitarien morts amb una cosa tan simple com canviar el número de vol. Si la companyia el volgués escoltar, tot se solucionaria. Avisa la companyia, li explica el seu historial de profecies i la visió que ha tingut sobre el vol 5397. Els directius de la companyia el reben amb amabilitat i li expliquen que si haguessin de fer cas de tots els que vénen a anunciar que han tingut pressentiments que tal o tal altre vol tindrà un accident no podrien volar enlloc. Fa anys que van decidir no fer-ne cas de manera sistemàtica.

Perquè el fet no quedi desapercebut, el profeta declara (a l'únic diari, sensacionalista, que vol escoltar-lo) el que ha passat, el seu historial de profecies, l'antecedent patern, i l'avís que, si la companyia s'entesta a no fer-li cas, el vol 5397 de Barcelona a Birmingham tindrà un accident. El diari, escàs de recursos, publica la notícia (a pàgina esquerra, mitja part inferior), i presenta el profeta com un visionari mig boig. Quan, efectivament, tres dies més tard l'avió s'estimba, paral·lel a la desgràcia rep el reconeixement públic. Tots els ulls es giren de cop cap a ell i en contra de la companyia aèria. ¿Com han pogut menysprear una predicció tan clara i fàcil d'evitar? Els diaris que no es van interessar per la seva història quan va anar a anunciar-los que el vol 5397 s'estimbaria li demanen ara entrevistes. En totes, la pregunta final és si té noves prediccions a fer. Un articulista del segon diari del país es burla del fet que s'entesti a parlar de profecies quan és evident que no són més que visions. Una profecia és una cosa més elevada, més transcendent. El profeta insisteix que l'abast del que li és revelat no el força a discriminar-ho en categories i prestatgets. Que el que li és revelat sigui d'abast global o personal no li lleva la importància: és una revelació d'un fet futur, i això és l'únic que importa. I encara més: potser son pare va viure tota la vida sense recordar el que li era revelat precisament perquè s'entestava a buscar-hi un valor universal, un alè redemptor.

La fama del profeta ja és tan absoluta que, quan li arriba la revelació següent (que el creuer tal que ha de fer un viatge nadalenc per les illes de l'Egeu s'enfonsarà), les autoritats decideixen creure'l. Mantenen la ruta del creuer però sense cap passatger dins. I quan, efectivament, el vaixell naufraga, ho fa envoltat de càmeres de televisió que retransmeten cada detall de l'enfonsament i el rescat de la tripulació a càrrec dels helicòpters que acompanyen la nau, a posta per la comesa. Tot seguit profetitza una nova guerra entre dos països sudamericans, però ni les més altes instàncies poden fer res per aturar-la i acaba esclatant. Anuncia un tsunami, que produeix danys a Xile, Hawaii i el Japó. Anuncia un xoc de trens, prop de Bolonya, i la mort immediata del rei de Noruega. Quan preveu l'aparició d'un volcà a l'illa de Mezcala, al llac de Chapala, les autoritats desallotgen ràpidament la zona i les pèrdues en vides humanes són nul·les, encara que les poblacions pròximes queden arrasades per la lava. A aquestes altures, li demanen que ho prevegi tot: si tal dia serà bo per celebrar les eleccions, si tal lloc és l'indicat per construir-hi un aeroport o què portarà el futur a tal nou primer ministre. Se sent tractat com una pitonissa. Pel carrer, n'hi ha que l'aturen per preguntar-li el temps que farà el cap de setmana o el número que guanyarà al sorteig de la loteria. Un cop i un altre ha d'aclarir que de la majoria de coses no en sap res, que només pot profetitzar allò que li és revelat. Això decep els periodistes, que s'imaginaven encarregant-li prediccions a la carta.

Quan esclata una bomba a l'estació de trens del zoo de Berlín (setanta-nou morts) la notícia apareix a primera plana de tots els diaris i els ulls es giren cap a ell. ¿Com és que no ho ha previst? Un cop més, els recorda que no té cap poder per decidir quins fets li seran revelats i quins no, ni cap possibilitat d'intuir allò que no li és revelat. Però, per més explicacions que dóna, des d'aquell moment, alguns (entre els quals destaca precisament l'articulista que considera que no és tant un profeta com un visionari) li retreuen cada esdeveniment que no prediu, sobretot si és una catàstrofe. «Potser no sabrem mai per quins motius ocults no li interessava predir aquest fet», acaba un article sobre la bomba a l'estació berlinesa, gairebé acusant-lo de connivència amb els terroristes. El titular és: «Profeta quan li interessa.»

El profeta continua predient: la pau entre aquells dos països sudamericans en guerra, l'assassinat del primer ministre holandès, la caiguda de tal dictadura africana, la imminència de la vacuna definitiva contra la nova mena d'hepatitis mortal apareguda fa tres anys. Sempre amb la mateixa trompeteria, les revelacions són del tot aleatòries. Fins i tot un dia de setembre li és revelat qui serà el guanyador de la lliga de futbol professional. Li plouen crítiques per banal, per frívol, per «malmetre el seu prestigi profètic». Progressivament, la freqüència de revelacions augmenta. Fins que no pot evitar preveure-ho gairebé tot, saber què succeirà en cada moment. Ja no pot comportar-se de manera normal amb res perquè sap com anirà tot. Coneix una noia i, abans de la primera paraula, sap que la cosa acabarà malament per tal o tal altre motiu. Amb aquesta, perquè ell no suportarà la gelosia (amb un morbo especial, li són revelades, amb pèls i senyals, cada una de les infidelitats de la noia). Amb aquella, perquè al cap de quinze dies ella s'haurà atipat de tantes visions. El do profètic li impedeix viure amb naturalitat. Quan coneix la Marta sap (el dissabte següent, en una revelació de matinada, amb la Marta a tocar d'ell) que s'hi casarà, que tindrà un fill, i que se separaran pocs mesos després del part. Sap també que, abans, passaran anys, que es compraran un Rover verd amb la matrícula 4436 BKR, que mig any més tard el veí tindrà un accident domèstic, que al cap de tres anys per Nadal dinaran a Can Nofre, que inopinadament l'endemà vindrà la cunyada de visita i que durant la resta de la vida s'avorrirà profundament.

El seu fill té un mes de vida. Li dóna el biberó, el posa al bressol, es fica al llit i, abans d'adormir-se, de cop sent, com gairebé cada matinada, el so de les trompetes. S'han convertit en una cosa tan habitual que ja no l'emocionen. Obre l'ull esquerre. Està tan adormit que el que menys desitja, ara, és una revelació; donaria el que fos per ajornar-la i dormir. Amb biberons cada tres hores no hi ha qui dormi de manera coherent. Però no hi pot fer res: davant seu ja es desplega, majestuós, l'esclat de llum i, lenta i solemne, una revelació que no s'esperava: mai més no tornarà a tenir cap altra revelació.

Es queda fred. Millor, pensa. Per fi reposarà, per fi no sabrà més que el que sap la gent, per fi durà una vida normal, com la resta de la humanitat. S'adorm abraçat al coixí, però es desperta abans de l'alba, amb pànic. ¿Que en farà, ara, de la vida? No tenir mai més revelacions, poder dormir a la matinada, o estar en un bar tranquil·lament, sense rebre la visita de les trompetes, ni l'esclat de llum, tot això està molt bé. Però ha de tenir en compte que, sense adonar-se'n, ha anat bastint la vida al voltant d'aquesta seva qualitat. Sense el do de la profecia, ¿com s'enfrontarà cada dia al món, que espera d'ell noves profecies? ¿Què serà, si no és profeta?

Decideix dissimular. Durant un temps, no diu res a ningú. No anuncia res. No prediu cap cosa. Però els mesos volen i la gent comença a queixar-se que ja no fa profecies. Primer s'excusa amb el nen: els nens petits porten molta feina i no es pot estar per res més. Després intenta fer passar per profecies fets que és obvi que han de succeir. Que tal dia a tal lloc el sol desapareixerà. Però l'argúcia no funciona perquè tothom sap que tal dia a tal lloc hi haurà un eclipsi.

Un matí obre els finestrals de casa (a sota hi ha sempre un grup de periodistes, amb càmeres i cassets, a punt per enregistrar el que ha de dir) i, amb veu grandiloqüent, explica que li acaba de ser revelat que el món s'acabarà, que ha vist el planeta erm, sense vida, destruït. La revelació no emociona ni els apocalíptics més abrandats. «Ja ho sabem, que el món s'acabarà, un dia o un altre. Apostes altiloqüents com aquesta no serveixen de res», escriu ara l'articulista que abans li retreia la senzillesa, la poca grandiloqüència de les seves visions. A poc a poc, apareixen les burles, les sentències menyspreadores. «Se li ha acabat la corda.» Just aquests dies, la Marta li repeteix que no ha estat mai un bon marit, que ha viscut sempre obsessionat per les revelacions, pel seu petit i egocèntric món de profeta, un món que ara, per cert, es demostra acabat. Li anuncia que ha pres una decisió: se'n va, i s'emporta el fill amb ella. Vet aquí l'última revelació que es compleix. El profeta ho havia previst, però lamentablement no n'havia dit res a ningú, ni a la Marta. Si l'hi hagués dit, ara encara tindria un cert, escàs, mínim, crèdit.

Després ve l'oblit per part de la gent. L'oblit li sap un greu insospitat. Mai no hauria dit que, quan arribaria aquest moment, trobaria tant a faltar l'escalfor de la gent (¿del públic, n'hauria de dir?). Obre la finestra i ja no hi ha cap grup de periodistes esperant-lo, amb les càmeres i els cassets a punt. Havia desitjat viure una vida anònima i normal i ara se'n lamenta i intenta buscar, com sigui, una pròrroga. Si els pogués dir la veritat... Que ha tingut una revelació: que no en tornarà a tenir mai més cap altra. No està malament. Però ja és massa tard. Si l'hagués anunciada just quan la va tenir hauria ocupat primeres planes dels diaris i hauria estat una retirada digna. Imagina el titular: «La seva última profecia abans del comiat definitiu és que mai més no en tindrà cap altra.» Però ja és massa tard. Anunciar-la ara seria reconèixer el fracàs. I per evitar reconeixe's del tot fracassat, per negar que efectivament fa anys que està acabat, un dia agafa l'avió fins a Berlín, s'instal·la en un hotel (l'Steigenberger Berlin, a tocar del zoo), i surt immediatament a fer-hi un passeig. L'endemà fa públic que ha d'anunciar una revelació. L'acull l'escepticisme. «A veure si serà de l'estil "El 23 de juny d'aquí a dos anys caurà en dimecres".»

Com als vells temps, el profeta es troba novament en una roda de premsa. Saluda un periodista que el va entrevistar fa anys, llavors dels setanta-nou morts. Anuncia que ha tingut una revelació: l'estació de trens del zoo de Berlín volarà. Alguns protesten: no és cap profecia; va succeir fa anys, i precisament ell no ho va saber preveure. El profeta diu que es tracta d'una revelació del tot nova. Li pregunten que quan passarà, i com. Ell contesta que aquella mateixa tarda. Les autoritats reaccionen immediatament. Com als vells temps, sense dubtar ni un instant de la fiabilitat de les seves paraules, prenen les mesures de seguretat pertinents. Poc abans de les dues, el mateix profeta, encapçalant la gernació de policies i periodistes, entra a l'estació de trens per assenyalar-los on, en la revelació, la devastació i les flames eren més paoroses; just en aquell moment les bombes esclaten, una rere l'altra.

DURANT LA GUERRA

La guerra va esclatar a mig matí. A quarts de dotze la situació era confusa i al migdia la sensació de desconcert ja era (segons com i on) total; hi contribuïa el fet que els bàndols (i els diversos grups, d'ideologies sovint oposades, que hi havia darrere de cada un d'aquests bàndols, de vegades enfrontats entre ells i que creaven així nous subbàndols) no quedaven clarament delimitats, i que el tant per cent de la població que se n'havia adonat (que la guerra tant de temps anunciada sotto voce era ja un fet) no sabia quina actitud adoptar exactament. Hi havia tot un altre tant per cent (aclaparadorament majoritari) que, amb intencions mai del tot clares, actuava com si no passés res i amb la més absoluta normalitat, actitud propiciada per les característiques d'aquell conflicte: l'emmascarament i l'actitud sibil·lina, que feien que no es manifestés amb l'aparatositat habitual. No hi havia escamots pels carrers, ni barricades a les avingudes. Ni desfilades, ni discursos. Les guarnicions militars guardaven una calma (aparentment aparent) darrere de la qual no era difícil intuir grans dosis de nerviosisme. Nerviosisme dels comandaments, que es feia palès en les ordres donades amb pressa i amb una convicció exageradament extremada, motivada pels dubtes i amb una trama de contraordres tan complexa que n'evidenciava la inseguretat. Tota aquella (si se'n podia dir) calma, tota aquella normalitat sospitosa, no indicava sinó virulència.

Al migdia, sense que ningú els hagués convocat, moguts per un ressort de civisme i preocupació, els ciutadans conscients de la situació van anar fent cap a la plaça, amb la intenció de saber l'autèntic estat de les coses. Segons uns, el desencadenant havia estat una revolta (militar o civil, no quedava clar) en una província llunyana (i inconcreta, que canviava en cada boca: era una o altra segons qui la digués), una revolta que havia estat latent durant mesos. La llunyania dels centres de decisió era un dels motius pels quals a la capital (deien els que en tornaven) tampoc no es notava cap desplegament fora del normal. Segons uns altres es tractava, en principi, d'un enfrontament entre dues faccions (no declaradament antagòniques) de l'exèrcit, un exèrcit que en el passat havia aconseguit victòries i proeses que havien entrat en la llegenda i que fins feia pocs anys havia comptat amb un pressupost generós, però en els alts oficials del qual hauria anat germinant un cert malestar per la inactivitat i les restriccions econòmiques a què es veien abocats ara, inactivitat i restriccions propiciades principalment per l'absència de conflictes bèl·lics, de qualsevol magnitud, tant dins com fora del país. Encara, segons uns altres hi hauria hagut un cop d'estat a la capital (però ¿donat per qui?), silenciat tant pels autors (convençuts que la més gran efectivitat d'un cop d'estat era que es notés al mínim possible) com pels que, havent-ne estat les víctimes, consideraven que el millor per ells, ja que els colpistes no pretenien vanar-se'n, era mantenir un silenci prudent que els permetés no haver de reconèixer la derrota. Així, doncs, feien com si no hagués passat res, amb la qual cosa aconseguien que tant la major part de la població com les missions diplomàtiques no s'adonessin (o fessin com si no s'adonessin) de res, fins al punt que, si a algú se li acudia insinuar en públic que passava res, posaven com a evidència la calma als carrers. En aquest punt, colpistes i enderrocats estaven, doncs, i en teoria, paradoxalment d'acord. Que el pacte de silenci interessés de la mateixa manera a totes dues bandes feia que alguns altres, més elucubradors, suposessin que el cop l'havien pactat prèviament colpistes i enderrocats, havent-ne previst fins a l'últim detall per tal que passés al més desapercebut possible. Davant d'aquell silenci sense escletxes aparents, ¿com podien valorar exactament els fets, els ciutadans conscients? La ràdio ni tan sols retransmetia únicament música clàssica, com sol ser habitual en aquests casos, i la televisió continuava amb la programació prevista. Just ara acabava la pel·lícula corresponent del cicle Elvis Presley que havien començat tres setmanes enrere: Elvis Presley es llança a l'aigua, la gent aplaudeix, Elvis neda fins a l'espadat, s'hi enfila, s'eixuga amb una tovallola, es vesteix. Tot d'homes en banyador se l'emporten a les espatlles fins a l'hotel. Tothom el felicita, Ursula Andress li diu: «Bravo!», es besen, els envolta un mariachi i Elvis comença a cantar. Tot seguit, la programació prevista (això era especialment significatiu:) sense fer cap mena de referència a l'enfrontament. Els ciutadans conscients de la situació es trobaven, doncs, sense dades per valorar la situació real; desorientació que no feia sinó augmentar els dubtes i disparar les cabòries i les suposicions. Amb tan poca base elucubrativa, arribava un moment que d'una suposició es passava a una altra; aquesta altra, ajuntada amb una tercera, abocava a una quarta, tan impossible de demostrar com cadascuna de les precedents i igualment acceptada com a cosa feta. ¿Ja hi havia hagut baixes, com deia algú? ¿La situació es capgirava, com informava un altre? I, en qualsevol cas, ¿es capgirava en relació a quina situació precedent? Les tensions entre els ciutadans conscients de la situació creixien, motivades pels diferents punts de vista i per la impossibilitat de demostrar res, cosa que els impedia pendre cap decisió, concreta o no. Sovint, en les concentracions davant del govern militar, la tensió per aquesta falta de dades arribava al metafòric punt d'ebullició i els ciutadans més abrandats havien de ser separats per altres ciutadans més serens. Que calgués pendre una decisió era fins i tot qüestionat. ¿Per què se n'havia de pendre cap? ¿No era millor continuar com fins aleshores? (Això sí: amb les orelles ben obertes. En això tots hi estaven d'acord.) Les discussions van arribar a una acrimònia tal que, a les dues del migdia, finalment es va decidir que ajornaven el determini fins després de dinar, per raonar-ho amb més calma. Cadascú se'n va anar a casa seva, tret de tres que sempre dinaven fora i que van fer cap a un restaurant que hi havia a prop. Allà, la situació no era pas menys tensa: xiuxiuejos a cada taula, mirades esquives, dissimulacions.

A mitja tarda es van detectar moviments de tropes davant del govern militar. Tot seguit, però, van aparèixer els que tot ho qüestionen: ¿hi havia cap senyal, cap actitud d'especial agitació en aquells moviments que en permetés deduir fets realment greus o tot plegat eren meres pràctiques rutinàries? Poc avesats als exercicis castrenses, els ciutadans conscients de la situació (que, havent dinat, s'havien tornat a trobar al cafè i d'allà, xinoxano, havien fet cap al govern militar) no sabien quina lectura fer-ne; també en això hi estaven tots d'acord. A les 4.32 va arribar un cotxe negre, amb banderí. En va baixar un oficial. A aquella distància, i havent estat insubmisos la majoria dels ciutadans conscients de la situació, els va ser impossible establir-ne el càrrec exacte. ¿Es tractava d'un general? ¿D'un capità general? ¿D'un tinent general? ¿D'un tinent a seques? ¿Els hauria donat cap pista, saber-ho? Era evident que no, i això encara els enfurismava més, aquest cop amb ells mateixos. Els va semblar que els dos sentinelles (que feien guàrdia a banda i banda de la porta principal, en garites de ciment amb cúpules enrajolades de verd) el van saludar amb especial respecte, però l'opinió tampoc no era unànime. Un cop l'oficial va haver entrat al govern militar, el cotxe se'n va anar. ¿Denotava aquella marxa immediata res de greu; o, al contrari, res de positiu? A les 6.32, una manifestació d'obrers metal·lúrgics vestits amb granota va pujar pel carrer major fins a desembocar a la plaça. Era una manifestació que havia estat convocada la setmana abans, que complia tots els requisits legals i que, doncs, estava pertinentment autoritzada. Les suposicions, un cop més, van convertir en una nova prova el fet que cap autoritat (ni civil ni militar) la prohibís: haver-la prohibit hauria estat un senyal, un reconeixement de situació anòmala. No s'ho podien permetre. Per això la toleraven i els manifestants, unes cent cinquanta persones (cent, segons l'informe de la policia municipal), van poder desfilar fins al pont de l'oest, sense cap problema; allà es van dispersar pacíficament, uns cap a casa i d'altres cap als bars pròxims. De sobte, a les 7.13 va sortir del govern militar el mateix oficial que havia baixat del cotxe unes hores abans. Ara, però, acompanyat d'un altre militar de graduació diferent però també sense determinar, per l'abans esmentada ignorància militar dels presents. El cotxe (el mateix que a primera hora de la tarda; un ciutadà de bona memòria n'havia retingut mentalment la matrícula) els esperava.

La nit va ser tensa. Les hores van passar amb lentitud, l'una rere l'altra. Els ciutadans conscients es regiraven al llit, incapaços d'adormir-se. ¿Qui podia dormir, amb aquell neguit? Les emissores continuaven sense emetre música clàssica i la televisió amb la programació usual: un concurs de parelles desavingudes i una sèrie televisiva, en el capítol corresponent de la qual es descobria aquella nit que un dels personatges era homosexual.

Durant la nit, calma. Els xivarris als bars, les batusses a la matinada, els escombriaires. A quarts de set els quioscos van començar a aixecar les persianes. A les deu del matí (gairebé vint-i-quatre hores des que havia començat tot!), es van sentir les primeres canonades. Vint-i-una, exactament. I després, res. Els ciutadans conscients de la situació van sortir de manera immediata al carrer, alguns buscant refugi a les estacions de metro més pròximes, barrejats entre els ciutadans menys conscients, que aparentment continuaven com si res, amb la vida de cada dia. Després de les vint-i-una canonades, res més. Al noticiari televisiu del migdia van informar que aquell matí havia arribat a la ciutat el primer ministre d'una potència econòmica, política i militar de primer grau. Entre els ciutadans conscients de la situació aquesta visita va provocar opinions contraposades. Uns creien que la visita era una excusa per dissimular (sota l'aparença d'unes protocol·làries canonades d'honor) les canonades reals d'aquell matí. Els altres, que la visita no era gratuïta ni innocent (res no ho és, mai), i que la potència intentava o bé fer de mitjancera en el conflicte (una absoluta mostra de petulància) o bé ajudar una de les dues parts (pretensió absolutament intolerable, fos quina fos la part que pretenia ajudar). A la tarda, les primeres víctimes es van fer públiques: un partit de rugbi a cinc a l'estadi olímpic va acabar amb set ferits, quan seguidors de tots dos equips es van enfrontar a les graderies. Poc després, altre cop el vespre, l'angoixa, la nit. L'esquema es va repetir, dia rere dia, durant setmanes, amb petites variants que introduïen nous dubtes, suposades proves, noves incerteses. El drama no era tant la mortaldat (tan ben dissimulada que semblava inexistent), les famílies esqueixades (poques i per motius aparentment aliens al conflicte), les cases abandonades o la fam (habituals des de feia dècades), com el fatic contingut, la violència de les hipòtesis, l'intent estèril de descobrir què succeïa realment. Passaven els mesos calibrant noves hipòtesis i al final acabaven sempre al mateix lloc: negats en la que ells mateixos anomenaven, irònicament, desinformació. I sense la més mínima mostra de solidaritat de cap altre país, pròxim o llunyà. La fredor del món exterior els enfonsava encara més.

¿Havia de durar sempre, aquella guerra? N'hi havia hagut una que havia durat fins i tot cent anys i els llibres d'història en parlaven amb una despreocupació malaltissa. Per igualar aquella guerra encara en faltaven noranta-vuit. La capacitat d'adaptació dels humans és admirable. Davant de les perspectives més aviat negres, els pares van apendre a alliçonar els fills i preparar-los a viure en aquelles condicions. Les generacions es van anar succeint i, de pares a fills, els ciutadans conscients transmetien les argúcies necessàries per sobreviure a aquella guerra inacabable, la primera de les quals era callar i aparentar, com la resta de ciutadans, una despreocupació total.

Fins que, un dia que els ciutadans conscients més joves no es posaven d'acord en quin any exacte havia començat tot allò (evidentment, ni les enciclopèdies ni els llibres d'història no en deien absolutament res i presentaven aquells anys com un període de pau i esplendor), n'hi va haver un, especialment independent i iconoclasta, que va obrir d'una puntada de peu la porta de la cafeteria on cada dimarts i dijous al vespre es reunien per informar-se de les últimes novetats, va avançar cap a la taula on tots dissimulaven i va anunciar la notícia: tan inopinadament com havia començat, la guerra havia acabat: aquella tarda a les 5.34. Els ciutadans conscients més alegres i ingenus van respirar alleujats, però els més conscients d'entre tots els conscients van abaixar el cap, apesarats. Perquè, si ja és prou dura una guerra, molt més ho és la postguerra que inevitablement la segueix, i aquella pau (firmada vés a saber en quines condicions, i amb quin càrrec als ciutadans, i que els mitjans d'informació amagaven de manera obsessiva) en marcava inapel·lablement l'inici.

ELS LLIBRES

El lector apassionat té quatre llibres damunt la taula. Tots quatre per llegir. Aquesta tarda ha anat a la llibreria i després d'una hora passejant entre les taules de novetats i repassant, als prestatges, les cobertes dels llibres d'aquells autors que més li agraden, n'ha triat quatre. Un és un llibre de contes d'un escriptor francès del qual li va agradar força, fa anys, una novel·la. La següent novel·la que va publicar no li va agradar tant com aquella primera (de fet, no li va agradar gens), i ara ha comprat aquest llibre de contes amb l'esperança de retrobar tot el que l'havia encisat anys enrere. El segon llibre és una novel·la d'un escriptor holandès del qual va intentar llegir les dues novel·les precedents, però sense gaire èxit perquè, al cap de poques línies, tant l'una com l'altra li van caure de les mans. Curiosament, això no ha fet que renunciï a intentar-ho de nou. Curiosament, perquè d'habitud, quan a un escriptor no li aguanta vint ratlles d'un primer llibre, potser ho torna a intentar amb el segon però mai amb el tercer, tret que els crítics en què confia en siguin especialment elogiosos, o que algun amic l'hi hagi recomanat fervorosament. Però en aquest cas no ha estat així. ¿Com és, doncs, que ha accedit a intentar-ho de nou? Potser per l'inici. Aquest inici que diu: «El grum va irrompre cridant: "Senyor Kington! Sisplau, senyor Kington!" Kington era al hall de l'hotel Ambassador, llegint el diari i estava a punt d'aixecar la mà quan se li va acudir que ningú, absolutament ningú, no sabia que hi era. Ni tan sols va aixecar la mirada quan va passar el grum. Seria la decisió més intel·ligent que hagués pres mai.»

El tercer llibre és també una novel·la, la primera novel·la d'un autor americà del qual no ha sentit a parlar mai. L'ha comprada perquè, tot i la citació inicial («Ah, com brillen les teules en l'alba florida, quan el cant dels galls torba la calma del son...»), l'ha fullejada breument i l'ha atret. El quart llibre és de contes, d'un autor també holandès i inèdit fins aquell moment. ¿Què l'ha atret del llibre? Si ha de ser sincer, d'entrada la desmesurada abundància d'inicials: n'hi ha tres (A., F., Th.) abans de les tres paraules que formen el cognom. En total, sis paraules: tres pel nom i tres pel cognom. A més, la primera de les paraules del cognom és «van». Adora els cognoms que comencen per «van».

¿Com és, per cert, que dels quatre llibres que el lector apassionat té sobre la taula, dos (el 50 per cent exacte) són holandesos? Perquè la celebració de la fira del llibre de la ciutat, dedicada enguany a la literatura neerlandesa, ha fet, per una banda, que aquestes últimes setmanes les editorials hagin publicat més autors d'aquella llengua i, per l'altra, que les principals llibreries de la ciutat en dediquin taules especials, arreplegant-hi tant aquestes novetats com llibres d'autors holandesos i flamencs publicats anys enrere i que, des que van deixar de ser novetat, acumulaven pols al magatzem de la distribuïdora.

El lector apassionat té tots quatre llibres al davant i no sap per quin començar. ¿Pels contes del francès de qui li va agradar una novel·la fa uns anys? ¿Per la novel·la del jove americà de qui no sap res? Així, si (com és força probable) el decep immediatament, ja n'haurà eliminat un dels quatre i el dilema serà només entre els altres tres. És clar que el mateix pot passar-li amb la novel·la de l'holandès que li ha caigut de les mans, just a la primera pàgina, en dues ocasions anteriors. El lector obre el segon llibre i el fulleja. Obre el tercer i fa el mateix. Fa el mateix amb el quart. Podria decidir-se a partir de la tipografia, la mena de paper... Intenta que algun element del llibre (alguna frase aïllada, el nom d'un personatge) el faci decantar. La mateixa disposició de la pàgina. Els paràgrafs, per exemple. Sap que molts autors lluiten per obrir paràgrafs amb regularitat, convingui o no al text, perquè creuen que així el lector, quan vegi la pàgina poc atapeïda, s'hi sentirà més atret. Passa el mateix amb el diàleg. Un text esponjat, amb abundància de diàlegs, és (segons la norma a l'ús) atractiu per la majoria de la gent. Pot ser que en general sigui així, però a aquest lector en concret li passa exactament el contrari: l'abundància de punts i a part li fa mala espina. Hi té un prejudici en contra, simètric al prejudici que els amants de l'abundància de paràgrafs tenen contra l'escassedat de punts i a part, que troben avorridíssima o petulant.

¿Per quin començar? La solució seria, com fa sovint, començar-los tots alhora. Alhora alhora no, és clar: passant de l'un a l'altre, igual que no es veuen mai sis canals de televisió alhora, sinó que de l'un passes a l'altre. Sempre, evidentment, hi ha un llibre que obre primer i del qual llegeix un paràgraf, un conte, un capítol, el 20 per cent de les pàgines, abans de passar a un altre. El problema, aquí, és que no es decideix per quin començar. S'aixeca i encén un cigarret. ¿Per què encendre un cigarret és una solució quan no se sap què fer? Encendre un cigarret serveix per demostrar que estem rumiant, que meditem intensament, que recordem, que esperem algú (apartant de tant en tant la cortina per donar un cop d'ull al carrer), que ens impacientem (a la sala d'espera de la maternitat, amb el terra ple de puntes de cigarret). S'encén un cigarret després del coit; s'encén un cigarret per apagar-lo a l'engonal de l'amant masoquista i excitar-nos encara més. S'encén un cigarret per buscar la inspiració, perquè la nicotina ens ajudi a no adormir-nos, per no menjar quan tenim gana i no podem o no volem fer-ho. El lector apassionat fa l'última xuclada i retorna a la taula. Els quatre llibres són allà i, al costat, la bossa de plàstic amb el logotip vermell de la llibreria. Cau la nit, passa un cotxe, se sent una ràdio. ¿Se senten moltes ràdios, a les novel·les? Si, de cop, tots quatre llibres desapareguessin, desapareixeria també el dilema: per quin començar. Agafa la novel·la de l'americà. L'obre per la primera pàgina. Passa el dit amb força per la separació entre els dos fulls, perquè es mantingui obert, i llegeix: «Just quan la infermera estira el llençol per cobrir-li la cara, el mort obre els ulls i mussita alguna cosa incomprensible. La infermera xiscla, deixa anar el llençol, diu el nom del pacient, li pren el pols. Corrents, surt a trobar el metge. "Doctor, el malalt de la 114 no és mort!" "¿Com, que no és mort?" "No és mort. Ha obert els ulls, de cop. Li he pres el pols..." El metge intenta dissimular la contrarietat que aquella notícia li provoca.»

El lector tanca el llibre. L'inici és el moment millor d'un llibre. La primera frase, el primer paràgraf, la primera pàgina. Les possibilitats són, sempre, immenses. Tot ha d'anar venint encara, a poc a poc, a mesura que els camins que hi ha a l'inici vagin esfumant-se i finalment (és a dir: al final) en quedi només un, generalment previsible. ¿Aconseguirà l'escriptor mantenir-nos seduïts fins a l'última pàgina? ¿No hi haurà un moment, d'aquí a cinc, divuit o cent seixanta-set pàgines, que la seducció es trencarà? Mai un relat no és tan bo com el ventall de possibilitats que ofereix just quan comença. No es tracta, en cap cas, que el lector hagi de preveure les continuacions possibles, i trobar-ne de millors que les que ofereix l'escriptor. De cap manera. ¿Com continuaria ell la història de l'home que llegeix el diari al hall de l'hotel Ambassador i, quan criden el seu nom, no contesta? No ho sap ni li interessa trobar-hi cap continuació. És aquell moment d'indecisió, on es reparteixen les cartes, el que l'atreu. El plantejament li recorda vagament aquella pel·lícula de Hitchcock amb un Cary Grant a qui confonen per un altre home al hall d'un hotel. Però no té cap interès a rumiar-hi. Escriure'n la continuació, sigui quina sigui, l'ha de dur a la imperfecció.

Els escriptors s'equivoquen quan desenvolupen els plantejaments inicials. No ho haurien de fer. Haurien de, sistemàticament, plantejar inicis i abandonar-los en el moment més suggerent. És en aquest moment de l'inici quan les històries són perfectes. ¿Potser no passa igual amb tot? I tant que sí! No sols en els llibres, sinó també en les pel·lícules o en les obres de teatre. I en la política. Si ets tan innocent com per creure-te'l, ¿no és mil vegades més interessant, positiu i engrescador el programa polític d'un partit que la seva execució un cop escollit per governar? Al programa tot és idíl·lic. A la pràctica, res no es respecta, tot es falseja; la realitat imposa la seva crueltat erosionadora. I (a la vida fora dels llibres) l'inici d'un amor, la primera mirada, el primer petó, ¿no són més rics que el que ve després, que inevitablement ho converteix tot en fracàs? Les coses haurien de començar sempre i no continuar mai. La vida d'un home ¿no és riquíssima en possibilitats, als tres anys? ¿Què se'n farà d'aquest noi que ara tot just comença? A mesura que avanci, la vida ho anirà pansint tot: de totes les expectatives n'acomplirà ben poques, i encara si té sort. Amb els llibres passa exactament el mateix. Però així com el lector apassionat no pot aturar la vida si no és prenent la decisió de tallar-la, els llibres sí que pot aturar-los en el moment més esplendorós, quan les possibilitats són encara nombroses. Per això no n'acaba mai cap. En llegeix només els inicis, les primeres pàgines com a màxim. Quan el ventall de bifurcacions de la història es va reduint i el llibre comença a avorrir-lo, el tanca i el col·loca a la prestatgeria, per ordre alfabètic del cognom de l'autor.

La decepció pot produir-se en qualsevol moment. Al primer paràgraf, a la pàgina 38 o a la penúltima. Una única vegada va arribar a l'última pàgina d'un llibre. A punt de començar l'últim paràgraf (un paràgraf curt, d'aproximadament un terç de pàgina) sense que s'hagués produït la decepció, va tenir por. ¿I si aquell llibre no el decebia ni a l'última ratlla? Era del tot improbable; segur que, ni que fos a l'última paraula, la decepció arribaria, com havia arribat sempre. Però ¿i si no? Per si de cas, en va apartar la vista ràpidament, a cinc ratlles del punt final. Va tancar el llibre, el va col·locar a lloc i va respirar fondo; aquella demostració de fermesa li permet continuar fantasiejant que, tard o d'hora (el dia més impensat, de seguida que per fi es decideixi), tindrà prou coratge per deixar d'ajornar cada vegada la decisió definitiva.

AQUESTA REIMPRESSIÓ,
SETENA, DE «VUITANTA-SIS CONTES»,
DE QUIM MONZÓ, S'HA ENLLESTIT,
A CAPELLADES, EL MES DE DESEMBRE
DE L'ANY 2004

Altres llibres de l'autor en aquesta editorial

UF, VA DIR ELL

OLIVETTI, MOULINEX, CHAFFOTEAUX ET MAURY

BENZINA

EL DIA DEL SENYOR

L'ILLA DE MAIANS

ZZZZZZZZ

LA MAGNITUD DE LA TRAGÈDIA

LA MALETA TURCA

HOTEL INTERCONTINENTAL

EL PERQUÈ DE TOT PLEGAT

NO PLANTARÉ CAP ARBRE

GUADALAJARA

DEL TOT INDEFENS DAVANT DELS HOSTILS IMPERIS ALIENÍGENES

TOT ÉS MENTIDA

EL MILLOR DELS MONS

EL TEMA DEL TEMA

TRES NADALS

CATORZE CIUTATS COMPTANT-HI BROOKLYN